깽비리의
단편들

깽비리의 단편들

개정판 1쇄 발행 2025년 12월 5일

지은이 진병무
펴낸이 장길수
펴낸곳 지식과감성⁵
출판등록 제2012-000081호

교정 한장희
디자인 김희영
편집 김희영
검수 김지원, 정윤솔
마케팅 김윤길

주소 서울시 금천구 벚꽃로298 대륭포스트타워6차 1212호
전화 070-4651-3730~4
팩스 070-4325-7006
이메일 ksbookup@naver.com
홈페이지 www.knsbookup.com

ISBN 979-11-392-2944-8(03810)
값 12,000원

- 이 책의 판권은 지은이에게 있습니다.
- 이 책 내용의 전부 또는 일부를 재사용하려면 반드시 지은이의 서면 동의를 받아야 합니다.
- 잘못된 책은 구입하신 곳에서 바꾸어 드립니다.

지식과감성⁵
홈페이지 바로가기

[개정판]

전 병 무 단 편 소 설 모 음 집

깽비리의 단편들

이 세상에 나와서 살았던 근거는 여러 가지가
있지만 글을 쓰는 것도 그중 한 가지다.

금촌 전병무(田炳武)

2003. 季刊『公務員文學』가을호 신인 등단 동시:「오월의 맑은 아침」「별」「매화」

2004. 月刊『文藝思潮』3월 호 신인상 당선 시:「초승달」「나비의 꿈」「야생화」

2004. 季刊『公務員文學』봄호 동화 신인상:「사마귀공주는 마귀 공주」

* 인천일보: 시 27편 및 칼럼 10회 게재.
* 카카오스토리: 2016년부터 현재까지 시 470여 편 연재 중.
* "아시안게임 유치, 시민의 힘으로"- 2006. 3. 24. 인천일보 투고 게재됨.
  2014. 9. 19.~10. 4.까지 제17회 아시아게임이 인천에서 개최돼 감회가 남달랐다.
- 제17회 인천 아시안 게임

  기간 2014. 9. 19.~10. 4. 한국선수 831명 임원 235명 45국 참가 13,000여 명 36개 종목

  대한민국 2위

  금메달 79 은 70 동 79

"네 이웃을 네 몸같이 사랑하라."
- 마태복음 十九章 十九節

저자의 필적

저자의 말

《깽비리의 단편들》은 2014년 8월 초판을 발행했는데 내용이 독자들에게 어필되지 못해 많이 읽히지 않았다. 저자 자신은 실화를 찾아 기록한 이야기처럼 생각했으나 독자들의 마음속을 파고들지 못했다. 아쉬운 마음이 늘 가슴속에 도사리고 있었다. 그래서 다시 읽어보며 조금씩 수정하고 문장이 매끄럽지 못한 곳은 고치기를 많이 했다. 당시 초판을 어느 지인에게 기증했더니 360여 페이지나 되는 단편집을 하룻밤에 다 읽었다고 웃으며 말했다. 그래서 속으로 많은 기대를 했다. 재미가 없어 지부하면 밤잠을 설치며 읽을 수가 없다. 그러나 서사의 생각과는 거리가 멀었다. 현시대는 핸드폰의 발달로 독서가 뒷전으로 밀렸다. 독서의 득得을 재론할 필요가 없다. 독서를 하면 지식이 확장되고 사고력이 발달되며 짧은 글이라도 자주 써보게 되면 독서보다 더더욱 두뇌가 발달한다고 저자는 주장한다. 일기를 쓰는 것이 글쓰기의 시발점이 되기도 한다. 글을 쓰다 보면 국어가 참 어렵다. 독자들에게 전달될 말을 찾기가 쉽지 않고 국어 공부가 많이 필요하다.

이 세상에 나와서 살았던 근거는 여러 가지가 있지만 글을 쓰는 것도 그중 한 가지다. 저자 자신도 독자들 앞에 흥미진진한 작품을 내놓지는 못했지만 이다음 후손들 중 선조 중에 글 쓰는 할아버지가 있었다 하고 국립중앙도서관을 찾아가 저자가 남긴 저서를 찾아보는 것만 생각해도 내 본분을 다한 것 같다.

저자의 18대조 구재龜齋 전실田實(1432~1506) 공은 1465년 10월 이과吏科 시험에 합격, 관직에 임명돼 33년을 봉직하고 66세에 퇴직하셨는데 시인이고 문장가이다. 한양에서 중부주부中部主簿 재임 중 42세 때인 1474년 4

월 5일(성종 5년) 황해도 은율 현감을 제수받았는데 4월 17일에 떠나 22일에 부임하셨고 황해감사는 金自行이었고, 도사都事는 李仁文이었다. 조정의 고관 추천으로 황해도 우도右道 "여지승람輿地勝覽"수보관修補官으로 또 겸직 임명되었다. 이듬해 1475년 7월 13일 아내 영인令人 여주이씨李氏가 남아男兒를 사산하고 7일 후 하세下世하시어 9월 24일 발인, 11월 4일 아버지 묘(충남 홍성 現存) 앞에 안장하고 지석誌石을 2척尺 깊이로 묻었다. 무공랑務功郞(종7품) 중견仲堅의 딸로 2남 3녀를 낳았고 11월 15일 회정하여 11월 24일 임소에 돌아오셨다는 상황이 일기에 자세히 기록되었다. 1479년 3월 19일 은율현감 만기가 되었지만 농번기가 시작되어 이직되지 않고 7월 4일 남부주부로 전직되었다가 9월 16일 안정安靜과 교대하였다. 공은 공사다망公私多忙하신 중에도 시작詩作이 많았다.

당시는 출판이 매우 어려운 시대여서 아들들이 시를 모아 시집을 손으로 쓰고 제목을 정해 주시라고 하니 "태워버리라" 하시어 눈물을 흘리며 간청하니 "패록稗錄"이라 하명하셨다. "패록"은 글을 읽은 후손들의 여러 곳을 거쳐 내려오다 수군절도사를 지낸 8대조 광국光國(1715~1767) 공께서 교정을 보았으나 출판은 하지 못하셨다. 그 후 남은 것을 1900년 2월에 수습하여 출판했다. 일기를 13세부터 쓰셨다는 기록이 있다. 추측해 보면 수레에 실을 만큼 광대했을 터인데 아주 조금 남아있다. 가정사는 물론, 재임 시의 관청 상황과 돌아가실 때의 근황도 기록이 남아있으나 많은 부분이 실전失傳되어 안타깝기 그지없다.

2025秊 梧月 日
깽비리

목차

저자의 말   6

언덕을 넘어   10
나는 죄인이다   104
피지도 못한 꽃   158
생활전선   248
카멜레온 아저씨   340
할아버지 늑대   346

언덕을 넘어

철재는 아직도 발목이 신 다리를 끌며 병원 문을 나섰다. 조금 저축해 놓은 돈이 병원비로 다 날아가는 것이 너무나 아까운 생각이 들어서 그랬다. 월급도 아니고 일당을 받는 일을 하니 일을 하지 못하면 수입은 없고 대신 먹고 자는 일은 모두 돈을 허비하는 일이기 때문이었다. 간호사가 더 치료를 받아야 후유증이 없을 거라며 퇴원을 극구 만류했다. 처음에는 『병원 수입을 올리려고 잡는 일이겠지.』 하고 생각했지만 그녀의 표정으로 봐서는 그런 것이 아니고 인간적인 동정심에서 나온 것 같았다. 왜냐하면 입원해 있던 한 달 동안 찾아오는 사람이 하나도 없었으니 매우 궁금했던 모양이었다. 어느 날은 다리의 상처를 치료해 주며 아무도 없는 틈을 타 간호사가 말을 걸었다.

"왜 가족에게 연락을 안 하시죠?"
"집이 시골이고, 죽을병도 아니고."
"그래도 그렇죠."
"도움도 안 되고, 오가면 돈만 들지요. 뭐!"
"사람이 아플 때 진짜 가족이 더 필요하죠."
"오히려 부모님 걱정거리만 만들죠."
"아플 때 부모 형제가 제일이죠. 일하다 다친 것 같은데 사장하고 치료비 문제도 따지기도 하고요."
"나는 어려서부터 객지 생활을 해 혼자 지내는 게 습관이 돼 있어요."

"성질이 별나시네요. 입원환자들을 보면 피만 조금 나도 가족이 오면 엄살을 떨고 야단법석을 하는데."

"그런 사람들은 행복에 겨워서 그러겠지요."

그 말을 하고 나서 철재는 한숨이 저절로 나왔다. 치료를 마치고 얘기를 하던 간호사가 병실을 나갔다. 철재는 자기도 모르는 사이 정말로 눈물이 나왔다. 하마터면 간호사가 눈물을 볼 뻔했다. 18세가 되던 해 『희망의 집』에서 고등학교를 졸업하고 나니 원장님이 작은 공장에 취직을 시켜주고는 희망의 집을 나가 자립하여 잘 살라고 말했다. 마음 한구석에 늘 허전한 것이 있었지만 그래도 먹고 자고 학교를 다니는 것은 걱정이 없었다. 또 다행인 것은 여동생과 같이 있어 다른 외톨이 아이들보다는 덜 외로웠다는 것이다. 거리에서 동생 비슷한 여학생들이 떼를 지어 걸어가며 밝게 웃고 떠드는 것을 보면 동생이 불쌍하고 측은해서 어느 때는 이불 속에서 혼자 눈물을 흘린 때도 있었다. 『아버지만 안 돌아가셨으면 우리도 괜찮았던 집이었는데….』 아쉬운 때가 한두 번이 아니었다. 동생들을 잘 보살피지 못한다고 원장님께 공연히 야단을 맞고, 시험 때 공부를 해야 하는데, 밖으로 불려 나가 일을 시키면 더 그런 생각이 들었다. 그래도 중학교 1학년 때부터 고등학교를 마칠 수 있게 보살펴 준 원장님과 사모님이 너무나 고마웠다.

취직이 되어 가보니 자동차를 정비하는 곳인데 기름이 줄줄 흐르는 작업복을 입고 뒷바라지나 하고 심부름이나 하는 것이 고작이었다. 고등학교만 나와도 책상에 앉아서 사무를 보는 일을 할 줄 알았다. 너무나 생각과 달랐고 제일 어려운 것은 일이 아니고 형들의 구박이었다. 자기 옆에 있는 물건도 다 집어 달라 하고 조금만 늦어도 발길질을 했다. 먹고 자는 것은 공장에 방이 하나 있어 저녁에 숙직도 하고 해결되었다. 한 달을 참고 일을 하니 사장님이 용돈만 조금 주었고 너는 먹고 자는 것을 모두 공제하고 나면 용돈도 줄 것이 없다고 말했다. 일한 것으로 치면 제일 많이 했고 편히 앉아 쉴 틈도 없었다. 밤늦게 숙직실에 들어가 누우면 도둑이 들어와 업어 가도 모를 지경이었다. 그렇게 하루가 고단했다. 그럭저럭 6개월이 흘렀다. 나아진 것은 하나도 없었다. 얘기 속에서 형들의 학력을 알게 되었는데 다섯 명 모두가 초등학교 출신들이었고 연장과 자동차의 부속품 이름이 모두 영어인데 엉터리로 말해 잘 가르쳐 주어도 잘난 체한다고 주먹세례와 발로 걷어찼다. 사장님도 운전수를 오래 하다가 나이가 드니까 자동차 정비소를 차렸다고 형들이 말했다. 사장님이 자리를 비우면 모두 누워서 쉬고 사장님 흉을 있는 것 없는 것 다 찾아내 말하고는 웃고 떠들었다. 어떤 형은 너무 심하다고 생각했는지 나에게 윽박지르고 겁을 주기노 했다.

"철재, 너 사장님한테 우리가 한 얘기 말하면 공동묘지 갈 줄 알아."

"공동묘지는 너무 고급 아파트지. 큰 돌을 매달고 깊은 물 속에 빠져 물고기 밥이 되는 거지."

"알았어요. 다 말할게요." 하고 농담하면 그것도 진실로 알아듣고 일어나 쫓아와 발로 차는 형도 있었다. 마음속으로 단단히 결심했다. 한데서 자도 괜찮은 계절이 왔다. 작업이 조금 일찍 끝나 청소를 마치고 저녁밥을 먹었다. 세수를 하고 몸도 조금 닦고 『희망의 집』에 찾아갔다. 캄캄한데 아이들이 밖에서 놀고 있다가 나를 보자 우르르 몰려왔.

"형 어디 갔다 왔어?"

"취직해서 돈 벌다 왔어."

"돈 많이 받아?"

"그럼 많이 받지."

"그런데 왜 여기서 입던 고등학생 옷 입고 왔어?"

"나중에 잘살려고 저축했지."

"에이, 우리 과자도 사다 주지."
"이다음 더 많이 벌면."
"기다리다 죽겠다."
먹는 것이 제일인 고아원 아이들에게는 입에 밴 소리다. 먹어도 먹어도 배고픈 것 같고, 늘 다른 애들이 많이 먹는 것 같아 제지하느라 제 입에 들어가는 것이 적은 때도 있다. 먹을 것이 있으면 꼭 싸움이 난다. 먹을 것이 없어야 잘 놀고 서로 싸움도 안 한다. 원장님과 사모님께 인사를 드렸다.
"내가 가끔 들으니 철재가 일을 잘한다는데."
"잘해야지요. 원장님이 특별히 부탁하셨으니 원장님 체면을 생각하고 네 장래도 생각해야지."
"사모님 명심하겠습니다. 제가 제일 일을 많이 합니다."
"암 그래야지, 사장이 네가 쓸 만한 애라고 몇 번 말하더라."
"기술은 차차 배울 거고, 제일 중요한 게 마음이야."
"저도 그렇게 생각해요."
"훌륭한 분들이 어려서 고생한 사람들이 많단다."
"그럼요. 동서양을 막론하고 성현들이 모두 그랬지요. 저도 독서를 통해서 조금 알고 있어요."
"그래, 네가 자리를 잘 잡아서 네 동생이 퇴원하면 같이 지내고 얼마나 좋으냐?"
"원장님, 사모님 키워주셔서 정말 감사합니다."
"네가 그런 말을 하니까 어려웠던 것도 다 잊고 기분이 참 좋다."
인사를 마치고 아이들이 공부하고 자는 방을 차례로 돌며 모두 머리를 쓰다듬어 주고 공부 잘하라고 말했다. 어떤 어린아이는 다리를 끌어안고 매달리며 안아달라고 응석을 부리는가 하면, 어떤 아이는 6학년이나 되없는데도 인사도 없고 대답도 없었다. 네다섯 살도 되지 못한 어린아이들은 엄마 품에서 응석 부리고 과자와 장난감을 산더미같이 쌓아 놓아도 울고 보챌 때였다. 그러나 이 아이들은 『엄마』가 뭔지도 모르고 조금 더 큰 아이들의 힘에 떠밀려 구석에 처박히고 꿀밤 세례를 받으며 자란다. 인사를 하지 않는 6학년 남자아이는 성질이 괴팍해서 작은 아이들을 자주 괴롭혔다. 가끔 원장님 몰래 혼내주었는데 아마 그때 상한 마음이 풀리지 않은 모양이었다. 웃으며 다가가 악수도 청하고 안아주었다. 동생은 그동안 내가 없으니까 더 쓸쓸했던 모양이었다.

나를 보자마자 눈물을 훔치고 고개를 떨구었다. 그 자리에서 이유를 물어볼 수도 없고 해서 밖으로 불러내었다. 무어라고 할 말이 나오질 않았다. 그저 어머니가 원망스럽기만 했다. 얼른 호주머니를 뒤져 손에 잡히는 돈을 모두 꺼내 세어보니 7천 원이었다. 동생에게 내미니 받질 않았다.

"자 받아. 7천 원밖에 없어."

"오빠는 어떻게 하고."

"내 걱정은 하지 마. 나는 먹고 자고 하니까."

"어떻게?"

"자동차 정비공장에서 일하는데 먹고 재워주고, 월급은 안 주고 이발비 등 용돈만 조금 받아."

"나는 돈 필요 없어."

"그래도 받아."

"필요 없대두."

동생은 달아나 방으로 들어갔다. 이것이 동생과의 마지막이었.

초등학교 다닐 때 어머니가 소풍날 과잣값을 조금 주어 받아 본 후 『희망의 집』에 있을 때는 돈을 구경도 못 했다. 무거운 발걸음으로 공장으로 돌아왔다. 언제 떠날까 망설이다 보니 며칠이 지나갔다. 어찌 된 일인지 사장님이 전보다 특별히 친절하게 대하고 살펴주는 것 같았다. 새벽에 일어나 세수를 하고 옷가지와 세면도구를 챙겨 쇼핑백에 넣었다. 아무 말 없이 그냥 떠나면 원장님께 원망할 것 같아 메모지에 몇 자 적어놓았다.

『사장님 그동안 감사했습니다. 그러나 제가 희망하는 일과 너무나 거리가 멀고 적성에도 안 맞아 떠납니다. 어디 자리가 있는 것도 아니고 그냥 떠나는 것입니다. 형들도 모두 고맙습니다. 갑자기 떠나게 되어 죄송합니다. 이철재 올림.』

한참 걸어가다 뒤돌아보니 서운한 것도 있고 앞날이 좀 불안하기도 했다. 기차역으로 가 서울 차표를 샀다. 금방 열차가 들어와 올라가 자리에 앉았다. 마치 좋은 곳에 취직이 되어 떠나는 것처럼 기분이 날아갈 것만 같았다. 창밖을 내다보니 어둠이 걷히고 먼 곳까지 보였다. 무슨 바쁜 일이 있는지 새벽부터 오가는 사람들이 보였다. 몇 정거장을 지났다. 사람들이 차 안에 가득 찼다. 일행이 있는 사람들이 정신없이 이야기를 해서 필요 없는 얘기를 듣기도 했다. 그런데 그런 얘기가 싫지 않았다. 얘기 속에서 무엇인가 찾으려고 하는 마음이 생겼다. 『자신처럼 서울로 일자리를 찾으러 가는 사람이 있는가?』 귀를 기울여 보았다. 눈을 감고 있었지만 정신은 맑았다. 멀리 있는 사람들의 얘기도 다 들을 수 있으면 좋을 것 같았다. 그러나 주위에 있는 사람들의 얘기밖에 들리지 않았다.

호주머니에 6개월 동안 받아 모은 돈이 조금 있었다. 당장 굶을 염려는 없었지만 이 돈이 떨어지기 전에 일터를 구해야 할 텐데… 정말로 정신이 번쩍 들었다. 어디 가서 일자리를 구해야 할까? 돌아다니다 『자동차 정비소』를 만나면 일을 시켜달라고 하지 뭐! 그런 생각을 하다가 금방 『기술이 있어야지.』 하는 생각이 떠오르자 『기술을 배운 후 떠날걸.』 하는 후회도 들었다.

　기차가 달리고 달리더니 『서울역』에 도착했다는 안내 방송이 나왔다. 쇼핑백을 들고 다른 사람들의 뒤를 따라 내렸다. 귓가에 와글와글 떠드는 소리만 들리고 사람이 많아 어디가 어딘지 알 수가 없었다. 사람들 가는 방향으로 따라가니 저절로 밖으로 나올 수 있었다. 한가한 시골 군 소재지에서 한 발짝도 벗어나지 못했던 데다가 서울은 처음이라 가슴이 뛰고 눈만 어지러웠다. 금방 자동차에 치여 죽을 것만 같았다. 웬 차가 그렇게 많고 사람들이 많을까? 시간이 12시도 넘었고 아침도 못 먹었는데 배가 고픈 것 같지도 않았다. 천천히 걸어가며 여기저기 바라보았다. 마주 오는 사람과 부딪힐 뻔도 했다. 건물들이 크고 높아서 눈을 더 어지럽게 했다. 저런 건물은 어떻게 위층에 올라갈까? 엘리베이터라는 것을 책에서 배우긴 했지만 실제론 보지도 못했다.

　우선 아침 겸 점심을 좀 먹어야 했다. 사장님이 점심으로 제일 잘 시켜 줬던 『자장면』을 먹기로 했다. 큰 거리를 아무리 걸어가도 중국집 간판이 보이질 않았다. 서울 사람들은 무얼 먹고 사는지 음식점이 하나도 보이질 않았다. 『큰 건물 뒤로 한번 들어가 보자.』 하고 골목 안으로 조금 들어가니 음식점 간판으로 건물이 뒤덮여 있었다. 『아! 음식점은 뒷골목에 있구나.』 속으로 웃음이 나왔다. 마치 숨어서 장사하는 것 같았다. 군 소재지는 큰 거리 양편에 음식점은 물론 가게들이 있는데 서울은 넓은 거리에 늘어선 고층 건물로 사람들이 많이 들어가고 나오지만 뭘 하는지 알 수가 없었다. 다른 음식은 너무 비쌀까 봐 간판을 쳐다보지도 않고 중국집 간판만 찾았다. 얼굴을 예쁘게 화장한 아주머니들이 들어오라고 부르는가 하면 어떤 분은 팔을 잡고 끌고 들어가려고 했다. 그래서 얼른 사람을 만나러 왔다고 거짓말을 했다. 팔을 놓으며 『저녁은 우리 집으로 오세요.』하고 향내 나는 얼굴을 코앞에까지 들이밀기도 했다. 모두 생전 처음 겪어보는 일이었다. 떨리던 가슴은 가라앉고 조금 재미있기도 했다.

드디어 중국집을 찾았다. 빈자리에 앉자마자 음식을 보기 좋게 사진 찍은 안내판을 가져다주었는데 보지도 않고 자장면을 주문했다. 눈을 들어 홀을 둘러보니 엄청 넓고 화려하게 장식했고 사람이 백 명도 넘을 것 같았다. 너무 비싸면 어떻게 하나? 걱정이 앞서 안내판을 열어보았다. 전부 이름도 모르는 중국요리이고 자장면은 제일 끝에 있었다. 시골보다 천원이 더 비쌌다. 안심이 되었다. 구수한 음식 냄새가 코를 찔러 금방 배가 고파졌다. 내 앞에도 자장면과 단무지와 양파 접시가 왔다. 시골에서 먹던 것보다 맛이 훨씬 좋았는데 양이 적어 보였다. 아침을 굶어서 그런지 두 그릇도 모자랄 것 같았다. 돈을 지불하고 나왔다.

촌놈이 서울 가면 고층 건물만 올려다보고 다니다가

"너 10층까지 봤지?" 하니까

"5층까지밖에 안 보았는데요."

"그럼 5층까지 본 값만 내."

"예?" 하고 돈을 빼앗겼다고 형들이 일하면서 우스갯소리를 하는 것을 많이 들어서 서울 사람처럼 앞만 보고 걸었다. 일할 곳을 찾아야 하는데 사람 구경만 하고 걸으니 또 안 되겠구나 하는 생각이 들었다. 뒷골목으로 들어가 걷다가 『○○일보 ○○신문 합동지국』이란 간판을 발견했다. 우선 들어가 보기로 했다. 계단을 따라 올라가니 마지막 3층이었다. 노크를 하고 문을 열고 들어갔다. 청년 한 사람이 책상에 앉아 있었고 아가씨가 전화를 받고 있었다.

"어서 오세요."

"안녕하세요?"
"어떻게 왔나요?"
"신문 배달 좀 하고 싶어서요."
"어느 동에 사나요?"

딱 말문이 막혔다. 서울 지리를 몰라 아는 동이 하나도 없었다. 그래서 시골에서 올라왔다고 사실대로 말했다. 웃으며 안 되겠다고 했다. 더 할 말이 없었다. 목례를 하고 문을 열고 나왔다. 계단을 내려오는데 아가씨가 부르는 것 같았다. 올려다보니 손을 까불어 오라는 시늉을 했다. 다시 들어갔다. 청년이 의자에 앉으라고 했다.

"학교는?"
"올해 고등학교를 졸업했습니다."
"부모님을 다 계시고?"
"아버지는 돌아가시고 어머니만 계십니다."
"보증인이 있어야 하는데."
"예, 있습니다."
"서울에 있나?"
"시골입니다."
"어머니, 농사를 짓나요?"
"아닙니다. 원장님이 계십니다."
"무슨 원장?"
"희망의 집에서 살았습니다."
"아! 고아원?"

철재는 더 이상 대답을 하지 않았다. 원장님이 보증을 서 줄 리가 없다. 자동차 정비소에 취직까지 시켜주었는데 서울로 달아나 보증을 서 달라고 할 염치가 나질 않았다. 원장님 생각에 자동차 정비는 전망이 있는 직업이지만 신문 배달은 기술을 배울 수도 없는 것이 아닌가? 오히려 꾸지람만 들을 것이다. 그냥 대꾸하다 나온 말이었다.

"먹고 잘 곳은 있나?"

"없습니다."

"다른 것 해 본 일이 있나?"

"원장님이 보호 연령이 지났으니 나가서 자립을 해 보라고 하셔서 처음 올라왔습니다."

정비소에서 있었던 일은 싹 감추었다. 눈치로 보아 딱하다는 생각을 하는 것 같았다. 아가씨가 더 그랬고 동정적인 말참견을 많이 했다.

"그러면 여기서 며칠만 일해보고 잘하면 내가 일 시켜주지."

"감사합니다. 열심히 하겠습니다."

우선 잠잘 곳이 생겼다는데 마음이 놓이고 기뻤다. 청년과 아가씨에게 허리를 굽혀 인사를 새로 했다. 아가씨가 까르르 웃었다. 하나도 창피하지 않았다. 아가씨와 비슷한 나이인 것 같았다.

"오늘부터 잠은 여기서 자고 밥은 자기가 알아서 먹고, 알았지?"

"예. 용돈이 조금 있습니다."

"원장이 주었나?"

"예" 거짓말도 마구 했다. 아가씨가 『이력서』 용지를 주었다. 이력서를 생전 처음 써보는 것이다. 물어가며 써가지고 아가씨에게 주었다. 아가씨가 『지배인님』이라고 그 청년을 불렀다. 지배인이 한 번 보고 아가씨에게 주었다. 조금 있으니까 학생, 아주머니, 노인들이 20명도 더 들어왔다. 지배인이 인원 점검을 하고 나서 그 사람들에게 소개를 했다. 잠시 후 밖에서 자동차 경적이 울리니 사람들이 문을 열고 우르르 모두 내려갔다. 철재도 따라갔다. 트럭에 큰 이불 몇 개만 한 신문 뭉치를 싣고 왔다. 칼로 끈을 자르고 한 아름씩 안고 사무실로 올라왔다. 찌라시(광고)라는 말을 처음 배웠다. 한편에 쌓아 놓았던 광고를 신문지 사이에 여러 종류를 끼워 넣었다. 모두가 손이 기계같이 빨랐다. 더듬더듬 같이 했다. 자기가 배달할 신문을 안고 가는 사람, 담아 가는 사람, 모두 불난 집을 피해 달아나듯 나갔다. 지배인님이 할아버지 한 분을 따라가라고 했다. 할아버지는 한참 가다가 신문을 대문 안에 정성껏 놓기도 하고 담 너머로 던지기도 하고 어느 가게 앞에선 인사를 하고 주기도 했다. 할아버지가 배달하는 부수는 아침저녁 각각 200부씩이라고 했다. 두 시간도 못 되어 모두 배달했다. 일일이 집을 잘 기억해 두라고 말씀하셨다. 할아버지는 아주 착하신 분 같았다. 젊어서는 회사에 다니셨는데 퇴직하시고 건강을 위해 운동으로 신문을 배달하시고 용돈도 번다고 하셨다. 그런데 같이 사는 아들이 지방으로 전근 가는 바람에 이사를 가게 되어 할 수 없이 신문 배달을 고만두게 되었다고 말씀하셨다. 그리고 내가 뒤를 이어 할 거라면서 여러 가지 주의 사항을 가르쳐 주셨다. 신문을 많이 구겨서 전하면 안 되고, 찢어져도 안 되고, 다른 사람이 집어 가지 못하게 집안 깊숙이 넣어주고, 비가 올 때 젖지 않도록 비닐주머니에 잘 넣으라는 주의도 하셨다. 할아버지를 모르고 자라서 이런 분이 우리 할아버지였다면, 얼마나 좋을까? 하는 생각이 들기도 했다. 가정 사정도 물어보셨다. 솔직하게 말하는 게 부끄러워서 대강 거짓말을 했다. 아버지, 어머니는 농사를 짓고 계시며, 서울에 올라와 대학을 다니고 싶은데 가정 사정이 어려워 이런 일부터 시작해 등록금을 벌려고 한다고 그럴듯하게 꾸며서 말했다. 할아버지는 철재에게 용기를 주는 말씀도 많이 하셨다. 젊어서 고생을 안 해 본 사람은 힘든 일이 닥치면 좌절하기가 쉽고, 실패하면 말할 수도 없는 고통이 기다리고 있다고 힘주어 말씀하시고 착하게 살아야 하며, 법을 잘 지키고 정직하고 성실하게 부지런히 일한 사람은 꼭 그 대가를 받는다고 말씀해 주셨다. 할아버지의 후임자가 없어서 아들이 이사를 연기하고 있다는 말씀도 했다. 『이사 가면 고만이라고 그냥 가버리면 매일 신문을 기다리는 사람들의 마음이 어떻겠는가?』하고 반문도 하셨다. 작은 일도 신용을 지켜야 하며 성실히 일하면 하나님이 아시고 꼭 보답하실 거라고도 하셨다. 철재는 가슴이 뜨끔하고 얼굴이 화끈거림을 느끼고 말대답을 할 수가 없었다. 취직시켜 주고 일 잘하기를 바라신 『원장님』과 『사장님』께 큰 죄를 지은 것 같아 어디로 마구 달아나고 싶었다. 3~4일만 같이 하면 잘할 거라고 격려해 주셨다. 마음을 잘 먹고 살아야겠다는 생각을 속으로 다짐했다.

사람들이 각자 개미같이 일하며 산다는 것을 처음 느꼈다. 그러나 사람 성격에 따라 적성에 안 맞는 일도 많다. 기어코 적성에 맞는 좋은 일을 찾아 꼭 성공하고 동생도 불러다 같이 살고 싶었다. 부모님 밑에서 공부하는 아이들이 제일 부러웠다. 『정말 어머니만이라도 같이 사셨으면 얼마나 좋았을까?』하는 생각을 해 보기도 했다. 아버지가 중동으로 돈을 벌려고 가셨는데 어머니는 우리들을 잘 먹이고 키우는 것이 아니라, 동생과 내가 학교에 가면 얼굴에 화장을 하고 아버지가 부쳐주시는 돈을 가지고 장날이면 동네 총각의 오토바이를 타고, 장에 가고 별로 할 일도 없이 장마당을 헤매고 돈을 허비하셨다고 한다. 그리고 밤이 되면 우리가 잠든 틈을 이용해 낯모르는 사람들이 찾아와 아랫집 헛간 방에서 무엇을 하는지 깜깜한 속에서 깔깔거리다가 어머니가 괴성을 지르는 소리를 여러 차례 듣기도 했다. 동생도 잠이 깨 울고 있는 때도 있었다. 동네 이장도 아버지와 같이 중동에 갔는데 그분은 몸이 아프다고 일찍 돌아왔다. 그런데 그분이 우리 집에 제일 자주 찾아왔으며 어머니와 무슨 비밀이 있는지 소곤거리는 모양을 많이 보았다. 하루는 학교에서 돌아오는데 이웃집 할머니가 길가에 서 계셨다. 인사를 하니까

"너의 어머니를 잘 살펴봐라."

"왜요?"

"네 아버지를 빨리 돌아오라고 해라." 하셨다.

어물어물 대답을 하지 못했고 창피한 마음이 들어 얼굴이 화끈화끈했다.

며칠 지나 이장 부인이 찾아와 어머니와 대판 싸움을 하는 것도 보았다.

"이 개 같은 년아, 서방이 그리우면 네 서방을 오라고 하지, 왜 남의 서방 빼앗으려고 꼬시고 지랄 작작하냐?"

"네 서방을 내가 왜 뺐냐?"

"네 자식들 안 부끄럽냐? 지난 장에 우리 애 아빠하고 여관에 들어가는서 농네 사람들이 다 보고 나한테 말했다. 이년아."

"누가 그러는데, 눈구멍을 젓가락으로 빼버리겠다."

"저년, 사람 잡아먹을 년이야. 새끼들이 커다란데 서방질하고…. 예이 더러운 년. 더러워서 너 같은 거하고는 말도 못 하겠다."

"이 때려죽여도 시원찮을 년아. 더운밥 처먹고 왜 남의 집에 와서 헛소리하고. 미쳐도 곱게 살다 죽어라."

싸우다가 그만 아주머니가 돌아갔다. 그런데 동생이 아버지에게 편지를 해 빨리 돌아오라고 했나 보다. 아버지가 정말 돌아오셨다. 돌아오신 다음 날 학교에서 돌아와 보니 아버지와 이장이 우리 집 안마당에서 싸움을 하고 있었다. 동네 사는 남자, 여자, 아이들까지 구경을 하고 있었다.

"너 이 새끼, 한동네에서 어려서부터 같이 산 놈이 그럴 수 있어, 이 개새끼야."

"너 이 새끼, 누구, 헛소릴 듣고 그러냐? 오해야, 오해."

"이 새끼, 오늘 패 죽이고 나도 죽을 거야."

아버지가 얼굴이 벌겋게 상기되어 가지고 악을 썼다.

"누구 증인 좀 서 주시오."

이장이 구경하는 사람들을 보며 말했다.

아무도 나서서 말하는 사람이 없었다. 아버지가 급기야 근처에 있던 장작개비를 들고 와 이장을 사정없이 패기 시작했다. 이장이 피하지 못하고 몇 대 맞고 쓰러졌다.

"증거도 없이, 왜 사람 쳐?"

이장의 동생이 소리를 지르며 아버지에게 덤벼들었다. 그러자 동네 사람 중 한 사람이 성난 소리로 말했다.

"너희들 떼로 덤비면 뭘 해, 증거가 확실한데!"

그러자 주춤주춤했고 아버지가 장작개비로 동생도 내리쳤다. 동생은 몇 대를 맞고 달아났다. 아버지는 이장이 쓰러져 일어나지도 못하고 있던 중 연거푸 두들겨 팼다.

"아이구, 아이구. 왜 생사람 쳐? 너 고소할 거야. 가만둘 줄 알아!"

"이 개 같은 새끼, 터진 주둥이를 놀려, 바숴버릴라."

아버지는 이장의 몸을 사정없이 내리쳤다. 마구 비명을 질렀다. 구경하던 사람들 중 누구 하나 싸움을 말리려고 하지 않았다. 마치 이장이 매 맞는 것을 고소하게 생각하는 것 같았다. 흥분한 아버지는 이장을 금방 때려죽일 것 같이 온 힘을 다해 두들겨 팼다. 그러다가 부엌에서 떨고 있는 어머니의 머리채를 잡아끌고 마당으로 나와 이장 옆에 세우고 어머니를 장작개비로 마구 때렸다. 어머니는 비명을 지르며 "사람 살려, 사람 살려." 하고 소리쳐도 아무도 아버지를 떼놓는 사람이 없었다. 어머니도 얼굴에서 피가 흐르고 입에서도 피가 났다. 동생이 "엄마- 엄마." 부르며 울고 아버지의 다리를 두 팔로 안고 매달렸다. 머리가 헝클어지고 숨소리가 거친 아버지가 동생의 팔을 잡아 밀치니 몇 발짝 뒤로 넘어졌다.

그리고 정신없이 더 어머니를 때리고 이장도 때렸다. 이장은 거의 실신한 것같이 소리도 지르지 못하고 있었다. 그때 아버지의 동네 친구가 나섰다.

"그만하게, 두 사람 다 정신 차렸을 거야." 다른 사람도 나서며 "둘 다 아주 죽으면 큰일 나지. 그만해. 영길이, 영길이. 자네가 정신 차리고, 됐어. 그만, 그만."

아버지 손에서 장작을 빼앗고 아버지를 안아 밖으로 데리고 나갔다. 구경하던 여자들도 모두 한마디씩 했다.

"둘 다 맞아 죽어도 싸지. 동네 본이 되어야지. 그 지랄을 하고 살면 개만도 못하지."

"영길이가 무던한 사람이야. 저런 아내와 사는 걸 보면."

"내쫓아 버려야 해. 동네 애들이 보고 어떻게 하겠어. 장차 큰일이지."

"지금은 그런 세상이 아니지. 애비 죽인 놈도 얼굴을 번쩍 들고 사는 세상인데."

"하느님은 뭘 하는지, 벼락이 어디로 다 도망갔나 봐."

여기저기서 말하는 소리가 똑똑히 들렸다. 나는 중학교 1학년이라 너무 창피해서 방 안에 들어와 문을 닫고 문구멍으로 다 보았다. 동네 사람들 보기가 너무 창피했다. 이장은 그날 읍내로 차를 타고 나가 입원했다. 들리는 소문에 의하면 아버지를 고소하겠다고 했단다. 아버지는 싸움을 말리던 친구들과 같이 주막으로 가 술을 마시고 돌아오셨다. 아버지는 평소에 담배도 안 피우고 술은 입에 대지도 않으셨다. 얼마나 많이 술을 먹었는지 몸을 잘 가누지도 못하셨다. 친구들의 부축을 받고 겨우 집에 와 마루에 걸터앉게 하였다.

"아무 소리 말고 들어가 자게."

"친구들 미안해."

아버지의 말은 입안에서 중얼거리기만 했다. 그러곤 어머니 방으로 안 들어가고 윗방으로 들어오시었는데 술 냄새가 진동했다. 내 옆에 쓰러지듯 누우시더니 내가 잠든 밤중에 나가 뒷산 나뭇가지에 허리띠로 목을 매 돌아가신 것이 다음 날 아침에 발견되었다. 동네 사람들이 모두 달려와 하나같이 말했다.

"아까운 사람, 영길이만 죽었네."

"죽긴 왜 죽어. 저만 원통하지."

"산 것들은 별 지랄을 다 할 걸세."

"걸리적거리는 것도 없으니 더 지랄할 테지."

입을 가진 사람마다 수군수군했고 동네 사람들이 모두 모여 공동묘지에 장사를 지내주었다. 철재는 학생복을 그대로 입고 아버지의 상여를 따라갔다. 아버지의 장사를 지내는 동안 어머니는 얼굴이 통통 부은 채 일어나지도 못하고 방에서 앓고 있었다. 그 후 어머니는 겨우 일어나 문 밖에는 안 나가고 집 안에서만 돌아다니더니 한 달도 못 되어 없어졌다. 철재와 동생은 밥을 해 먹고 학교에 다녔다. 그러나 어머니는 돌아오지 않았다. 어느 날 동네 아저씨가 와서 말했다.

"이게 우리 집이 되었으니 너희들은 집을 내놓고 나가라."

"어째서요?"

철재는 따지며 대들었다.

"너희 어머니가 이 집을 팔고 이사 간다고 해 우리가 샀다."

"나는 모르니까 어머니가 오시면 해결하세요."

"이거 똑똑히 봐라. 너, 중학생이니까 계약서 볼 줄 알지."

"내가 장자니까 내 허락 없인 어머니가 맘대로 못 팔아요."

"이거 큰일 났군. 동네 증인도 있고 대서방에서 정식으로 작성한 거다."

"장남의 허락도 없이 어머니 말만 믿고 계약한 건 아저씨도 잘못이에요."

"네가 중학생이니까 나보다 많이 배웠다. 그렇지만 이건 증인이 다 있는 거다."

"증인이 있어도 소용없는 겁니다. 내가 아버지 상속권자라는 거 아저씨도 상식적으로 아시잖아요?"

"네가 똑똑하기는 하지만 너의 어머니가 너와 상의 없이 파는 걸 내가 어떻게 아니?"

"이 집은 내 거구요. 아저씨는 어머니를 만나 돈을 돌려받든지 하세요."

"대서방에서 괜찮다고 해서 샀는데 이거 큰일 났구먼."

"절대 안 됩니다. 동생과 나는 어머니가 계신 곳도 모릅니다."

철재가 당당히 말하자 아저씨는 그냥 돌아갔다. 며칠이 지나 동네 아저씨들 몇 명과 집을 산 아저씨가 철재네 집 근처에서 철재가 학교에서 돌아오기를 기다리고 있었다. 철재를 보자마자 철재 아버지와 친했던 아저씨가 말했다.

"철재야, 네가 똑똑하지. 그렇지만 네 어머니가 징역 가면 좋냐?"

"왜, 우리 엄마가 징역 가요?"

"네 말대로 이 집이 네 집이라고 하자. 너의 어머니가 팔아먹고 달아났으니 네 어머니한테 돈을 돌려받을 수도 없고, 그러니까 고소를 하면 징역 가지. 너, 자식 된 도리로 어머니가 징역 가면 좋겠냐?"

집을 산 아저씨가 그 말을 받아 즉시 말했다.

"너희 엄마가 집을 팔면 너희들도 다 같이 가는 줄 알았지. 떼어놓고 가는 줄 몰랐지."

다른 아저씨가 말을 거들었다.

"들어가면 맞아 죽는대."

"거기가 법이 있는 곳이간? 힘센 놈이 제일이지."

"아랫마을 범식이 봐. 도둑질하다 징역 두어 번 살고 그 튼튼한 놈이 힘없이 죽었지."

"들어가면 먼저 들어온 놈들이 사달라고 해서 안 사주면 이불 씌우고 여러 놈이 마구 밟아서 골병든다는구먼."

"암, 황소 같은 범식이도 골병들어 죽었는디. 뭘!"

"징역을 편케 살려면, 논 몇 마지기 값이 들어간다는 거야."

"진짜 나쁜 놈은 죽어도 싸지. 그렇지만 조금 나쁜 짓 했다고 다 죽이면 안 되지."

아저씨들이 철재가 겁을 먹도록 다 한마디씩 했다. 철재도 정말 걱정이 되었다. 계속 어른들과 싸우며 버틸 수가 없었다. 계약서를 보아 어머니가 매매를 한 것이 사실이기 때문이다. 어머니가 동네 사람들에게 창피하니까 눈을 피해, 나와 동생을 떼놓고 갔지만 언젠가는 자리 잡고 밤에라도 찾으러 올 것만 같았다. 집에 있어야 기다리기라도 할 것 같았다. 어머니는 정말 이해할 수가 없었다. 아랫마을 부잣집에서 머슴 살고 있고, 부모도 없이 혼자 사는 노총각과 집과 채전을 팔아 달아났다는 소문이 온 동네에 다 퍼졌다. 철재는 창피해서 동네 사람과 친구들의 얼굴을 볼 수가 없었다. 그래서 떠나야겠다는 마음을 먹었다. 그러나 갈 곳이 없었다. 그리 멀지 않은 곳에서 고모가 하나 살았지만 아주 가난해서 아버지가 돌아가셨다고 연락해도 오지도 않았다. 아버지와 제일 친했던 아저씨를 찾아갔다. 그 아저씨는 아버지와 같이 집을 지으러 다니던 목수였다. 철재네 집은 논은 없지만 철재 아버지가 목수 일을 해서 살았고 철재가 중학교도 다니게 되었다. 아저씨는 철재를 보자마자 딱하다는 듯 조용하게 말했다.

"철재야. 너 힘내라. 부모 없는 사람도 성공하고 산 사람이 많단다."
"아저씨, 집을 내달라고 하는데 어떻게 해야 좋겠어요."
"그 사람도 딱한 사람인 걸 너도 다 알지. 형님 집에서 얹혀살면서 우애도 안 좋지. 애들끼리 싸움만 해도 얼마나 불편하겠니?"
"…."
적당한 대답이 나오질 않았다.
"겨우겨우 어떻게 해서 집을 샀는데 안 내주면 얼마나 고통스럽겠냐?"
"동생하고 갈 데가 있어야지요."
"내가 내일 지서에 가서 지서장님하고 상의를 해볼게. 내 생각에는 읍내 『희망의 집』에 잠시 가 있으면 설마 너의 엄마가 자식 둘을 떼놓고 가서 안 찾겠니?"
아저씨의 말이 금방 이해가 되었고 아버지의 진실한 친구였다는 것을 깨달았다. 그리고 철재가 생각도 못 했던 앞일을 가르쳐주었다.
그래서 『희망의 집』으로 들어가는 것을 부탁했다. 사흘이 지나 지서에서 경찰관 한 사람이 철재네 집에 찾아왔다. 지서장님이 희망의 집 원장과 상의가 잘돼, 두 사람을 받아들이기로 했다고 말했다. 책과 입던 옷을 보자기에 싸고 솥과 다른 가재도구는 그 아저씨가 필요하면 다 가져가라고 했다. 그리고 이웃집 할머니와 만나는 동네 어른들에게 인사를 했다. 순경 아저씨가 타고 온 차를 타고 희망의 집으로 들어갔다. 그날부터 철재의 등에 무거운 짐이 달라붙어 떨어지지 않았다.
아직 창문이 캄캄한데 문을 두드려 열어주니 지배인과 아가씨가 왔다. 다른 배달원들도 오기 시작했다. 지배인님이 눈을 크게 뜨고 소리쳤다.
"집에서처럼 늦잠 자면 안 된다."
"알았습니다. 죄송합니다."
정신이 얼떨떨했다. 어제저녁처럼 조간신문을 실은 차가 와 경적을 울렸다. 또 우르르 나가 신문을 한 아름씩 들고 들어왔다. 광고지를 끼우고 자기가 배달할 신문을 들고 빨리빨리 사무실을 빠져나갔다. 시킬 필요도 없이 자기가 맡은 일은 자기가 다 처리하는 구조였다. 또 할아버지와 같이 나갔다. 기분이 너무나 좋았다. 근처에 공장도 많았고 음식집도 많았고 사무실도 많았다. 차차 자리를 잡는 대로 새로운 취직자리를 구해야겠다는 생각이 머리를 지배했다. 다음 날부터 더 부지런히 일어나 지배인과 아가씨가 오기 전에 세수하고 대기하고 있었다. 지배인이 웃으며 말했다.

"아침 먹었냐?"

"한 바퀴 돌고 와서 먹지요."

"힘들어?"

"아닙니다."

아가씨도 옆에서 방글방글 웃고 있었다. 아가씨는 알고 보니 이제 겨우 야간고등학교 3학년이었다. 아르바이트를 해 학비를 버는 아주 똑똑한 학생이었다. 동생 생각이 났다. 중학교 3학년이니 어머니가 계셨으면 응석을 부리고 자랄 터였다. 희망의 집에서 웃음을 잃고 아이들 틈에서 공부하는 것을 생각하니 빨리 더 나은 일자리를 찾아야겠다고 다짐했다.

매일 아침저녁으로 신문을 배달했고 수금을 해 지배인에게 주었다. 1개월이 되니 월급을 일제히 주었는데 사람마다 다 각각 다른 금액을 받았다. 신문을 많이 돌린 사람은 많이 받았다. 철재는 겨우 40만 원을 받았다. 한 달 동안 라면만 먹었다. 라면이 질리면 국수와 간장 한 병을 사다가 삶아서 간장을 국물에 타 먹었다. 학생이 김치를 그릇에 조금 담아다가 주기도 했다. 너무나 고마웠다. 김치가 없는 날은 라면이나 맨 국수만 먹었다. 그런데 40만 원 가지고는 남는 것이 거의 없었다. 처음에는 잠만 재워줘도 감사하게 생각했는데 남는 돈이 없으니 하루빨리 좋은 일자리를 찾아야겠다고 생각하고 신문을 배달하면서 일할 만한 곳을 눈여 겨보기도 했다. 어느덧 6개월이 흘러갔다. 수중에 모은 돈이 별로 없었 다. 중국집에 신문을 넣고 빨리 다른 집으로 달려가려고 하는데 주인아 저씨가 불렀다.

"야, 너 오토바이 탈 줄 알아?"

"자전거는 잘 타는데 오토바이는 안 타봤는데요."

"자전거 탈 줄 알면 한 시간만 배우면 탄다."

"아저씨, 왜요?"

"너, 우리 집에서 배달할 생각 없어?"

"얼마를 주실 건데요?"

"아주 잘하면 차차 올려주고 지금은 60에 먹고 자는 거지."

"아저씨 생각해 보구요."

"빨리 말해. 다른 사람이 오면 펑이야."

"신문 배달은 후임자가 있어야 그만둘 수가 있어요."

"그래 알았다."

생각해 보니 지금보다 월등히 나았다. 60만 원이면 이발하고, 목욕하 고, 용돈을 절약하면 그대로 모을 수가 있겠다고 생각했다. 가슴이 떨리 기도 했다. 빨리 후임자가 나타났으면 했다. 배달을 다 하고 사무실에 들 어가니 고등학생 하나가 지배인과 얘기하고 있었.

지배인이 지금은 자리가 없으니 주소와 전화번호를 적어놓고 가라고 학생에게 말했다. 그 틈에 철재는 얼른 말했다.

"지배인님. 후임자가 있으면 고만하고 싶어요."

"왜….."

"몇 개월 동안 라면만 먹고 사니까 죽을 것만 같아요."

"갈 데 있어?"

"철공소에서 오라고 했어요."

철재는 거짓말을 했다. 중국집이라고 말하면 당장 전화해서 항의할 것 같아 다른 곳을 댔다. 학생을 쳐다보니 깜짝 놀라는 시늉을 했다.

"그래, 좋아. 이 학생 훈련시켜."

"지배인님, 그동안 보살펴 주셔서 감사합니다."

"너 올 때부터 내가 다 알았어. 학생이 딱한 사정 같으니 잠깐 봐 주자고 해서 일 시킨 거야."

"너무나 감사했습니다."

그리고 지배인과 학생에게 처음 올 때처럼 허리를 굽혀 인사를 정중히 했다. 학생이 자기보다 선배가 인사하는 것을 보고 또 까르르 웃었다. 정말 감사해서 땅바닥에 큰절을 해도 될 것 같았다. 중국집에 신문 배달을 가서 따라온 학생이 못 듣게 후임자가 와 2~3일 내로 오겠다고 말했다. 아저씨가 웃으며 알았다는 듯 머리를 끄덕끄덕했다. 『아! 이렇게 하면 길이 열리는구나!』 막막하기만 하던 앞길이 열리는 것 같았다. 희망이 생기고 큰 소리로 노래를 부르고 싶은 심정이었다. 금방 좋은 집도 사고 차도 사고, 한꺼번에 다 이루어질 것만 같았다. 빨리 돈을 모아 동생은 물론 어머니도 찾아 같이 살고 싶었다.

중국집으로 가자마자 아저씨가 오토바이를 가르쳐 주었다. 시동 걸고 발로 기어 넣고 스타트만 배우면 그게 다였다. 자전거를 많이 타서 중심 잡는 건 일도 아니었다. 전에 본 대로 한 손으로 철가방을 들고 한 손으로 운전해도 잘 탔다. 아저씨가 웃으며 아주 좋아했다. 정말 쉴 새 없이 신나게 왔다 갔다 했고, 빈 그릇도 빠짐없이 잘 찾아오고 수금도 꼬박꼬박 받아다 아저씨와 계산했다. 아저씨와 아주머니가 철재가 동작이 너무 빠르다며 식사 시간에는 밥도 더 먹으라고 권하고 아주 아들처럼 웃으며 대해줬다. 정말 반찬도 없는 라면만 먹다가 밥을 먹으니 밥맛이 꿀

맛 같았다. 사람은 머리를 잘 굴려야 한다. 짐승도 살기 위해서 기억력을 더듬어 먹이를 찾는 것을 보았다. 곤충도 당할 수 없는 무서운 적을 만나면 죽은 척하는 것도 보았다. 웃음이 나왔다. 어떻게 해야 남보다 빨리 배달할까? 생각해 보았다. 근처 부동산에 배달을 가본 일이 있었다. 부동산 사무실 벽에는 근방의 지도를 크게 붙여놓았는데 거리와 번지수 그리고 건물들이 자세하게 표기되어 있는 것을 보았다. 『아! 나도 이런 지도만 있으면 골목도 쉽게 알고 가장 가까운 거리로 가는 것도 알 수가 있겠구나!』 하는 생각이 들었다. 그래서 배달을 가 아저씨에게 조그마하게 축소된 근방 지도를 부탁하니까

"너도 부동산 중개사를 해 보고 싶으냐?"

"아닙니다. 나는 배달하는 것이 전문이니까 지리를 잘 알아야 빨리 배달을 하지요."

"야, 너 괜찮은 아이다. 그래. 작은 일을 하더라도 머리를 굴려야 한다."

"정말 이런 지도가 있으면 참 좋겠어요."

"너, 학교 다녔어?"

"시골에서 고등학교를 나왔습니다."

"부동산을 오래 했지만 배달하는 사람이 지도를 부탁한 건 너밖에 없다. 그래. 내가 한 장 만들어 주지."

"사장님 정말 감사합니다."

"자장면을 배달하는 일도 머리를 써야 한다."

부동산 아저씨가 준 지도를 놓고 근방 지리와 건물을 외우고 지름길을 생각하고 날마다 밤에는 지도 공부를 했다. 낮에도 틈만 있으면 보았다. 주인아저씨가 보고 물었다.

"그것이 뭐냐?"

"이것이 근방 지도인데 부동산 사무실에서 얻었어요."

"뭘 하게?"

"이것을 보면 주문한 사람 번지 건물 위치를 아니까 배달이 빠르지요."

"하하하…. 철재가 보통 녀석이 아닌데." 하며 좋아하셨다.

한 달도 못 되었는데 아저씨가 이발하고 목욕하라며 돈을 주었다. 이거 나중에 월급 때 공제하는 거 아닌가? 속으로 생각하며 받았다. 그러나 아저씨는 제때 정한 액수를 꼭 주었다. 그래서 통장에 고스란히 넣었다. 돈이 쌓여가니 기분이 날아갈 것만 같았다. 용돈은 아저씨가 주는 것만으로도 충분했다. 따로 살 것이 없었다. 바지도 아주머니가 아들이 입던 건데 얼마 입지도 않았다며 맘에 들면 입으라고 주었는데 상표를 보니 미제였다. 『미제!』 청바지는 상상도 하지 못했던 옷인데 입어보니 맞춤같이 꼭 맞았다. 가죽같이 두꺼운 것이 부드럽기가 궁둥이 살을 만지는 것 같았다. 『왜 이런 옷도 안 입고 내놓았을까?』 하는 맘이 들었다. 오토바이를 타고 다니는 것이 아니고 오토바이를 타고 날아다니듯 했다. 옆집 가게 아저씨가 주인아저씨와 서서 얘기를 하다가 철재를 보고 웃으며 말했다.

"얼마 타지도 않은 녀석이 썩 잘 타네. 인마, 다리 부러져."

"달린다고 다 다리 부러지나?"

주인아저씨가 말을 받았다.

"아주 큰 업동이가 들어왔군. 그래."

"허허허…."

아저씨가 기분이 좋다는 듯 웃었다.

철재가 온 후 가게가 아주 바빠졌고 주문이 밀려 주방장이 몸살이 날 정도였으며, 땀을 흘리며 일해도 주문을 다 맞출 수가 없었다. 아저씨와 아주머니는 입이 함박만 하게 벌어져서 전화를 받으며 "예- 예-"를 연발하였고 그런 틈에도 나를 챙겨주었다.

"철재야, 콘 먹고 해라." 하며 슈퍼에서 콘을 사다 주기까지 했다. 철재는 자기 아버지 가게처럼 생각하고 정신없이 일했다.

"알았습니다. 갔다 와서 먹을게요." 하고 자장면이 식을까 봐 또 내달렸다. 주문이 많은 집 아저씨가 말했다.

"야, 너 참 빨라서 좋다."

"앞으로 너희 집에만 시킬 테니까. 잘해."

"알았습니다. 사장님."

주인아저씨와 아주머니도 전화 주문을 받으며 『배달하는 애가 빨라서 좋다.』라는 칭찬 소리를 듣곤 나에게 특별히 더 신경을 써주었다.

신문 배달을 처음 시작할 때 할아버지 생각이 났다. 작은 일도 성실하게 하고 신봉을 지키라고 하셨다. 정말 할아버지는 인생을 많이 사셔서 경험에 의한 말씀을 해 주신 것으로 생각했다. 이 세상은 자기 스스로 살아가야 한다는 것을 깨달았다. 옷도 내 손으로 빨지 않았다. 아주머니가 갈아입은 옷은 다 집으로 싸가지고 가서 세탁해 주었다. 아들은 한 번도 얼굴을 본 적이 없는데 자신과 비슷한 체격인가 생각되었다. 남방과 잠바도 아들이 입던 것이라고 몇 개를 갖다주었는데 철재 몸에 꼭꼭 맞았고 새것 같았으며 모두 다 이름 있는 상표였다. 주방장이 이 집 아들은 건달 같은 놈인데 대학 다닌다고 꺼덕거리기만 하고 공부도 못하고 부모가 돈을 잘 버니까 돈만 쓰는 물귀신 같은 놈이라고 말했다. 가게에는 한 번도 나타나지 않았다. 속으로 부러운 생각이 들었다. 자신은 죽으라고 밤늦게까지 일하고 겨우 60만 원을 받는데 놀면서 일류 옷으로 감고 다니다 그것도 입기 싫다고 벗어 던지고, 내가 제일 부러워하는 대학을 다니고, 세상에서 부모를 잘 만나는 것이 제일 큰 복이란 생각이 들었다. 그러나 철재 자신의 앞길은 이마에 땀을 흘리면서 개척해 나가야만 살길이 열린다는 것을 알고 있었다. 아저씨는 아주 큰 아파트에 살며 젊어서 중국집 주방장을 하다 돈을 모아 중국집을 차렸으며 주방장이 같이 일한 적도 있다고 말했다.

쉬지 않고 가는 게 세월이다. 어느덧 일 년이 지나갔고 통장에 5백여만 원이 쌓였다. 돈이 하나도 없을 때는 공연히 불안하고 초조한 심정이 가슴을 조였었다. 그런데 어느덧 부자가 된 기분이고 이렇게 모으다 보면 큰 부자가 될 것 같았다.『사람이 말을 타면 종 부리고 싶다.』라는 속담을 들은 적이 있는데 반찬도 없이 라면만 먹던 것을 생각하면 너무나 좋은 환경인데도 돈을 더 많이 받는 곳은 없을까? 하는 생각을 하는 때도 있었다. 밤참으로 자장면을 제일 잘 시키고 어떤 때는 탕수육도 몇 개씩 시키는 철공소가 있었다. 그 사장과 손님이 서로 서류를 보고 따지면서 사장은 그렇게 하면 공짜로 해주는 것이라면서 그 가격에는 어림도 없다고 거절하였고, 주문자는 그만하면 되지 뭘 더 욕심을 부리냐고 옥신각신하는 얘기를 배달 갔다 많이 듣기도 했다. 대개 천만 원을 넘는 액수가 오고 갔으며, 어떤 때는 3천5백만 원을 부르고 주문자는 3천으로 하자고 사정하는 소리를 듣고 놀라기도 했다. 일하는 기술자가 10여 명인데 너무나 큰돈이 오고 가는 것을 생각하니 이 사장은 돈을 자루에 쓸어 담는 것 같다는 생각이 들었다. 공장은 육중한 기계가 쉴 새 없이 돌고 쇠를 깎고 반짝반짝 빛나는 스테인리스 철판을 기계가 바쁘게 자르고 찍어 내었다. 조금 보아서는 무엇을 만드는지 알 수가 없었다. 어느 때는 천장에 닿을 만한 기계를 실어 와 사다리를 놓고 올라가 수리하는 것도 보았다. 이런 것을 보는 것도 공부라고 생각하고 머릿속에 기억해 두었다. 자장면은 한 그릇에 겨우 5천 원인데 하루에 200개를 팔아야 100만 원이다. 밀가룻값과 양념값을 제외하면 남는 것이 많지 않을 것이다. 자장면 장사로 돈 벌기는 어렵겠다는 생각이 들었다.

마음에 조금 여유가 생기니 동생이 궁금했다. 그간 너무 바쁘고 편지할 틈도 없었다. 이제 고등학교 2학년이 되었을 것이다. 어머니와 연락은 되었는지, 그렇지 않으면 어머니가 얼마나 보고 싶을까? 부모 있는 아이들이 하고 다니는 것이 얼마나 부러울까? 사춘기가 되었으니 멋도 내고 싶고 사고 싶은 것이 얼마나 많을까? 생각이 꼬리를 무니 눈물이 나오려고 했다. 용돈을 조금 보내주고 싶은 생각이 들었다. 우선 먼저 원장님께 편지를 하는 것이 도리다. 6년간을 밥 먹이고 학교를 보내주신 분이니….

『원장님과 사모님, 그간 안녕하십니까? 맨주먹으로 서울에 올라와 두렵기 그지없었지만 신문 배달을 처음 시작해 잠잘 곳도 마련되고 밥도 먹고 살았습니다. 받는 돈이 너무 적어 어려움이 많았는데 대신 여기저기 신문을 배달하다 보니 많은 것을 보게 되었습니다. 다른 일자리를 만나 월급도 더 받고 부지런히 일하고 있습니다. 장차 성공할 수 있는 기술을 배우려고 맘을 먹고 있습니다. 목사님의 설교를 들을 때 하나님은 사람을 사랑하시고 기르신다고 하셨고, 착하게 살면 천 대까지 갚아주시고, 죄를 지으면 4대까지도 벌을 받는다고 말씀하셨습니다. 제가 하고 싶은 일을 꼭 찾아 열심히 일해 남과 같이 살 것입니다. 지금 일하는 곳에서도 주인에게 칭찬도 듣고 자식같이 사랑을 받고 있습니다. 동생은 공부를 잘하고 원장님과 사모님의 일을 잘 도와주는지 궁금합니다. 내외분께서 건강하시고 오래오래 사시기 바랍니다. 이철재 올림.』

며칠이 지나 답장이 왔다.

『철재야. 네가 여기 있을 때에도 여러 가지로 잘하더니 서울에 올라가 잘 지내고 있다니 하나님께 감사드린다. 네 동생은 지난 여름방학 때 『희망의 집』을 떠나 돌아오지 않고 있는데 같은 반 학생과 같이 나갔다는 소식을 들었다. 경찰서에 신고도 했고 수사를 계속하고 있으나 두 사람 모두 찾을 수가 없다고 했다. 어디에 있든지 무사하기만 바란다. 늘 주 예수님을 믿고 기도하며 살아라. 원장 서.』

가슴이 철렁 내려앉았다. 이 세상에 하나밖에 없는 동생이 없어졌다니 기가 막힐 일이었다. 어머니가 새삼 더 원망스럽기까지 했다. 우리 어머니는 왜 다른 어머니들과 같지 않을까? 아버지는 너무나 착하고 일만 아시고 아주 뜨거운 중동에 가서 고생하며 돈을 벌어 부쳐주셨는데, 아버지가 피땀을 흘린 대가라는 것을 잊어버리고 그 아까운 돈을 가지고 허영을 부리고 집안을 하루아침에 망하게 했을까? 남편 없는 홀어머니도 어린 자식을 의지하고 온 힘을 다해 자식을 기르고 가르쳐서 훌륭한 사람을 만들고, 집안을 부흥시킨 어머니들이 예로부터 많았다는 것을 『위인전』에서 똑똑히 읽어보았다. 그래도 나를 낳아주셨으니 어머니는 어머니다. 나와 동생을 낳아주지 않았으면 내가 이 땅에 살아있을 수가 없다. 태어난 것이 얼마나 다행인가! 고생을 조금 참고 월급을 모으고 절약하면 나도 나이가 중년에 이르면 괜찮게 사는 사람이 될 것이란 희망을 가지고 있다.

어디에 살든지 잘 지내고 계시면 내가 성공하여 꼭 찾고 동생도 찾아 같이 살아야겠다고 결심했다. 철공소에 너무나 자주 배달을 가니까 사장님이 아주 친절하게 대하고 농담도 잘하셨다.

"너, 촌놈이지?"

"예, 아주 깡 촌놈입니다."

"깡 촌놈은 뭐야?"

"저 녀석, 하늘이 3천 평밖에 안 되는 곳에서 산 놈 아냐?"

얼굴이 넓적하고 입술이 손가락 하나를 덧붙이고 땜질한 것같이 내민 다른 아저씨가 거들며 농담을 했다.

"우리 동네는 하늘이 2천 평도 못 되는데요."

"짜식, 배달만 하더니 말솜씨만 늘어가지고. 인마, 기술을 배워! 그래야 잘 살지."

"누가 시켜주나요. 뭐?"

그러자 사장님이 말했다.

"너 잠잘 곳은 있어?"

"없어요."

"그럼 어디서 자?"

"중국집 가게서 자고 먹어요."

"그럼 많이 못 받겠는데."

어쩐지 대답하기가 거북해서 우물쭈물했다. 철재는 그 작은 돈도 알토란같이 생각하고 모으고 있다. 그런데 천만 원 단위의 돈이 오가는 것을 생각하니 갑자기 초라한 느낌이 들었다.

"너, 지금부터 기술을 배우면 10년 후에는 돈도 많이 받고 일류 기술자가 된다."

입술 큰 아저씨가 말했다. 그 아저씨는 얼굴을 보아 우리 아버지와 비슷한 것 같았다. 마음에 와닿는 소리였으나 중국집 아저씨와 아주머니의 얼굴이 금방 떠올랐다. 신문 배달하며 라면만 먹을 때 나를 불러 일을 시켜주고, 뜨거운 밥을 먹게 해준 나에겐 정말 구세주 같은 분이었고, 지금은 자식같이 대해주니 고만두겠다는 말이 나올 것 같지 않았다. 다른 데 가서 일하겠다고 얘기하는 것이 배반하는 것이 되고 죄를 짓는 것 같았다. 그래서 대답하지 않고 수금하고 그릇을 챙겨서 돌아왔다. 그릇을 내리며 아저씨와 아주머니의 얼굴을 쳐다보니 방금 전에 들었던 이야기를 혹시라도 알까 봐 가슴이 마구 뛰었다. 아주머니가 수건을 가지고 와 얼굴을 닦아주며 아들을 대하듯 다정하게 말했다.
"자동차 조심해라. 철재야."
"예, 염려 마세요. 챙겨서 타고 있어요."
"특별히 택시를 조심해. 그놈들 일당을 못 채우면 오토바이를 일부러 받고 시비 걸고 일당을 챙기는 악당들이 많다고."
아저씨가 설명을 더했다. 며칠이 지나고 철공소에 밤참 배달을 갔다. 철공소 사장님도 더는 말하지 않았다. 그러나 밤에 잠자리에 누워 가만히 생각해 보니 지금은 나이가 어리니까 자장면 배달을 해도 괜찮지만 나이를 더 먹으면 하기가 어렵고 영구적인 직업이 못 된다는 것이 떠올랐다. 또 결혼을 하면 이 월급으론 살림을 할 수가 없고 여자들이 이런 직업을 가진 남자를 좋게 볼 것 같지도 않았다. 그리고 자장면 배달은 매우 위험한 일이다. 자동차가 개미 떼같이 다니고 점심시간을 중심으로 일하기 때문에 자동차 속을 헤치고 다니려면 위험한 때가 한두 번이 아니었다. 어느 때는 택시와 충돌할 뻔해서 성난 택시 기사가 뛰어나와 얼굴을 가격해 얻어맞은 적도 있었다. 먼저 급히 빠져나가려고 하다 택시를 받을 뻔했고, 택시는 놀라서 『삑-』 급정거를 했다. 손님이 이마를 앞 의자에 박아 죽는다고 소리를 질렀다. 그래서 자신이 잘못한 걸 생각해 맞고 그냥 넘어갔다.

『꿩의 마음이 콩밭에만 가 있다.』라고, 한번 그런 얘기를 들으니 마음은 철공소에 가 있었다. 어느 날 그릇을 찾으러 갔을 때 모두 모여 커피를 마시고 있었다.
"야, 철재. 너도 커피 한 잔 마셔라."
사장님이 말했다.
"감사합니다."

"철재 너, 아가씨가 따라주는 커피 처음 먹어보지?"
입술 두꺼운 아저씨가 미소를 띠고 말했다.
"예, 처음인데요. 가슴이 떨리네요."
"하하하…."
모두 폭소가 터졌다. 다방 아가씨도 유쾌하게 웃었다.
"너, 장가들어 봤어?"
"장가가 뭔지 몰라요."
"저놈, 총각 딱지도 안 떨어진 놈이구나!"
"저 녀석, 말솜씨 좀 봐. 숫총각같이 생겼나?"
"너, 아가씨 손 좀 만져봐라."
"무서워서 싫어요."
"하하하."
"엉큼한 녀석. 속으론 좋으면서."
아가씨가 내 손을 덥석 잡으며
"따듯한 걸 보니까 숫총각 같네."
"하하하…."
"아가씨, 저 녀석 장가 좀 보내 줘."
"부모가 장가를 보내주는 거지. 내가 어떻게 장가를 보내 줘."
"하하하."
아가씨가 얼굴색 하나 변치 않고 서슴없이 말해 아주 크게 폭소가 터졌다. 하도 자주 다니니까 나를 가지고 유쾌한 농담이 오고 가기도 했다. 철재는 기회를 찾고 있었다. 자기와 비슷한 또래의 청년도 있었다. 화장실을 가는 것을 보고 뒤따라가 같이 소변을 보는 척하고 물어보았다.
"월급을 얼마나 받아요?"
"2년 반을 일했는데 120만 원밖에 안 준다니까."

그러면서 공장장은 450만 원을 받는다고 알려줬다. 공장장이 바로 그 입술 두꺼운 아저씨였다. 기술을 잘 배우고 나면 대우가 좋은 곳으로 찾아다니면 될 것이다. 기술이 없으면 서러움을 당하고 월급도 많이 달라고 할 수가 없다. 그런 후 그 청년이 사장님에게 배달하는 애가 관심을 보인다는 얘기를 했는지 사장님이 더 친절하게 말도 걸고 농담도 했다. 오늘은 아침부터 날씨가 흐리고 비가 올 것도 같고 몸이 움직임이 무거웠다. 맘이 들떠 있어서 그랬는지 골목에서 나오는 택시를 발견하지 못했다. 너무 세게 달리다가 미처 택시를 피하지 못해 택시가 오토바이 꼬리 부분을 받아 나가떨어졌다. 무릎을 길바닥에 부닥쳐 일어날 수가 없었다. 교통경찰이 오고 차에 실려 병원으로 갔다. X-ray 촬영을 해 보더니 뼈에 금이 가 1개월은 지나야 걸을 수 있을 것 같다고 했다. 의사 선생님이 지휘봉으로 가리킨 X-선 사진을 보니까 철재 눈으로도 실금이 있는 것이 똑똑히 보였다. 겁이 덜컥 났다. 이 직업도 못 하면 어떻게 될까? 장애자가 되면 어떻게 살아갈까? 무릎에 깁스를 해 한쪽 다리가 번 다리가 되었고 무겁고 불편해 죽을 지경이었다. 목발을 겨드랑이에 걸고 아픈 다리는 땅에 대지도 못하고 걸어야 했다. 소변은 그런대로 서서 보니까 괜찮은데 대변은 앉기가 불편해 고역이었다. 첫날 저녁은 통증이 심해서 잠을 이룰 수가 없었다. 아저씨, 아주머니가 출퇴근할 때 와서 걱정을 많이 해줬다.

"우리 철재가 저리 아프니 어떻게 한담."

아주머니가 탄식처럼 말했다.

"괜찮아요. 다 제가 너무 서둘고 급하게 달려 사고를 당했는데요. 뭐!"

"네가 없으니까 배달 독촉이 얼마나 심한지 죽겠다. 아저씨는 너처럼 오토바이도 못 타고 굼벵이처럼 느리니까 내가 답답해서 죽을 지경이다. 네가 빨리 나아 일했으면 좋겠다."

자신은 아파 죽겠는데 자기네 욕심대로 장사 안 되는 것만 말하고 있었다. 우리 어머니라면 그런 말은 하지 않을 것이다. 오직 후유증이 남을까 봐 걱정만 할 것이다. 돈을 주고 사람을 부리니까 남의 아픈 사정은 모르고 빨리 부려먹을 생각만 하고 있는 것이다. 피가 안 섞이고 어디까지나 남이니까. 그래도 아침저녁으로 보러 오는 것만도 고맙고 간식거리를 가져다주는 것이 고마울 뿐이었다. 아프고 저려서 잠을 못 이루다가 잠깐 선잠이 들었는데, 오토바이를 타고 달리다가 아슬아슬하게 비켜 가자 택시 운전사가 창문을 열고 욕을 마구 하는 꿈을 꾼 적도 있었다. 아주머니, 아저씨는 빨리 나아 배달을 하려니 하지만 철재는 점점 마음이 멀어져 감을 느꼈다. 한번 다치고 나니 오토바이가 보기도 싫었다.

2주쯤 지나니 통증은 거의 없는데 깁스 속이 가렵기도 하고 날마다 눈을 뜨면 오토바이를 타고 날아다니는 것처럼 살다가 침대에 누워서 TV만 보니 답답해서 미칠 지경이었다. 그렇다고 병원 밖으로 지팡이를 짚고 나가 걷기도 싫었다. 사람들이 오토바이를 타다 넘어진 사람으로 보는 것 같았고, 누구보다도 힘이 넘친다고 생각한 자신이 지팡이를 짚고 다니는 신세가 되어 남 앞에 나타난다는 것이 싫었다.

날짜는 쉬지 않고 지나가 한 달이 지났다. 의사 선생님이 X-ray를 찍어서 사진을 자세히 보더니 잘 붙었다고 말했다. 그 말을 들으니 날아갈 것만 같았다. 깁스를 톱으로 썰어 벗겨냈다. 철재는 금방 뛰어다닐 줄만 알았다. 퇴원을 했지만 다리가 굳어서 잘 움직이질 않았다. 의사 선생님이 따뜻한 물로 자주 닦고 운동을 많이 하라고 했다. 찜질방에도 자주 가고 운동도 열심히 했다. 얼마 지나지 않아 잘 걸을 수가 있었다. 아저씨와 아주머니의 성의를 봐서 조금 더 일해야겠다는 생각이 들었다. 오토바이를 또 탔다. 그런데 한 달 전과는 많이 달라졌다. 이제는 주문이 전보다 적어서 드문드문 다녔다. 아주머니가 늘 울상을 지었다.

"왜 이렇게 주문이 줄지."

철재는 장사가 잘 안되니 그것도 걱정이 되었다.

"철재가 안 다쳤으면 그대로 유지되는 건데, 다쳐가지고 배달을 제대로 못 하니까 맥이 끊어지고, 영- 엉망이 되네."

아주머니가 푸념을 하는 데 자신이 다친 것도 원망 속에 포함되었다. 철재는 듣기가 거북했다. 다 자기네를 위해 열심히 일하다 다쳤을 뿐인데…. 넘어졌을 때 그 통증은 잊을 수가 없었다. 시간이 지나갔으니까 잊힌 것이지 그때의 아픔은 어떠한 돈으로도 변상이 안 되는 것이다. 아저씨 혼자 배달을 해도 쉬엄쉬엄할 수가 있었다. 철재는 철공소에 배달을 가 그동안 넘어져서 다리가 부러져 입원해 있다가 나왔다고 말했다. 사장님이 듣고 금방 말했다.

"너, 괜찮은 녀석이다. 그러고도 또 오토바이를 타니."

"저도 한번 넘어지니까 이젠 무서워요. 기술 배우고 싶어요."

"그래, 잘 생각했다."

"주인아저씨에게 말하겠어요."

"언제든지 오면 받아줄게."

철공소에서 돌아오니 아저씨와 아주머니가 장사를 마무리하고 집으로 가려고 했다.

"사장님 말씀드릴 게 있어요."

"뭔데? 내일 말해."

"제가 일하기가 거북해요."

"왜?"

"장사가 잘되어야 저도 보람 있고 재미도 있는데, 사장님 혼자 배달을 해도 바쁘지 않은데 저는 공밥 먹는 거나 마찬가지고요. 거기다 월급도 주시고."

"야, 아무 소리 말고 해. 장사가 잘되는 때도 있고 안 되는 때도 있는 거지. 뭐!"
"그래, 철재야 네 생각이 좋다. 너도 좋은 데 있으면 가서 일해라."
아주머니가 얼른 아저씨의 말을 가로채 말했다.
"그냥 있어."
"제가 싫다는데 왜 억지로 일을 시켜?"
"우리 눈치 보는 거야. 괜찮아. 그냥 해."
"집 팔아다 월급 줄 거유?"
아저씨와 아주머니가 퇴근하려다 말고 언쟁이 났다.
"사장님 그동안 너무나 고마웠습니다. 지나가다 틈 있으면 오기도 할게요."
"갈 데는 있냐?"
"철공소로 가려구요."
"그간 수고 많이 했다."
"자식처럼 사랑해 주신 것 잊지 않겠습니다."
"내일 출근하면 가거라."
"예, 감사합니다."

철공소에서 일하니 자동차와 부닥칠 염려는 없었지만 잠잘 곳이 없었다. 철공소 안에 방이 하나 있었는데 먼저 온 형들이 셋이나 그 방에서 살고 있어 철재는 있을 곳이 없었다. 세 명이 사니 좁다고 서로 나가라고 다투는 소리도 들었다. 다행히 철재는 모아둔 돈이 있었고 자동차 사고로 보상받은 것이 있었다. 같이 일하는 형이 혼자 방을 얻어 사는데, 방세를 반씩 내고 보증금도 반을 내라고 했다. 할 수 없이 그 방법으로 하기로 했다. 아침은 형과 해 먹고 점심과 저녁은 공장에서 주었다. 조금 안정되니까 언제 기술을 다 배워 월급도 많이 받고 좋은 집도 사고 폼 나게 사나? 하는 마음이 앞섰다. 그리고 자동차 정비소에서 경험했던 것과 같이 선배들에게 또 시달림을 받았다. 쥐꼬리 같은 기술도 기술이라고, 먼저 왔다는 이유로 시키는 대로 잘하지 못하면 못살게 구는 게 기술 세계였다. 사장님과 공장장님은 말도 없고 좋은데 기술도 없는 주제에 뭐든지 시켜먹고 종처럼 부리려는 사람이 있었다.

금방 2개월이 흘러갔다. 사장님까지 열 명인데 7명은 결혼을 안 한 총각들이었다. 그래서 식사하고 잠깐 쉬는 시간이면 아가씨 얘기로 시간을 채웠다. 점심을 먹고 나서 한 형이 농담을 시작했다.

"오늘 작업 마치고 우리 철재 장가보내 줄까?"

"그거 좋지. 철재 너 총각 딱지 떼고 장가가야지. 첫날밤 새색시한테 그것도 제대로 못한다고 엉덩이 발로 챈다."

"맞아. 요새 처녀들은 서툴게 하면 일어나서 걸어찬다는데."

"하하하."

"어떻게 해야 안 차이나요?"

"철재가 벌써부터 겁이 나는가 보다."

"하하하."

"그러니까 우리가 미리 연습을 시켜주는 거지."

"어떻게 연습을 하는데요."

"하하하."

"그런 거 배우려면 먼저 술부터 한잔 사는 거야. 인마."

"에이, 공술 먹고 싶으니까?"

"하하하."

"저 녀석이 장가가고 싶은 맘은 있는가 본데."

입술 두꺼운 공장장님도 거들었다.

"결혼한 형들한테 물어보면 되지요. 뭐!"

"야, 거저 그런 걸 가르쳐 주는 사람이 어디 있어. 너희 아버지한테 물어볼래?"
"하하하."
"그러면 다 큰 놈이 그런 것도 모른다고 아버지한테 엉덩이 차이지."
"아버지한테 차이고 새색시한테 차이고 엉덩이 부어 터지겠다. 인마."
"하하하."
"그런 거 연습할 필요 없어요."
"어째서?"
"새색시가 시키는 대로 하지요. 뭐."
"하하하."
"인마, 요새 색시가 보통인 줄 알아? 나가서 잘 배워가지고 오라고 엉덩이를 찬다니까."
"하하하."

모두가 입을 헤 벌리고 한마디씩 하며 철재를 가운데 두고 놀렸다. 분위기가 매일 이랬으면 좋겠다. 그런데 일할 때는 딴판이었다. 날카로운 철판을 잡으라고 시켜 다칠까 봐 조심하는 것이 자기 맘에 안 들면 발로 차려고 대들었다. 가끔 차이고도 참았다. 『두고 보자. 나도 큰소리칠 때도 있을 거다.』 철재는 기술 있다고 형들처럼 하지 않겠다고 다짐도 했다. 처음 하는 일은 다 서툴지, 한 번 보고 어떻게 다 잘할 수가 있나? 마음속으로 굳게 다짐만 했다. 돈은 사람의 마음을 기쁘게 한다. 월급을 받은 날 모두가 기분이 좋아서 벙글벙글하는 와중에 한 형이 저녁에 한잔하러 가자고 제의했다. 사장과 공장장을 제외하고 모두 찬성했다.

"에이, 사장님과 공장장님은 사모님들한테 혼날 테니까 대답도 못 하시고, 총각 때가 좋지."

한 형이 두 사람을 걸고 농담을 했다.

"야, 혼나긴 뭘 혼나? 너희들이 내 술 뺏어 먹으려고 수작을 부리니까 그러지."
"우리가 산다니까요."
"너희가 산다고 말하고 술값 안 내고 다 달아나면 누가 내?"
"그야, 사장님이 책임져야죠."
"봐라. 금방 들통나지."
"하하하."
"그래, 좋다. 너희들 이번 달 작업하느라 혼났으니까 내가 한잔 산다."
"사장님, 참말 멋쟁이시다."
합창하듯 여러 사람이 말했다.
"나도 젊어서는 한자리에 앉아서 사흘을 계속 술 마신 때도 있었다."
"그러고도 외나무다리 건너서 집에 가셨지요?"
"하하하."

사장이 술을 산다고 하니까 모두 입이 바지게만큼 벌어지고 연방 폭소가 터졌다. 마음이 벌써 술집에 가 있었고 작업이 끝나기만 기다렸다. 사장님이 이번 달 일이 많아 수입이 좋았다며 직원들 맘도 사려고 허풍까지 떨며 술을 산다고 했다. 모두 세수도 하고 음식집으로 갔다. 주인아주머니가 놀라는 시늉을 하며 반갑게 맞아주었고 한쪽 자리를 비워서 모두가 앉았다. 철재는 처음이지만 아마 단골로 다니는 집인 것 같았다. 삼겹살을 굽고 술도 마시고 배가 부르게 먹었다. 생전 처음 잘 먹었다. 음식점을 나와서 사장님, 공장장님과 전부 작별 인사를 했는데 그래도 부족한 형들이 있었는지 한쪽에 모여 수군수군했다. 철재도 같이 사는 형하고 뒤를 따라갔다. 조금 가다가 택시가 오니까 다 타라고 했다. 어디를 가는지 한참을 갔다. 목적지에 온 것 같았다. 모두 차에서 내렸다. 생전 처음 와 보는 곳이었다. 앞선 형들을 따라 어떤 집으로 우르르 들어갔다.

중년쯤 된 화장을 짙게 한 아주머니가 웃음을 띠고

"손님들 오셨다. 잘 모셔라." 하니까 가슴이 거의 다 드러나고 허벅다리가 다 나온 옷을 걸친 아가씨가 방실방실 웃으며

"한 분씩 들어오세요." 했다.

제일 큰 형이 먼저 따라 들어가고 차례차례 들어갔다. 마지막 철재 차례가 왔다. 철재 얼굴에 아가씨의 얼굴이 닿을 듯 대고

"처음 왔지요?"

나직이 말했다.

"…."

"내가 잡아먹을 거야."

무슨 뜻인지도 모르고 얼떨떨하기만 했다. 그 아가씨가 손을 잡고 끌어서 그대로 잡힌 채 끌려가 뒷방으로 들어갔다. 좁은 방에 앉으라 하고 나가버렸다. 조금 있으니까 다른 아가씨가 들어왔다.

"악!"

소리를 지르고 아가씨가 철재 가슴으로 쓰러졌다.

"어!"

소스라치게 놀랐다. 철재는 눈이 잘 보이지 않는 것 같았고 입이 굳어서 말이 나오질 않았다. 아가씨가 철재 가슴에 얼굴을 묻고 흐느끼기 시작했다. 그대로 몸이 굳어서 죽는 것만 같았다. 동생을 이런 곳에서 만나다니….

"어떻게 된 거냐?"

대답도 없이 울기만 했다.

"말해 봐."

여름방학 때 친구가 서울 구경 가자고 해서 따라왔는데 서울역에서 어떤 아저씨가 취직하고 싶으면 좋은 곳이 있는데 소개해 주겠다고 말했단

다. 취직이 되면 300~400을 벌 수 있다고 해서 정말 우리들이 그런 곳에 취직할 수 있나? 하고 좋아서 소개해 달라고 했단다. 따라오라고 해서 둘이 따라가니까 어떤 집에서 재워주고 밥도 먹여 주고 용돈도 주며, 취직을 하려면 좀 기다려야 한다고 했단다. 다른 아가씨들도 몇 명이 있었다. 시장에서 새 옷도 사주고 취직되면 조금씩 나누어 갚으면 된다고 친절하게 대해주었단다. 한 달쯤 지나서 이곳에 오게 됐는데 내용을 알고 울면서 싫다고 하니까 깡패들이 때리고 그동안 들어간 돈 다 내놓으라고 하며, 천만 원을 가져오면 나갈 수 있고, 못 가져오면 그 돈 다 갚을 때까지 일하라고 윽박질렀단다. 이야기를 듣던 중 밖에서 형들이 빨리 나오라고 마구 불렀다.

"철재야, 철재야. 저 녀석 본전 다 뽑고 가려나?"

"스님이 고기 맛보면 빈대도 다 잡아먹는다더니, 철재 큰일 났다."

"알았어요."

길게 대답했다.

"며칠 있다가 다시 올게. 철공소에서 일하는데 돈이 조금 있어."

동생에게 말하고 바지를 만지며 나오니까

"형들이 일제히 본전 한 번에 다 뽑으려고 했냐?"

"엉큼한 녀석이라니까."

남의 속 타는 사정은 모르고 다 한마디씩 놀려댔다. 사정 얘기는 싹 감추고 숙소로 돌아왔다. 교통사고 보상금으로 7백만 원을 받아 통장에 입금해 놓은 것을 가지고 동생을 빼 오려고 생각했다. 같이 사는 형에게 그곳을 물어보았다. 형이 웃으며 말했다.

"철재, 너 재미 들었구나."

"아니야, 그냥 물어본 거야."

"너 거기가 유명한 텍사스 골목이야. 혼자 가서 기웃거리다 깡패들에게 걸리면 매 맞고 돈 털리고, 알았지."

"재미가 있어서 그런 게 아니야."

"그럼 왜 금방 또 찾아가려고 하냐? 모두 같이 갈 때만 따라가라."

"알았어, 형."

며칠이 지나 작업이 좀 일찍 끝나 동생을 찾아갔다.

처음에는 손님이 온 줄 알고 반갑게 대했다. 그런데 이정심이 내 동생이라고 말하고 만나게 해 달라고 했더니 갑자기 돌변해서 돈을 많이 떼먹고 달아났다고 물어내라고 오히려 떼를 썼다. 어떻게 대답해야 할지 더듬더듬하니까 건장한 사람 셋이 나타났다.

"야, 네가 이정심 오빠야?"

"예."

"너 이 새끼, 돈 물어내 놔."

다른 사람이 또 걷어차며

"우리 돈 떼먹고 달아났단 말야. 너 잘 왔어."

그대로 있다간 맞아 죽을 것 같았다. 후닥닥 밖으로 튀어나와 마구 달렸다. 죽을힘을 다해 달아났다. 뒤를 돌아다보니 쫓아오지 않았다. 근처에 파출소가 있어 들어갔다. 순경 한 사람만 있었다. 사정 얘기를 다 했다. 수첩을 놓고 다 기록했다. 그래서 동생이 빚진 돈을 갚아주고 데려와야 하겠으니까 같이 가 보자고 했다. 그때 순찰차가 문 앞에 정차를 했고 순경 3명이 들어와 물을 마시려고 했다.

"박 순경 뭐야?"

"동생이 텍사스촌에서 일한다는 거야."

"그래? 집에서 달아났나 보지."

"아닙니다. 고등학생인데 친구와 같이 서울 구경 왔다가 어떤 아저씨가 취직시켜 주겠다고 해서 속아서 그런 곳에 갔답니다."

"알았어요. 우리가 수사를 해 볼 거니까."
"지금 가 봤으면 좋겠어요."
"지금 가도 감춰놓으면 못 찾으니까. 안 되지."
"며칠 전에 봤어요."
"경찰이 가면 다 숨어버리고 문밖에 나가. 조금만 걸어가도 누군지 모르지. 우리를 믿고 가라고, 전화, 연락처 다 있지?"
"다 기록해 놓았어." 순경이 대답했다.
"그럼 일 보고 기다려요. 우리가 수사하면 되니까."

더는 사정할 수가 없었다. 그리고 깡패들 때문에 근처에 또 가보기도 무서웠다. 일하는 아가씨를 데리고 가면 영업이 안 되니까 돈을 떼먹고 달아났다고 억지를 쓰며 근방에 못 나타나도록 깡패를 동원하는 것 같았다. 어떤 사람 말에 의하면 불법으로 아가씨들을 끌어와 그런 영업을 하니까 입을 막으려고 업소에서 돈을 파출소에 바친다는 소리도 들은 적이 있었다. 그러니까 이유를 그럴듯하게 대고 수사를 하겠다고 얼버무리고 곤란하니까 회피하는 것만 같았다. 마음대로 경찰을 데리고 갈 수도 없고 높은 사람 『빽』도 없으니 어찌할 수가 없었다. 눈물이 나오려고 했다. 동생이 억울하게 그런 곳에 가서 있어도 구제할 수가 없으니 마음이 타는 것만 같았다. 그렇다고 철공소에서 창피하게 얘기할 수도 없어 끙끙 마음고생만 했고 그 생각을 하면 일이 손에 잡히지 않아 같은 짝 형이 연장을 집어달라고 말했는데도 못 들어 발길로 차이기도 했다. 또 무거운 철물을 마주 들고 가다 다리가 걸려 넘어져 쇳덩이가 형의 발등 위에 떨어지기도 했다.

"아야, 철재 너 이 새끼 잘 잡아야지."
"형이 걸려서 넘어진 거지."

양말을 벗고 보니까 발가락 세 개가 허물이 벗겨지고 피멍이 들었다.

그런데 자기가 잘못해서 다치고도 철재에게 화풀이를 했다. 일어나더니 철재의 따귀를 세게 갈겼다. 철재는 순간 너무나 분했다. 철재도 형의 얼굴을 주먹으로 가격했다. 뒤로 나가떨어졌다. 일어나더니 굵은 철사 도막을 잡고 철재를 사정없이 마구 갈겼다. 철재는 맞는 곳마다 살을 칼로 베는 것같이 아팠다. 망치가 옆에 있어 자루를 잡고 한 번 휘둘렀다. 그 형의 다리가 맞았다. 아이쿠, 아이쿠- 하면서 나가떨어져 뒹굴면서 소리 질렀다. 사람들이 모여들었고 사장님과 공장장님도 와 보고

"왜? 일은 않고 쌈질만 해."

사장님이 벽력같이 소리를 질렀다. 철재는 억울해서 눈물이 났다.

"사장님, 이 형이 넘어지고 내가 잘못했다고 때리는 겁니다."

"이 새끼, 나를 골탕 먹이려고 미니까 넘어지지."

"나도 무거우니까 간신히 들었는데 밀긴 뭘 밀어?"

"새끼가 꾀만 부리고, 연장을 달라고 해도 먼 곳만 쳐다보고."

"기계 소리 땜에 잘 못 들은 거지."

"개새끼, 뺀들뺀들 변명만 하고."

"다른 형하고 일할 땐 한 번도 말 들은 적 없어."

"내가 사장이라면 너 같은 건 일 안 시키겠다."

"형은 동생도 없어? 나만 발로 차고 다른 형들한텐 한 번도 안 맞았어."

사장님이 듣고는

"둘 다 똑같다. 모두 일해." 했다.

"사장님, 못 일어나겠어요."

형이 앉아서 말했다.

"철재한테 터지고 창피하지 않아? 그만두고 일해."

"무릎이 너무 아파 병원에 가 봐야겠어요."

"형이 가면 나도 갈 거야. 철사로 갈겨서 살이 다 나갔다고."

"너 옷 벗어봐."

사장님이 말했다. 철재는 작업복을 벗으니 여기저기서 피가 흘러 티셔츠에 핏물이 뱄다. 사장님이 보고 깜짝 놀라 눈을 크게 뜨고 물었다.

"뭐로 쳤어?"

"철사로 맞았습니다."

"너는?"

"저 새끼, 망치로 쳤어요."

"둘 다 감방에 들어가야 되겠다. 날마다 서로 보고 일하는 놈들이 서로 치고받고 안 되겠구먼."

"차 가져와."

사장님이 말했다. 다른 형들이 그 형을 부축해서 차에 태웠다. 철재는 조수석에 타고 사장님이 운전하고 병원에 갔다. 사장과 철재가 형의 양어깨를 끼고 병원 안으로 들어갔다. 의사 선생님이 이야기를 듣고 X-ray를 촬영해 보라고 했다. 내 상처를 보고는 얼굴을 찡그리며 상처를 만져 보고 너무 깊은 곳이 많다며 무엇으로 맞았냐고 물었다. 철사로 맞았다고 대답했다. 상처를 꿰매고 2주 정도 치료를 해야 한다고 했다. 잠시 후 X-ray 사진을 기사가 가져왔다. 의사 선생님이 보고 얼굴을 찌푸리며 말했다.

"무릎뼈가 박살이 났네. 이거 큰일 났네. 수술해야 되는데, 뼈가 조각이 많아 다 붙이기가 어렵겠는데. 수술 준비해."

철재는 자신의 몸도 아프지만 큰일 났다는 생각이 들었다. 자신도 스물한 살이나 되었다. 힘으로 하면 안 맞고 살 수 있다. 선배라고 무조건 깔보고 치는 것은 잘못이다. 평소 그 사람은 성질이 괴팍해 철재를 제일 많이 발로 찼다. 철재는 상처가 깊은 곳은 바늘로 꿰매고 통원 치료를 받으라고 해 돌아왔다. 형은 4시간 걸려 수술을 받았다고 사장님이 돌아와

서 말했다. 철재에게는 아무 말도 하지 않았다. 철재는 아침마다 병원에 가 치료받고 난 후 병실로 찾아가 그 형을 볼 때마다 잘못했다고 빌었다.

"너 땜에 신세 망치게 됐으니까 너, 알아서 해." 하고 화를 풀지 않았다. 자기가 먼저 때리고 철사로 쳐서 참을 수가 없어 잠깐 사이에 일어난 일이 결과적으론 철재가 덮어쓰게 되었다. 집에 와 누워서 생각하니 사고로 보상받은 걸, 주고 해결하는 것이 좋을 것 같았다. 같이 사는 형한테 상의를 했다.

"한 푼도 줄 거 없어. 그 사람이 먼저 치고 너도 많이 다쳤는데."

"그래도 고소하면 내가 물어줘야 되지 않나?"

"너도 고소하고 치료비 달라 하면 서로 상계하는 거야."

다음 날 가서 봉장을 주고 이것으로 해결하자고 말했다. 그 형은 아무 소리 하지 않았다. 그런데 옆에 있는 사람이 말했다.

"장차 우리 형님은 일도 할 수 없을 텐데 이것 가지고 되겠어요? 치료비도 안 돼요."

"나도 사정이 딱한 놈이에요. 봐주세요."

"우리도 똑같아요. 형님이 일 못 하고 고향에 가면 살 수가 없어요. 1억 정도는 보상해 주어야지."

기가 막혔다. 천만 원도 줄 돈이 없는데 아주 보상을 받아 한 살림 차리려는 듯했다. 희망의 집에서 살았다는 얘기는 죽어도 하기 싫었다.

"부모님이 다 돌아가시고 동생만 있어서 어떻게 할 수가 없어요."

"좋은 해결이 없으면 우린 법대로 할 거니까."

"나도 너무 맞았어요. 형이 먼저 치고 더 많이 때렸지만 맞다가 내가 막은 것이 이렇게 됐어요."

"그래서 우리 형님이 나쁘다는 거야?"

"내 사정을 모르고 보상만 해달라고 하니까 설명한 겁니다."

"후회하지 마. 우리는 충분히 말했으니까."

시비를 벌이려고 했고 더 이상 말해도 소용없어 돌아왔다. 두 주가 지나 내 상처는 다 나았지만 상처 자국이 그대로 남아있어, 허벅다리와 등에 굵은 줄기가 가로세로로 나고 그 자리가 산소용접 한 것같이 솟아올라 와 마치 고문을 받은 것 같았다. 창피해 목욕탕에 갈 수가 없었다. 그래도 일을 마치면 형을 찾아갔다. 그 형은 철재의 얼굴을 보지 않으려고 벽을 보고 돌아누워 쳐다보지도 않았다. 경찰서에서 출석요구서가 철공소로 왔다. 철재는 사장에게 그것을 보여주었다. 사장이 보고서 언짢은 듯 말했다.

"짜식, 고소는 뭘 해. 알았어. 내가 가서 말해줄 테니까."

겁이 났지만 사장님이 말해 준다고 하니까 좀 걱정이 덜 되었다.

다음 날 아침이 되었다. 사장이 차를 가져오라고 했다. 철재보고 타라고 하며 모여든 직공들에게 웃으며 말했다.

"철재, 대궐 가는 날이다."

"철재야, 파이팅. 사실대로 잘 말해."

"너도 고소해. 똑같아."

형들이 다 한마디씩 말했다. 경찰서 앞에 와 차에서 내렸다. 사장님과 같이 안으로 들어갔다. 가슴이 두근두근했다. 사장님이 수사과라고 문패가 붙어있는 문을 열고 들어가 경찰들에게 인사를 했다.

"사장님이 어떻게 오셨어요?"

"일들 잘하시나 감독 나왔어요."

"하하하."

"일 잘하니까 염려 마시고요. 앉으세요."

"내가 보니까 참! 일 잘하시네요. 상부에 잘 말해 줄 테니까요."

"하하하."

사장님과 경찰들이 매우 친한 것 같았다. 금방까지 무섭게 생각되던 곳이 웃음소리가 연방 나니까 철재도 웃음이 나왔다. 사장님이 출두요구서를 주자 받아보고서

"에이, 왜 쌈들 하고 골치 아프게 해. 이철재 씨 이리 와요."

책상 앞으로 가 허리를 굽혀 인사를 했다.

"앉아요."

사장님은 멀찍이 앉아 조사받는 것을 보고 계셨다. 주소와 성명부터 부모 등등 세세하게 다 묻고는 컴퓨터를 쳤다. 싸움한 동기도 물어서 자세히 말했다. 그런데 형이 싸움은 먼저 시작했지만 자신이 더 가격이 강해서 상대방이 12주의 진단서가 발부되었다고 했다. 3주 이상의 진단서가 발부되면 구속을 해야 한다고 말했다. 철재는 걱정이 앞섰다. 치료비로 7백만 원을 통장째 주었다고 말했다. 나중엔 조사 경찰이 철재를 보고 맞고소를 하라고 말했다. 쌍벌죄로 하면 형이 좀 가벼워진다고 했다. 최대한 변상도 했고 상당한 상처도 받았으니까 똑같이 처벌된다고 했다. 조사가 다 끝나고 지장을 찍으라고 했다. 지장을 찍고 나서 질문을 했다.

"고소를 어떻게 하는 건가요?"

용지를 주었다. 들고 서 있으니까 여기다 쓰라고 불러주었다. 그래서 쓰고 마지막 내 이름을 쓴 곳에 지장을 찍으라고 시켰다.

"이철재는 오늘 수감해야 하니까 사장님이 수고 좀 해 주세요."

"나도 할 일이 있나요?"

"사장님은 이철재 진단서를 받아 오세요."

"아이고, 답답한 놈들. 싸우고 다리 부러지고 구속되고 큰일 났구나. 일은 바빠 죽겠는데…."

"돈 좀, 천천히 버세요."

"돈도 못 벌고 몸만 고단한데 둘씩이나 일을 못 하니, 내 참."

사장님이 가려고 했다.

"사장님 죄송합니다. 저 땜에 고생만 하시고."

"그래, 조금 참아라. 내가 걔한테 잘 말할 테니까."

"감사합니다. 안녕히 가십시오."

구속된다고 하니까 마음이 불안했다. 『그냥 한 대 맞고 말았으면 일이 안 터졌을 건데.』하고 금방 후회가 되었다. 그 형은 자기도 별 기술도 없으면서 못살게 굴었다. 참아 왔는데 얼굴을 때려 순간적으로 주먹이 나갔다. 그 일은 더 생각하기도 싫었다. 『구속되고 잘못되면 내 계획이 점점 멀어져 가고 발전이 더디게 진행되겠지…. 부모가 있는 사람은 부모의 힘으로 쉽게 살 수 있고 기반도 닦아지는데 나는 중학생 때부터 혼자가 되었으니 나의 앞길은 산을 넘으면 또 산이 나타나고 희망이 넘치는 곳은 나타나지 않을 것 같네.』

"이철재 너 쌈 잘해?"

"저는 힘도 없습니다. 밥 얻어먹고 살려고 시키는 대로 하고 살았습니다."

경찰관 한 사람이 사무실을 왔다 갔다 하다가 말을 걸었다.

"너 유치장에 들어가서도 쌈하면 안 된다."

"저는 먼저 사람을 패 본 일이 없습니다. 『희망의 집』에서 살아 아무 힘도 없습니다."

"못 먹어서 그래?"

"못 먹어서 그런 게 아니고 믿을 게 하나도 없으니까 그렇지요."

"다른 사람은 믿는 게 있나?"

"부모가 있는 사람은 어릴 때도 기를 펴고 살지만 나는 어려서부터 부모가 없으니까 눈치만 보고 살았지요. 뭐!"

"그러면 네가 시조가 되겠다."

"나도 아버지 이름을 확실히 알아요. 중학교 1학년 때 돌아가셨으니까요."

"어머니도 있을 거 아냐?"

"어떻게 된 건지 모르죠."

자랑할 것은 하나도 없고 속으로 창피한 생각이 들어서 묻는 말을 대개 모른다고 대답했다. 수사과에 조금 앉아서 보니까 조사받는 사람들이 아주 많았다. 도둑질하다 잡혀 온 사람, 강도질한 사람, 남의 집에 들어가 여자를 성폭행한 사람, 거짓말하고 돈 떼먹고 사기 친 사람 등등 경찰들이 아주 바쁘고 어려운 직업이란 것을 금방 알았다. 그리고 경찰이 없으면 어떻게 될까? 한마디로 힘센 자가 왕이 될 것 같았다. 경찰이 잡아들이고 조사하는 일이 너무나 큰 일이라는 것을 다시 한번 깨달았다. 괜히 경찰을 욕하는 사람들을 보았는데 알고 보면 범죄를 저지르고 잡혀가 혼난 사람들이 공연히 화풀이로 욕을 한다는 것도 알았다. 저녁때 조사받은 사람들과 같이 수갑을 채우고 차에 태워 어디로 싣고 갔다. 어마어마하게 큰 건물 앞에 차를 세우고 내리라고 했다. 가슴이 뛰었다. 『아! 여기가 가둬두는 곳이구나!』 생각하니 누르는 물건이 없는데도 무엇으로 압박하는 것 같았고 마음이 얼떨떨함을 느꼈다. 서류를 직원에게 넘겨주니까 한 사람씩 이름을 부르고 간단하게 주소, 성명, 죄명, 생년월일 등을 기록했다. 인솔했던 경찰들은 가고 교도관이 모두 큰 대문 앞으로 데리고 갔는데 쪽문을 열어주어 들어갔다. 이제는 밖으로 나갈 수가 없구나! 하는 생각이 들었다. 담이 얼마나 높은지 사람의 힘으론 넘을 수가 없고 새나 날아서 넘나들 것 같았다. 사무실로 따라 들어가니 줄을 맞춰 앉혀놓고 한 사람씩 이름을 불러 세워놓고 말했다.

"너는 이제부터 이철재가 아니고 2036번이다."

죄명 생년월일 등 몇 가지를 물어보았고 『아픈 곳이 없는가?』 물어보앉다. 철재는 죄명이 『폭행치상』인데 다른 사람들을 보니 『강간치상』 『주거침입 절도』 『노상강도』 『살인 미수』 등등 앉아 있던 사람들이 다 무서운 사람들인 것을 처음 듣고 놀랐다. 그런데 얼굴은 다 똑같았다. 조사가 끝나자 뒷방으로 들여보내고 전원이 다 파란 옷으로 갈아입게 했다. 벗은 옷은 자루에 각각 넣으라고 했다. 철재가 입은 상의 가슴에 명찰처럼 흰 바탕에 『2036』이라고 크게 찍혀있었다. 교도관이 데리고 가는 곳마다 철창문을 열고 들어갔다. 어느 곳에 이르자 앉게 하고 그릇에 다식처럼 찍은 밥을 한 덩이씩 담고 국을 조금 담은 국그릇을 한 사람씩 주었는데 우리와 똑같은 옷을 입은 사람이었다. 인솔한 사람이 그곳에 있는 직원에게 인계하자 쪽지를 보고 번호를 불러 각 방문 앞에 앉게 했는데 마치 학교 복도 같이 길었고, 각 방문 위에 번호가 붙어있었으며 같이 간 사람들이 각 방으로 한 사람씩 들어가 얼굴 본 사람이 하나도 없었다. 그래서 더 서먹서먹했다. 철재 차례가 와 방문을 열어 주었다. 밥그릇과 국그릇을 들고 들어갔다. 바닥에 내려놓고 허리를 90도로 굽혀 인사를 했다. 한눈으로 봐 대강 십오 명은 될 것 같았다. 다리를 길게 뻗고 앉은 사람이 물었다.

"너, 죄명이 뭐냐?"

"폭행치상입니다."

"요놈 봐라. 얼굴은 순하게 생긴 놈이 폭력행위라고!"

"애인을 말 타려고 하다가 안 들으니까 때렸겠지, 뭐."

"하하하."

"강제로 말 타면 안 되지."

"잘 만져주고 뽀뽀해 주어야 말 잘 듣지."

"저놈이 서투르군그래."

"하하하."

언덕을 넘어 59

철재를 세워 놓고 여러 사람이 놀리다가 재미가 없었던지 "배고프겠다. 밥 먹어라." 했다.

"예."

"이리 와. 여기가 네 자리다."

"예."

어떤 사람이 자기 옆자리를 가리켰는데 방 귀퉁이였다.

"밥 먹고 저 어른한테 큰절을 올려라. 깜방장님이시다."

"예."

다리를 뻗고 반은 누운 사내가 무서운 감방장이란다. 건방지다고 남을 때리고 구속되었던 사람이 교도관은 하나도 안 무서운데 감방장이 호랑이보다 더 무서운 사람이라고 하는 얘기를 들은 적이 있다. 밥을 다 먹고 절을 하려고 감방장 앞으로 가 절하려는 자세를 취했다. 그러니까 감방장이 말했다.

"고만둬라. 나중에 해라."

다른 사람이 밥그릇을 물로 닦으라고 시켰다. 닦고 나니 행주질까지 시켰다. 벽장에 잘 넣어두라고 했다. 바둑을 두는 사람, 장기를 두는 사람, 열심히 들여다보고 있는 사람들은 나를 쳐다보지도 않았다. 무서운 감방 신고식이 있다는 소리를 들었는데 그런 걸 시키지 않아서 언제 닥칠까 맘을 졸였다. 그런데 『점검』이라고 밖에서 소리치니까 방에 있는 사람들이 재빨리 줄을 맞추어 앉았다. 『번호』 소리가 방 앞에서 나자 하나, 둘, 셋, 넷… 열여섯 철재가 제일 끝번이었다. 점검이 끝나고 또 장기 두고 바둑 두고 끼리끼리 앉아 잡담을 했다. 철재는 할 말이 없어 가만히 있으니까 지낸 이야기를 물어보아 대강대강 대답했다.

"그 자식은 집행유예 정도 받고, 너는 잘못하면 걸리겠다."라고도 했고, "돈을 더 주고 합의를 해야지 잡혀 들어오면 안 된다."라고 말하는 사람도 있었다. 모두 다 법률로 밥 먹고 사는 변호사처럼 말했다.
 "남자가 맞고 살면 송장이나 마찬가지지. 이왕 들어올 바엔 아주 삭 바쉬놓지, 슬쩍 치고 징역만 살면 억울하지!" 하고 말하기도 했다. 둘러앉아 철재 얘기를 들은 사람들이 모두 걸리긴 했어도 잘했다고 말했다. 그런 말을 들으니 마음이 어느덧 가라앉고 죄를 짓고 온 사람은 하나도 없는 것같이 보였다. 얼마나 시간이 지났는지 『취침』 하는 소리가 밖에서 들렸다. 모두 부산하게 자리를 깔고 몇 사람씩 같이 이불도 덮고 누웠다. 철재 자신이 누운 자리 옆이 화장실이란 것도 알았다. 냄새가 조금 나는 듯했으나 방 안 냄새도 변소 냄새와 비슷해 별로 크게 느낄 수가 없었다. 모두 발을 가운데로 뻗고 양쪽으로 8명씩 누웠다. 몇 시나 되었는지 통 알 수가 없었다. 방 안에는 시계도 없고 달력도 없었다. 눕자마자 여기저기서 코를 고는 사람, 헛소리를 하는 사람, 무얼 먹는 것처럼 쩝쩝거리며 자는 사람, 가지각색이었다. 신고식은 자다가도 살그머니 깨워서 시킨다는 말을 들어 잠이 잘 오지 않았다. 장가가는 신랑처럼 거꾸로 매달아 놓기도 하고 말 타듯 올라타고 놀이도 하고, 별별 짓을 다해 죽지 못해 살아났다고 말하는 것을 자동차 정비소에 있을 때 들었다. 떨떠름한 속에서 선잠이 들어 하룻밤이 지나갔다. 『기상』 하는 소리가 나니까 모두 일어나 이불과 삼단으로 접히는 요를 개서 귀퉁이에 보기 좋게 쌓아 놓았고 방문이 열리며 『세면』 하는 소리가 들려왔다. 세면실은 복도로 나가 옆에 크게 있었다. 철재는 치약, 칫솔, 수건 아무것도 없어서 맨손으로 얼굴에 물만 바르고 왔다. 손도 제대로 닦기 전에 담당 교도관이 "빨리빨리 들어가." 하며 외쳐 철재는 정신을 차릴 수가 없었다. 치약은 공동으로 사용하고 수건과 칫솔은 각각 사용했다. 감방장이 철재의 빈손을 보고 나서 말했다.
 "『2036번』에게 칫솔과 수건을 장만해 줘라."

어떤 사람에게 말하니까 즉시 새 칫솔과 수건을 벽장에서 내서 철재에게 주었다.

"감사합니다."

허리를 90도로 굽혀 감방장에게 인사를 하고 준 사람에게도 인사를 했다. 『점검』하는 소리가 나자 어제저녁과 똑같이 했다. 조금 있더니 『배식』하는 소리가 들려왔다. 그릇을 내서 밥그릇만 겨우 드나들 만한 구멍으로 아주 기계처럼 빠르게 밥을 받고 국도 사람 수대로 받고 반찬도 받았다. 둥그렇게 둘러앉아 먹기 시작했다. 모두 며칠씩 굶은 사람들처럼 밥을 먹고 빈 그릇을 내놓았다. 받은 물로 설거지도 하고 방 안 청소도 하고 열심히 하니까 사람들과 금방 친해졌다. 감방장이 무섭다고 하더니 꽁상에서 보던 형들보다 몇백 배나 착한 사람으로 보였다. 모든 것을 공동으로 하고 먹는 것도 공평하게 했다. 철재는 돈이 한 푼도 없었다. 그런데 빵, 과일 등등 공동으로 구매해서 똑같이 먹었다. 금방 큰 후회가 되었다. 이왕 들어올 줄 알았으면 합의금 7백만을 주지 말고 가지고 와서 얻어먹지만 말고 사주기도 했으면 얼마나 좋았을까? 같이 살던 형이 "한 푼도 줄 거 없다."라고 말했는데 그 말을 듣지 않고 준 것은 자신이 너무나 사회 경험이 없기 때문이었다는 것을 실감했다. 방 안 사람들이 하나같이 좋은 사람들이라 이 사람들이 죄를 짓고 왔는지 의심이 들 정도였다. 자신을 동생같이 생각했고 빵도 더 먹으라고 주는 형도 있었다. 나가면 모두 신세를 갚아야겠다는 생각이 들었다. 며칠이 지나갔는지 알 수가 없었다. "2036번 접견" 담당 교도관이 문 앞에서 불렀다. 문을 열어주어 나갔다. 다른 교도관이 면회 온 사람들을 모두 데리고 어디론가 갔다. 대기실에 있다가 번호를 불러 가보니까 유리창 너머로 사장님이 서 있었다. 눈물이 나오려고 했다. 억지로 참고 인사했다,

"안녕하십니까?"

"철재야. 배는 안 고프냐?"
"괜찮아요. 바쁘실 텐데 어떻게 오셨어요?"
"그 자식이 말을 안 들어 죽겠다."
"너무 걱정하지 마세요. 다 제가 잘못했어요."
"너 돈도 없지?"
"통장과 도장을 다 그 형한테 주었어요."
"한 푼도 안 받았다고 하던데."
"사장님 너무 신경 쓰지 마세요. 징역 살고 나가겠어요."
접견 시간이 다 되었다고 교도관이 말했다.
"내가 가져온 돈이 적다. 조금 넣어줄게."
"염려 마세요. 안녕히 가십시오."
"몸, 조심해라."
사장님이 5만 원을 영치시키고 가셔서 직원이 통장처럼 기재된 것을 주었다. 그것을 받아 들고 자신도 빵을 사겠다고 방 안 사람들에게 말했다. 감방장이 웃음을 띠고 말했다.
"2036번, 그 돈 나중에 네가 꼭 필요할 때 써라."
"저도 남잔데 얻어먹기만 하고 말면 안 되지요."
"너는 그게 네 총재산인데 그걸 다 쓰고 어떻게 할래?"
감방장님은 철재를 이렇게 살펴주었다. 그러니까 공동구매를 해도 철재의 통장은 가져가지 않았다. 감방장이 무섭다는 건 헛소리였다. 철재는 21세까지 살아오는 동안 자신을 보살펴 준 사람들 중에 제일 훌륭한 사람 같았다. 얼굴에 잡티 하나 없고 잘생겼으며 40대 중반쯤 될 것 같았는데 꼭 자신의 아버지 같은 생각이 들었다. 날마다 밥을 거르지도 않고 때마다 주었는데 또 중간에 빵과 과자 등 간식을 사서 나눠 먹고 장기 두고 바둑 두고 빈둥빈둥 놀기만 했다. 몸이 무거운 것이 체중이 늘어나는 것이 느껴졌다. 저울로 달아보면 10kg은 더 나갈 것 같았다. 가끔 재판 날이라고 해 몇 명씩 불려 나갔다가, 저녁때 돌아와 모두 얼굴에 핏발을 세우고 푸념을 했다.

"판사, 그 새끼 나가면 때려죽일 거야. 글쎄 내가 10년이라니. 죽일 새끼."

"그 새끼 입이 터진 대로 말하는 놈이야. 나는 15년이야."

아주 착해 보이던 그 사람들이 그런 형벌을 받다니 아마도 돈이 없어서 그렇겠지? 하는 생각이 먼저 들었다. 겁이 벌컥 났다. 자신도 한 10년 때리면 어떻게 하나? 그 사람들이 형을 받고 온 걸 보니까 남의 일 같지 않았다.

어느 날 감방장도 재판받으러 나갔었는데 돌아와서 누구를 원망하거나 욕하는 일도 없고 아무 말이 없었다. 그는 얼굴이 평상시처럼 편안했다. 다음 날 감방장에게 면회가 와 방을 나갔다. 방을 나가 사방 끝도 다 가기 전에 한 사람이 말했다. "어제, 감방장 사형선고 받고 왔다."라고 크게 말해 방 안 사람들이 다 들었다. 그 사람들 중에서 제일 놀란 것이 철재였다. 그 소리를 듣자마자 가슴이 뛰었다. 저 사람이 헛소리 하는 거지, 그럴 리가 없다고 생각했다. 한 달쯤 되니까 같은 방에 있는 사람들의 죄명을 차차 알게 되었다. 15년을 선고받은 사람은 이번이 칠성이라고 했고,『주거 침입 강도 강간』을 저지르고 체포되었다고 했다. 10년을 선고받은 사람은 별이 다섯인데『강도』질을 한 사람이라고 했다. 감방장은 죄명이『부녀자 유인 강도 살인』이라고 해 너무나 놀랐다. 같이 일을 저지른 사람을 공범이라고 하는데 주모자가 감방장이라고 조용히 말해줬다. 감방장 번호에는 붉은 글씨로『가』자가 쓰여 있었는데 공범표시라고 했고 다른 공범은 각각 다른 방에 있다고 했다. 서로 모의할까 봐 접촉을 못 하게 한다는 말도 들었다. 감방장은 사회에 있을 때, 기가 막히

게 춤을 잘 춰서 여자들이 줄줄 따라다녔고, 『멋쟁이 신사』로 통하는 사람인데 돈이 억수로 많은 여자가 바람이 나 감방장을 쫓아다니다가 감방장의 꾐에 빠져 돈만 뺏기고 죽기까지 했다고 말했다. 별이 뭔가 했는데 그게 교도소를 들어온 숫자라는 것도 알았다. 얼굴로 보나 평상시 말씨를 보나 어디 그런 죄를 저지를 사람같이 보이질 않았다. 방 안에서 별로 할 일도 없지만 후배들을 살펴주고 공평하게 하고 빵 한 조각을 더 먹으려 하지 않았고, 늘 나를 보고 "『2036번, 막내』 너 많이 먹어라. 한참 크는 놈이 배곯으면 안 되지, 더 먹어라." 하고 살펴주었다. 이다음 사회에서 만나면 이웃에서 같이 살고 싶은 사람들이었다. 철재도 교도관이 기소가 되었다며 지장을 받아 갔다.

날이 어두워지고 밤이 가고 날 새고, 한참 흘러간 어느 날 "2036번." 하고 문 앞에서 크게 불렀다. "예." 하고 대답하니까 "너 오늘 공판 날이다." 밖으로 나오라고 했다. 아주 많은 사람들이 불려 나왔다. 다른 사동에서도 많이 나왔다. 『야, 죄지은 사람 참 많구나!』 나오는 대로 줄을 맞추어 착착 앉게 하고 인원수를 세고 또 세었다. 대강 2백여 명은 넘을 것 같았다. 교도관들이 한 사람씩 수갑을 채우고 긴 끈으로 또 묶었다. 여러 대의 버스에 태워 어디론가 달렸다. 창밖을 내다보니 울긋불긋 옷을 입은 여자들이 지나가는 것을 보니 몇 년 만에 처음 구경하는 것 같았고 구속되기 전엔 나도 저 속에 있었다는 사실이 새삼스럽게 느껴졌다. 아는 사람 하나 없어도 꼼작도 못 하게 묶여서 이리저리 끌려다니는 것을 생각하니 참 죽을 지경이었다. 『참을걸!』 하는 후회가 또 가슴을 쳤다.

어떤 곳에 도착해서 줄줄이 내렸다. 지시하는 대로 문으로 들어갔다. 높은 대 위에 큰 의자 세 개가 나란히 놓여 있고 아래에도 책상이 있는데 양쪽으로 나뉘어 『검사석』과 『변호인석』이란 패가 놓여 있었다. 재판장 앞에서는 수갑을 풀어주었다. 시간이 되었는지 검은 법복을 입은 판사가 들어와 가운데 의자에 앉았다. 재판이 시작되었다. 몇 사람을 불러 세웠다. 철재도 이름을 불렀다. 생년월일을 묻고 난 후 희망의 집에서 몇 살까지 살았느냐고 물었다. 대답이 끝나자 "사람을 흉기로 때려 큰 부상을 입히고 불구가 되었는데 어떻게 생각하는가?" 하고 물었다.

"잘못했습니다."

대답을 마치자 결심을 한다며 다음 재판 날을 말했다. 얼떨결에 자세히 듣지도 못했다. 결심이 뭔가 돌아와 방 안 사람들에게 물어봤다. 재판을 끝낸다는 말이라고 했다. 사실 자신이 더 억울한데 억울한 말은 한마디도 못 했다. 어느 날 또 번호를 불러서 문밖으로 나가니까 공판 날이라고 했다. 전과 같이 가서 재판을 받았다. 생년월일 물어 대답하니까 "피고인은 검사가 징역 2년을 구형했는데 초범이고 장래를 참작해 징역 1년 6월에 처한다. 억울하면 1주일 이내에 항소하시오." 했다.

그리고 다른 사람을 심문해 더 말할 틈도 주지 않았다. 철재는 재판받을 때 억울한 말을 판사에게 하소연하면 다 되는 줄만 알았다. 구치소로 돌아온 후 담당 교도관이 『항소』를 하든지 아니면 『항소포기서』를 내라고 말했다. 방 안에서 말하길

"너는 항소를 해도 더 득 볼 것이 없다. 항소하면 들었다 놓고, 재판받은 날짜를 공제해 주지 않아 징역 사는 날짜만 손해를 본다."라고 말했다. 그래서 『항소포기서』를 냈다. 다음 날 담당 교도관이 소지품을 다 가지고 나오라고 했다. 다른 교도관이 딴 곳으로 데리고 갔다. 기결사라는 곳으로 갔는데 징역이 확정된 사람만 수용하는 사동으로 철재도 징역살이가 시작된 것이다. 그날 오후 호출해서 나가니까 어디로 데리고 갔다. 어떤 사무실에서 교도관이 어려서부터 자란 과정 등을 세세히 다 물어봤다. 상담을 마친 후 동정적인 어조로, "너는 초범이고 후견인이 없으니까 기술을 잘 배우고 출소해, 잘 살라."라고 말해 주었다. 매일 밖으로 불려

나와 청소도 하고 그런대로 크게 어려운 일도 없이 며칠이 지나갔다. 담당 교도관이 소지품을 다 가지고 나오라고 했다. 마음이 떨떠름해 물어봤다.

"왜요?"

"다른 교도소로 이송 간다."

"저는 여기 있고 싶은데요. 담당님."

"서울 구치소는 재판받는 사람만 수용하고 형이 확정되면 다른 교도소로 가야 한단다."

여러 사동에서 또 많은 사람들이 나왔다. 『다 징역을 받은 사람들이구나.』 자신과 같이 말 못 할 억울한 사람도 많이 끼어있으리라 생각했다. 번호를 불러 각각 나누어 줄지어 앉게 했다. 의정부, 춘천, 안양, 수원, 인천 소년교도소 등등 가는 곳이 아주 많았다. 철재는 수원교도소라고 쓴 종이가 놓인 곳 앞에 앉게 했다. 재판받을 때처럼 수갑을 채우고 긴 끈으로 묶어 각각 버스에 태웠다. 고등학생 같은 애들도 많았는데 그 사람들은 인천 소년교도소 팻말이 있는 곳으로 데리고 갔다. 재판을 받고 난 후 금방금방 모르는 사람들과 섞이고 흩어 놓으니까 마음을 어디에 둘 곳이 없었다. 자신을 챙겨주는 사람은 하나도 없었다. 열다섯 살까지 겨우 부모와 살아보고 희망의 집으로 들어가 많은 애들 속에 섞여 있었지만 마음은 항상 외로웠다. 그럴 때마다 『아버지가 안 돌아가셨으면.』하고 아쉬운 마음이 늘 한구석을 차지했었고 다른 아이들과 부닥칠 때마다 더 그런 생각이 지배했다. 가끔 동생을 살펴보면 집 모퉁이에 혼자 서서 허공이나 멀리 언덕을 바라보고 멍하니 있었다. 그때마다 어머니의 행위가 한없이 밉기도 했고, 그런 날은 잠을 잘 이루지 못하는 때도 많았다. 어렵던 고비를 잘 헤치고 넘어가는 듯했으나 큰 바위가 갑자기 자신을 가로막아 그만 미끄러져 깊은 골짝으로 떨어진 느낌이 들었다. 『부모님이 낳아놓으면 혼자 살아가야 하는 거지.』하면서도 왜 이렇게 운명이 거친 곳으로 마구 흘러가는지 아무리 생각해도 알 수가 없었다. 다른 사람들은 아무 생각 없이 사는 사람들처럼 행동했다. 서로 얘기하고 떠들다 지적을 받기까지 했다. 낯설고 새로운 곳에 떨어졌다. 밥 주고 재워주는 것은 서울이나 똑같았다.

방 안에는 감방장이라고 부르지는 않았지만 그와 비슷한 반장이 있어 모든 생활을 이끌어 나갔다. 또 교도관의 상담을 받았다. 다음 날 두 사람이 구두를 만드는 작업장으로 갔는데 동기생으로 서로 금방 얼굴을 익히고 얘기도 나누었다. 나이가 철재보다 다섯 살이나 많았다. 작업반장이 담당 교도관에게 인사도 시켰다.

"담당님, 신입이 왔습니다."

허리를 굽혀 인사를 했다.

"어, 그래. 일을 잘 배워 사회에 나가서 살아가는 데 도움이 되도록 하고, 특히 이 안에서 싸움을 하면 절대 용서할 수가 없다."

아주 강한 어조로 말했다.

"예, 잘 알겠습니다."

똑같이 합창을 하듯 말했다. 교도관님은 40대로 보이고 얼굴이 아주 유순하게 생긴 분이었다. 작업장은 매우 넓었는데 한눈에 둘러보니 군화도 만들고 신사화도 만들었다. 기계도 있고 작업을 분담하여 능숙하게 일하는 사람들이 많았다. 처음이니까 또 뒷바라지가 일의 전부였다. 작업을 하던 중 운동시간도 있어 운동장으로 전원이 이동해 자유롭게 운동도 했다. 배구공, 축구공을 개인적으로 가지고 있는 사람들이 있어 각각 취미대로 운동을 할 수 있었다. 서울과 매우 달랐다.

저녁 식사 후 방 안에 들어와 잠자리에 들어서 생각이 어지럽게 일어났는데 언제 징역 받은 날이 다 지나가 담 밖으로 나갈까? 하는 것이 머리를 지배했다. 방 안에서 형기가 다 되어 출소하는 사람도 있었다. 나가기 전 2~3일은 일을 시키지 않고 대기를 시키다가 출소를 한다고 했다. 아주 부러웠다. 세월은 쉬지 않고 갔다. 구두를 만드는 기술도 많이 익혔다. 아주 우수하진 못해도 짓는 방법과 요령을 어느 정도 할 수 있었다.

1년 남짓 배워서 구두를 만드는 일류기술자가 되기는 사실상 어려웠다. 적어도 수년을 정성껏 일해야 익숙해지고 사람들이 신고 싶어 하는 구두를 만들 수가 있고, 유행하는 모델을 꾸준히 연구하고 전문 잡지를 보고 많이 만들어 봐야 한다고 고참이 말했다. 하루가 24시간이 아니고 12시간이었으면 좋겠다. 그래야 세월이 빨리 지나갈 것 같았다.

날마다 애타게 기다리던 날이 다가왔다. 내일이면 출소하게 된다. 날이 밝기도 전에 깨워 소지품을 다 가지고 나오라고 교도관님이 말했다. 사무실로 데리고 갔는데 자신이 입고 왔던 옷을 주었고 신상 등을 확인하고 돈도 6만 원을 『작업 상여금』이라며 주었다. 공장에서 일한 것을 교도소에서 정한 일당을 모았다가 준 것이다. 철공소 사장님이 준 영치금 5만을 쓰지 않고 두었다 이곳으로 올 때 신고했는데 그 돈과 합해서 11만 원이 되었다. 큰 문 밖으로 나왔다. 같이 나가는 사람도 여러 명이 있었는데 다른 사람들은 가족들이 와서 반갑게 맞이하고 차에 태워 금방 사라졌다. 철재는 혼자서 터벅터벅 걸어갔다. 마중 나올 사람이 없으니 세상에 버려진 사람 같았다. 물건은 낡아서 쓰지 못하면 버리는데, 자기는 아직 쓸모가 있을 것 같기도 하고 쓸모가 없을 것 같기도 했다. 자신이 스스로가 그렇게 만들었다고 금방 머릿속에서 답을 찾았다. 때가 지나고 다 구겨진 옷을 입었고 머리도 짧았으며 금방 뭘 하던 사람이냐고 물어볼 것 같았다. 버스가 다니는 길까지 걸어 나와 서울행 버스를 탔다. 다른 사람들은 집이 있어 갈 곳이 있지만, 자신은 집도 없고 찾아갈 곳이 없으니 큰 산이 가로막는 느낌이 들었다. 그래도 중국집 아주머니와 아

아저씨 생각이 제일 먼저 떠올랐다. 그 집으로 가보기로 했다. 복잡한 서울에 도착해 버스에서 내려 찾아갔다. 주인이 다른 사람이었다. 겨우 1년 8개월쯤 지났는데 주인이 바뀌다니. 옆집 아저씨에게 물어보았다.

"그 사장, 너 떠난 후 장사가 안돼 팔고 딴 곳으로 갔다."

"어디로 이사 갔나요?"

"나도 모르지, 시골로 농사지으러 간다고 하더라."

철공소로 가보기로 했다. 근처에 가니 공장에서 기계 돌아가는 소리가 안 나 앞으로 가보니 문에 자물쇠가 잠겨 있었다. 야, 이게 웬일일까? 잠깐 사이라고 생각되는데 두 집이 다 문을 닫았으니 참으로 알 수가 없었다. 아침도 굶었다. 그런데 배가 도무지 고프지 않았다. 같이 살던 형을 찾아가 보자 생각하고 시내버스를 타고 갔다. 변두리 종점 근방 작은 언덕이었는데 근처부터 달라졌다. 어라, 자신이 살던 집이 어디에 있었는지 알 수가 없었다. 그 일대가 다 연립주택을 새로 지어서 짐작도 하기 어려워졌다. 판잣집보다 나을 것이 없었는데 밀어내고 새로 짓고 거리도 생기고 말할 수 없이 깨끗해졌다. 그 형을 만나야 반을 부담한 방 보증금을 찾을 수가 있고 철공소 소식도 들을 수가 있는데 모두 허사가 되었다. 또 새로 시작해야겠는데 어디로 가 잠자리를 마련하나? 11만 원이 떨어지기 전에 먹고 잠자는 것만이라도 해결해야 하는데, 하고 조급한 생각이 들었다. 다시 버스를 타고 창밖을 내다보았다. 사람들이 무슨 바쁜 일이 그렇게 많은지 금방 버스 안이 가득 차는가 하면 어느 정거장에 가선 우르르 내리고 또 타고 할머니, 할아버지부터 여자, 남자 셀 수가 없었다. 철재 자신만 홀로 할 일 없는 사람 같았다. 서울 시내가 도로를 빼고 온통 높은 집 낮은 집으로 빈틈없이 꽉 찼는데, 이 작은 몸 하나 눕고 일어날 만한 공간이 없다니 기가 막힌 신세였다. 그런 생각에 잠겨 무진장 가니까 시내를 벗어나 밭도 보이고 비닐하우스도 보이는 동네까지 왔다.

운전기사가 자기를 쳐다보며 퉁명스럽게 말했다.
"종점까지 왔는데 왜 안 내려?"
버스에서 내리니 한쪽에 붕어빵 장수가 있어 걸어갔다.
"천 원어치만 주세요."
웃음을 띤 젊은 아주머니가 말했다.
"천 원 가지고 되겠어요? 이천 원어치는 사야지, 덩치가 저렇게 큰데."
달랑 두 개를 봉지에 담아 주었다. 입맛을 다시고 큰길을 따라 걸어갔다. 비닐하우스가 온 들판을 덮은 것이 보였다. 그런데 사람은 통 보이지가 않았다. 잘 살펴볼 수 있는 언덕으로 올라가 내려다보기로 했다. 저 많은 하우스 속에 무엇을 심었을까? 사람은 밥을 먹고 반찬을 먹는다. 고기도 좋지만 채소를 먹어야 한다. 하도 채소만 많이 먹으니까 고기 먹고 싶은 생각밖에 없었는데 채소가 사람 몸에 더 좋다는 방송도 많이 봤다. 저 속에서 일자리를 얻었으면 얼마나 좋을까? 천천히 내려가서 수십 동을 지나치다 보니까 하우스 앞에 트럭도 보이고 일하는 아주머니들이 웃음소리가 나는 곳이 있었다. 기웃기웃해도 행색이 초라해 보여서 그런지 말도 걸지 않았다. 아저씨 한 사람이 트럭에 물건을 실으려고 하는지 큰 플라스틱 바구니를 무겁게 들고 오는 모습이 보였다. 얼른 가서 차에 싣는 것을 도와주었다. 아저씨가 웃음을 띠고 말했다.
"누군데 내 짐을 들어 주슈?"
"아저씨, 말씀 좀 물어보겠습니다."
"뭔데요?"
"여기 혹시 일꾼이 필요한가 해서요?"
"나는 주인이 아니고 저기 모자 쓴 사람이 주인이요."
그 사람 앞으로 걸어가 허리를 굽혀 인사를 하니까 어안이 벙벙해서 물었다.

"뭣 때문에 그래요?"

"사장님, 혹시 일꾼이 필요한가 알아보려구요?"

웃음을 띠고 말했다.

"농사짓는 사람이 무슨 사장님? 허허허."

철재도 같이 미소를 짓고 서 있었다. 사람을 처음 대할 때 좋은 인상을 주어야 한다. 얼굴 표정을 밝게 하고, 몸짓과 손은 공손하게 하고, 말씨를 부드럽게 해야 한다. 이것이 자신이 이제까지 살아온 생활 중에 터득한 것이었다.

"어느 동에 살아요?"

"농촌에서 지내다 올라왔습니다."

얼른 대답했다.

"주민등록증 있지?"

"예. 여기 있습니다."

주머니에서 꺼내 보여주었다.

"나는 경찰이 아니니까 조사할 수는 없고 확실한 것만 알면 되지."

"일 시키시면 열심히 하겠습니다."

"처음엔 다 그렇게 말하지만 나중엔 돈만 많이 달라 하고 술 먹고 땡깡 부리고…."

"저는 절대 그런 사람이 아닙니다."

"부모님 다 있어?"

"아버지는 중학교 때 돌아가시고 어머니만 계십니다."

"중학교도 다녔다구?"

"예."

"그럼 공장 같은 델 가지, 농사일 오래 못 하겠는데."

"배운 것이 없어 농사일이 제일 익숙합니다."

"잘 데는?"

"이런 비닐하우스도 좋습니다."

"허허허. 답답하기는 한 모양인데, 오래 하지 않고 달아나면 닭 쫓던 개 지붕 쳐다보는 꼴 되지."

"절대 그런 일은 없고 일 시키시면 아버님처럼 모시고 열심히 일하겠습니다."

자기 아버지보다 연세가 조금 많아 보였다.

"며칠 해 봐. 할 수 있나, 없나?"

"감사합니다. 사장님."

알고 보니 아저씨는 시내에 큰 주택이 있는데 자녀들만 그곳에서 살고 거리가 좀 멀어 비닐하우스촌에 임시 막사를 만들고 내외가 살고 있었다. 창고로 쓰던 옆방이 있었는데 혼자 눕고 일어날 만한 그곳을 숙소로 정해 주었다. 당장 옷을 벗어 던지고 열심히 일했다. 농토가 다 아저씨의 땅은 아니고 돈 많은 사람들이 땅을 사 놓고 오르기만 기다리는 것을 세를 주고 빌려서 농사짓고 있다는 것을 한참 지난 뒤에 일하는 아주머니들이 얘기해 알았다. 언제나 일찍 일어나 아저씨가 일어나길 기다렸다가 같이 일하고 밥을 먹으니 밥맛이 좋았다. 고단하긴 해도 눕고 일어나는 곳이 생기니까 더 바랄 것이 없는 것 같았다. 하찮은 몸도 쓸 곳이 있어 받아주는 사람이 있는 것을 생각하면 참 기쁘기 그지없었다. 고등학교 다닐 때 교회에서 들은 설교가 생각나는 대목이 있었다.

"큰 집에는 금과 은그릇이 있을 뿐 아니요, 나무와 질그릇도 있어 귀히 쓰는 것도 있고 천히 쓰는 것도 있나니…."라고 했는데 지금은 자신이 천하게 쓰이는 질그릇 같지만 더 노력하면 큰일을 할 수 있을 것이고 귀히 쓰이는 금 그릇이 되리라는 생각이 들었다. 쓸모도 없는 사람을 사람 사는 곳에 끼어 살게 하시는 하나님께 감사드린다. 한 달이 지나갔다. 상추 등 매일 차로 실려 나가고 다시 심고 정신 차릴 새가 없이 일했다. 아저씨가 30만 원을 주면서 차차 더 주겠다고 말했다. 그것도 얼마나 감사한지 허리를 굽혀 절을 하고 받았다. 처음에는 먹여주고 재워주기만 해도 감지덕지할 판이었는데 내 맘에는 안 차지만 돈을 손에 쥐니까 기분이 좋았다. 경운기 운전법을 며칠 만에 배웠다. 경운기로 갈고 노타리치는 것을 본 아주머니가 말했다.

"자네가 아저씨보다 경운기를 더 잘 다루네. 젊어야 힘을 내 일하지. 아저씨는 늙어가지고."

"내가 왜 늙어, 아직도 창창한데."

"저 사람하고 팔씨름해 봐요. 지지."

"팔심만 세다고 일 잘하나?"

"농사일은 힘으로 하는 거지. 애개개 하는 사람은 못 해먹어."

"농사지어 마누라, 자식 다 먹여 살리면 저희가 잘나 사는 줄 안다니께."

"나놓았으면 책임져야지, 뭐."

"나중에 다 키워놓으면 꿩 새끼 달아나듯 다 달아나고 둘만 남을 건데 뭘."

"그래도 그렇게 해야지. 하다 말면 짐승만도 못하지."

우리 어머니는 왜 저런 생각을 못 하고 사셨을까? 낳아놓기만 하고 책임을 짓는 일은 안 하고 어디서 어떻게 사실까? 저런 아주머니처럼 생각한다면 내가 보다 나은 곳에 취직해 잘 모시고 살고, 동생도 그런 시궁창에 빠지지도 않았을 것이고, 살았는지 죽었는지도 모르고. 갑자기 그런 생각이 떠오르자 가슴이 답답해졌다. 그런 것을 생각하면 생각할수록 머리가 어지러워 빨리 잊기 위해 일을 더 열심히 했다. 일을 하다 보면 저절로 잊어버렸다. 아저씨가 차를 세워 놓으면 올라가 기어 넣는 법부터

1단 넣고 출발하기 후진하기를 조금씩 익혔다. 2개월이 지나니 하우스촌에선 자유자재로 다닐 수가 있었다. 아저씨가 보고 말했다.

"철재야, 너 운전면허를 따라. 내 대신 가락시장도 가고 비료도 실어 오고."

"예, 알았습니다."

"사람이 저래야 살지, 시키지 않아도 다 할 줄 알고."

아주머니가 칭찬을 해 주니 기분이 더 좋았다. 어디 가든지 그 집 아주머니의 인심을 얻어야 잘 지낼 수가 있다.

"틈나는 대로 운전학원에 가 운전 연습을 하라고."

아주머니가 재촉하듯 말했다.

"돈 내고 운전학원 갈 필요 없어, 내가 보면 합격할지 못 할지 다 알아. 필기 시험지를 사다 줄 테니까 밤에 열심히 공부하라고."

"예."

"당신은 필기시험 다섯 번도 더 떨어졌지. 아마."

"허허허. 호호호. 왜 사람을 갑자기 망신 주고 그랴."

철재도 따라 웃었다.

"웃지 마. 야, 내가 머리가 나쁜가? 뭐. 일하느라 읽어보지도 않고 시험만 치러 댕기니까 그렇지."

"떨어지면 창피한 걸 생각해야지, 돈만 내고 헛걸음을 몇 번씩이나 하고."

"남, 운전면허 시험 치는 것만 살펴보는 사람이 어디 있어?"

"학원 사람들이 저 사람 또 왔네 할 거 아냐?"

"날마다 수백 명이 시험 치는데 누가 누군지 어떻게 알아?"

"한 십 년 시험 치러 댕기지, 왜 합격했수?"

"일해야 살지!"

언덕을 넘어 75

하하하, 호호호. 셋이서 한바탕 웃었다. 그 후 아주머니가 이발비와 목욕비도 따로 주었다. 자동차 면허증을 받았다. 금방 스포츠카를 사서 타고 넓은 도로에서 바람을 가르고 마구 달리고 싶은 생각이 꿀떡 같았다. 그런데 한 달에 30만 원씩 받고 일하면 평생을 모아도 차를 살 것 같지 않았다. "구하라. 그러면 너희에게 주실 것이요. 찾으라. 그러면 찾을 것이요. 문을 두드리라. 그러면 너희에게 열릴 것이니…."라는 성경 문구가 생각났다. 근처 산언덕에 조그만 교회가 보였다. 교회를 다니자. 사람이 답답할 때 하나님께 기도하면 잘 풀리는 수도 있을 것이다. 일요일 밤에 세수를 하고 옷을 갈아입고 교회에 갔다. 예배를 보고 있었다. 제일 뒷자리에 살그머니 앉았다. 옆에 있는 분이 찬송가도 보여주어 같이 찬송가도 부르고 예배를 마쳤다. 사람이 많지 않으니 목사님이 알아보고 금방 다가왔다. 40대 초반쯤 되어 보였다.

"안녕하십니까?"

"안녕하세요? 성도님. 반갑습니다."

"저도 학생 때 교회를 다녔습니다."

"그러시군요. 교회를 다녀본 사람은 하나님의 부르심을 잊을 수가 없습니다."

"저는 신심은 없지만 그런대로 하나님을 찾으려고 합니다."

"앞으로 자주 나오시고, 하나님이 크게 쓰시는 그릇이 되기 바랍니다."

"감사합니다."

"여러분 새로 오신 성도님을 소개합니다."

"안녕하십니까? 이철재라고 합니다. 앞으로 많은 지도를 부탁드립니다."

큰 박수로 환영해 주었다.

"관리집사님, 성도님 주소를 기록하세요."

"지금 저 아래 비닐하우스촌에 살고 있습니다."

이렇게 해서 낮엔 일하고 주일날 밤에는 예배에 참석하기 시작했다. 성도가 20여 명쯤 되었는데 특별히 차리거나 눈에 띄는 사람은 없었고 모두가 양같이 온순해 보이고, 뜨거운 햇빛 아래에서 일하는 사람들처럼 얼굴빛이 매우 검어 보였다. 팔다리의 수고로 살고 힘든 일을 하는데도 쉬지 않고 교회에 나와 하늘에 소망을 두고 산다는 것을 생각하니 가슴에 뜨거운 것이 느껴졌다. 성경과 찬송가 책이 없어서 그냥 다녔다. 그것을 본 목사님이 찬송가와 성경을 주라고 했다. 한쪽 다리를 몹시 저는 아가씨가 웃으며 가져다주었다.

"감사합니다. 제가 농장에서 일을 하니까 시내도 갈 시간이 없습니다."

"교회에 비치된 것이 많으니까 염려하지 마세요."

얼굴은 나이가 좀 들어 보였지만 목소리가 아주 고왔다. 아이들이 그분을 고모라고 불렀다. 찬송가를 아주 잘 불러 고개를 들고 살펴보면 금방 알아볼 수가 있었다. 어느덧 일 년이 훌떡 지나갔다. 가락시장도 다니고 시내 볼 일은 다 차를 끌고 다녔다. 아저씨가 기분이 좋아서 말했다.

"철재야. 너 잘하고 있으면 내가 장가도 보내 주지."

"아저씨 고맙습니다. 이 농장에서 평생을 살고 싶습니다."

"그래라. 세상에 남 하는 일은 다 좋아 보이고 돈도 잘 버는 것 같지만, 내가 맘을 잘 먹고 열심히 일하고 살아야지 헛것만 보고 쫓아다니면 늙어서 탄식해 본들 그땐 소용없단다."

"저도 고생을 많이 해봐서 압니다."

"나도 젊어서 안 해 본 일이 없다. 그런데 농사일은 거짓말을 하지 않는다는 것을 늦게 깨닫고 농사를 짓고 산단다."

"저도 뜨거운 태양 아래서 일하는 농사가 좀 어렵긴 하지만 땅은 일하는 만큼 정직하게 보답한다는 진리를 깨달았습니다."

그동안 공장 생활을 해봤지만 여러 사람이 일하면 괜히 자기가 큰 기술자처럼 행세하고 후배를 마치 종처럼 생각하고 간섭하는 사람이 많고 마음고생을 시키는 것을 감당하기가 어려웠다. 아버지 같은 분과 일하니까 짜증 내는 소리 한 번 듣지 않았다. 일하러 온 여자들은 고단한 손놀림 속에서도 재미있는 농담이 오고 가 늘 웃고 떠들고, 오히려 일이 저절로 되는 것 같았다. 아저씨가 월급을 올려서 매월 50만 원을 주었다. 철재는 매사에 더 적극적으로 내 일같이 생각하고 앞을 향해 달려가려고 애를 썼다. 그동안 잘 풀려나가다 길을 잃은 장님처럼 구렁텅이에 빠졌다 나온 것이 무척 후회스러웠으나 다 잊는 것이 자신에게 더 큰 득이 된다고 생각했다. 토마토를 심고 열매가 달려 익기를 기다리면 몇 달이 소리 없이 지나가고, 잎을 먹는 시금치, 상추, 쑥갓을 심고 잎을 딸 때가 되면 또 두 달이 번쩍 지나갔다. 먼 산을 바라보고 봄인가, 여름인가, 가을인가 느낄 새 없이 세월이 흘러갔다. 금방 4년이나 지나갔다. 나이가 27살이 되었다. 아끼고 모은 돈이 겨우 2천여 만 원밖에 되지 않았다. 결혼할 꿈도 꿀 수가 없었다. 그런데 꿈속에서는 늘 예쁜 아가씨와 손을 잡고 다니는 꿈을 수도 없이 꾸었다. 어느 날 잠바에 모자를 쓴 사람들 5~6명이 나타나 측량기 같은 것을 세우고 긴 끈을 늘이고, 붉은 기를 여기저기 꽂으며 온 비닐하우스촌을 헤매고 다녔다. 아저씨와 철재는 웬일인가 해서 물어봤다.

"왜 측량을 하시나요?"

"우리도 몰라요."

더는 대답하지 않았다. 두 달쯤 지나서 그 넓은 하우스촌이 아파트 신축 부지로 지정되었다고 쪽지를 군데군데 붙여놓았고, TV 뉴스 시간에도 발표가 있었다. 하우스 주인들이 모두 아저씨네로 모여 대책 회의를 하기 시작했는데 40여 명이 모였다. 모두 얼굴에 핏발을 세우고 목청을 돋우고 말했다.

"농사짓고 사는 땅에 다 아파트를 지으면 무얼 먹고 사나?"

"먹을 게 없는데 집만 지으면 사나?"

"채소는 안 먹고 고기만 먹는 놈들이 농사도 못 짓게 하니 우린 어디 가서 살란 말인가?"

"보상을 많이 해 주지 않으면 나는 여기서 죽겠다. 딴 데 가서 죽을 바에는 여기서 죽겠다."

모두 다 분통이 터져 한마디씩 말했지만 남의 땅이니 뾰족한 수가 없었고 결론을 낼 수가 없었다. 끝까지 합심해서 결사반대를 하기로 결론을 짓고 밤늦게 헤어졌다. 땅이 전부 『토지공사』라는 곳으로 넘어가 직원들이 나타나서 땅을 내주고 농사를 짓지 말라고 경고 간판을 군데군데 세우고 갔다. 원래 땅 주인이 농사짓는 사람은 하나도 없었고 모두 하나같이 땅을 빌려서 농사를 짓고 있다는 것을 이번 기회에 알았다. 땅 주인들은 모두 돈 많은 서울 사람들로 땅을 사 놓고 먼 산만 쳐다보고 놀면서 개발되기만 기다리다 개발이 되니 부자는 더 큰 부자가 되고, 농토를 빌려 땀 흘리고 농사지어 겨우 목구멍에 풀칠하는 진짜 농사꾼들은 농토를 하루아침에 빼앗기게 되니 호소할 곳이 없어 하늘만 쳐다보고 한탄만 할 수밖에 없었다. 특별한 기술이 없는 철재 자신도 아저씨 집에서 농사를 도와주고 살면 가난하기는 해도 다른 사람에게 시달림을 받거나 부닥칠 일도 없고, 나중에 쪽방 한 칸이라도 마련해서 장가도 가고 채소 기르는 것도 큰 기술로 생각하고 땅을 빌려 채소 농사를 지으면 살 수 있을 것 같았다. 자신의 앞길도 막아버린다는 생각이 들었다. 또 의지할 곳이 없어졌다는 생각을 하니 눈앞이 캄캄했다. 농부들은 아랑곳하지 않고 작물을 다 처분하면 즉시 밭을 갈고 다른 채소를 심었다. 멀리서 이런 광경을 다 지켜보고 있던 사람들이 나타났다.

"농사를 짓지 말라고 했는데 왜 말을 듣지 않느냐?"라며 덤벼들 기세를 했다. 이쪽에서도 금방 서로 연락을 취해 남녀 다 모이니 80여 명이 되었다. "아무 대책도 없이 농사를 짓지 말라니 『아닌 밤중에 홍두깨』식이지 무슨 헛소리를 늘어놓느냐? 책임자가 와서 해결하라."라고 소리를 질렀다. "남의 땅에 농사를 지으면 지주가 그만두라 하면 그만이지 무슨 할 말이 있냐?"라고 맞고함을 지르고 금방 육탄전이 일어날 것 같았다.

그러나 서로 소리만 지르다 끝나고 말았다. 여간 다행스러운 일이 아니었다. 이틀이 지난 후 아침에 건장한 청년들 30여 명이 나타나 몽둥이로 비닐하우스를 마구 찢고 부수기 시작했다. 이쪽에서도 모두 삽, 곡괭이, 철봉을 들고나와 달려들어 저지하려고 했다. 그런데 저쪽은 건장한 청년늘인 반면 이쪽은 모두 50도 훨씬 넘은 사람들이었고 그중 반은 여자들이었으며 철재가 제일 젊은 청년이었다. 그러나 철재는 고용살이를 하는 사람이니까 대들어 싸울 필요가 없었다. 그래서 매를 맞으면 억울하니까 좀 뒤에 서 있었다. 서로 달려들어 뒤엉키는가 싶더니 금방 얼굴이 터져 피가 나는 사람, 머리가 터진 사람, 여자를 발로 마구 차고 몽둥이로 내리쳐 비명을 지르고 땅바닥에 넘어져 기절하기도 했다. 그 속에서 누가 외쳤다.

"철재, 너는 여기서 밥 먹고 사는 놈 아냐?"

그 소리가 하늘에서 들리는 것 같았다. 철재는 자신도 모르게 울분이 튀어나와 늘 잡고 휘두르며 운동하던 철봉을 들고 뛰어들어 단번에 세 놈을 쳐 쓰러트렸다. 다른 놈들이 일제히 철재를 에워싸고 덤벼들었다. 철재가 칼싸움하듯 몇 놈의 허벅다리를 내리치니 비명을 지르고 쓰러졌다.

"저놈부터 때려죽여라." 외치고 더 많은 놈들이 달려들었다.

한 사람이 많은 사람을 당해 낼 수가 없었다. 철재는 무수히 맞고 넘어져 기절했다. 다른 사람들은 비실비실 피하고 철재가 마지막까지 막던 사람이었다. 깨어보니 병원 응급실에 누워있었고 마른 명태를 방망이로 패서 펴듯 매를 맞아 얼굴, 팔, 몸뚱이가 움직여지지도 않았고 안 아픈 곳이 없었다.

다음 날 아저씨와 아주머니가 철재 방에 있던 통장과 옷가지를 몽땅 싸서 병원에 왔다. 불도저가 와서 다 밀어내고 있다고 하면서 아저씨와 아주머니는 집으로 들어간다고 말했다. 퇴원하면 자기 집으로 오란 말 한마디 없이 돌아갔다. 철재는 눈물이 나왔다. 4년이란 세월이 짧다면 짧고 길다면 긴 세월이다. 남의 집이란 생각 없이 내일 같이 일했고, 채소를 싣고 가 경매에 넘기고 돈도 찾아오고 물품을 사 오라면 사 오고, 마치 아버지가 시키는 것처럼 1원 한 장 숨긴 사실이 없었다. 그런데 일자리를 찾을 때까지 와 있으란 말 한마디를 못 들은 것이 정말 섭섭했다. 야박한 세상을 다시 한번 맛보는 것이었다. 어디로 가야 하나? 차라리 회복되지 않고 병원에서 몇 개월을 누워 지낼 수 있었으면 좋겠다는 생각이 들기도 했다. 주일날 오후 목사와 성도들이 예배를 마치고 문병을 왔다.

"이철재 성도님은 왜 싸움판에 들어가 맞았나요?"

목사님이 물었다.

"저는 고용인이니까 안 나서도 되는 건 잘 알지요. 그런데 몽둥이로 남자는 물론 여자까지 사정없이 패 피를 흘리며 쓰러져 기절하는 것을 보고 나도 모르게 몽둥이를 들고 막아보려고 했습니다."

"남자로서 불의를 보고 안 나서는 것도 도리가 아닙니다. 잘했어요."

목사님이 말을 마치기가 무섭게 "정의가 불타서 그랬다고 하지만 죽으면 나만 억울하지요." 고모가 얼른 말했다.

"제가 다 어리석어서 그렇게 된 거지요."

"살아계신 하나님께서 다 보셨을 것입니다. 이철재 성도님은 언젠가는 꼭 그 보답을 받을 것입니다."

목사님이 위로의 말씀을 많이 하고 갔다. 그리고 고모를 보고 자신을 간호해 주라고 말했다.

"아이고 괜찮습니다. 고모님 몸도 불편하신데 돌아가세요."

"나도 착한 일을 한번 해보고 싶네요." 고모가 웃으며 말했다.

"제가 너무 죄송해서 가시는 것이 더 맘이 편합니다."

"염려 마세요. 정 그렇게 생각하신다면 내가 아플 때 갚아주면 되지 않겠어요."

"집도 절도 없는 떠돌이가 어떻게 갚아요?"

"인생은 나 떠놀이예요. 안 갚으셔도 돼요. 걱정 마세요."

교회에서는 고모와 이야기를 나눌 새가 없었다. 그런데 고모는 비록 다리를 절어 딱하게는 보이지만 마음씨가 너무나 고운 여자였다. 철재가 조금씩 움직일 만하게 되자, 병실 밖으로 나가 조용한 데서 많은 이야기를 나누었다. 주로 성경 이야기를 했는데 중학교 다닐 때부터 교회에 다닌 것이 너무나 다행이었다. 성경 구절을 많이 암송하진 못해도 아는 대목을 고모가 말하면 서로 얘기가 통했다. 그러니까 매우 좋아했고 마음이 서로 가까워지는 것도 같았다. 이야기 중에 고모가 자신보다 다섯 살이나 나이가 많은 것도 알았다. 퇴원을 하면 어떻게 하겠냐고 물어보기도 했다. 희망의 집에서 살았다는 얘기도 했고 사람이 사는 세상이고 또 어디로 떠나면 하나님이 인도해 주실 것이라고 막연히 대답하기도 했다. 다른 사람들도 따로 집이 있던 분들은 자기 집으로 돌아갔지만 집이 없는 사람들은 다 교회에 머물고 있다는 소식도 전해 주었다. 2주가 되자 의사 선생님이 퇴원해도 될 것 같고 병원비를 스스로 부담하는 것이니 알아서 하라고 했다. 철재는 가슴에 큰 돌을 맞은 것 같았다. 퇴원을 하면 당장 어디로 가야 하나? 답답한 심정이었다. 그래도 돈이 아까워 퇴원하기로 했다. 고모의 얼굴을 정면으로 쳐다볼 수가 없었다.

"성도님은 아무 걱정 마시고 교회로 가세요. 치료비 청구도 하구요."

"나는 치료비도 못 받을 것 같아요. 아무 관계도 없는 일에 뛰어들었으니까요."

"정의를 위해 깡패하고 맞서 싸운 용감한 청년인데요."

"세상에 고모님 같은 분만 사신다면 천국처럼 아름답게 살겠네요."

"많은 사람들이 보았으니까 치료비는 받을 수 있을 거예요."

"약자는 언제나 불리한 대접만 받고 혼자서 슬픔을 참아야 하니까요."

"그런 땐 하나님이 구원해 주실 거예요."

"나 같은 사람은 하나님이나 바라보는 수밖에 없어요."

퇴원해서 작은 옷 보따리를 들고 고모를 따라 교회로 갔다.

비닐하우스에 있던 사람들이 박수를 치며 환영해 주었다. 철재가 제일 오래 입원을 했고 매도 제일 많이 맞았다. 다른 사람들은 소리만 크게 질렀지 사실 철거반에게 당당히 덤벼든 사람은 몇 사람 되지 않았다. 교회 강당을 반을 나누어 밤에는 커튼을 치고 남녀로 나누어 자고 밖에서 각각 밥을 해 먹으며 보상 투쟁을 했다. 철재까지 스물한 가정, 사십여 명이나 되었다. 철재는 목사님 댁에서 밥을 주었는데 밥값을 계산해 주니 받지 않았다.

상담이 시작되었는데 동수에 따라 비닐하우스 시설비 이외는 줄 수가 없다고 했다. 그러면 전원이 한강으로 가 빠져 죽겠다고 떼를 썼다. 한 달이나 끌다가 주거비를 조금씩 더 받기로 하고 합의를 했고 철재는 입원했던 서류를 제출하라고 해 겨우 병원비를 돌려받았으며, 4년이나 여기서 일했다고 말했지만 땅을 빌려 농사지은 사실이 없고 고용살이를 했다는 것이 드러나 보상을 한 푼도 해 줄 수가 없다고 했다. 보상이 다 끝난 후 교회에서 떠나지 못하고 몇 가정이 조금 더 머물다 떠났다. 철재는 갈 데가 없으니까 어떻게 할 수가 없었다. 교회의 땅은 건물과 조그만 마당이 전부였다. 뒷산은 교회 땅이 아니고 어떤 성씨의 문중 산이라고 했다. 목사님의 눈치만 보고 있었다. 어느 날 저녁 식사 후 목사님 내외분과 고모와 철재는 밖의 평상에 앉아 있었다.

"목사님, 저도 어디론가 떠나야 하겠습니다."
"어디 생각나는 곳이 있습니까?"
"기댈 만한 곳은 없지만 일을 찾아서 하면 잠잘 곳도 생기겠지요."
"나도 좋은 생각이 안 나네요. 기도해 보는 수밖에 없어요."
"좋은 수가 있어요. 여기 아파트를 지으니까 여기서 일하면 되지요."
고모가 안을 내놓았다.
"일을 한다고 해도 잠잘 곳이 없는데요."
"그것도 좋은 수가 있어요."
"어떤 묘수가 있나요?"
"성도님이 그동안 돈을 좀 모은 것이 있을 거 아니에요?"
"겨우 2천여 만 원밖에 없어요."
"그런 큰돈이 있으면 걱정할 필요가 없어요."
"그걸 가지고는 이곳 변두리에서 방 한 칸 전세도 못 얻는데요."
"될 수 있어요. 사무실용 『컨테이너 박스』를 하나 사면 돼요."
"고모, 그걸 어떻게 하지요?"
사모님이 궁금하다는 듯 다그쳐 물었다.
"교회 옆에 가져다 놓고 그 속에서 사는 거예요."
"아! 고모의 아이디어가 좋다. 굿 아이디어야."
목사님이 크게 웃으며 말했다. 궁하면 통한다고 하나님의 큰 계시가 열렸다.

"걱정할 필요 없어요. 이철재 성도님이 맘만 먹으면 해결되는 일이에요."

"저야 백번 환영할 일이지요. 교회도 그대로 다니고 가까운 곳에서 일하고 정말 고모님의 기도 속에서 나온 것 같습니다."

사무실용 컨테이너 박스를 제작하는 곳을 알아보고 주문을 했다. 제일 큰 20피트짜리로 주문했고 교회 뒤편 산 양지바른 곳을 조금 판판하게 땅을 고르고 밑을 고여 놓을 큰 돌도 주워 모았다. 남의 땅이니 주인의 허가를 받든가 매입을 해야 하지만 영구적으로 살 집을 건축하는 것도 아니고 당장 입장이 급하니까 철거하라면 교회 마당 귀퉁이에라도 옮겨 놓지 하는 생각을 했다.

일주일도 되지 않아 박스가 실려 왔다. 출입문이 남쪽으로 향하게 방향을 잡고 흔들리지 않게 돌로 여기저기 잘 고여 놓았다. 창문도 앞과 뒤로 나 있었다. 철재는 바람과 비를 피하고 잠잘 집이라고 생각하니 정말 어느 대궐처럼 큰 양옥집이 부러울 것이 없었다. 조금 떨어진 곳에 공사판에서 쓰다 버린 합판을 주어다 화장실도 지었다. 내부에 전기 시설도 다 돼 있어 교회에서 전선을 연결하고 전기밥솥만 하나 사면 되었다. 시내에 들어가 잠자리에 필요한 것도 사고 TV도 중고를 하나 사 왔다. 큰 아파트 단지에 들어가 한 바퀴 돌아보니 멀쩡한 침대를 내다 버렸는데 매트가 새것과 같았고 때가 묻은 곳이 없었다. 경비원에게 필요하다는 말을 하니 가져가도 좋다고 했다. 그래서 얼른 실어다 놓았다. 제법 방안 살림살이가 갖추어졌다. 지붕은 스티로폼 조각과 버린 판자를 주워다 이중 삼중으로 잘 덮고 돌로 듬성듬성 눌러놓으니까 태양열도 받지 않았다.

공사장은 일찍 일어나 찾아가는 사람을 필요한 곳에 순서대로 고용한다는 생리를 알고 있었다. 도로 하나 건너 300미터도 안 되는 곳에서 큰 아파트 공사판이 벌어졌으니까 일찍 일어나 찾아갔다. 땀을 흘리며 지시한 일을 열심히 하니까 작업반장이 알아보고 계속 나오라고 했다. 막노동판에서는 부지런하고 공손하게 하는 사람을 감독자가 눈여겨보게 되고 그 감독자의 눈에 들고 마음을 사면 일을 계속할 수가 있다. 얼굴을 익히니 매일 출근하게 되었다. 일당을 7만을 받았다. 비만 오지 않으면 한 달에 2백여만 원을 손에 쥘 수가 있었다. 채소 농장에서 1년을 일한 것이 아파트 공사장에서 3개월 일한 품삯과 같았다. 저절로 부자가 되는 느낌이 들었다. 흙 묻은 옷을 벗어놓으면 고모가 가져다 세탁기에 모두 빨아서 줄에 걸어주었다. 보름이 지나 간조 날 화장품을 사다 고모에게 선물로 주었다. 그런 후부터는 일을 마치고 돌아오면 먹을 수 있게 전기밥솥에 저녁밥까지 해 놓았으며 김치까지 담가주었다. 철재는 고모가 친누나보다 더 좋았다. 어머니의 정을 거의 느끼지 못하고 산 철재에게 어머니의 정 같은 따스함이 다가왔다. 여름 장마철이 되었다. 어느 날 저녁을 먹고 TV를 보고 있는데 고모가 철재 방에 놀러 왔다. 얘기를 나누던 중 밖에서 갑자기 천둥번개가 치고 억수같이 비가 쏟아졌다. 교회까지 30m도 안 되는 거리지만, 도저히 갈 수가 없어 그대로 앉았다. 천둥과 번개가 근처에서 하도 많이 치니까 얘기를 나눌 수도 없었고 공연히 마음만 초조했다.

시간은 점점 흘러 자정이 가까이 다가왔다. 조금 잠잠한가 했는데 창문에 빛이 번쩍하더니 동시에 『짝- 쾅-』 하고 천둥이 치자마자 전기가 나갔고, 컨테이너 박스가 넘어지듯 흔들림이 일어났다. 고모는 너무나 놀라서 "악!" 소리를 지르고 철재의 가슴에 쓰러졌다. 얼떨결에 철재도 덥석 끌어안았다. 연거푸 천둥이 치니까 두 사람이 서로 끌어안고 있다는 감각을 느낄 수도 없었다. 먹구름이 물러갔는지 잠잠해졌다. 그제야 고모는 자기가 철재의 품 안에 있다는 것을 알았다. 철재도 고모의 따뜻한 체온을 느낄 수가 있었다. 철재의 가슴이 쿵, 쿵, 쿵 마구 뛰었다. 고모도 철재의 땀 냄새가 구수하게 느껴졌고 마치 수면제를 먹은 듯 온몸이 꿈속으로 빠져드는 것 같았다. 철재는 거친 숨을 몰아쉬며 솥뚜껑 같은 손을 고모의 가슴속으로 밀어 넣었다. "아! 아이…." 고모는 가벼운 비명을 질렀다. 철재는 어느새 고모의 치마를 헤쳤다.

"난 몰라. 난 몰라. 아이…."

고모는 당황스러운 듯 소리를 지르며 철재를 밀어내려고 애를 썼으나 양팔에 힘이 쭉 빠진 것같이 마음대로 움직여지지 않았고 큰 바윗덩어리가 내리누르는 것만 같았다. 두 사람의 거친 숨소리만 캄캄한 속에서 흘렀다. 철재는 몸을 일으키며 목이 타는 것 같은 목소리로 겨우 말했다.

"누나, 난 누나를 사랑해."

"정말?"

"나는 누나에게 어머니 같은 것을 봤어."

"나는 몸도 불편한데."

"내 눈엔 그런 건 여태까지 보이지 않았어. 마음이 제일이지."

"흐흐흐."

고모는 몸을 떨며 흐느꼈다.

"누나, 진실로 사랑해. 울지 마."

"내 곁을 떠나지 마. 난 불쌍한 여자야."

"누나가 왜 불쌍해? 내가 불쌍한 사람이지."

"나는 이때까지 하늘만 원망했고 희망이란 없었어."

"누나가 불쌍하다고 생각하면 나도 불쌍한 사람이니까 같이 살아."

"정말?"

고모는 철재의 가슴을 파고들며 더 흐느꼈다. 이런 때 철재는 어떻게 해야 좋을지 도무지 생각이 나지 않았다. 연애 경험도 없고 여자를 상대해 본 일이 없어 달래 줄 방법이 없었다. 그래서 온 힘을 다해 고모를 끌어안았다. 고모는 소리도 못 지르고 꿈틀대기만 했다. 철재는 조금 팔을 풀었다. 그제야 고모는 숨을 내쉬었다.

"아이, 죽을 뻔했잖아."

"하하하. 누나를 사랑한다고 아주 죽일 뻔했네."

"호호호. 사랑 두 번만 했다간 갈비뼈 다 으스러져 죽겠다."

하하하, 호호호. 다시 철재는 수염이 듬성듬성 나 거칠거칠한 얼굴을 고모의 얼굴에 마구 비볐다.

"아야, 아야. 얼굴 다 벗겨지면 올케를 어떻게 봐."

"내가 사포로 비볐다고 그래요."

"거친 사포보다 더 아파. 얼굴이 얼얼하네."

고모는 철재의 가슴에서 코 먹은 소리로 똑똑히 보이지도 않는 철재의 얼굴을 올려다보며 응석같이 말했다. 포옹하고 또 포옹하고 두 사람은 오래도록 포옹했다. 밤이 깊었다. 두 사람은 캄캄한 속에서 잠자리를 펴고 누웠다. 일인용 침대가 하나도 좁지 않았다. 후덥지근한 날씨인데도 더위는 아랑곳하지 않고 침대에서 서로 꼭 끌어안고 잠을 잤다. 아침에 일어나 머리를 매만지고 고모는 전기밥솥에 쌀을 닦아 안쳐서는 교회로 갔다. 컨테이너 박스에는 전기가 나갔기 때문이었다. 밥을 지으러 주방에 나온 올케는 고모를 보고 아무 말도 하지 않았다. 새벽기도를 마치고 밖으로 나오던 목사도 여동생을 보고 눈인사만 건네고 아무 말이 없었다. 아침을 같이 먹고 두 사람은 교회로 갔다. 목사와 올케가 방 안에 있었다. 두 사람은 동시에 무릎을 꿇고 목사 앞에 나란히 앉았다. 목사와 사모가 눈을 둥그렇게 뜨고 의아스럽게 쳐다보았다. 철재가 말문을 먼저 열었다.

"목사님, 사모님. 저는 고모와 결혼하고 싶습니다."

두 사람을 번갈아 보던 사모가 말했다.

"고모의 뜻도 같은가요?"

고모는 고개를 숙이고 대답을 하지 않았다.

목사님이 말했다.

"이철재 성도는 고모가 몸이 불편하고 나이도 더 많은데 그런 것을 모두 다 알고 결정했나요?"

"예, 고모의 허락을 받았습니다."

"허허허. 그거 괜찮은 일이에요. 진심으로 서로 사랑한다면 좋아요."

고모는 어깨가 들먹들먹하더니 조용히 흐느꼈다.

"두 분의 장래를 하나님께서도 축복하실 겁니다."

사모가 말했다.

"그러면 오래 둘 것 없이 결혼식을 올리는 것이 좋아요."

목사님이 얼굴에 환한 미소를 지으며 말했다.

"저도 그러고 싶습니다. 컨테이너 박스는 고모가 불편하지만 잠시 더 살기로 하고, 제가 그동안 모은 돈으로 결혼식을 조촐하게 할 수가 있습니다."

"나는 박스가 하나도 안 불편해요."

고모가 눈물을 손으로 훔치며 말했다.

"그러면 주일 예배 후 성도들 앞에서 결혼식을 하도록 해요."

"이번 주일은 준비가 부족하고 다음 주일날이 좋겠습니다."

"교회에서 식을 올리는 거니까 너무 화려한 것은 좋지 않습니다."

"예, 저와 고모가 새 옷 한 벌씩만 준비하고 성도들에게 잔치국수로 점심을 대접했으면 좋겠습니다."

"그러면 아주 축복이 넘치는 결혼식이 될 것입니다."

이렇게 결정이 되었다. 철재와 고모는 시내버스를 타고 종로 5가 광장

시장으로 가서 고모가 맘에 드는 예쁜 한복 한 벌을 샀고, 평소에 보아두었던 남자 정장을 파는 곳으로 갔다. 이곳은 백화점에서 철이 지나 철거된 양복으로 백화점의 4분의 1 가격으로 연중 세일 하는 큰 매장이었다. 고모가 철재에게 어울리는 색깔과 스타일에 맞는 양복 한 벌을 골라주어 사고 넥타이와 와이셔츠까지 모두 근처에서 샀다. 두 사람은 서로 얼굴을 보고 또 보며 웃음을 가득 머금고 노래라도 부를 듯 어깨를 나란히 하고 걸었다. 고모가 알루미늄 지팡이를 양쪽 겨드랑이에 걸고 걸어도 철재는 건강한 사람과 같이 걸어가듯 고모의 허리에 팔을 감고 걸었다. 제과점에 들러 큰 케이크도 하나 사가지고 교회로 돌아왔다. 목사님네 아이들이 케이크 상자를 보자 펄펄 뛰고 좋아했다. 두 사람은 온 세상이 다 사기를 섯인 양 생각되었으며 여름날 오후 목화송이처럼 하얗게 피어오른 뭉게구름 위에 올라가 뒹굴며 놀듯 기쁨 속에서 며칠을 지냈다.

　결혼식을 올리는 주일날이 왔다. 철재는 정장을 하였고 고모는 예쁜 한복을 입고 오전 예배에 참석했다. 지난 주일 광고를 들은 성도들이 모두 축하 인사를 했다. 단상도 풀밭에서 꺾어 온 야생화로 꾸미고 풍선과 오색테이프로 창문과 벽을 장식했다. 예배가 끝나고 곧 젊은 집사의 사회로 결혼식이 시작되었다. 두 사람은 모두 양부모가 없어 나란히 걸어 들어가 주례가 된 목사 앞에 섰다. 신랑 신부의 맞절 인사가 끝나고 성혼식이 선포되고 주례사가 시작되었다.

　『오늘은 금년 중에서 가장 푸르고도 화창한 좋은 날입니다. 이런 날을 택해서 우리 교회 성도인 이철재 군과 김정원 양이 하나님의 넘치는 축복 속에서 여러 성도님들의 축하를 받으며 이렇게 결혼식을 올리게 되어 주례를 담당한 목사로서 기쁘기 그지없습니다. 에베소서 5장 31절을 보면 "사람이 부모를 떠나 그 둘이 아내와 합하여 한 육체가 될지니…" 하였고, 그 앞 22절을 보면 "아내들이여 자기 남편에게 복종하기를 주께

하듯 하라" 하였습니다. 남편은 아내의 머리가 되기 때문입니다. 그렇다고 남편 된 자는 아내에게 왕같이 행세하거나 군림해서는 절대로 안 됩니다. 다시 28절을 보면 "남편들은 아내 사랑하기를 제 몸같이 할지니 자기 아내를 사랑하는 자는 자기를 사랑하는 것이라" 확실하게 가르쳐주고 있습니다. 사람으로 태어나 성장하고 살아가는 동안 하나님이 준 계명을 다 알지 못한다 해도 우리들은 예로부터 부부는 일심동체라 하여 한 몸인 것을 말해 주었습니다. 남녀가 합하여 한 가정을 이루면 집을 떠받치는 두 기둥과 같습니다. 한 기둥이 기울어지면 그 집은 쓰러지게 됩니다. 똑같이 힘을 합치고 지혜를 모아 하나님의 뜻을 따라 살면 축복이 넘치는 가정이 될 것입니다.」

긴 주례사가 끝나고 행진도 하고 사진도 찍고 웃고 박수도 치고 떠들썩하게 결혼식이 끝이 났다. 신랑 철재는 너무 좋아서 벙글벙글 웃으니 한 할머니가 큰 소리로 외치듯 말했다.

"신랑이 저렇게 좋아서 벙글벙글 웃으니 딸을 낳겠다."

농담을 하니 다른 할머니가 말을 받아,

"암, 첫딸은 살림 밑천이라고 했지."

할머니들이 큰 소리로 말해 하하하, 호호호, 한바탕 웃음보가 터지기도 했다. 모두 국수 한 대접과 과일을 배불리 먹고 헤어졌다. 철재는 일생에 한 번 있는 일이니 제주도로 신혼여행을 가자고 말했다. 신부는 그렇게 돈을 다 허비하면 언제 집을 사느냐며 가까운 곳에 가서 하룻밤을 자고 오자고 했다. 철재는 정말로 신부에게 제주도를 구경시켜 주고 싶어서 기어코 가자고 졸랐다. 신부가 어렵게 대답을 해 목사와 사모에게 인사를 하고 제주도로 향했다. 돈을 절약하기 위해 갈 때는 인천 연안부두에서 여객선을 이용하기로 하고 돌아올 때는 비행기를 타기로 했다. 저녁때 인천 연안부두에서 큰 여객선을 타고 둘이서 손을 잡고 한잠 자고 나니 아침이 되었고 제주도에 도착했다. 관광버스를 타고 제주도의 명승지 곳곳을 둘러보며 3박 4일간 즐거운 신혼여행을 마치고 돌아왔다. 꿈속 같은 신혼여행이었고 온 세상이 모두 두 사람을 위해 있는 것만 같았다. 정말 행복했다.

다음 날부터 철재는 여행 기분을 싹 털어버리고 흙 묻은 작업복을 입고 다시 공사장으로 달려가 전보다 더 열심히 일했다. 신부도 자기에게 맞는 일거리를 찾으려고 깊은 생각에 빠졌다. 신부는 이제까지 살아오는 동안 자신이 장애자이기 때문에 동정적인 시선이 아니면 이유도 없이 깔보는 서러움을 당한 때가 너무도 많았다. 그래서 남을 돕고 나도 살길이 열리는 일이 없을까 생각하다가 전에 잡지에서 보았던 『사회복지사』일을 해 보기로 결심했다. 농사부소와 구청 사회복지과에 찾아가 상남을 받았다. 고등학교 졸업자는 보건복지부 장관이 지정한 교육기관에서 1년간 교육을 이수해야 『2급 복지사 자격증』을 받을 수 있다는 것을 알았고 희망이 부풀어 둥둥 뜨는 기분으로 돌아왔다. 철재가 공사장에서 돌아오자 상담받은 일을 다 말했다.

"누나가 생각나는 대로 하세요."

"아이, 계속 누나라고 부르면 어떻게 해."

"어때, 나는 사실 누나하고 사는데."

"그럼 도로 물러버릴 테야."

"어떻게 물러. 하나님께 선서를 했는데."

"아이, 아이…. 그럼 달아날 테야."

신부는 수건질하는 철재의 가슴을 마구 두 손으로 북을 치듯 때렸다.

철재는 누나의 허리를 힘껏 끌어안고 마구 얼굴을 비비고 입술을 찾았다. 두 사람은 한참 후에야 서로 팔을 풀었다 다시 포옹하고 또 풀었다가 포옹했다. 철재는 고모가 자기를 교회에 잡아두려는 계획을 알고부터 내가 이 여자의 불편한 다리가 되어 공주님같이 모시고 살기로 결심했었다. 고모가 오빠와 올케에게 복지사 계획을 말하니 좋은 아이디어라고 즉시 격려해 주어 날아갈 것 같은 기분이 들었다. 며칠 되지도 않아서 구청 사회복지과에서 교육 통지가 왔다. 고모는 머리를 곱게 빗고 교육을 받으러 다녔다. 산 너머에서 기다리고 있을 희망을 생각하며 교육을 받으러 다니니까 1개월이 며칠처럼 홀떡 지나갔다. 그런데 몸이 찌뿌드드하고 이상했다. 그제야 생리 주기가 그냥 넘어간 것을 알았다. 올케를 찾아가 귀에 대고 조용히 말하니까 깜짝 놀라며 임신이라고 말했다. 고모 자신도 너무나 놀랬다. 교육을 다 받고 나서 아기를 가졌더라면 하고 아쉬운 생각이 들었지만 늦은 나이를 하나님이 아시고 서두르신 것 같다고 스스로 자위했다. 35세에 아기를 낳아야 하는데 걱정이 앞섰다. 저녁에 철재가 돌아와 밥상도 차리기 전에 얘기를 하니 철재가 고모를 안고 한바퀴 돌고 내려놓으며 배에 귀를 대고 들어보려는 포즈를 취해 둘은 손은 마주 잡고 한바탕 웃음이 터졌다.

"이 녀석아, 운동도 잘하고 실컷 놀다가 나오너라."
"벌써 말을 알아듣나? 뭐!"
"지금은 스피드 시대야. 처음부터 교육을 잘 시켜야 해요."
"그럼 동화책을 사다 줘요."
"겨우 소설가나 되게?"
"그것도 괜찮지. 뭐!"
"에이, 더 크게 놀아야지."
"조용히 사람답게 사는 것이 제일 좋지."
"나 대신 출세도 해야지."

철재는 정말로 기분이 좋았다. 아기를 위해서라면 뭐든지 다 할 수 있을 것 같았다. 이때까지 고생만 하다가 정말로 태어난 보람을 느꼈고 하나님의 축복을 혼자 다 받는 것 같았다. 무더운 여름도 다 지나가고 가을은 건너뛰듯 훌쩍 가고 겨울이 되었다. 날씨가 너무 추워 아파트 공사장에서 콘크리트 작업을 하지 못해 억지로 노는 날이 많았다. 노는 날 철재는 모아놓은 돈이 거저 없어지는 것 같아 마음이 초조했다. 그래서 군고구마 장사라도 해서 공밥 먹는 날을 줄여보기로 하고 아내에게 상의를 하니

"자기가 생각나는 대로 하세요." 했다.

"이거 전에 내가 누나한테 써먹었던 거 아니에요?"

"나도 배웠다구요."

두 사람은 손을 잡고 또 허리가 휘게 웃었다. 철재는 바로 고구마 굽는 틀을 사 와서 길목 좋은 데에 끌어다 놓고 군고구마 장사를 시작했다. 아주 잘 팔렸다. 늦은 밤 집에 돌아와 돈주머니를 풀어놓고 둘이서 꾸겨진 돈을 세어보았다. 고구마값을 빼고 5만 7천 원이 남았다.

"그것도 괜찮네요."

"공밥 먹고 노는 것보다는 낫네요."

"우리 아기를 위해 저축하는 거 어때요?"

"그거 누나 생각나는 대로 하세요!"

"하하하, 호호호."

두 사람은 손을 맞잡고 또 웃고 웃었다. 컨테이너 박스가 좋은 양옥집으로 바뀌는 꿈을 꾸며 두 사람은 잠자리에 들었다. 정원은 배가 점점 불러 겉으로 보기에도 많이 표가 났다. 교육은 아직 많이 남았는데 배가 너무 불러 몸이 무거워 다닐 수가 없었다. 그래서 다음 교육 때 이어서 받기로 허가를 받고 쉬게 되었다. 어느 날 산고가 왔다. 일하러 간 철재에게 전화를 하니까 급히 돌아왔다. 올케와 상의를 해보니 자기도 아기를 낳은 지 오래되었고 고모는 노산이니까 산부인과 병원으로 가는 게 좋겠

다는 결론이 났다. 철재가 교회 차를 운전해 병원으로 갔다. 수속을 하고 기다렸다.

진통만 오고 아기는 좀처럼 나오지 않았다. 15시간이 넘었다. 철재는 분만실 밖에서 진통 소리를 듣고 이마에 땀을 흘리며 주먹을 너무 꼭 쥐고 있었기 때문에 손가락이 굳어서 펴지지도 않았으며, 쥐가 나 손가락을 한참 주물러 펴기도 했다. 산모가 기진맥진되었다. 의사가 보호자를 불러 철재가 들어가니 노산으로 자연분만이 어렵다고 말하고 더는 기다릴 수가 없다며 수술을 권했다. 자신이 아기를 낳는 것보다 더 고통스러워 얼른 그렇게 하라고 대답했다. 간호사들이 분주히 왔다 갔다 하고 어수선하더니 아기 울음소리가 났다. 간호사가 나와서 철재에게 말했다.

"예쁜 공주가 나왔는데요."

"아이고, 수고하셨습니다. 감사합니다."

철재는 너무나 기분이 좋았다. 『딸이면 어때!』 산모의 진통 소리가 안 들리니 걱정하던 것이 눈 녹듯 사라졌다. 목사에게 전화를 걸었다. 목사가 처남이 되니 처남과 처남의 댁의 축하 인사를 받았다.

뒷수습을 다 마친 후 산모와 아기를 보라고 했다. 철재는 달리기 선수처럼 뛰어 들어가서 산모의 손을 잡았다.

"누나 수고했어요."

"아이…. 사람들이 오해하겠어요."

"누나가 아닙니다. 간호사님들."

철재는 들으라는 듯 웃음을 띠고 큰 소리로 외쳤다.

"호호호."

간호사들과 산모 모두가 웃음보를 터트렸다. 아기를 보니 너무나 신기했다. 입과 코는 엄마를 닮았고 얼굴 전체 윤곽과 귀와 눈이 철재를 쏙 빼닮았다. 철재는 아기를 금방 안아주고 싶었다. 간호사들이 만져보지도 못하게 했다. 감기를 옮길 수가 있다며 고만 나가라고 했다. 철재는 속으로 외쳤다. 나도 이제는 당당한 아버지가 되었다. 나도 사람 하나를 창조해 냈으니 얼마나 감사한 일인가!『하나님 감사합니다. 감사합니다.』입 속에서 저절로 기도가 나왔다. 일주일이 지나서 퇴원해 산모와 아기가 집으로 돌아왔다. 외삼촌인 목사가 축복과 안수기도를 해 주었다. 주일날 오후 예배를 마치고 밖으로 나오니 마침 컨테이너 박스 속에서 아기 울음소리가 들렸다. 성도들이 모두 구경을 갔다. 아기가 귀한 시절이라 외모만 보고서도 모두들 감탄사가 터져 나왔다. 아기의 손은 작은 알밤만 했고 무엇을 결심하고 있는지 꼭 주먹을 쥐고 있었다. 그런데 신기하게도 다섯 손가락이 모두 있었으며 짓궂은 할머니가 손가락을 펴보자 앙증스러움에 모두 탄성을 실렸다. 아기를 들여다보고 어른들이 하도 말을 많이 하니까 올려다보는 시늉을 해 한바탕 웃음보가 터지기도 했다.

"침 튄다고 쳐다보잖아요?"
"그게 아니고 할머니 안녕, 하잖아요?"
"하하하. 호호호."

모두가 자기 집 아기처럼 귀여워서 몸을 흔들면서 한바탕 웃음보가 터지기도 했다. 아기는 모유를 먹고 삼복더위에 외밭에서 외가 크듯 쑥쑥 자랐고 100일이 지나니 벙글벙글 웃었다. 철재는 팔다리가 부러지게 일을 해도 하나도 어렵지도 않았고 하루 종일 콧노래를 부르며 일했다. 집에 돌아오면 닦기도 전에 아기에게 다가가다 아내에게 빨리 닦고 나서 아기를 만지라는 잔소리를 듣기도 했다. 그래도 좋았다. 정원은 몸이 가벼워지자 구청에 전화해 다음 교육 날짜를 알아보았고 그동안 못 받은 교육을 채우고『사회복지사 수료증』을 받았다. 올케가 아기를 봐준 덕이었다. 복지관에서 전화가 왔다. 거동하기 어려운 노인들을 방문해 이야기도 해주고 몇 시간씩 상담을 할 수 있는지 물었다. 즉시 할 수 있다고 대답했다. 정원은 『신체장애 2급 수첩』을 받아 그런 것이 도움이 된 것 같았다. 올케에게 아기를 잠깐씩 맡기고 출근했다. 정원과 같은 뜻을 가진 봉사자들도 있어 몇 명이 차를 타고 거동이 불편한 독거노인들을 찾아가 목욕도 시켜주고 청소도 해 주고 이야기도 해주고 정말로 보람된 일이라고 생각했다. 약간의 보수도 받으니 너무나 기분이 좋았다. 첫 번째 수당을 받은 날 그 돈을 아끼지 않고 올케에게 꽤 비싼 화장품 세트를 사다 주었다. 올케의 입이 함박만 하게 벌어져 기뻐서 어찌할 줄 모르는 모습을 보니 이때까지 같이 살면서 마음으로 빚진 것을 조금이나마 갚았다는 기분이 들었다.

『고모가 시집도 못 가고 생전 그대로 살면 어떡해요?』

『하나님이 인도해 주시겠지요!』

『다른 교회를 통해서 알아보세요.』

『때가 올 것입니다.』

오빠와 올케가 대화하는 소리를 우연히 듣고 산에 올라가 혼자 답답한 마음을 풀 데가 없어 눈물을 뿌린 때도 있었다. 이제 정말 복을 누리고 사는 것 같았다. 모인 돈이 강냉이를 『뻥튀기』 틀에 넣어 튀기면 불어나듯 불어나기만 바랐다. 형편이 어려운 사람들은 사는 곳도 좋지 못해 찾아가는 데도 여간 힘이 드는 것이 아니었다.

변두리에서도 더 구석지고 가파른 동네 꼭대기에 혼자 사는 할머니를 위로해 주려고 일행이 차를 타고 갔다. 이불도 빨아주고 속옷도 빨아주고 바쁘게 일을 마치고 돌아오던 길이었다. 언덕에서 승합차가 내려오는데 마주 오는 차가 있었다. 길이 좁고 험해서 피할 수가 없었다. 그래도 조심조심 내려오는데 마주 오는 차가 욕심을 부려 빠져나가기가 더 어려웠다. 한쪽은 허리까지 잠길 만한 도랑이 있었다. 내려오는 차가 좀 양보한다는 것이 왼쪽 바퀴가 도랑 쪽으로 밀려 차가 도랑에 처박히고 말

앉다. 순간에 일어난 일이었다. 다른 사람들은 모두 뒤에 탔고 정원은 다리가 불편하니까 앞자리 조수석에 탔다. 그런데 깜박하고 안전띠를 매지 않았다. 그것이 잘못이었다. 차가 내리박히자 왼쪽 다리가 힘이 없고 잡을 것이 없어 이마가 앞 유리창에 충돌하고 말았다. 운전사는 옆머리를 찢어 피가 흐르고 뒤에서는 비명을 질렀다. 정원은 너무 세게 부딪쳐 정신을 잃었다.

택시에 싣고 근처 병원으로 달렸다. 병원에 도착하도록 움직이지도 않았다. 피가 나는 곳도 없었다. 의사가 청진기로 진찰을 하고 인공호흡을 실시했다. 깨나지를 않았다. 철재에게 전화하고 교회에도 연락했다. 철재와 목사가 급히 차를 타고 왔다. 철재는 하얀 천으로 덮어놓은 아내를 보사마사 천을 걷고 얼굴을 내고 비비며 통곡하고 흔들어 봤으나 기척이 없었다. 마치 자는 것 같았다. 이마에 붉은빛이 조금 있을 뿐 눈을 감고 장난하는 것처럼 보였다. 짓궂은 아이같이 일부러 눈을 안 뜨려고 하는 것 같았다. 이미 사망했다는 의사의 진단을 듣고 철재는 하늘이 무너지는 것같이 앞이 캄캄했다. 철재와 목사는 서로 손을 잡고 몸부림치며 울었다. 구청과 복지관에서 급히 달려와 조문을 하고 장례 절차를 협의했다. 다음 날 몇몇 성도들과 같이 화장장에 운구해 화장했다. 손마디 같은 뼈 몇 조각이 남아있었다. 그것을 담아주어 가지고 와서 철재가 사는 뒷동산 큰 나무 밑에 묻었다. 철재를 위로하려고 성도들이 애를 썼으나 철재는 잠시 혼자 있고 싶다고 하여 성도들이 모두 돌아갔다. 철재는 나무 밑에서 앉아서 하늘만 바라보았다. 어제까지도 웃고 말하던 사람이 이 세상에서 다시는 돌아올 수 없는 곳으로 떠났다니 믿어지지가 않았다. 멀리서 걸음걸이가 이상한 사람이 오면 아내가 지팡이를 버리고 맨몸으로 오는 모습같이 보여 자세히 보려고 애썼다. 당장 아기가 걱정이었다. 처남댁이 임시로 돌봐주기로 했다. 눈물을 훔치며 아기가 먹는 분유를 사다 주었다.

　어느덧 한 달이 지나갔다. 철재는 컨테이너 속에서 나오려 하지 않았다. 아내의 옷가지에서 체취를 찾으려고 모두 꺼내놓고 만져보기도 하고 코를 대고 냄새도 맡아보고 벽에 걸어놓고 바라보기도 했다. 목사가 무슨 일을 저지를까 봐 가끔 와서 손을 잡고 기도를 하고 나가서 운동도 하고 산에 올라가 마음을 안정하라고 자주 일렀다. 철재는 도무지 손에 일이 잡히지 않았다.

　그런데 엎친 데 덮친 격으로 일이 또 터지고 말았다. 목사의 부인 처남댁이 건강검진을 받았는데 유방암 초기로 나타났다. 수술을 받으면 괜찮을 거라는 의사의 진단이 있었지만 온 교회가 근심이 쌓이고 어수선하였고, 시누이가 사고를 당해 아기에게 우유를 먹이고 밤에 보챌 때마다 가슴이 저려 눈물을 흘렸는데 자기 몸까지 그런 흉한 진단을 받으니 더욱 더 정신을 차릴 수가 없었다. 교회의 모든 성도들의 기도가 시작되었고 어떤 계시가 나타나길 각자가 기다렸다. 한 노인 성도의 딸이 충북 영동으로 시집을 가 40세도 훨씬 넘었는데 아기가 없다고 했다. 그런데 조용히 아기를 데려다 기르고 싶다는 전갈이 왔다. 교회에서 저녁에 철재를 오라고 해 같이 저녁을 먹고 난 다음 목사가 나오지 않는 얘기를 하려고 먼저 기도를 하고 한참 뜸을 들이다가 입을 열었다.

　"매제, 하나님이 부르신 사람을 우리가 마냥 아쉬워하고 앞에 놓인 일을 전폐하면서 계속 생각하고 있을 수만은 없어요. 정원이는 오직 그리스도만 알고 기도하며 살았으니까 그 영혼은 아마 하나님 보좌 옆에서 세상의 모든 고통을 잊고, 편안하고도 기쁨이 넘치는 곳에서 영원히 살 것입니다. 우리도 다 때가 되면 그 나라로 가서 서로 기쁘게 만날 수 있을 것입니다. 매제도 이제 새로운 마음을 가지고 복실이의 장래도 생각해야 할 것입니다."

복실이는 철재와 아내가 딸에게 복스럽게 잘 살라고 지어준 이름이다.

"저도 누워 지내지만 그게 제일 걱정입니다. 처남댁까지 어려우신 처지가 되었으니 좋은 생각이 선뜻 나지 않습니다."

"할머니 성도 한 분이 자기 딸이 나이가 많은데도 아기가 없어 기르고 싶다는 연락을 해왔어요. 그리고 이곳 사정을 자세히 알고 있어, 어느 때든지 보고 싶으면 찾아와 보라는 것입니다. 공동으로 키우자 그런 내용입니다."

"제가 양육비를 주어야 하나요?"

"그런 부담을 가질 필요 없어요. 집안이 매우 부유하고 부모의 정을 끊을 수 없는 것까지 잘 알고 있는 매우 교양 있는 사람으로 나중에 양가를 오가며 살아도 좋다는 것입니다."

"그러면 저의 어려운 고통을 전적으로 담당해 주시는 고마운 분이시네요. 그렇게 하겠습니다."

"내 생각과 같아 우선 기쁘고, 많이 쉬기도 했으니까 일자리도 알아봐요."

"알았습니다."

며칠이 못 되어 약속한 사람이 승용차를 가지고 왔다. 철재는 허리를 굽혀 고맙다는 인사를 했고 복실이를 한번 안아주고 볼에 뽀뽀를 하고 양모의 품에 안겨주었다. 복실이는 6개월이 지나 제법 통통하게 자랐으며 양모를 반기는 듯 웃기까지 했다. 둘러섰던 성도들이 모두 박수를 치고 목사가 또 기도를 해 주었다. 차가 떠난 후 철재는 방으로 들어가기가 싫어 산으로 올라갔다. 이 세상이 다 슬프게 보였다. 복실이의 얼굴을 마음에서 지워보려고 애를 썼다. 그럴수록 아내를 닮은 모습이 더 큰 영상으로 비쳐 마음을 어지럽게 했다. 양모가 지금은 기쁜 마음으로 데려갔지만 귀찮게 생각해 박대하면 어떻게 할까? 중간에 못 키우겠다고 데리고 가라면 어찌할까? 울며 보채는 영상이 떠올라 마음을 더 아프게 했다. 이후에 복실이가 커서 아버지가 있었다는 사실을 알면 얼마나 서글플까? 아버지가 왜 키우지 않고 남에게 맡겼을까? 나는 태어나지 않았어야 할 사람이었나? 불의로 태어나 부모 품에서 살 수가 없었나? 그래서 나를 나면서부터 싫어했을까? 엄마는 어떤 사정이 있었을까? 잠시라도 왜 외갓집에 맡겨졌을까? 왜 이렇게 슬픈 운명을 타고나 이리저리 다니며 자랐을까? 말 못 하는 아기지만 보내는 아버지를 원망하며 떠난 것 같은 마음이 들어 견딜 수가 없었다. 지켜본 사람들은 몇 명 안 되지만 그들의 입을 막았다 해도 이것을 하나님이 다 보았다. 언젠가는 사실이 알려져 아버지라고 찾아오면 어떻게 대하여야 할까? 뭐라고 말해줘야 할까? 사실대로 말하면 믿어줄까? 울면서 원망하면 어떻게 해야 할까? 머릿속에서 영화의 한 장면이 돌아가듯 장래 일들이 떠올랐다. 그래서 머리를 마구 흔들었다. 그런 생각들이 점점 더 강하게 떠올라 자리에서 벌떡 일어났다. 훌훌 털고 어디 조용한 곳에라도 가서 좀 쉬었다 올까 했지만 장소가 도무지 생각나지 않았다. 신혼여행을 갔던 제주도에 가서 아내와 재미있게 구경하고 음식을 먹던 곳을 찾아가 기억을 더듬어 볼까 하는 생각도 들었다. 그런 생각이 나자 가슴이 답답하고 숨도 쉴 수가 없었다.

이제까지 살면서 남에게 심술을 부려본 적도 없었고 몹쓸 짓을 해보지도 않았고 마음속으로도 남을 크게 미워해 본 적도 없었다. 그런데 왜 하나님은 나에게 이런 참기 어려운 환경을 주실까? 마치 욥보다도 더 큰 고통을 안겨주시니 정말 어떻게 살아가야 할지 희망이 보이질 않았다. 도무지 살아갈 일이 막막하고 답답하기만 했다. 이때까지 소외되고 구박에 가까운 삶을 살다가 몸은 비록 장애인이지만 마음이 비단결 같은 누나를 만나 결혼해 겨우 1년 남짓 행복하게 살았다. 어려서부터 수많은 고생을 하고 살았으니까 이제는 행복하게 잘 살 줄 알았다. 깊은 신음에 빠져 마음이 허공을 헤매니 해가 지는 것도 모르고 있었다.

어느덧 어둠이 깔리기 시작했다. 철재는 천천히 걸어 내려왔다. 저녁밥을 해 먹을 맘이 생기질 않았다. 배가 고픈 건지 통 느낌이 오지 않았다. 버스가 다니는 길까지 걸어 나갔다. 시내로 들어가는 버스가 왔다. 버스에 올라타고 자리에 앉아 창밖을 내다보니 사방이 꽃밭같이 전깃불이 환했고 시내에 들어서자 네온사인이 어지럽게 돌아갔다. 아름다운 것은 다 남의 일같이 보였다. 여기저기 기웃거릴 곳도 없었다. 내려서 걷기도 해 보고 사방을 둘러보기도 했다. 무슨 할 얘기가 그렇게 많은지 서로 정신없이 얘기를 하고 오는 사람과 부딪힐 뻔도 했다. 철재 자신도 정신없이 걷다가 어깨가 부딪쳐 돌려다 보고 고개만 끄덕하고 인사를 건네기도 했나.

택시를 타고 천호대교 쪽으로 나가 보기로 했다. 다리 앞에서 내려 다리로 걸어갔다. 난간에도 모두 오색등을 달아 대낮 같았고 물이 흐르는 것도 다 보였다. 다리를 걸어 다니며 놀이를 하는 사람들이 아주 많았다. 학생들이 떼를 지어 이리 갔다 저리 갔다 떠들썩하게 돌아다녔고, 연인들끼리 서로 손을 잡고 깔깔대고 무슨 보물을 찾아 횡재 만난 사람같이 좋아서 떠들었고 어떤 사람들은 장난꾸러기같이 놀았다. 그런 것을 보니까 철재의 마음이 더 울적해졌다. 자기 혼자만 이 세상에서 외톨이가 된 것 같아 순간 다 보기 싫다는 생각이 들었다.『산다는 것이 다 고통이지 뭐!』그런 생각이 머리에 꽉 찼다. 마치 혼자 걸어 다니는 자기를 비웃듯 사람들이 멀리 떨어져 떠들고 지껄이며 놀았다.

철재는 순간 난간 아래로 몸을 날렸다. 몸이 강물에 풍덩 빠지자 선득하였고 마치 콘크리트 바닥에 떨어지는 것 같은 충격으로 정신을 잃었다. 다리 위에서 갑자기 사람이 사라지자 사람들이 핸드폰으로 119에 신고했다. 즉시 수중 구급용 보트가 전속력으로 달려가 허우적대는 철재를 구출했다. 구급 보트로 끌어 올리고 거꾸로 누이고 구토를 시키고 인공호흡을 했다. 근처 병원으로 이송했다. 심장이 약하게 뛴다고 청진기를 떼고 의사가 말했다. 지켜보던 구급대원들이 박수를 쳤다. 30분쯤 지나 환자가 손을 조금 움직였다. 지켜보던 사람들이 또 박수를 쳤다. 철재가 정신이 들어 눈을 뜨고 천장을 보고는 응급실에 누워있다는 것을 깨닫고 눈물을 흘렸다. 철재의 바지에서 교회의 주소가 나와 그것을 보고 목사에게 연락을 했다. 목사가 즉시 달려와 철재의 이마에 손을 대니 철재가 눈을 가늘게 떴다.

"하나님이 받아주실 것 같아?"

화가 난 목사가 꽥 하고 소리를 질렀다.

나는 죄인이다

　명구는 고향을 떠나 객지를 헤맨 지가 10여 년이 되었다. 고향 사람들의 머리에서 잊힐 만할 때, 갑자기 살던 동네에 나타나 마을 사람들을 놀라게 했다. 고향을 떠났던 사람이 10여 년 만에 돌아왔다고 놀랄 일은 아니지만, 명구는 동네 사람들의 마음을 불안케 하는 사람이었다. 명구가 마을을 떠난 것은 객지로 돈을 벌려고 나간 것이 아니었다. 장에 나갔다 늦은 밤길에 돌아오는 친구의 여동생을 후미진 산 고개에서 기다리고 있다가 강제로 성폭행을 해 동네를 발칵 뒤집어 놓았었다. 명구는 큰일을 저질러 놓고도 아무 일 없었다는 듯 시치미를 떼고 집에 와 누워있었다.
　명구네 집과 불과 백여 미터도 안 되는 거리에 연실네 집이 있었다. 연실은 시집갈 준비를 하려고 자수를 놓기 시작했다. 어머니에게 자수를 배워 베갯모를 비롯해 방석 등 여러 가지를 이미 완성해 놓아, 같은 마을에 사는 처녀들의 부러움을 샀다. 마침 자수 실이 떨어져 시장에 간다고 하니까 친구들이 너도나도 심부름을 시켰다. 그도 그럴 것이 농촌이란 농사일에 밀려 장에 가는 것도 틈낼 여유가 없었고, 20여 리 밖 읍내까지 가야 하기 때문이었다. 연실은 친구들의 심부름까지 도맡아 그 먼 거리를 걸어갔다 오는 길이었다. 버스가 다니지 않는 외진 마을이라 물건을 사고팔려면 이고 지고 다니는 수밖에 없었다. 마을에서 5리쯤 되는 곳에 산 고개가 있었다. 해가 지고 어둠이 깔리기 시작했다. 연실은 마음이 초조하여 걸음을 재촉해 빨리빨리 걷기 시작했다. 산 고개를 넘으려 할 때 숲속 어디선가 인기척이 있는 것 같았다. 등골이 오싹하고 다리가 후들후들 떨려 걸음을 잘 걸을 수가 없었다. 연실은 입에 침이 마르고 점점 가슴이 답답하여 어찌할 수가 없었다. 뛰어가려고 생각도 해봤으나 20여 리를 다녀오느라 두 발을 무엇이 잡고 늘어지는 것처럼 무거워 걷기도 힘이 들었다. 어떤 남자의 소리가 들리는 것 같았는데 어느새 가까이 따라와 자기 이름을 불렀다. 처음에는 귀가 먹먹해 잘 들리지도 않았으나, 계속 이름을 불러 자세히 들어보니 오빠의 친구이고 동네 사람임이 틀림없었다. 그래서 다소 마음을 진정해 돌려다 보았다. 어두워서 얼굴은 보이지 않았으나 키가 큰 것이 명구라는 것을 직감할 수가 있었다. 명구는 연실이보다 초등학교 삼 년이나 선배다. 학교 다닐 때 기운도 세고 싸움도 잘했다. 다른 동네 아이들이 자기 동네 아이들에게 말만 거칠게 해도 공연히 대들어 때리고 억센 발로 수없이 걷어찼다. 그 아이가 집에 가서 부모에게 얘기해 학부모가 학교에 찾아와 담임선생에게 말하거나, 심지어는 교장 선생님에게 이르고 퇴학을 시키라고 항의를 하기도 했다. 자주 교무실에 불려 가 벌을 받는 것도 여러 번 보았다. 마음속에 께름칙한 것이 있었지만 마을에서 가장 가까운 이웃집에 살고 있었다.

"안녕하세요? 어디 갔다 오세요?" 하고 내키지 않는 인사를 했다.

"나도 장에 갔다 오는 길이야. 처녀가 왜 밤길에 혼자 다녀?" 하고 농담까지 걸었다.

"호호호."

연실은 생각했던 것보다 마음이 가라앉아 웃으며 말했다.

"친구들 심부름까지 모두 해 오느라 늦었어요." 하고 사실에 가까운 얘기를 했다. 두 사람은 더는 말이 없이 고개를 내려오고 있었다.

그런데 명구가 말을 꺼냈다.

"나는 사실 연실을 사랑하고 있었어."

연실은 갑자기 들은 말이라 어떻게 대답해야 좋을지 몰랐다.

"그럼 오빠가 우리 오빠에게 말을 하든지, 아니면 우리 아버지께 얘기를 해봐요."

"그럼 얼마나 좋겠어. 오빠와 나는 동창이지만 학교 다닐 때부터 서로 마음이 안 맞았고, 아버님은 나를 나쁜 놈으로 보시는 것 같아."

"그래도 그렇게 하는 것이 좋지, 나를 보고 거리에서 말하면 내가 어떻게 하겠어요."

"우리 서로 맘이 맞는다면 같이 멀리 떠나면 되지, 뭐!"

"나는 갑자기 들은 말이고 그렇게 한다면 우리가 나중에라도 부모님을 어떻게 볼 수가 있겠어요."

"아기 낳고 오래 살면 다 되는 거지, 부모들이 어쩌겠어?"

"그러면 동네 사람들에게 창피하잖아요? 떳떳하게 살아야지, 그렇게 살면 일생 동안 남의 험담만 듣고, 손가락질당하고, 나는 그런 방법은 싫어요."

그러자 명구는 연실의 손을 잡았다.

"이러면 안 돼요. 이미 말했잖아요. 어른들끼리 정해야 일이 잘될 수가 있다고."

연실은 가만히 손을 빼며 말했다. 명구는 조리 있게 대답하는 연실의 말에 어떻게 해야 할지 머릿속이 멍해짐을 느꼈다. 그리고 가슴에서 끓어오르는 감정을 진정할 수가 없었다. 명구는 사실 연실이 처녀티가 나는 나이가 되자, 미모에 반하여 연정을 품고 늘 가슴을 졸였다. 그러나 가까운 이웃집인데도 도무지 서로 만나서 얘기할 틈이 나지 않았다. 연실의 오빠인 동성과는 성질이 안 맞아 얘기도 잘 나누지 않는 처지였다. 그래서 연실네 집을 찾아가 기웃거리지도 못했다. 명구는 침이 마르고 얼굴이 확확 달아오르기만 했다. 이런 기회를 놓치지 않고 연실에게 사랑을 확인시켜 주려고 했으나 도무지 좋은 계책이 떠오르지 않았다. 명구는 말로는 안 되겠다는 생각이 들었다. 그래서 연실의 앞을 가로막고 껴안으려고 했다.

"오빠, 그러면 소리 지를 거야."

"맘대로 해."

명구는 자갈밭을 갈며 내뿜는 황소의 숨소리처럼 씩씩거렸다.

"내 맘을 몰라주면 나는 이렇게밖에 할 수가 없어."

"맘에 있었다면 편지도 할 수 있었고, 그동안 시간이 많았는데 갑자기 이러면 어떡해요."

"나는 조용히 만날 날만 생각하고 있었어. 편지를 하면 동성이가 편지를 보고 나를 가만두겠어?"

"편지 보낸 게 뭐가 큰 잘못이라고, 오빠가 어떻게 하겠어요."

"그야 방해를 놓을 게 뻔하니까 못 했지."

"진짜 사랑한다면 그런 게 뭐가 무서워요."

"동네 친구들한테 떠들고 다녀 망신 줄 것이 뻔한데."

"그런 용기도 없는 사람이 나를 어떻게 먹여 살릴 수가 있어요?"

명구는 순간 머리를 큰 돌로 맞아 멍한 느낌이었다. 연실의 오빠에게 초등학교 다닐 때부터 당하고 연실에게까지 또 당한다고 생각하니 화가 머리끝까지 올라왔다. 그래서 갑자기 몸을 돌려 연실을 껴안고 팔에 힘을 주었다. 연실은 처음에는 빠져나오려고 꿈틀댔으나 힘이 모자라 꼼짝할 수가 없었다.

"사람 살려! 사람 살려!"

연실은 소리를 질렀다. 순간 명구는 당황해서 어찌할 줄 모르다가 무릎으로 연실의 아랫배를 연거푸 세게 가격했다. 연실은 너무나 아파서 정신을 잃고 명구의 팔에서 축 늘어졌다. 명구는 연실을 땅바닥에 어린 아이처럼 누여놓고 치마를 올리고 속옷을 벗기고 자기 바지를 내리고 참았던 욕정을 채웠다. 그리고 숲속에 숨어서 연실의 동정을 살펴보았다. 시간이 조금 지나 연실은 꿈틀대더니 일어나 옷을 매만지고 울면서 산 아래로 내려갔다. 명구는 연실이 눈치채지 못할 만큼 떨어져 뒤따라 동네로 들어왔다. 연실이 자기 집으로 들어가는 것까지 확인하고 집에 들어가 윗방 문을 여니 인기척에 어머니가 명구라는 것을 알고 "저녁은 먹었냐?"라고 물었다. 아무 일 없었다는 듯 "예." 하고 길게 대답했다.

집에 돌아온 연실은 대문 안에 들어서자마자 울음을 터트렸다. 집안 식구들이 놀라서 초롱불을 밝히고 보니 치마저고리가 온통 흙 범벅이었다.

사연을 들은 아버지와 어머니는 땅을 치며 통곡을 했다. 오빠는 화가 머리끝까지 올라왔다. "내 이 개자식을 당장 때려죽이고 말 테야." 하고는 배추밭에 바자를 치려고 헛간에 만들어 놓았던 단단한 말목 하나를 골라 들고 단숨에 명구네로 달려갔다. 태풍이 불고 소낙비 속에 천둥번개에 놀란 개 뛰어들 듯 명구 방으로 들어갔다. 아랫목에 누워있던 명구를 보고 분을 참지 못했다.

"야, 이 개자식아, 사람이 개 같은 짓을 해."

명구가 대답할 새도 없이 다짜고짜 복날 개 패듯 몽둥이로 두들겨 팼다. 명구는 반항도 하지 못하고 매를 맞았다.

"아이-구, 아이-구. 동성아, 동성아, 내 말 좀 들어봐!"

"이 개 같은 자식아. 무슨 할 말이 있다고! 주둥이를 박살 내야 알겠어."

"나는 참말로 연실을 사랑해서 그런 거야."

명구는 연신 몽둥이로 맞으며 한마디 말했다. 그러나 독이 머리끝까지 오른 동성이의 귀에는 들리지도 않았다. 명구는 얼마나 매를 맞았는지 말도 못 했다. 명구 아버지와 어머니는 갑자기 윗방에서 아들의 비명 소리가 나고 이웃집에 사는 동성이의 욕설 퍼붓는 소리를 듣고 뛰어나가 보니 캄캄한 속에서 몽둥이질을 하고 있었다. 우선 싸움을 말리려고 했다.

"동성아, 동성아 웬일이냐?" 하고 어둠 속에서 동성이의 몽둥이를 잡고 늘어졌다. 한편 어머니는 문밖으로 뛰어나가 "사람 살려! 사람 살려!" 목청껏 외쳤다. 작은 동네에 시끌벅적한 소리가 나자 동네 사람들이 모여들었다.

어떤 사람은 내용을 모르고 동성이를 보고 "사람을 몽둥이로 그렇게 개 패듯 해! 뼈라도 부러지면 어떻게 할 거야?" 뒤에서 소리치기도 했다.

"그럼, 그럼. 부모 죽인 원수도 자기 맘대로 못 하는 세상이 됐는데."

한편 젊은 청년들은 동성의 손에서 몽둥이를 빼앗고 말리며 "형님, 사정 얘기나 해 봐요." 동성은 그런 흉측한 말이 입 밖으로 나오지 않았다. 그래서 씩씩거리기만 했다. 그때 뒤에서 누군가 말했다.

"연실이가 장에 갔다 오는디 명구가 건드렸다는구먼."

이렇게만 해도 다 알아듣는 말이었다.

"명구가 나쁜 놈이구먼."

"내가 말했잖아.『센 개 꼬리 삼 년을 굴뚝에 둬도 도로 센 개 꼬리라고.』"

"이웃 간에 짐승 짓을 하면 어떻게 딸 둔 집에서 맘을 놓고 살 수가 있나?"

"바람난 수캐처럼 암캐만 보면 달려들 듯 하면 되나?"

모인 사람들 중 입심이 센 사람들은 마당 밖으로 나가 한마디씩 했다.

명구 아버지와 어머니는 정신이 혼비백산하여 덜덜 떨기만 하다가 통곡을 하며 동민들에게 자식 잘못 둔 죄를 빌었다.

"내가 자식을 못 쓸 놈을 낳아서 그렇소."

"요새 부모 말 잘 듣는 놈이 있간디."

그래도 나이 먹은 사람들은 명구 부모를 위로하는 말을 하기도 했다.

한 동네에서 조상 적부터 같이 살아 드는 데서 막말은 할 수가 없는 처지였다. 동성은 명구를 경찰서로 끌고 가려고 했다. 그런 일에 나서서 막을 사람이 없었다. 명구는 너무 매를 맞아서 일어나지도 못했다. 그래서 가마니를 뜯어 장목을 대고 들것을 만들어 명구를 눕히고, 네 사람이 들고 문을 나갔고 많은 청년들이 따라갔다. 그 후 명구 아버지와 어머니는 몇 날 며칠을 연실네 집에 찾아가 부모에게 무릎을 꿇고 빌었다. 또, 다른 사람들을 시켜서 말을 전하게 했다.

"이왕 일이 이렇게 된 바에 아주 며느리를 삼겠으니, 어렵지만 친구가 힘을 써주게."

동네 사람들도 그 말을 듣고서 "그런 방법이 그래도 괜찮네." 하며 연실 아버지의 연갑 되는 여러 어른들이 나서서 권고하기까지 했다. 화가 안 풀린 연실 아버지는 그 말을 듣자마자 언성을 높여 말했다.

"세상에 딸 줄 놈이 없어서 그런 망측한 놈에게 딸을 주라고 하나?"

더욱더 역정을 내자 동네 사람들도 더는 권할 수가 없었다. 가난하게는 살지만 모두가 양같이 온순하고 사슴같이 맑아 남의 것은 티끌 하나도 탐내지 않는 사람들만 모여 살았다. 그런 동네에 명구가 처음으로 큰 사건을 저질러 오래도록 얘깃거리가 되었다. 말과 같이 오순도순 사는데 명구만 성질이 독특해 술을 먹으면 공연히 허공에 대고 욕설을 하고 싸움을 벌여 조용한 시골 동네에 가끔 풍파를 일으켰다. 하찮은 일이 일어나도 명구 아버지가 대신 손발이 다 닳도록 빌었고 동민들도 법 없어도 살 만한 명구 부모의 심성과 체면을 생각해 그대로 참고 넘기곤 했었다.

그런 일이 일어난 후 연실은 고향에 있기가 창피하다고 서울로 떠났다. 반대로 명구는 징역살이를 5년이나 하고 나왔다. 바로 집으로 오기가 면목이 없었는지 5년여를 객지에서 지내다가 고향에 돌아왔다. 명구가 동네에 돌아다니기만 해도 모두 불안해했고 이웃끼리 서로 만나면 쑥덕쑥덕했다.『이번에는 어떤 큰일을 저지를까?』자기 집에 피해가 갈까 봐 명구의 그림자만 봐도 섬찟 놀래고 밥맛을 잃을 정도로 마음이 초조하여 호랑이 늑대보다도 더 무서워했다.

그러나 명구는 전과는 좀 달라졌다. 술독 근처에도 가는 일이 없었고 늙은 부모를 따라다니며 열심히 일만 했다. 그래도 동네 사람들은 『여우 꼬리 굴뚝에 삼 년 넣었다 꺼내도 도로 여우 꼬리』라고 말하며 경계의 눈초리로 바라보았다. 명구는 동네 사람들의 눈치를 아는지 그저 땅만 쳐다보고 일했고, 마주치는 사람에게는 웃어른이나 후배나 막론하고 먼저 허리를 굽혀 인사를 했다. 그래서 동네 사람들은 좀 마음이 가라앉았고 명구를 보아도 웃으며 인사도 건넸다.

두세 명이 일하러 가다 명구가 지나가면 말소리가 안 들릴 만큼 거리가 떨어질 때가 되어서야 뒤통수에 대고 말했다.

"저 사람 옥살이를 오래 하더니 깨달은 것이 많은가 봐."

"사람이 열 번 된다는 말도 있지."

"좀 더 두고 볼 일이지."

"암, 언제 본심이 나타날지 모르지."

"제 맘에 안 드는 것이 있으면 감춰둔 본심이 드러나겠지."

명구 얘기로 동네의 해가 졌다. 명구는 밤에 통 문밖에 나가지도 않았고 친구들 간에도 대화하지 않으려고 해 동창들은 오히려 명구에게 먼저 말을 걸어왔다.

"야, 이 사람아, 사람이 혼자 살 수 있어? 예전 같이 지내자."라고 말하기도 했다.

　그럴 때면 미소를 지으며 "나는 죄인이다! 너희들과 다른 사람이야. 고맙다." 하고는 같이 자리에 앉기도 거북스러워하며 피했다.

　세월은 점점 흘러 동네 동창들과 후배들까지 모두 장가를 가고 시집을 가서 아들딸을 낳아 안고 다녔다. 그러나 명구만은 전과 때문에 결혼할 수가 없었다. 인근에서 명구가 징역살이를 했다는 것을 모르는 사람이 없었다. 중매를 서려는 사람도 없거니와 명구 얘기만 나와도 머리를 살래살래 흔드는 사람들이 많았다. 명구 아버지와 어머니는 마주 앉아 땅이 꺼지게 걱정을 했다.

　"조상님께 득죄하게 됐으니 죽어서 저승에 가면 어떻게 조상님을 뵙는단 말이오!"

　"빨리 죽어서 이 꼴 저 꼴 안 보는 게 좋겠어유." 하고 눈물을 지으며 장탄식을 할 때도 많았다. 그도 그럴 것이 명구는 누나와 여동생들만 여러 명이 있었고 외아들이었기 때문이다. 동생들까지도 시집을 가는 데 오빠의 행동으로 아주 많은 지장을 받았다. 그래서 동생들이 입으로 직접 명구에게 말하지는 않았어도 『우리 오빠는 다른 청년들 같지 않고 왜 사고를 일으키고, 그것도 고향에서 일을 저질러 부모님 망신시키고 가족까지 낯을 들고 다니지 못하게 하느냐?』라며 속으로 눈물을 지었다. 여동생들의 혼삿말이 오갈 때마다 그 오빠를 보면 가풍을 알 수가 있다고 거절하면 중신아비가 "그 여동생을 데려다 사는 거지 오빠를 데려다 사는 거냐?"라고 농담 반 진담 반으로 웃어넘기며 말했다.

　"손가락도 각각 길고 짧듯이 성질은 형제간이라도 모두 다르게 타고나는 법이여." 하고 입이 닳도록 얘기해 겨우겨우 시집을 보냈다. 시골에서는 별별 것이 다 흠이 되었다. 일을 하다 쉬려고 동네 가운데 정자나무 밑에 사람들이 모이면 『장차 명구가 장가를 못 가고 총각 귀신으로 죽으면, 원혼이 동네 처녀들만 잡아가 이 마을에서 다 큰 처녀를 볼 수 없게 될 것이라.』라는 허무맹랑한 뜬소문이 오가기도 했다. 어린 딸을 둔 집에서는 그런 것도 공연히 걱정되었다. 시골 마을에도 입담 좋고 우스갯소리도 잘하는 사람이 많아 어려운 농사일을 하는 중에도 웃음으로 때워 고단함을 잊을 때도 많았다. 동네 사람 중에 우스갯소리를 잘하는 사람의 일가가 멀리 떨어져 사는데 명구의 소식을 손톱만큼도 들은 것이 없었다. 그런데 마침 그의 딸이 시집을 갔다가 남편이 사고로 죽어서 일 년도 못 살고 친정살이를 하는데 딱하다는 말을 했다. 정자나무 밑에서 동네 사람들이 모인 가운데 얘깃거리가 궁하자 심심풀이로 그 얘기가 또 나왔다. 그러자 그중 한 사람이 명구를 들먹이며 중매를 하라고 권했다.

"중매야말로 남녀 양가에 모두 좋은 일이고, 하느님도 아들딸 낳고 살라고 했으니께 그보다 좋은 일은 없다네." 하고 추켜세웠다.

"세상에 제일 복 받는 일 중 하나가 중매라네."

"중매 잘하면 술이 석 잔이지."

"마른 봄 판에 술 석 잔이 어딘가?"

다른 사람들도 맞장구를 치니 얘기를 꺼내놓았던 사람이 좋게 들었다. 그 여인은 시집살이를 얼마 못 해 아이도 없다고 했다. 명구 아버지와 어머니를 정자나무에 오라고 해 그 말을 전하니 코가 땅에 닿게 굽실굽실하며 좋아했다. 일이 순조롭게 되어갔다. 명구네는 논이 삼천여 평이나 되었고, 밭도 이천 평이 넘어 보릿고개가 있던 시절 시골에서 드물게 양식 걱정을 안 하고 사는 집이었다. 명구 아버지와 어머니는 며느리를 처음 얻고, 손자를 안아 볼 욕심으로 혼수도 자기들이 장만하고 장롱도 사고 여자는 그냥 몸만 와도 좋다며 준비를 단단히 했다. 같은 동네에 육갑을 따지고 길일을 볼 줄 아는 노인이 있었다. 그 노인을 찾아가 손 없는 날을 정하고 여인을 데려다 명구네 집 안마당에 차일을 치고 동네 사람들이 가득 모여 지켜보는 가운데 혼례를 올렸다. 안방 아랫목에 큰독을 들여놓고 술도 담고 집에서 기르던 큰 돼지도 잡고 동민들을 불러 떡과 안주를 걸게 장만해 큰 잔치를 벌였다. 새댁은 족두리를 두 번 쓰지만 명구는 처음이니 동네 수다쟁이 여인들이 국수를 먹으면서 끼리끼리 한마디씩 했다.

"색시 얼굴이 저렇게 탐스럽고 좋은데 팔자가 험하네."

"명구도 키 크고 외모야 남만 못한가?"

"잘 살지 두고 봐야지."

"명구도 옛날 명구가 아니지, 혼나고 나온 후로는 양반 되었으니께."

가족들이 안 듣는 데서 수군수군했다. 다른 한편에서는 배고픈 배에 국수와 고기, 술이 늘어가니까 기분이 좋아서 덕담이 술술 흘러나왔다.

"천상배필이 따로 있다더니 저렇게 얼굴이 보름달 같고 키도 훤칠하고, 명구네 집에 호박이 덩굴째 굴러들어 왔군그래."

"늦잠 자도 제 할 일 다 한다고, 그런 말이 헛말이 아니여."

"그러게 말일세, 명구가 저런 예쁜 각시를 얻어 들이려고 지금까지 죽치고 있었군그래."

"밭이 좋아야 씨알이 좋다고, 명구 아들도 헌헌장부를 낳겠구먼."

술맛도 좋고 안주도 고기를 접시에 산처럼 담아다 주니, 모두 입이 벌어져 웃고 떠들며 열린 입이 닫힐 줄 모르고 저마다 한마디씩 했다. 밤늦게까지 잔치가 벌어졌고 동민들이 배불리 먹고 취해서 모두 뒹굴어 가듯 집으로 돌아갔다. 명구 아버지와 어머니는 그제야 잠자리에 들어갔다. 몇몇 짓궂은 젊은 여인들은 신방 차림을 엿본다고 손가락에 침을 발라 문구멍을 뚫고 들여다보고 시시덕거리고 야단들이었다. 다음 날 새벽 밝기가 무섭게 새며느리가 문안을 드린다고 방문 앞에서 기침을 했다. 명구 아버지와 어머니는 생전 처음 받아보는 일이라 입이 함박만 하게 벌어졌고 목청을 가다듬었다.

"새아가야, 들어오너라."

"예. 아버님, 어머님. 안녕히 주무셨어요?" 하고 날아갈 듯 큰절을 하니 마치 천사가 내려와서 자기들에게 인사를 하는 것 같았다. 얼굴에 바른 분가루 향내가 진동하고 노랑 저고리에 맞춰 입은 분홍치마가 능수버들처럼 치렁치렁 늘어져 버선코가 보일락 말락 했고, 새색시의 목이 쑥 빠지고 손은 섬섬옥수 같았다. 명구 부모들은 눈이 부셔서 잘 쳐다볼 수가 없었다. 명구도 따라 들어와 같이 절을 하며 "아버지, 어머니. 손자 보고 오래오래 사세요." 하고 인사말까지 했다.

명구 부모는 아랫목에 앉아서 아들 며느리를 올려다보니 하늘에서 맺어준 인연 같았고, 『내가 난 자식이지만 속을 썩여 원수보다 나을 것이 없다.』라고 한탄했었는데, 오늘 아침에는 이 세상에 둘도 없는 귀공자같이 보였다. 비단 한복 바지저고리를 입으니 큰 키에 늠름하기가 근동에서는 아무도 비교할 만한 사람이 없었다. 순간 명구 아버지는 딸들이 다 아들이 되어 이렇게 예쁜 며느리를 오늘 같이 얻어 왔으면 얼마나 좋았을까? 하고 가구도 없는 욕심이 가슴속에 끓어오르기도 했다. 동네 사람들도 명구네 얘기로 날을 새고 밤을 보냈다.

"사람은 처복이 다 각각 있다고 하더니 명구 색시가 동네에서 제일 잘 얻어 왔다니께."

"인제 인물값대로 살림을 잘하고 살아야제."

"외모를 보라고 유순하게 보이지, 얼굴이 달덩이 같지, 거기다 키가 훤칠하지. 못 할 게 뭐가 있어?"

"명구가 클 때 지랄쟁이처럼 행동해서 그렇지, 명구도 뜯어보면 헌헌장부처럼 생겼지."

"그럼, 타관에서 금방 들어와 내용을 모르는 사람이라면 딸 가진 사람들은 욕심나지."

"암-암- 그렇고말고."

가장 가까이 사는 연실네 집에서는 명구가 장가가고 잔치를 걸게 했어도 식구들이 모두 그림자도 안 비치었다. 두어 달이 지나가고 농사일에 바빠 명구네 얘기도 조용해졌다. 명구네는 연실네 집과 같이 한 샘물을 먹고 있었다. 산 밑 돌 틈에서 나오는 옹달샘으로 그림같이 맑고 물맛이 유난히 좋았다. 동네 사람들도 산 밑 돌 틈에서 나오는 샘물이 좋다며 좀 멀어도 자기 집 근처에 있는 우물을 지나서 물을 길어 가기도 했다. 어느 날 명구 색시가 샘에 갔다 오더니 얼굴이 붉으락푸르락했다. 시어머니가 보았으나 조심스러워 물어보지도 못했다. 자기 방으로 들어가더니 울음을 터트렸다. 명구 어머니는 속으로 집히는 것이 있었다. 며느리가 샘에 갈 때 일일이 감독하는 것 같아 따라갈 수가 없었다. 아들을 잘못 낳은 것만 속으로 탓하고 있었다. 틀림없이 들어서는 안 될 말을 들은 것 같았다. 그렇다고 미리 짐작하고 찾아가서 자초지종을 따질 수도 없었다. 명구가 밖에서 일을 마치고 들어왔다. 어머니의 표정이 골이 난 것 같았고 방에서는 아내가 우는 소리가 들렸다. 명구는 아내가 『어머니하고 싸움을 했나?』 의아스럽게 생각했다. 명구도 예전 같았으면 덮어놓고 화를 냈겠지만, 지금은 아주 다른 사람이 되어 눈치만 보고 있었다. 어머니가 말문을 열었다.

"네 아내가 샘에 갔다 오더니 방으로 들어가 울고 있으니 나도 모르겠다."

그때 명구가 말없이 방으로 들어갔다.

들어서자마자 앙칼진 소리가 났다.

"왜? 사람을 속이는 거야."

"미안해, 여보. 예전엔 죄인이었지만 지금은 마음을 고친 사람이오."

"사람을 속이고, 창피해서 살 수가 있어야지."
"내가 두 손 모아 빌게, 그리고 앞으로 잘 살면 될 거 아니요."
"볼 적마다 내 속을 긁으니 못 살겠어."
"그게 누구요?"
"누구면 뭘 해. 당신이 도둑질하고 옥살이를 5년이나 하고 나왔다고 볼 때마다 그러던데."

연실이 어머니는 동네에서 말 많기로 이름난 여인이었다. 그 여인이 입이 근질거려 가만히 있을 리가 없었다. 창피하니까 자기 딸을 건드렸다는 말은 빼고, 도둑질하다 옥살이를 했다고 새댁에게 말해 방해를 놓은 것이었다. 새댁은 친정으로 가겠다고 보따리를 싸는 것이었다. 명구는 색시가 하는 것을 보고 얼떨떨해 말도 못 하고 서 있기만 했다.

시어머니가 며느리 방을 들여다보고 말했다.
"새아가야, 네 남편이 못난 사람이다. 나도 할 말이 없다."
"친정에 가 쉬었다 오겠어요."
"네 맘대로 하고, 창피해서 나도 말이 안 나오는데 네가 오죽했겠냐?"
그러자 명구가 방바닥에 철석 넘어지듯 주저앉았다.
"도대체 누군가 말이나 하고 가."
"연실 어머니. 동네 사람들이 여수 같은 여자래."
"내 이년을 패 죽이고 방죽에 빠져 죽을 거야."
명구가 문밖으로 나오자 어머니가 앞에서 바짓가랑이를 붙잡고 늘어졌다.
"야, 이 못난 놈아. 진작 정신 차리지. 동네에서 또 『지길 놈』 소리 들을래."
명구는 주저앉아 땅을 치며 울음을 터트렸다. 색시는 정말로 옷을 갈아입고 시집올 때 가지고 온 것이 별로 없으니 맨몸으로 대문 밖으로 나갔다. 명구 어머니는 며느리가 떠나는 것은 쳐다보지도 않고 연실네 집으로 식식거리며 갔다. 연실 어머니가 마당에서 빨래를 너는 것을 본 명구 어머니는 단숨에 달려들어 머리채를 잡고 늘어졌다.

"이 여수 같은 년아. 왜 남의 집 며느리한테 이간질하냐?"

"멀쩡한 날 이 미친년이 왜 지랄을 해." 하고 연실 어멈도 받아넘기며 두 여인이 엎치락뒤치락 싸움이 났다. 왁자지껄하니 자연 동네 여인들과 아이들까지 연실네 집으로 모여들었다. 연실 어머니는 몸이 좀 작고 약질인 반면 명구 어머니는 덩치도 크고 힘도 셌다. 연실 어머니를 넘어뜨리고 타고 앉아 등짝을 큰 손으로 수없이 내리치니 당할 수가 없었다.

연실 어머니가 "사람 살려! 사람 살려!" 하고 고함을 쳤지만, 누구 하나 뜯어말리는 사람이 없었다. 마치 고소하다는 심정이었다. 연실 어머니가 인심을 잃고 살았다는 증거가 나타났다.

"고만들 해요."

"이웃 간에 잘 지내야지." 하는 말밖에 더 하는 이가 없었다.

연실 어머니는 얼마나 맞았는지 죽 펴져서 소리도 못 지르고 숨만 겨우 쉬었다. 구경하던 사람들도 겁이 나서 명구 어머니의 손을 잡고 더는 때리지 못하게 했다. 벌써 두 집이 싸움질하는 속내를 마을 사람들은 짐작하고 있었다. 연실 어머니의 입방정이 명구 색시를 친정으로 돌아가게 했다는 것과, 묵은 감정이 아직까지 있어 보복으로 그렇게 했으리란 것도 다 짐작하고 있었다. 연실 아버지가 들에서 돌아와 보니 싸움이 끝났고, 자기 마누라가 머리는 산발하고 죽 펴져서 말도 못 하는 것을 보고는 동네 여인들에게 공연히 화를 내며 볼먹은 소리로 "일 없어 싸움 구경 댕기나?" 하고 소리 질렀다. 억센 중년 여인 하나가 앞으로 나서며 맞고함을 질렀다.

"마누라 단속을 잘해야지 남의 며느리 내쫓는 게 잘했단 말요?"

"누가 남의 메느리를 내쫓아? 눈구멍 빠지고 싶어?" 하고 더 크게 소리를 지르니 마침 명구 아버지가 오다가 이 광경을 보고 "이놈, 마누라 하나도 못 챙기는 놈이 누구한테 큰소리야." 하며 역정을 내었다.

"이놈, 아들이나 애비나 한 글자일세." 하고 서로 달려들어 또 싸움이 났다. 서로 멱살을 잡고 밀고 당기다가 연실 아버지가 명구 아버지를 마당에 패대기를 쳤다. 남자들의 싸움이니 여인들은 겁이 났다. 연실 아버지가 명구 아버지를 개 패듯 하니 명구 아버지 입에서 피가 흐르고 콧구멍에서 선지피가 꿀컥 꿀컥 나와 얼굴이 도깨비처럼 흉했다. 누가 연락을 했는지 명구가 달려와 싸움을 말렸고 자기 아버지를 일으켜 세우고 얼굴을 닦아주고 연실 아버지에게 허리를 연신 굽신거리며 "죄송합니다. 죄송합니다."를 수없이 하고는 자기 아버지와 어머니를 데리고 갔다. 동네 사람들이 그것을 보고는 명구가 정말 착한 사람이라고 일렀다. 명구의 후배들도 어려서 초등학교에 다닐 때 힘이 세고 의리가 있어, 동네 아이들이 다른 동네 아이들한테 맞거나 괴롭힘을 당하면 쫓아가 때리다가 선생님한테 혼난 적이 많다며, 명구의 의기를 새롭게 말하는 사람도 있었다.

이렇게 두 집이 싸운 후 예전보다 더 원수처럼 지냈고 길에서나 샘에서 마주쳐도 서로 못 본 척했으며, 멀리 지나가기만 해도 속으로 『저 썩어질 놈, 제명에 못 죽을 연놈들, 염라대왕은 뭘 하고 있나?』하고 중얼거렸다. 명구는 다음 날 처가로 달려갔으나 장인이 문밖에서 보고는 들어가자는 말도 없이 남의 집 머슴 보듯이 대했다.

"어찌 왔는가?"

"제가 예전에는 죄인이었지만 지금은 맘 잡고 잘 살고요, 앞으로도 잘 살 것입니다. 염려 마시고 아내와 같이 가게 해 주세요." 하고 코가 땅에 닿게 절을 했다.

"일없네. 본인이 싫다고 서울로 달아났으니 낸들 어찌하겠는가?"

명구는 하루아침에 모든 일이 이렇게 될 줄은 꿈에도 몰랐다. 입맛이 소태를 먹은 것 같았으나 어떻게 할 수가 없었고 성질을 부려 봐도 소용없다는 것을 잘 알고 있었다. 옥살이를 할 때 다른 사람의 얘기를 들어보면 한때의 성질을 이기지 못해 저지른 일 때문에 평생을 감옥에서 사는 사람들을 많이 보았고, 자신도 여자가 그렇게 많은 세상에 하필 옆집 처녀에게 마음을 뒀다가 고생하고 망신당한 생각을 하면, 가슴을 방망이로 수없이 내리쳐 갈비뼈가 다 으스러져도 시원치 않을 것 같은 감정을 가지고 지내 왔다. 장인의 굳은 표정을 봐 더 사정을 해봐도 소용없다는 것을 알고 코가 땅바닥에 닿게 무릎을 꿇고 절을 하고는 집을 향해 왔다. 심장이 멎는 것 같았다. 이십 대 같았으면 앞뒤 안 가리고 연실 어머니한테 화풀이를 단단히 했을 것이지만, 삼십도 넘어 사십 대에 접어들었기 때문에 성질이 다 죽었다. 명구는 그길로 발길을 서울로 향했다. 마을로 돌아가면 동네 사람들의 눈치 보기도 그렇고, 그동안 아내와 단꿈을 꾸던 방에 들어가기가 죽기보다 더 싫었다. 시집간 여동생 중 하나가 남편 따라 서울로 올라가 변두리에 살고 있었다. 그 집을 찾아갔다. 얼마 전 늦장가를 가 잔치를 했고 새댁이 예쁘다고 마을 사람들이 침이 마르도록 말했는데 갑자기 오빠가 찾아오니 반갑기보다는 『웬일인가?』 싶어 눈을 둥그렇게 뜨고 쳐다보기만 했다.

"야, 진숙아. 너희 집에 잠깐 신세 지러 올라왔다."

동생은 스치는 생각이 있었다. 『오빠가 또 사고를 치고 올라왔구나?』 짐작했다.

"새 올케는 어떻게 하고."
"자기 집으로 갔단다."
"왜 갑자기."

"연실 어매가 샘에서 만날 때마다 내 얘기 해 탈이 났단다."

"연실 어매 더러운 년이야."

"야, 내가 다 잘못한 탓이야. 남보고 욕하면 뭘 해."

"오빠, 진작 그런 맘으로 살지. 연실이 그년한테 내가 전화할 거야."

"연실이 하고 연락하고 지내냐?"

"성남에서 산다고."

진숙과 연실은 같은 마을 동창 중에서도 제일 단짝이었다. 학교 다닐 때 다른 동네 계집애들과 다툼이 일어나면 자매처럼 똑같이 달려들어 진숙과 연실을 건드리는 아이들이 하나도 없었다. 그런 사건이 있고 난 후로도 두 사람은 서로 연락을 하고 지냈다. 진숙은 연실에게 전화를 걸었다.

"야, 연실아, 너희 엄마 입 좀 닥치고 살라고 해라."

"야, 너 뭘 잘못 먹고 체했길래, 우리 엄마 들먹이고 그러냐?"

"너희 엄마 촉새 방덩이다."

"너 진숙이 말조심해. 왜 가만 계신 우리 엄마한테 지랄하냐?"

"내가 지랄이 아니라, 너희 엄마가 조조(曹操)보다 더 간신 같으니까 그렇지."

"요새, 화가 치밀어 잠도 못 자고 죽겠는데 너까지 지랄하냐?"

"너희 엄마가 우리 새 올케한테 옛날 거 다 종알거렸단다."

"네 오빠는 내 원수다! 내 신세 망쳐놓고, 땅속에 들어가기 전에는 안 잊어버린다."

"그건 그렇고, 우리 오빠 신세 망친 건 네 엄마야."

"죄지으면 살았을 때 다 받고 죽는 거야. 네 오빠 배에 내가 부엌칼 박고 죽지 못한 게 한이다."

"이 끔찍한 년아. 그런 생각 하고 살면 너는 염라대왕이 안 잡아갈 줄 아냐?"

"내동 잘 나가다 미친 지랄하고, 썩은 거 처먹었냐?"

"니네 엄마, 똥국 먹기 전에 입 다물고 살라고 해라."

"진숙이 너 만나면 네 오빠보다 너부터 패 죽이고 말겠다. 이년아."

명구는 서로 싸우는 전화 소리를 듣고는 몸이 오싹함을 느꼈다.

"진숙아. 전화 끊어라. 못 듣겠다, 야."

"연실이 그년, 첩으로 살다가 큰 여편네한테 매 맞아서 반주검 되어서 일도 못 한대."

"어떻게 아니?"

"제 사정 얘기, 나한테 다 말해서 알지, 공장에 다니는데 한 놈팽이가 지근대서 그놈하고 눈이 맞아서 방을 얻어 살림 차리고 살았대. 나중에 알고 보니까 결혼도 했고 초등학교 다니는 아이가 둘이나 있고, 색시는 시골에서 늙은 시부모 모시고 농사짓고 살더라는 거야."

"크게 속았군, 안 됐다. 야."

"연실이 아직도 못 잊었나 봐."

"그런 게 아니고 나나 연실이나 모두 쓴맛을 봤잖냐!"

명구는 연실이가 아직도 자기에게 원한을 품고 사는 것을 생각하니 연실에게 칼 맞아 죽을까 겁이 나서 그런 게 아니라, 뇌리에서 옛일이 떠올라 몸을 어떻게 잘 가눌 수가 없었다. 10년도 더 지나갔고 생각하고 싶지도 않은 일인데 불쑥 불거지니 마음이 심란했다.

"나 바람 좀 쐬고 올게."

"술 마시고 이리저리 돌아다니지 말아요."

"나 술 입에 안 댄 지 오래다."

명구는 즉시 밖으로 나왔다. 집 안에 있으면 마음과 몸이 모두 답답해 사람 구경이라도 하면 좀 나을 것 같았다. 골목길을 나와 발길 닿는 대로 걸어갔다. 한참을 걸어가다 보니까 이층집인데 수리하느라 먼지가 날리고, 쿵쾅거리고 새까맣게 된 사람들이 대문으로 들락날락했다. 다른 사람들은 먼지를 쓸까 봐서 조심조심 가거나 돌아가는데 명구는 공사 일을 감독이나 하듯 문 안으로 들어가 구경하고 서 있었다. 큰 널판을 혼자 들려고 애쓰는 일꾼을 보고 끝을 잡고 도와주었다.

"아, 형씨 고맙소."

"그게 뭘 고맙습니까?" 하고는 잠바를 벗어 빨랫줄에 걸치고는 전적으로 그 일꾼과 같이 일을 했다. 한참 일하다 보니까 이마에서 땀이 흐르고 먼지까지 묻어 땀범벅이 된 얼굴을 손등으로 쓱쓱 문지르니 바둑강아지같이 보였다. 두 사람이 서로 얼굴을 보고 웃으며 어느새 농담이 오고 갔다.

"형씨 얼굴이 너구리 같소."

"형씨 얼굴은 영락없는 오소리 낯짝이요."

"하하하."

똑같이 웃음이 터졌고 담배도 서로 권했다. 일하던 중에 건장한 사내가 나타나 쳐다보더니 물었다.

"당신 뭘 하는 사람이여?"

"구경하러 나왔다가 저 친구가 하도 낑낑대서 쳐다볼 수가 있어야지."

"막걸리 사 올 줄 알어?"

"못 사 오면 뱃속에 넣고 오지."

"허허허. 허우대 보니까 말술도 적다고 하것는디."

"술 많이 먹다 망가져서 안 먹기로 했다고."

"잘됐어. 가서 막걸리나 사 와."

명구는 돈을 받아 쥐고 큰길로 나가니까 술집과 가게가 많았다. 막걸리와 오징어를 사가지고 왔다. 대여섯 명이 둘러앉아 대접으로 막걸리를 순서대로 마시는데 아까 술심부름을 시켰던 사람이 또 농담을 했다.

"심부름도 할 줄 알고 제법인데, 일할 생각 있어?"

"시키면 다 하지."

"어랍쇼, 이런 거 해봤어?"

"이래 봬도 내가 『도장 2급 기능사』라구."

"시켜보면 알지. 농촌에서 땅바닥 기다 올라온 거 같은데."

"일하다 싫증 나 시골로 내려갔었지. 집에 가면 논이 오천 평에 밭이 삼천 평, 머슴 두고 슬슬 놀았지."

명구는 눈 하나 깜짝하지 않고 거짓말을 술술 했다. 다 전에 해본 경험 때문이다. 막노동판에서는 거짓말을 밥 먹듯 하고 좀 대포도 쏠 줄 알아야 한다. 그렇지 않고 얌전 빼면 코너에 몰려 대접을 못 받기 때문이다. 힘으로 움직이는 곳이기 때문에 때론 주먹질도 잘해야 한다. 해가 떨어져 일을 마무리하고 나서 헤어질 때 반장이 말했다.

"맘 있으면 내일 나와 보라구."

"예, 반장님 감사합니다."

명구는 아까는 막 농담을 주고받았지만 이제부터는 상사라는 것도 노동판을 통해서 잘 알고 있으므로 정중히 인사를 했다. 그중 한 사람이 말했다.

"제법이야. 나한테 맞먹으면 망치로 찍힌다."

"하하하."

사나이들의 걸걸한 웃음이 터졌다.

명구는 옥살이할 때 직업 훈련으로 기술을 배웠는데, 벽돌쌓기나 미장일이었다. 노동청에서 실시하는 시험을 보아 2급까지 합격해서 국가가 인정하는 『도장 2급 기능사 자격증』을 받았다.

일을 잘하고 자격증까지 받으니 6개월이나 가석방을 먹고 출소를 했다. 곧장 집으로 가기가 싫었다. 동네 사람들 보기가 창피해서 서울로 올라갔다. 허름한 데서 자고 아침에 이리저리 돌아다니다 『직업소개소』라는 간판을 보고 들어갔다. 일을 하고 싶다고 말했다.

"벽돌 지고 고층까지 올라 다니는 일인데 할 수 있어요?"

"뭐든지 시키는 거 다 할 수 있습니다." 하고 대답했다.

"잘할 줄 아는 거 있어요?"

"『도장 2급 자격증』이 있습니다." 대답하고 안주머니에서 수첩을 꺼내 자랑스러운 듯 보여주었다. 사실 실질적인 건축 일은 해보지도 않았지만 우선 일자리를 얻을 욕심에 아무거나 잡고 늘어질 심산이었다. 다음 날 새벽 4시까지 『소개소』로 나오라고 해 밤잠을 설치고 시간을 맞추어 나갔다. 일하려고 모여든 사람들이 어둠 속에서 봐도 대충 2백 명은 넘어 보였다. 이 많은 사람들이 다 오늘 일할 수 있을까 걱정이 앞섰다. 조금 시간이 지나니 승합차가 도착했다. 어느 공사장 이름을 부르고 우르르 몰려가면 이름을 기록하고 차에 태우고, 어둠 속으로 연속해서 사라졌다. 명구는 처음이라 어떻게 하는지 알 수 없어 기다리고 있었다. 어떤 사람이 차량을 가지고 나타나자 『소개소 소장』이 다가가 소곤소곤하더니, "박명구!" 하고 이름을 크게 불렀다.

"예."

"이 차 타라구."

차 앞으로 가니 들어갈 수도 없이 사람이 많았다. 간신히 비집고 들어갔다. 또 어디론가 어둠 속으로 차가 마구 달렸다. 아파트를 짓는 공사장에 내려놓았다. 시키는 대로 하루 일을 했다. 그것이 인연이 되어 계속 일을 했다. 비 오는 날이 공치는 날이었다. 어느덧 보름이 눈 깜짝할 사이 지나갔다. 품값을 계산해 받았다. 소개비도 공제했다고 말했다. 아는 사람 하나 없어도 밥 먹고 살 수가 있었다. 『아! 사람은 이렇게 하면 객지에 나가서도 살아지는 것이구나!」하고 깨닫게 되었다. 명구는 힘이 아주 세고 성실한 점도 많아 열심히 일했다. 막노동을 하는 속에서도 마음이 통하는 사람도 생기고 서로 사정 얘기도 하게 되었다. 어떤 사람이 일하는 것을 유심히 보더니 같이 일을 하자고 했다. 통하는 사람들끼리 그룹이 형성되어 공사장을 옮겨 다니는 것도 힘들이지 않았고 몸만 건강하면 계속 일할 수가 있었다. 나이가 사람을 가르친다더니, 5년도 넘게 공사장을 떠돌며 세월을 보내니 부모 생각도 났다. 거짓말했던 것보다는 농토가 적지만 양식 걱정 없이 살았던 터라, 번 돈을 아까운 줄 모르고 많이 허비했다. 헤프게 쓰니까 돈도 모이지도 않고, 약간 남은 돈을 가지고 시골로 내려갔던 것이었다.

명구는 딸만 많은 집에서 외아들로 자라 부모가 더 애지중지 키웠다. 어머니가 귀한 음식은 감춰두고 딸들 몰래 아들만 먹이는 것도 많았다. 부모의 옷은 물론 동생들의 옷도 모두 한 벌씩 사서 고향으로 내려갔다. 외아들이 못 쓰게 돼 속을 태우던 명구 부모는 아들의 얼굴을 보니 반갑기 그지없었다. 여동생들도 시골 장터에서 보던 옷보다 훨씬 세련된 옷을 선물받고는 입이 함박만 하게 벌어졌었다. 맘 잡고 부모 모시고 잘 살고 싶었다. 그래서 동네 사람에게 보란 듯 일만 열심히 했다. 장가까지가 부모에게 불효했던 거 조금이라도 위로해 드리려고 생각했었다. 뜻밖의 일이 벌어져 다 허물어지고 세상은 자기 맘대로 되지 않는다는 것을 깨달았다. 일을 마치고 돌아온 명구는 진숙을 보자마자 말했다.

"나 취직됐다."

"어떻게 그리 빨리 일자릴 만나?"

"굼벵이도 뒹구는 재주가 있다고 하지 않대."

"밥값이라도 해야지."

"야, 너한테 공밥 안 먹는다."

"내가 오빠한테 밥값 받으려고 그러나? 서울 올라와 빈둥빈둥하면 보기가 딱하니까 그렇지."

"야, 일하지 않고 노는 놈들 다 제 탓이야. 일하려고 맘먹으면 맨 일자리다."

다음 날 새벽에 일어나 멀지도 않은 그곳에 갔다. 반장이 벽을 무너트리고 새로 벽돌 쌓는 곳을 지시했다. 명구는 줄을 떼고 솜씨 있게 벽돌을 1.5m쯤 쌓아 올렸다. 마침 주인인 듯 한 사람이 와서 보고 있었다.

명구는 쳐다보지도 않고 일만 했다. 명구는 원래 체구도 크고 일을 시작하면 몸을 아끼지 않고 해서 시원시원하다는 소리를 들었다. 아무나 짝을 지어 일하면 상대방보다도 언제나 일을 더 많이 했다. 마무릴 하고 다른 일을 했다. 더 쌓으면 압력으로 무너질 수도 있었기 때문이었다. 여러 사람이 보고는,

"제법 하는데." 했다.

"이래 봬도 내가 10년 경력이 있다구." 명구는 또 허풍을 떨었다. 20여 일 만에 수리 공사를 마무리하고 도배까지 마쳤다. 집주인이 뭘 하는 사람인지 가끔 와 잠깐만 보고 가고 별말도 없었다. 명구는 사실 집수리 하는 자잘한 일은 처음 해보았다. 하늘이 닿을 듯한 큰 건축물을 짓는 곳에서만 일을 했다. 초등학교만 나왔지만 눈썰미도 있고 일을 시키면 연구해 가며 부지런히 마무리해 칭찬을 많이 들었다. 현장 기사들에게 도면 보는 법도 배웠다. 이 사람들을 따라다니며 쉬지 않고 일을 계속했다. 어느 날은 반장이 전에 집수리했던 사람이 오라고 전화가 왔었다고 말했다.

그 사람은 약국을 하는 약사인데 돈도 많고 땅이 아주 많아 큰 부자라고 했다. 자기 땅에 『아파트』를 지어 팔려고 한다는 것이었다. 명구는 속으로 기분이 아주 좋았다. 큰 건물을 짓는 곳에서 일하는 것이 좋았

다. 내 것이 아니라 해도 『내 손으로 일을 해 이 큰 건물을 지었구나!』 하고 성취감 같은 것을 느끼기 때문이었다. 약사가 자기 집수리했던 전원을 음식점으로 초대했다. 소주 몇 잔이 돌아가고 삼겹살 굽는 냄새가 진동했다. 약사가 말을 꺼냈다. 자기 집을 잘 수리해 아주 기분이 좋았다며 『여러분들이 일하는 모양을 보니까 아주 성실한 분들로 마음에 들어 자기가 『아파트』를 지으려고 하는데 여러분들이 전과 같이 일을 해 주었으면 좋겠다.』라고 말했다. 모두 박수로 환영하고 술잔을 높이 들고 "사장님을 위하여 건배!"를 외쳤다. 약사가 사는 집 근처 땅에 5층짜리 아파트 5동을 짓는다는 것이었다. 모두 250가구를 지을 생각이라니 건축 세대가 많아 명구는 몇 달 일거리가 생겼다는 것을 생각하고 자기도 모르게 하늘로 날아가는 것 같은 기분이 들었다. 어느 날 비가 내려 하루 쉴 틈이 있었다. 동생 몰래 방 안에 놓였던 전화번호 기록장을 뒤져 연실의 전화번호를 적어서 가지고 다녔다. 목욕도 하고 이발도 하고 나서 공중전화 박스에 가 연실에게 전화를 걸었다.

"여보세요."

"누구세요."

"나 명구입니다."

"아니. 내 전화번호를 어떻게 알고 전화 걸고, 뭐 땜에 전화하는 거예요?"

연실은 명구의 음성임을 알고 대뜸 거칠게 말했다.

"나는 죄인이라 할 말이 없지요. 그렇지만 용서를 빌고 살려고 전화했습니다."

"나한테 용서받으나 마나니까 그렇게 알아요."

"나는 늘 미안한 마음 때문에 꼭 용서를 빌고 싶어요."

"남 신세 망쳐놓고 이제 와서 뭘 하겠다는 거야."

"연실 씨가 이 자리에 있다면 큰절이라도 올리고 무릎 꿇고 빌고 싶어요."

"전화를 빨리 끊는 것이 나를 돕는 거고, 내 맘을 편케 하는 거예요."

"내 진심을 전하고 싶어서 전화했으니까 그렇게 아시고 잘 지내길 바랍니다."

명구는 전화 수화기를 놓았다. 연실이 전화를 반갑게 받지 않을 것을 미리 짐작했고 예상대로였다. 그러나 진실로 사과를 꼭 하고 싶었다. 연실이가 옛 감정을 조금도 누그러트리지 않았음을 다시 확인했다.

공사가 시작되고 너무나 일이 바빠서 연실을 생각할 겨를도 없이 몇 달이 지나갔다. 일을 마치고 밤에 들어가니 동생이 말했다.

"연실이 그년 전화 왔는데 다 죽어가는 소릴 하더라고."

"왜?"

"큰일 났대."

"무슨 큰일?"

"먼저 남자하고 계집애 하나 낳아서 초등학교 2학년인데 교통사고가 났대, 글쎄."

"어- 야, 그거 안 됐다. 죽었나?"

"운전수가 병원에 입원시키고 달아났대."

"어느 병원이지?"

"성남이지. 관심 둘 거 없어."

"야, 그래도 사람이 큰일 났을 때 말이라도 잘해 주어야 한단다."

"걔 어매 하는 꼬라지를 보라구. 기사가 사고 치고 달아나서 저가 다 입원비도 물어내게 생겼대."

"어느 병원인가 물어봐라."

"난 싫어."

나는 죄인이다 129

명구는 진숙의 비위를 건드리면 시끄러울 것 같아 더는 말하지 않았다. 다음 날 일찍 공사장으로 가 현장 소장에게 성남에 사는 여동생의 아들이 교통사고가 나 사망할 것 같다고 급한 소리를 했다. 오늘 하루 쉬라는 허락을 받았다. 명구는 즉시 연실에게 전화를 걸었다.

"여보세요."

"예."

대답 소리가 풀죽은 여인의 목소리라 연실의 목소리인지 알 수가 없었다.

"연실 씨 아니세요?"

"아, 나는 옆방에 사는 사람이고예. 딸이 교통사고가 나서 병원에 있어에."

"어느 병원인지 아십니까?"

"성남 제일병원입니더."

수화기를 내려놓고 명구는 성남행 버스를 탔다. 성남에 도착해, 택시를 타고 성남 제일병원으로 가자고 했다. 기사가 심심한지 말을 걸었다.

"누가 아픈가요?"

"교통사고가 났어요."

"죽었나요?"

"죽지 않았으니까 찾아가지요."

"하하하. 다행이네요. 그렇지만 죽어도 찾아가는 곳이 병원입니다."

"하하하."

두 사람은 똑같이 웃음이 터졌다.

"노인인가요?"

"초등학교 2학년이랍니다."

"나도 하루에 몇 번씩 놀랩니다. 아이들은 차가 달려도 무서운질 몰라요. 도대체."

"어른들이 조심해야 합니다. 아이들이 뭘 압니까?"

얘기하는 중에 도착했다고 했다. 명구는 현관 안으로 들어가 안내원에게 초등학생 교통사고 환자를 물었다. 2층 ○○실이라고 가르쳐 주었다. 아이가 먹을 만한 것을 사가지고 들어갔다. 입원실에 들어서자 아이에겐 입에 고무줄이 얼기설기 걸려 있었고 연실은 넋을 놓고 앉아 있었다. 명구가 들어가자 깜짝 놀라 말은 못 하고 일어나기만 했다.

"얼마나 놀라셨어요?"

"어떻게 알고 오셨어요?"

"진숙이하고 전화하는 걸 다 들었습니다."

"진숙이네 계신가요?"

"올라와 임시 거처하고 있습니다. 기사하고 보상 문제 말해 봤나요?"

"사고 치고 달아나 코빼기도 안 내밀고요. 경찰은 아이 아버지도 안 나타나고, 말해주는 사람도 없으니까 알고도 안 잡는지 10여 일이 지났는데도 한 번 겨우 다녀가기만 했어요."

"아기 아버지한테 연락을 하셨나요?"

"그 사람은 시골로 내려가서 올 사람이 아니에요."

"그래도 연락을 해야지요."

"바로 편지를 했는데 아무 소식이 없어요."

"내가 경찰서 가서 사건을 어떻게 처리했나 알아보고 항의도 할게요. 범인을 빨리 잡도록 하고요. 말 안 하면 그냥 덮어버리는 게 경찰 습성이에요. 혹시 물어보면 외사촌 오빠라고 하세요."

"너무 감사해요. 속만 타고 답답해 죽을 뻔했어요."

명구는 앉지도 않고 밖으로 나왔다. 연실은 이때까지 맘속으로 명구를 저주하며 살아왔다. 그런데 이렇게 답답할 때 나타나니까 어쩐지 기대고 싶은 마음이 앞섰다. 명구가 나가고 난 다음 생각해 보니 『음료수 한 병이라도 권할걸.』하는 마음이 생겼다. 구렁이보다도 더 징그럽던 사람이 갑자기 나타나서 돕겠다고 나서고, 그걸 눈앞에서 뿌리치지도 못하고 오히려 일을 잘 처리해 주길 바라는 마음이 생기니 연실 자신도 자기 마음을 알 수가 없었다. 연실은 사실 명구를 결혼 상대자로 생각해 본 일도 없었지만 얼굴과 체격은 근방 청년들 중에서는 제일 나았다. 명구가 경찰서에 가서 항의를 했는지 다음 날 경찰이 다녀갔으며 『누구냐?』라고 묻기도 했다. 경찰이 또 나타나서 사고 친 『운전기사』를 잡았다고 했다. 정말 명구에게 고마움을 느꼈다. 연실은 은연중 명구가 다시 오기를 기다렸다. 그런데 명구는 나타나지 않았다. 아이는 나아지는 것이 아니고 섬섬 이상했다. 의식이 좀처럼 돌아오지 않았고 의사가 회진할 때 머리를 갸우뚱하여 물어보면 "기다려 봐야지?"라고 간단히 대답만 했다. 점점 마음이 초초해졌다.

어느 날 저녁 12시쯤 아이가 몸을 움직이고 뒤틀었다. 이상해서 간호사를 불렀다. 간호사가 와 보더니 말도 없이 뛰어나갔다. 의사가 급히 달려왔다. 아이가 갑자기 푸 하고 큰 숨을 내쉬더니 늘어졌다.

의사가 머리를 한 번 쓰다듬더니 말했다.

"별나라로 갔습니다."

"…"

연실은 듣는 순간 눈이 캄캄해졌다. 울음이 터지지도 않고 가슴만 답답해짐을 느꼈다. 눈을 떠 보니 침대에 누워있었다. 팔에는 『링거』가 꼽혀 있었고 간호사가 지켜보고 있었다. 천장을 쳐다보니 다른 병실이었다. "깨어났네!" 하는 소리가 가냘프게 들렸다. 그제야 연실은 눈물이 났고 앞으로 어떻게 해야 할지 막막했다. 아침이 되었다. 환자들이 세수하느라 분주하게 왔다 갔다 했고, 병원 안이 시끌벅적해졌다. 갑자기 명구가 나타나 침대 앞에 우뚝 서 있었고 말도 없이 쳐다보기만 했다. 연실은 무슨 말을 먼저 해야 할지 말문이 터지지 않았다. 두 손으로 얼굴을 가리고 울기만 했다.

"아기가 중환잔데 연실 씨까지 아프면 어떡해요?"

"아이가 어제저녁에 죽었어요." 하고 연실은 친정 오빠를 만난 것처럼 소리 내 울었다.

"아이고 저런, 경찰서에 전화를 걸었더니 뺑소니 기사도 잡았다고 하던데, 내가 아파트 건설 현장에서 일하는데 그동안 너무 바빠서 못 왔어요."

"이렇게 와 주셔서 감사하고요. 친오빠가 오신 것 같아요."

"뭐 도움이 되나요."

"너무 답답해요."

"기사 집도 찾아가 병원비 보상도 청구하고, 지금 당장 처리해야겠네요."

"손에 아무것도 가진 게 없어요."

"걱정 마세요. 내가 몇 달 일한 게 있으니까 이용부터 하면 될 거구요."

"정말 미안해요."

"아무 염려 마세요."

연실의 링거가 다 들어가 간호사가 와서 제거했다. 다소 어지럽긴 하지만 일어나 앉았다.

"내가 원무과에 알아보고 올게요." 하고 명구가 나갔다. 한참 있다 돌아왔는데 손에 서류를 한 움큼 들고 왔다.

"그동안 응급실 이용비, 입원비 등 모두 475만 원 지불했고요. 사망 진단서까지 다 받아 왔어요."

"미안해서 어떡해요."

나는 죄인이다

"운전기사와 잘 협상하면 될 거구요. 연실 씨 얘기도 안 들어보고 영구차로 벽제 화장장으로 가기로 예약까지 했는데 어떻게 하겠어요?"

"오빠 생각대로 따르겠어요."

연실은 명구를 오빠라고 불렀다. 정말 친오빠처럼 일 처리를 해 주었다. 연실은 명구와 같이 영구차를 타고 서울 벽제 화장장에 도착해 화장을 했다. 불 속으로 들어가는 것을 차마 쳐다보고 있을 수가 없었다. 건물 모퉁이로 숨었다. 눈물도 말랐는지 나오지도 않았다. 한 시간쯤 지나 화장이 끝나고 기구를 끌어냈는데 아무것도 없었다. 뼛조각 하나 남은 게 없었다. 영구차에 실을 때 조그만 나무 관에 넣어 왔는데 아무것도 없다니 연실은 그제야 눈물이 나고 울음이 터졌다. 배가 아프게 낳았고 10여 일 전까시『떡볶이』를 사달라고 조르던 것이 형체도 없다니 기가 막혔다. 명구가 다가와 조용히 말했다.

"진정하시고요. 여기를 빨리 떠나는 게 좋겠네요."

연실과 명구는 화장장을 떠났다.

"근처에서 점심을 먹고 가지요."

"감사해서 제가 오빠 점심을 대접해야 하는데, 저는 어지럽고 구토할 것 같아 점심 생각도 없고 그대로 가겠어요. 오늘 받은 서류를 전부 저에게 주세요."

"내가 가지고 있다가 운전기사네 집을 같이 가보시지요."

"오늘 너무 감사했고요. 안녕히 가세요."

"잘 살펴 가세요. 내가 요즈음 작업장이 너무 바빠서 이삼일 후에 찾아갈게요."

연실은 명구와 헤어져 성남으로 왔다. 한집에 살던 사람들과 이웃 사람들까지 모두 모여들어 위로했다. 연실은 눈물을 닦으며 모두 고맙다고 머리를 끄덕이며 손을 잡고 인사를 했다. 일 나갔다 들어오면 학교에서 돌아와 기다리다 매달리고 먹을 것을 달라고 응석을 부리던 것이 없어졌으니 허전하기 그지없었다. 전번에 느닷없이 어떤 여인이 찾아와 남편 이름을 대며 그 사람이 여기에 사느냐고 물어 그렇다고 대답했더니, 덮어놓고 연실의 머리채를 잡았다.

"이 첩년아, 할 지랄이 없어서 남의 서방 빼앗아 살아?" 하고 몽둥이 같은 손으로 사정없이 패 뼈가 다 부러지는 줄 알았다. 연실은 마주 잡고 밀어봤으나 꿈적도 하지 않았다. 얼굴이 험하기가 옛날이야기에 나오는 산 도적 같았고 키도 구 척은 되었다. 비명을 지르자 한집에 사는 여자들이 모두 나와 말리고 팔을 걷어붙이고 나섰다.

"네 남편이 나쁜 놈이지. 이 여자가 무슨 죄가 있어?" 하며 덤비는 이웃도 있었다. 겨우 진정이 되었고 연진이가 싸움을 보고 울면서 "죄도 없는 우리 엄말 왜 때려요." 하고 소리를 지르며 그 여자의 다리를 양팔로 잡고 덤벼들었다. 나중에 이웃 사람들이 『연진이를 보라며 딸이라도 낳아야 한다.』라고 모두 한마디씩 했던 생각이 나 더 서러웠다.

남편이란 자는 담배만 피우고 싸움 구명만 하고 있었다. 그 여자는 악을 쓰며 남편에게도 욕을 바가지로 퍼부었다.

"이 더러운 새끼야. 소처럼 농사지어 네 새끼 먹여 키우고, 네 늙은 부모까지 거두고, 뭐가 부족해서 첩 지랄하고 돈도 안 보내고 이 개만도 못한 새끼야."

한 시간은 입에 거품을 물고 떠들었다. 남편은 풀 먹은 개인 양 아무 소리 못 하고 하늘만 쳐다보았다. 덩치로 봐도 그 여인을 어떻게 할 수가 없었다. 여자의 덩치가 연진 아버지보다 크고 억세 보였고 잘못한 일이 많으니 더욱 할 말도 없었다. 연실은 큰 마누라가 있다는 것은 상상도 못 했다. 총각이라고 거짓말을 하고 간이라도 내줄 듯 살살거려 감쪽같이 속아서 살았다.

"나는 총각이라고 수도 없이 말해 그런 줄만 알았지."

"연진 아버지 다 책임져."

모인 여인들이 마구 들이댔다. 연진 아버지는 외모가 꼭 여자 같은 남자였다. 그래서 이웃 사람들이 가끔 심심하면 "연진 아버지 ×× 제대로 달렸어? 아무래도 두 여자끼리 사는 것 같아. 하나는 남자 행세하는 것 같아."라며 연실에게 농담을 해댔다.

그 여인은 남편의 멱살을 잡고 끌면서 말했다.

"첩년이 좋으면 여기서 살고 시골로 가려면 빨리 내려가. 그렇지 않으면 네 부모 다 팽개치고 네 새끼들 놓아두고, 나도 나 갈 길로 갈 테니께. 너 같은 거 아니면 내가 못 살 줄 알고? 이혼비로 네 집 논밭 다 내놔. 그깃 가지고도 부족해. 네 십에 와서 고생한 게 10년도 넘었으니까, 채곡채곡 따져서 다 내놔."

연진 아버지는 그 자리에 있으면 더 망신스럽기만 하니까 밖으로 나가려고 일어섰다.

"이 새끼 어디로 도망해."

"나 시골로 내려갈게." 하고 얼버무렸다. 여인들이 모두 합창하듯 "××을 떼어 개나 주지, 썩어질 놈." 하고 듣는 데서 욕질을 했다.

연진이가 또 울면서 아빠의 다리를 감고 "아빠 가지 마. 같이 살아." 하고 마구 울었다. 연실은 눈을 감아도 떠오르고, 눈을 뜨고 있어도 영화를 보는 듯 그림같이 지나갔다. 연실은 머릿속이 실타래가 흐트러진 것보다도 더 어지럽고 생각할수록 가슴을 무엇이 마구 휘젓는 것만 같았다. 방으로 들어가 이불을 둘러쓰고 누웠다. 입맛을 잃어 아무것도 목구멍으로 넘길 수가 없었다. 옆방 사람들이 밥을 해다 주고 강제로 먹이다시피 해서 한 술 넘겼다. 몸살까지 나 떨리고 춥기까지 했다.

며칠 뒤 명구가 찾아왔는데 다른 건장한 남자도 같이 왔다. 운전기사

집을 찾아가 보자고 했다. 명구의 뒤를 따라 차를 타고 경찰이 가르쳐준 주소를 가지고 기사네 집을 찾아갔다. 아이들과 부인이 있었는데 작은 트럭을 가지고 과일 행상으로 겨우 먹고살다 사고를 냈으니, 보상은 조금도 해줄 수가 없고 옥살이로 때우고 말겠다고 벋었다. 두 사내가 병원비와 죽어서 화장까지 했다는 서류를 다 보이고 말해도 참나무 전대같이 빡빡했다. 구경하던 이웃 사람들까지 나서서 한마디씩 했다.

"병원비는 해 주어야지 죽기까지 했는데, 보상을 안 해 주면 징역살이를 해도 몇 년 살지."

"그럼, 그럼, 합의서가 없으면 판사가 징역을 맘대로 때리지."

"합의해 일찍 나와서 또 장사하고 돈 버는 게 훨씬 낫지. 징역 살겠다고 하는 것은 바보짓이지."

"암, 암, 그렇고말고."

"면회 가서 영식이 아버지한테 합의할 돈 없으니, 징역 살고 나오라고 해보슈. 펄펄 뛰지."

"뭐, 징역살이가 노래 부르며 놀이하는 곳인 줄 아시오."

"지옥보다도 더 무서운 곳인 줄 모르나 봐."

"남의 자식 죽여 놓고 한 푼도 안 주면 사람인가!"

"자기도 자식 기르는 사람이 그렇게 하면 큰일 나지."

"집에 돈 없으면 친정, 형, 동생 다 연락해 봐요."

오히려 명구하고 연실은 가만히 있었다. 동네 사람들이 들고 일어나 합의를 빨리하라고 독촉했다. 그제야 기사 부인이 겨우 며칠만 기다려 달라고 말했다.

"돈이 마련되면 연락할 테니까 전화번호를 주세요."

"사고 낸 집이 먼저 합의해 달라고 사정은 안 하고."

뒤에서 말참견을 못 한 사람이 한마디 더했다. 전화번호를 적어주고 세 사람은 돌아왔다. 10여 일이 지나갔다. 명구가 독촉하려고 하는데 연락이 왔다. 명구가 또 같이 일하던 한 사람을 데리고 갔다. 병원비를 반만 물어주겠다고 버텼다. 같이 간 사람이 오히려 호통을 치고 『이거 무슨 죽은 사람 놓고 흥정을 하느냐?』라고 금방 달려들어 마른 쪽박을 메치고 짓밟으려는 기세로 거칠게 나왔다. 판사한테 탄원서를 내서 징역살이를 10년쯤 썩게 하겠다고 으름장을 놓았다. 기사 부인은 겁을 먹었고 나눠 두었던 돈을 다 가지고 나왔다. 연실에겐 건너갈 것이 없었다. 명구가 연실을 위로하자 『자식 죽이고 돈 받는 것보다 안 받은 게 마음이 더 편타.』라며 눈물을 훔치고 명구와 작별했다.

바쁜 나날이 십여 일 지나갔다. 명구가 공사장에서 땀을 흘리며 일하는데 사장인 약사가 나타났다. 약사는 명구를 다른 사람보다 유심히 관찰했던 모양이었다. 명구 곁에 와 서서 일하는 것을 지켜보다가 "쉬어가면서 하시오." 하고 말을 걸었다. 명구는 일을 멈추고 허리를 굽혀 인사를 했다.

"내가 기사에게 부탁할 것이 있는데."

"작업이 잘못됐습니까?"

"그런 게 아니고, 우리 집에서 일할 착실한 여자 한 사람 필요한데."

"제가 아는 사람 중 하나 구해볼게요."

"곧 연락해 주시오."

"예. 속히 알아보겠습니다."

명구는 작업을 마치고 연실에게 전화를 걸어 약사네 집에서 일할 수 있겠냐고 물어보았다. 연실은 그러지 않아도 앞이 캄캄했다면서 반갑게 대답했다. 일단 서울로 올라오라고 했다. 다음 날 연실은 명구가 불러준 주소를 가지고 아파트 공사장으로 찾아왔다. 사장에게 연락을 하니 금방 왔다. 연실을 보자마자 마음에 들었는지 데리고 갔다. 연실은 외모도 괜찮았고 그동안 서울 근처에 살아서 서울 사정에 밝아 시골에 살 때처럼 촌티가 나지 않았다. 사장은 약사이고 부인은 소아과 의사로 근처 병원에서 일했다. 집에는 이미 한 아주머니가 있었는데 주방 일을 했고, 연실은 아침 일찍 출근해 아이들을 유치원과 학교에 데리고 다니고 점심을 해 약국까지 배달하는 일을 시켰다. 그래서 명구가 또 주선해 근처의 쪽방 하나를 구해주었다. 명구가 일하는 아파트가 거의 완성되어 가고 있었다. 명구는 어느 날 생각에 잠겼다. 아버지만 허락하시면 시골에 있는 논 이천 평만 팔면 새 아파트를 매입할 수가 있는데, 그래도 일천 평이 남는다. 그러면 시골 땅값이 상승하는 것보다, 서울의 아파트가 오르는 것이 월등하므로 오히려 시골에 땅을 가지고 있는 것보다 아파트를 사두는 것이 나을 것이란 생각을 해냈다. 저녁에 누워서 생각하다가 틈이 나는 때 고향에 내려가기로 맘을 먹었다. 아버지가 반대를 하시면 어떻게 할까 그것이 큰 걱정이었다. 명구는 쉬는 틈을 이용해 고향에 내려갔다. 양부모 앞에서 침이 마르게 설명을 했다. 듣고 있던 아버지가 한마디로 거절했다.

"안 된다. 성칠이 그놈보다 논이 적으면 깐 뵌다."

성칠이는 연실의 아버지다. 서로 말도 하지 않고 지내도 모든 것이 다 경쟁 속에서 산다.

"서울에 아파트도 있고 논도 있는 게 더 낫지요. 아버지."

"그놈은 열두 마지기나 되는데, 우리가 논을 팔고 나면 적지."

"서울 아파트가 시골 논보다 훨씬 더 비싸진다니까요."

"비싸지면 뭘 해? 논이 적은데."

시골 노인의 비교법이다. 눈앞에 보이는 것이 적은 것만 생각하는 것이다. 명구가 수없이 사정해 보아도 역정만 듣고 말았다. 그 밤으로 집을 나와 서울로 오고 싶었다. 억지로 마음을 삭이며 자기 방에서 잠을 자다가 들으니 어머니와 아버지가 싸움이 났다. 가만히 들어보니까 어머니가 더 현명한 생각을 가졌다.

"이봐요. 미련한 영감탱이. 서울에 아파트가 있으면 얼마나 좋아요. 아파트를 못 사서 한을 하는디."

"아파트가 밥 먹여 주나? 농사꾼이 농사를 지어야 밥 먹고 살지."

"이 답답한 영감아. 남은 논도 다 농사지으려면 팔다리가 쑤시는디, 아파트를 사면 다락같이 오른다는데 열 마지기를 팔아 사놓고 있다가 나중에 스무 마지기 사면 더 좋지."

"뛰는 놈 위에 나는 놈 있다고, 우리가 좋은 수를 알기 전에, 근방 사람들이 먼저 땅 팔아 서울에 아파트를 샀을 거야. 왜 다른 사람들은 꿈적도 안 해."

"시골에 앉아 있으면 서울 사정을 아나? 명구가 아파트를 짓는 데 있으니까 그런 걸 알고 하는 짓이지."

잠도 안 자고 싸우는 것을 보니 가서 말릴 수도 없고 속만 터졌다. 아침에 일어나 밥상머리에서 어머니가 먼저 말했다.

"네 아버지 머리가 안 되니까 물려받은 거 그대로지."

"이 여편네야. 육 남매 시집 장가를 보낸 거 다 어디서 나왔어?"

"다른 사람은 그러고도 땅만 사데."

"내나 하니께 땅이 줄지도 않고 큰일 다 치렀지."

"땅 팔아 자식 하나 가르치자고 수없이 말해도 밥 굶으면 누가 먹여 주냐고 못 했단다."

"다 지난 얘기 뭘 하세요."

"하도 답답해서 그란다."

"내가 죽으면 네가 논 가지고 죽을 쑤든지 밥을 하든지 맘대로 해라."

"모든 일이 다 기회가 있는 겁니다. 아버지! 제가 사장하고 아주 친해서 거저 줍는 거나 마찬가지라니까요. 다시는 하고 싶어도 이런 기회는 안 옵니다."

"사람은 태어난 대로 먹고살면 된다. 억지로 돈 벌려고 하면 망하기 십상이다."

"이 영감아. 그런 생각만 하니까 이 모양 이 꼴로 사는 거지."

"우리 동네서 나만 한 사람도 없어."

"서울에 아파트 사서 살아보고, 더 잘 살면 어디 덧나는 데 있수."

"파 뿌리 하나 꽂을 마당 한 평 없고, 새집 같은 게 뭐가 좋아."

"아파트, 들어가 보기나 했수?"

"관광 댕길 때 창문으로 보면 높다란 새장 같은 게 아파트지 뭐야."

"그게 돈 버는데 요술을 부린다는 거, 하늘로 머리 둔 사람은 다 아는 거요. 이 양반아."

"나는 내가 난 곳이 제일 좋아. 어느 놈이 시빌 하나, 일해서 밥 먹고 졸리면 자고, 팔자가 이만하면 되지. 땅 팔아 돈 벌려다 나중에 비렁뱅이 되기 십상이지."

"야, 너의 아버지한테 다시는 말하지 마라. 속만 터진다."

"이 여편네가 배부른 소리만 하고 자빠졌어. 세 끼만 굶어봐!『옛말에 담 안 뛰어넘을 놈 없다.』라고 했지. 뱃속에서 천둥소리 나고 헛것이 보이면 도둑질은 못 할 줄 알아."

명구는 아침을 먹는 둥 마는 둥 하고 집을 나서며 마지막 유언처럼 말했다.

"아버지 잘 생각해 보세요. 귀신도 제삿밥 먹으러 왔다가 근처 아파트 먼저 들러본대요. 며칠 지나면 다른 사람들이 먼저더위 하면 아무 소용 없어요."

명구는 허전한 맘으로 서울로 올라왔다. 작업장에서 손이 허풍거리며 일손이 잡히지 않았다. 옛말에 『베개송사』란 말이 있다. 명구 어머니는 베갯머리에서 다시 남편에게 다정히 말을 건넸다.
"여보, 명구가 제 아내 가고 맘 둘 데가 없으니까 서울로 달아난 거 아니유."
"그럼 좋은 수가 있나?"
"명구가 여기서 안 살 작정을 하는가 봐. 그렇게 아파트를 사 서울에 자리를 잡으려고 사정을 하지."
"나 죽으면 제 맘대로 하지."
"그렇게 생각 말고 산 자식 맘도 좀 생각해 보슈."
"땅 팔면 허전해서 어떻게 살아."
"천 평민 농사시어노 쌀 20가마니 나오면 양식하고 넉넉하지."
"성칠이 놈 배 내밀고 다니는 거 보기 싫어서 그려."
"우린 서울에 아파트도 있다고 동네 사람들에게 말하면 되지 뭐."
"그럼 한번 내놔 볼까?"
"내놓으면 『새매』 병아리 채가듯 하지. 우리 논이 우리 동네에서 젤 상답인디."
"임잔 세상을 손금 보듯 하나 봐."
"호호호. 가끔 명구네 가서 며칠 묵어도 보고 서울 바람에 머리도 식히고, 서울 사람은 어떻게 사나 구경도 하고 얼마나 좋소."
"홀애비로 사는 게 뭐가 좋아서 가봐."
"명구, 사지가 멀쩡한데 왜 홀애비로 살아? 아파트 사면 그까짓 여자 하나 못 구할라구."
"내일 쇠 장수 영감한테 말해 볼까?"
"잘 생각했수. 우리가 더 늙으면 명구밖에 누가 있어?"
"한 짐씩 싸서 시집보낸 딸년들은 다 뭐 하구."

"『출가외인』이란 말도 못 들었수. 딸년들은 더 못 가져가 한하는디."

쇠 장수 영감은 같은 마을에 사는 사람으로 소 장사를 하고 말수가 능란하고 신체까지 좋아 그 사람의 말이라면 『팥으로 메주를 쑨다.』라고 해도 다 곧이들었다. 명구네가 논을 한 번에 열 마지기를 내놓았다는 소문이 그날로 이웃 동네까지 퍼졌다.

"명구네 이사 가남?"

"이사 가면 가대를 다 내놓지."

"그러면 열 마지기를 팔아 그 큰돈을 어디에 쓰나?"

"낸들 아나? 가서 물어보게."

"명구가 없어지더니 또 큰일 낸 게 분명하구먼."

"그 사람도 사람이지. 30도 훨씬 넘은 사람이 또 사고를 치겠나?"

"근처엔 논을 내놓은 사람도 없어 바꿔치기도 못 할 텐데."

"명구네 논이 이 근방에서 젤 상답인데 마른 논 한 섬지기와도 안 바꿀걸세."

동네 사람들이 궁금증이 많은 가운데 연실이 아버지가 쇠 장수 영감에게 그 논을 사고 싶다고 말했다.

"내가 말은 해보지. 그런데 자네는 그 논 못 사네."

"왜요? 땅 파는 사람이 돈 받으면 되지 사람을 가리나요?"

연실 아버지는 그 논이 욕심났지만 이웃 간에 직접 말할 수 없는 것이 한탄스러웠다. 며칠 지나 쇠 장수 영감이 명구 아버지에게 전갈을 했다.

벌써부터 이웃 간에 앙숙이란 것을 알고 있는 터라 말을 늘어지게 늘어놓으면서 눈치를 보며 운을 뗐다.

"성칠이가 자네 논을 사고 싶다고 말을 하더만."

"열 곱을 쳐 주어도 그놈한텐 안 팔지요."

"허허허. 내가 자네 맘 진작 다 알지만, 내가 직접 거절하면 나를 원망할 것 같아 전해 본 거라네."

"논이 날개 달고 그놈의 마당에 떨어져도 안 판다고 전하세요."

"그만하게. 이웃 간에 서로 풀고 지내는 게 좋아."

"나는 내 밥 먹고 살고, 지는 제 밥 먹고 살고 하나도 아쉬울 게 없어요."

"『원수를 외나무다리에서 만날 때도 있다.』라고 좋게 지내는 게 좋아."

"어르신 말씀이 백번 지당하지만, 내가 그놈한테 실컷 당하고 맘이 쉽게 풀어지겠어요?"

"사과란 다리 놓아주는 사람이 있어야 하는 거지. 내가 자리를 만들어 보지."

"수고하실 필요 없습니다. 그놈하고는 한자리에 앉을 수가 없습니다."

"허허허. 다른 사람도 땅 때문에 속을 태우는 사람도 있긴 있지."

"흥정을 잘해 주세요. 제가 구전을 후히 생각할 테니까요."

명구네 논을 눈독 들이는 사람들이 많아 금방 계약이 됐다. 동네 사람들은 명구네 사정이 궁금했다. 그러나 추측만 무성했다. 명구 아버지는 이장네 집 전화로 명구를 불렀다.

"아버지 웬일이세요."

"네 어머니 말도 그럴듯해서, 이첨저첨 처분했다."

"아버지, 참말로 고맙습니다. 계약을 서두를게요."

"돈을 싸 들고 가랴?"

"아이고, 아버지 도둑이 위험해요. 제 통장번호를 부를 테니까 그리로 보내세요."

"내가 생전 돈을 부쳐 본 일이 있냐?"

"우체국이나 은행에 가셔서 통장번호를 보여주시면 다 해 줘요."

"알았다."

명구는 뛸 듯이 기뻤다. 즉시 분양사무실에 가 자기가 일한 층을 골라 사겠다고 신청했다. 32평 25평 18평형이 있었는데 중간형으로 계약했다. 논 열 마지기 값이 새 아파트를 사고 조금 남기까지 했다. 명구는 자다가도 다리를 긁어보기까지 했다. 마치 꿈을 꾸고 있는 것 같았으며, 즐겁고 재미있는 딴 세상에 와 있는 느낌이었다. 낯모르는 사람들이 모두 자기를 보고 미소를 짓는 것처럼 보였으며, 걸어 다녀도 땅바닥에 발이 닿지 않는 것 같았다. 작업을 마칠 때쯤 연실이한테 전화가 왔다. 지난번에 너무나 고마웠고 취직까지 시켜주었는데 오늘 첫 월급을 받아서 오빠에게 저녁을 사고 싶으니 만나자고 했다. 일이 잘 풀릴 때는 까치가 안 짖어도 반가운 소식이 온다더니 연실이까지 저녁을 사겠다니 웬일인지 기분이 날아갈 것만 같았다. 명구는 작업을 마치고 작업장 귀퉁이에 있는 샤워장에서 샤워까지 간단히 하고 이발소로 달려가 다시 머리 손질도 하고 연실을 만나러 갔다. 함께 근처에 있는 깨끗한 식당으로 갔다. 삼겹살을 굽고 저녁밥을 먹었다.

"오빠 술 한 잔 드세요."

"고맙지만 싫어요."

"전에는 술을 잘 드셨잖아요?"

"술 먹고 죄짓고, 사람 구실 못한 놈이 또 술을 입에 대겠어요!"

　연실은 명구가 예전보다 다른 사람이 됐다는 것을 느꼈다. 막막하기만 할 때 생각지도 않은 사람이 찾아와 도와줘서 이루 말할 수 없이 고마웠다. 그러나 옛 기억을 잊을 수가 없어 마음 한편에 꺼림칙한 것이 사실이었다.

　식사를 마치고 밖으로 나왔다. 다시 갈 데가 없는 두 사람은 연실네 집 방향으로 걷기 시작했다. 서로 말도 없이 걷다 보니 집 앞에까지 왔다. 연실은 웬일인지 잘 가라는 인사말이 나오질 않았다. 혼자 사는 방으로 들어가자는 말도 안 나왔다. 밤에 남자하고 들어가는 것이 주인집에 신경도 쓰였다. 그런데 명구는 가려는 눈치가 보이질 않았다. 주춤주춤 서 있었다.

"들어가세요."

"조금 이따 갈게요. 내가 너무 바빠서 좋은 집을 고르지도 못하고, 잘 살펴보지도 못했는데 새는 곳은 없나요?"

"그런 염려는 없어요. 전세금이 많으면 내가 감당할 수가 있나요."

"연탄가스를 조심하세요. 그게 제일 무서운 거니까요."

명구가 각별히 보살펴 주는 말을 했다. 두 사람이 방에 들어가 앉으니 방이 비좁아 두 사람이 무릎이 마주 닿을 듯했다. 방 안에는 연실의 옷이 걸려 있었고 찔끔하게 정돈돼 있었다. 젊은 여자의 방이라 화장품 냄새가 은은하게 풍겨 명구의 코끝을 자극했다. 할 말이 없어 명구는 가만히 있었다. 연실도 말이 없었다. 어색한 시간이 흘렀다. 다소 겸연쩍은 명구가 말문을 열었다.

"아버지께 말씀드려서 아파트를 샀네요."

"어디에 사셨나요?"

"지금 제가 짓고 있는 거 하나 계약했어요."

"몇 평인가요?"

"25평입니다."

"참 잘하셨네요. 우리 오빠는 왜 그런 생각을 못 하지."

"나도 아버지께 손발이 다 닳도록 빌고 혓바닥이 깔깔할 정도로 사정을 했다니까요."

"그럼 시골 논을 파셨나요?"

"이천 평이나 팔았죠. 우리 논 좋은 건 다 팔았지요."

"아저씨가 큰맘 쓰셨네요."

"어머니 덕이죠. 시골 내려가 말씀드리니까 펄펄 뛰시는 거예요. 포기하고 자다가 들으니까 아! 글쎄 두 분이 싸우시는 거예요."

"어떻게요?"

"어머니는 팔아서 주자고 하고, 아버지는 논농사가 지금도 적은데 팔면 안 된다는 거죠. 어머니가 제 말 따라 서울에 아파트 사면 시골 논값보다 더 빨리 오른다고 조르신 거죠."

"우리 어머니는 왜 그런 생각을 안 하실까?"

"연실 씨네도 이 아파트를 사세요. 장차 괜찮을 겁니다."

"저는 서울 근처에 살아서 아파트가 좋다는 거 다 알지만 시골 어른들은 말씀드려도 깜깜하시죠."

"아직 많이 남았어요. 빨리 서두르세요."

"제 말이 씨가 먹나요. 뭐!"

"농사를 지으면 품값도 안 되는 쌀이라도 생산하지만 아파트에서 뭐가 나오냐? 하시는 거예요."

"호호호. 시골 어른들 계산하고, 도시 사람하고는 하늘 땅 차이예요."

한참 이야기가 오가다 보니까 어색함이 줄어들었다. 그때 명구는 연실의 손을 가만히 잡았다. 연실은 손을 얼른 빼고 몸을 움츠렸다.

"오빠, 그때처럼 또 그러려구!"

"이제 다시 옥살이는 안 할 거요. 나와 연실 씨는 똑같이 쓴잔을 한 번씩 마셨잖아요!"

"…."

연실은 아무 대답이 없었다. 벽만 쳐다보고 있었다.

"우리 서로 같이 살아요. 나는 총각 때 먹은 맘이 변치 않았어요."

"나는 살던 남자와 헤어졌잖아요!"

"나도 똑같지요. 그런 건 다 지워버리고 새로 시작하는 거지요!"

"그게 영원히 지워지겠어요?"

"똑같은데 뭘 따지고 할 게 있어요?"

그 틈에 명구는 연실을 와락 끌어안았다. 연실은 반항하지 않았다.

두 사람은 한참을 말없이 가만히 있었다. 연실의 따뜻한 체온이 가슴에 닿아 느껴졌다. 연실도 명구의 땀내가 싫지 않았다. 명구는 연실을 살며시 쓰러트렸다. 그리고 벽에 전기 스위치를 내렸다. 두 사람은 뜨거운 정열을 불태웠다. 아침에 일어나 명구와 연실은 몇 달을 함께 산 부부처럼 미소를 지으며 각각 일터로 갔다. 연실은 환하게 웃음 짓고 뒤돌아보며 말했다.

"저녁 지어놓을 게 일찍 오세요."

"즐거운 하루가 되길 바랍니다."

명구도 큰소리로 인사를 건네고 웃으며 손을 흔들었다. 명구가 종일토록 일터에서 유행가를 흥얼거리며 일을 하니 같이 일하는 사람이 물었다.

"형님 무슨 좋은 일 있나 봐."

"왜?"

"다른 날보다 코가 빨갛고 신나는 일이 있는 게 틀림없어."

"내가 술 한 잔 낼 때가 오겠지."

"맞아. 특별한 일이 있다구. 오늘 당장 갑시다."

"조금만 기다려. 소주 한 잔 못 사겠어."

"야, 명구 형님 멋쟁이다."

종일 떠들썩하게 일을 하니 어려운 것도 모르겠다. 작업을 마치고 진숙이네로 급히 갔다. 여동생이 보자마자 물었다.

"오빠, 어제저녁 어디서 잤어?"

"초상집에서 잤다."

"거짓말."

"내가 뭐가 답답해서 거짓말하냐? 같이 일하는 사람 아버지가 죽어서 문상 갔다 왔다."

"얼굴에 거짓말이라고 쓰여 있는데."

"하하하. 나 방 얻었다."

"틀림없어. 여자 생겼구나?"

"나중에 알게 될 거다. 그동안 고마웠다."

"내가 얼굴을 봐야지."

"지금은 안 된다. 내가 차차 말하지. 나 옷 보따리나 다오."

"우리 집엔 다시 안 올 거야?"

"그건 아니지."

명구는 옷 보따리를 받자마자 뒤도 안 돌아보고 대문 밖으로 나왔다. 왜 그렇게 발걸음이 더딘지 뛰다시피 걸었다. 연실네 집에 도착했다. 연실이 옷을 곱게 입고 머리에는 예쁜 스카프까지 쓰고 저녁밥을 하느라 명구가 와도 모르고 있었다.

"나 왔어요."

"에구머니나! 기침 좀 하시지 깜짝 놀랬네."

연실은 놀란 척하며 코 먹은 소리로 명구에게 아양을 떨었다.

"아이, 미안합니다."

"들어가세요. 이게 뭐예요?"

"내 작업복이에요."

연실은 보따리를 받아 들고 방으로 따라 들어왔다. 명구는 옷 보따리를 들고 있는 연실을 있는 힘을 다해 포옹했다. 너무 갑자기 강한 포옹을 하니까 연실은 가슴이 막혀 숨을 쉴 수가 없자 발만 버둥거렸다. 명구가 알아차리고 조금 팔을 풀고 자기 얼굴을 연실의 목덜미에 비볐다.

"아이, 아-아. 간지러워요. 에잉."

"하하하."

명구는 유쾌하게 웃었다. 연실은 공연히 옷깃을 매만지며 환한 미소를 짓고 밖으로 나가려고 했다. 명구는 달아나려는 사람을 잡듯이 연실의 손을 강하게 잡아끌며 한 손은 바지 주머니에서 통장을 꺼내 연실의 손에 쥐여주었다.

"이게 뭐예요?"

"내가 받은 돈 다 여기 있어요."

"그렇게 중요한 걸 왜 내게 맡겨요."

"살림살이를 잘하나 시험해 보려구요."

"저녁상 올릴게요."

"천천히 하세요."

"남처럼 계속 『요』 자 붙일 거예요?"

"하하하. 아-참. 잘 안되네."

명구는 이래도 좋고 저래도 좋기만 했다. 두 사람은 저녁상을 마주하고 밥을 먹었다. 밥맛이 꿀맛 같았고 반찬이 많지 않아도 임금님 『수라상』 같다는 생각이 들었다.

"나 오빠에게 청이 하나 있어. 들어줄 거야? 안 들어줄 거야?"

"뭔가 말해 봐."

"무조건 들어준다고 대답해."

"이 박명구의 이름으로 무조건 들어주지."

"참말?"

"사나이로 태어나서 여자 앞에서 거짓말을 하면 비겁하지."

"나, 꼭 면사포를 씌워줘!"

"그런 게 뭐가 청이라고! 난 별거나 된다고."

"여자에게 그게 제일 중요하지!"
"두 집 부모님과 가족들 다 모이고 예식장에서 걸게 해보자구."
"아파트는 언제 들어가요?"
"미장일은 다 끝났고, 좀 마른 다음 창문 달고 도배하면 돼요."
먹은 밥상을 옆으로 치워놓고 두 사람은 비둘기인 양 얼굴을 비비며 포옹하고 또 포옹했다. 연실은 아예 명구의 가슴에 기대어 반쯤 누워있었다. 두 사람은 각각 자기 인생의 항로를 달려가다 큰 구렁텅이에 빠졌다. 겨우 올라왔지만 연실은 겨우 서른둘이고, 명구는 서른다섯이었다. 좀 늦은 나이에 결혼하는 사람과 비슷했다. 명구와 연실은 옛것은 기억 속에서 다 사라져 찾으려야 찾을 수가 없는 것 같았고, 눈앞에 오색구름이 두둥실 다가와 자기 둘만을 포근히 감싸주고 있는 듯한 느낌이 들었다. 저녁을 먹은 다음 거의 완성되어 가는 아파트에 자주 가서 둘러보았고 전기도 없는 계단을 오르내리며 시멘트 냄새가 진동하는 방을 들여다보기도 했다. 평소에는 역겨웠던 냄새가 아주 꽃향기보다 좋게 느껴졌다.

날짜는 쉬지 않고 지나갔다. 바라고 바라던 아파트 입주가 시작되었다. 명구와 연실은 리어카를 빌려 많지 않은 짐을 옮겼다. 두 사람에게는 마치 궁전과도 같았다. 매일 밤 구름 위에서 놀다 잠을 자는 것 같았고 먹지 않아도 배가 부른 것 같았다. 서울에 아파트가 많지 않던 시절이라 아파트에서 나갔다 들어오기만 해도 어깨가 으쓱으쓱할 때였다. 연실은 그동안 동네 사람들 만나기를 꺼려 시골에는 한 번도 가지 않았고 편지만 가끔 했다. 공장에 잘 다니고 있고 걱정 말라는 것이 전부였다. 남자를 만나 동거생활 한다는 것은 전혀 알리지 않았다. 부모들도 한 번도 찾아온 일이 없었다. 시골 사람들은 서울에 올라오려면 공연히 걱정이 앞서서 큰일이 아니면 나서지를 않았다. 연실이 가끔 돈을 조금 부쳐주면 그것으로 기쁨을 삼고 만족해했다. 명구와 연실은 예식장을 찾아다녔고 결혼식 날짜를 정했다.

"시골에 어떻게 연락하지?"

"문제 될 게 없어. 부모님에게 청첩장을 보낼 수는 없는 거니까 결혼 날짜를 잡았다고 ○○예식장으로 ○○시까지 오시라고 편지만 하면 되지."

"어떤 사람이냐고 물어보시면 어떻게 하지."

"연실은 여자니까 남자하고 결혼하는 거고, 나는 여자하고 결혼하는 거니까."

"호호호. 아이구 허리야. 너무나 웃기셔. 그런데 따져 본다고 성씨에 육갑까지 물어보시면."

"우리한텐 그런 건 이미 다 지나갔다고, 살다가 식만 올린다는 것쯤 뻔히 다 짐작하시는 건데 뭘 물어보셔?"

"조금 슬프다!"

"슬퍼지면 행복은 떠나 먼 곳에서 바라만 보고 있을 것이고, 기뻐하면 가까이와 함께 사는 거지."

"아! 알았어."

연실은 명구의 목을 두 팔로 깍지를 끼고 늘어지며 아양을 떨었고 명구는 연실의 가는 허리를 끊어져라 끌어안고 방 안에서 수없이 빙빙 돌았다. 연실은 어지럽다고 비명을 질렀다.

드디어 결혼식 날이 왔다.

명구는 새로 양복을 맞춰 입었고 연실도 고운 한복을 한 벌 맞췄다.

명구 부모들은 땅을 팔아 섭섭한 것이 많았지만 아파트를 샀다고 해 구경을 가볼 참이었는데, 결혼까지 한다는 편지를 받고는 『그럼, 그렇지!

명구가 사지가 멀쩡한 놈이.」 하고 입이 벌어졌다. 연실의 부모는 연실이 서울로 간 후 소식을 가끔 전해 알고는 있었지만 늘 궁금하게 지냈다.

그런데 결혼식을 한다고 편지를 받고 보니 기쁘기 그지없었다. 명구 부모는 아침 일찍 싸두었던 옷을 꺼내 입고 길을 나섰다. 연실의 부모도 똑같이 옷을 갈아입고 대문을 나섰다. 명구 어머니가 연실의 부모 내외가 문밖에 나오는 것을 보고 말했다.

"저것들 어디 가는 모양인데."

"저것들도 일이 있는 날도 있겠지."

남편이 대꾸를 했다. 연실의 부모들도 명구네 내외가 외출하는 것을 보고 떠들었다.

"아니, 저것들이 우리 앞서 길을 가네."

"거지보다 더러운 것들이 우리 앞을 먼저 가다니, 재수 없게."

연실 아버지가 아내의 말에 응수했다. 두 집 부모들은 버스 정거장에서 만났어도 서로 다른 쪽만 바라보고 인사도 없었다. 버스가 정거장에 도착해 명구 부모가 운전사 바로 뒤에 자리를 잡으니, 연실의 부모는 가장 안쪽 좌석에 앉았다. 버스가 읍내에 도착하자 명구네 부모는 뒤도 안 돌아보고 기차역으로 걸어갔다. 명구 아버지는 부리나케 표를 사서 승강장 맨 끝으로 갔다. 연실 아버지도 기차표를 사서 첫 칸 쪽에 서 있었다. 떨떠름한 마음으로 기차를 탔는데 어느덧 서울역에 도착했다. 사람들이 하도 많고 와글와글해서 어디로 나가야 하는지 정신을 차릴 수가 없었다. 사람들의 뒤를 따라 눈치를 살피며 나가니 밖으로 나올 수 있었다. 두 집 부모들 모두 생전 처음 서울에 올라왔다. 명구와 연실은 부모들이 걱정돼서 서울역서 가까운 예식장을 잡았고 택시를 타고 예식장으로 오라고 각각 편지에 적었다. 서울 지리를 알지 못하는 분들이라, 방향도 모르고 버스를 타고 헤맬 것을 염려했다. 서울역에 내려서 양가 부모들은 서로 얼굴을 볼 수가 없었다. 명구 부모들은 택시를 타고 예식장으로 향했다.

"기사 양반, 자식 결혼식장에 가는데 알 수가 없으니 잘 데려다주시구려."

"염려 마세요. 부산으로 가진 않을 테니."

"하하하."

기사와 명구 부모들은 합창하듯 웃음이 터졌다.

예식장에 도착해 택시에서 내리니 연실의 부모들이 먼저 택시를 타고 와 예식장으로 들어가는 뒷모습이 보였다.

"여보, 저것들도 이 예식장에 왔네."

"시골 예식장노 일이삼 층, 층마다 예식장이라 좋다는 날은 몇 쌍이 결혼하는지 알 수가 없는데 서울은 말도 할 수 없이 많겠지. 5층이라고 했지?"

"아이고, 어지러워. 1층에 자리 잡지. 5층까지 언제 올라가?"

"아뇨. 남들 하는 걸 봅시다. 걸어 다니는 게 아닐 테지."

"저기 입 벌린 데로 가봅시다. 사람들이 우르르 들어가네."

명구 부모들은 어디서 어떻게 내리는지도 모르고 엘리베이터를 탔는데 안내 아가씨가 "5층 손님 내리세요." 했다. 명구 부모는 사람들의 뒤를 따라 내렸다. 옷을 잘 차려입고 화장한 여인들과 굴속에서 살다 나온 사람처럼 얼굴이 하얗고 잘생긴 사람들이 가득 차 어디가 어딘지 알 수가 없었다. 5층에도 예식장이 몇 개가 있는 모양이었다. 두리번거리고 서 있으니까 명구가 달려와 허리를 굽히며 "어머니, 아버지. 이리 오세요." 하고 벙글벙글 웃었다. 명구 어머니는 아들이 번들번들 빛나는 양복에 칼라 끝을 억지로 조금 꺾은 것 같은 와이셔츠를 입고, 계집애들 머리에 다는 리본같이 생긴 것을 목에 단 데다가 머리에 윤기 나는 기름을 바르고 서 있는 것을 보니 『내가 낳은 아들인가?』 싶었다. 『참 잘도 생겼지!』 입속에서 저절로 흘러나왔다.

"어머니, 아버지. 이리 와서 인사하세요."

명구 부모는 『아! 사돈과 상면하는구나?』 생각하고 명구의 뒤를 따라갔다. 화들짝 놀랐다. 거기에는 연실의 아버지와 어머니가 나란히 의자에 앉아 있지 않은가!

"서로 인사 나누세요."

명구가 벙글벙글 웃으며 소개했다. 겸연쩍은 두 집 부모들은 어색한 표정을 지었다. 명구 아버지가 먼저 입을 열었다.

"아니, 자네. 여기 오면서 왜 말도 없이 왔나?"

"형님은 왜 말도 없이 오셨어요?"

"하하하."

네 사람은 똑같이 웃음이 터졌다.

"나는 자네가 이 예식장에 오는 줄 몰랐지."

"저도 모르고 왔어요."

"참말인가?"

"그럼요. 신랑이 누군지 쓰지도 않고 결혼식에 오라는 거요. 글쎄."

"나도 똑같으이. 이것들이 저희끼리 정하고서."

그 틈에 연실 어머니가 먼저 말을 했다.

"사부인, 옷 색깔이 너무 좋으시네요."

"사부인은 언제 이런 좋은 옷을 사다 두었다 입었어요?"

명구 어머니도 웃음을 띠고 말했다. 근처에서 각각 모여서 지켜보고 있던 연실의 오빠와 여동생들과 명구의 누나와 여동생들이 우르르 달려와 서로 손을 잡고 반갑다고 호들갑을 떨었다. 사실 어려서부터 같이 학교를 다녔고, 이웃집에 살다 시집가고 장가를 갔으니 누구보다도 반가웠다. 하객들이 구름같이 모여들었고 예식 시간이 되었다는 안내 방송이 나왔다.

"신랑 어머님과 신부 어머님은 나오셔서 촛불을 점화하시기 바랍니다."

사회자의 마이크 소리에 따라 명구 어머니와 연실 어머니는 똑같이 서서 단상 앞으로 걸어가 서로 마주 보고 미소를 지으며 허리를 굽혀 상견례를 했다. 단상으로 올라가 양쪽에서 각각 오색 촛불에 점화하고 내려와 미소를 지으며 서로 또 인사를 하고 각각 부모의 좌석으로 갔다. 명구 아버지와 연실 아버지도 서로 바라보고 입을 크게 벌리고 환하게 웃음 지으며 목례를 수도 없이 했다. 사회자가 주례 선생을 소개했다. 서울대학교 약학과를 졸업하고 개업을 하고 계시고, 신랑이 일하는 『건설회사 사장님』이라고 길게 소개했다.

"신랑 입장."

명구는 벙글벙글 웃으며 성큼성큼 걸어가 주례 앞에 서서 주례에게 허리를 굽혀 인사를 했다. 주례자가 "신랑은 뒤로 돌아서시오."라고 작은 소리로 말했다.

"신부 입장."

연실 아버지는 연실의 손을 잡고 입장하여 중간까지 걸어 나온 명구의 손에 딸을 넘겨주었다. 허리를 굽혀 인사를 한 명구는 연실과 팔짱을 끼고 걸어가 주례 앞에 섰다. 주례가 성혼선서를 마치고 주례사를 시작했다.

"에-, 오늘 이 자리를 빛내주시고 물심양면으로 신랑 신부를 축복해 주시는 귀빈 여러분께 아주 특별한 인연으로 백년가약을 맺는 신랑과 신부를 소개하겠습니다. 신랑과 신부는 고향이 같고 한 동네에서도 이웃집에 살았는데 옆집에 사는 잘생긴 총각은 거들떠보지도 않고, 서울로 신랑을 구하러 떠난 지가 올해로 꼭 10년이 되었습니다. 신랑도 또한 옆집에 사는 아름다운 아가씨는 안 쳐다보고 다른 데서 신부를 맞이하려고 서울로 신부를 찾으러 다닌 지가 또 10년이 되었습니다. 복잡한 서울 거리에서 우연히 마주친 두 사람은 서로 사정을 물어보다가 이제까지 서로 짝을 못 찾은 것을 보면, 아마도 우리가 서로 인연이 있는가 보다 생각하고, 오늘 이렇게 결혼식을 올리게 되었습니다."

주례의 말이 떨어지기가 무섭게 박수 소리와 폭소가 터져 나왔다.

"신랑은 우리 회사 모범 사원이고, 신부도 우리 약국에서 나를 돕는 분입니다. 두 분이 결혼을 한다고 해 주례를 자청했습니다."

구변이 좋은 주례의 이러저러한 말로 예식장 안은 연이어 폭소가 터졌고 긴 주례사가 끝나자 양부모에 대한 인사 차례가 되었다. 명구는 연실 아버지, 어머니에게 코가 땅에 닿게 큰절을 올렸다.

피지도 못한 꽃

혜리는 학교 가는 길에서 정식이 옆을 지나칠 때면 괜히 가슴이 두근거리고 얼굴이 달아올라 어떻게 할 수가 없었다. 초등학교 때는 같은 반이었던 때도 있어 서로 잘 알고 한동네에 살아 자주 길에서 마주치기도 했다. 중학교는 서로 다른 학교에 다녀서 만날 기회가 적었지만 고등학교는 서구로 남녀공학인 학교로 진학하고 보니 정식과 마주치는 일이 아주 많아졌다. 다행히도 같은 반은 아니고 옆 반이다. 정식은 특별히 마음이 가는 곳은 없었다. 그런데 친한 친구 연홍이 자주 정식을 들먹이며 정식이 너를 좋아한다는 말을 듣고 난 후부터 신경이 쓰였다. 정식은 체격이 좀 가냘프지만 공부는 상위에 속하고 아주 얌전한 학생이다. 그렇다고 마주치거나 옆을 지나칠 때 특별히 인사를 건네거나 몸짓을 하지는 않아 그 속을 알 수가 없었다. 그렇다고 혜리가 먼저 인사를 하고 말을 걸기는 마음에 내키지 않았다. 혜리 자신도 왜 정식에게 마음이 가고 신경이 쓰이는지 알 수가 없었다. 연홍은 남자 친구가 있어 학교 밖에선 손을 잡고 다니는 때도 있었다. 특별히 부러운 생각은 없었지만 고등학교 1학년이 되었는데 남자 친구 하나 없다는 건 무언가 여학생으로서 얼굴이나 외모가 부족한 게 아닌가? 하는 생각이 들어 때론 고민을 해 보기도 했다.

얼굴이 예쁘면 우선 남학생들에게 인기가 있다. 얼굴도 예쁘고 공부도 잘하긴 어렵지만 얼굴에 자신을 갖는 여학생들은 많지 않았다. 그래도 친구들에 비해 자신이 제일 예쁘다고 속으로 자천하는 친구들이 아주 많다. 혜리 자신도 공부도 괜찮게 하고 얼굴이 다른 친구들에 비해 빠진다고 생각해 본 적은 한 번도 없었다. 그런데도 남학생들의 시선에 들어 얘깃거리가 된 적은 한 번도 없었다. 특별히 관심을 보이거나 장난을 걸어 온 남학생이 하나도 없었다. 남자아이들은 초등학교 때도 여자아이가 예쁘고 맘에 들면 오히려 짓궂은 장난으로 괴롭게 하고 마음을 상하게 하는 행동을 많이 한다. 고 1쯤 되면 남녀 학생들 모두 신체적 특징이 나타나는데 남학생들은 턱수염이 나고 눈썹이 짙어지고 목소리가 패여 우렁우렁해지고 늠름한 기상이 나타난다. 반대로 여학생들은 가슴이 발달하고 중심이 아래로 내려가 둔부가 상체보다 커져서 균형미가 생겨 저절로 미적 감각을 갖게 한다. 어른 흉내를 내보고 싶어서 어머니의 예쁜 옷을 몰래 꺼내 입어보고 굽 높은 하이힐도 신고 방 안을 왔다 갔다 해보고 수없이 거울을 보고 뒷모습을 비춰보기도 한다. 자기 남자 친구는 멀리서 백마를 타고 나타나는 왕자같이 아주 잘생긴 그런 사람을 꿈꾸며 눈앞에 있는 동급생 남자아이들은 꿈속에서라도 나타날까 봐 걱정한다. 적어도 외국영화에서 본 잘생긴 미남 배우쯤은 되어야 한다고 생각한다.

  연홍의 남자 친구는 체격은 고1 중에서 큰 편이고 씩씩해 보였지만 공부는 중간에서 헤맸다. 연홍은 공부도 잘하고 얼굴이 예뻐 다른 남학생들에게도 인기가 많았다. 천석이란 남학생과 친한 사이가 된 것은 잘 안 어울린다는 생각이 들기도 했다. 그래도 연홍은 천석을 무척 좋아한다. 대학에 진학할 때 천석은 체육계로 진학을 해 중고등학교 체육 선생님을 꿈꾼다며 자랑처럼 얘기했고, 자신도 영어 선생이 돼 같이 교육계에서 일하면 안정적인 생활을 할 수 있다고 말하고, 특별히 선생님은 다른 직종보다 정년이 길어서 아주 오랫동안 근무할 수 있는 것이 장점이라는 다소 놀라운 구상을 하는 것을 보고 자신보다 실생활에서 훨씬 생각이 깊다고 느낀 때도 있었다. 그리고 여름, 겨울 방학을 이용해 자유롭게 해외 관광도 다니고 학술 체험과 견학도 할 수 있다는 아주 희망이 부푼 계획을 말하기도 했다.

혜리는 그런 정도는 보통 평범한 수준에서 가질 수 있는 구상이라고 깎아내려서 대수롭지 않게 넘겼지만 그래도 연홍이 남자 친구와 그런 계획을 지금부터 세우고 노력한다는 것이 괜찮게 보였다. 만일 정식이 자신과 잘된다면 그보다는 더 큰 계획을 세우고 적어도 국제무대에서 활약하는 꿈을 설계할 것 같았다. 국경은 있지만 실력과 능력에 따라서는 어느 나라든지 택해서 근무도 할 수 있고 천문학적인 봉급도 받을 수 있다는 것을 방송매체에서도 보았고 많이 듣기도 했다. 실지로 북한민 마음대로 갈 수가 없지 다른 나라는 맘만 먹으면 다 갈 수가 있다. 다만 자기의 실력이 문제가 되는 것이다. 혜리는 이미 고등학교는 주사위가 던져져서 국내에서 다니고 있지만 대학은 외국을 택하고 싶은 마음이 생겼다. 기초과학 분야를 택해 볼까 하는 생각이 머리를 스치기도 했다. 연구실에 틀어박혀 곰팡내 나는 곳을 일생 동안 지내다 그래도 노벨상이라도 받으면 다행이지만 그렇지 못하면 아무도 알아주지도 않고 세월만 보내면 후회할 것이 미리 걱정되기도 했다.

세상이 알아주고 잘할 수 있는 것이 뭘까? 국제적으로 살펴볼 때 성공해서 이름을 날리는 사람들이 아주 많다. 따라서 돈도 많이 버는데 돈이 너무 많아 오히려 거치적거려 고민하는 사람도 있을 것이다. 빌 게이츠 같은 사람은 아마 그럴 것도 같았다. 돈이 너무 많고 이름이 나 있으니 다니기도 불편할 것 같았다. 얼굴이 너무나 잘 알려져서 아무 곳이나 가서 밥을 먹을 수도 없고 아무 곳에나 가서 잠도 잘 수 없을 것이다. 문만 나서면 기자들이 카메라를 들이대고 찍어대고 귀찮게 질문을 던지고 "어디 가냐?" "뭘 할 거냐? 일일이 대답도 하기 싫은 것을 물어보고 신문과 잡지와 방송에 기삿거리가 되고…. 그런 것은 싫고 그래도 괜찮은 것을 골라내 맘대로 하고 적당히 알아주고 하는 것을 찾아내고 싶었다.

그런데 그런 것이 학생 시절엔 금방 맘만 먹으면 실행될 것 같은 기분이다. 넘어져 일어날 수가 없고, 실패가 눈앞에 닥쳐도 좌절하지 않고 다시 처음부터 시작해 500년쯤 살아도 완수하기 어려운 것도 장난하듯 쉽게 될 것 같은 망상에 사로잡히는 때다. 혜리는 망상에 젖어 꿈을 꾼 것이 현실로 이루어지길 기대하고 꼭 성공해 세상을 놀라게 할 것 같은 생각을 다짐하고 또 다짐하며 다녔다. 정식과 나란히 꿈속에서도 걸어보고 끝없는 벌판과 언덕을 넘어 울창한 숲으로 둘러싸이고 아름다운 새들이 정신없이 지저귀는 속에 지어진 화려한 궁전 같은 좋은 집으로 정답게 손을 잡고 재미난 얘기를 무진장 지껄일 것 같은 맘이 머릿속에 가득 차 늘 설레며 다녔다.

어느 날 방과 후 연홍에게 전화가 왔다. 이번 주 토요일 연홍과 천석, 혜리와 정식, 네 사람이 만나 공원도 같이 가고 재미있게 놀자는 것이었다. 혜리는 기다리던 차 너무나 기분이 좋았으나 연홍에게 너무 기쁜 표시를 하면 오히려 흉이 될까 봐 일이 생기면 갈 수 없다고 한편 빼기까지 했다. 연홍이 오히려 마음이 닳아 정식을 꼭 오라고 초청했고 혜리만 결정하면 된다는 식으로 떠벌리고 일이 있어도 다음으로 미루라고 다그쳤다. 그럴수록 혜리는 속마음을 감추고 더 버티며 엄마와 약속이 있는데 엄마의 마음을 돌리고 빠져나와야 하는데 잘 될지 모르겠다고 배짱을 부리며 말해 연홍을 아주 어렵게 만들었다.

금요일 저녁 연홍이 혜리가 약속을 안 지킬까 봐 또 전화를 했다. 혜리는 난처한 척하며 겨우 대답했다. 일찍 일어나 세수하고 몸단장을 했다. 있는 옷을 다 한 번씩 입어 봤다. 맘에 드는 것이 없었다. 일기예보 하는 앵커들은 방송에 나올 때마다 옷을 갈아입고 나와 웃는 얼굴로 예보하는 걸 봤다. 새삼 얼마나 좋을까 하고 부러운 생각이 들기도 했다. 이것저것 다 입어 봐도 유치해 보이고 엄마가 금방 원망스러웠다. 딸 하나만 있는데 왜 맘에 드는 옷 한 벌 안 사주지! 연홍이도 예쁜 옷이 아주 많은데 연홍이와 비교될까 걱정이 되었다. 정식에게 교복만 입은 모습을 보여 주었는데 이번엔 산뜻한 모습을 보여주고, 마음을 흔들어 놓아 정신없이 따라다니고 전화하고 문자 넣고 길목을 지키고 있다가 공주님 모시듯 하게 해야 하는데 도무지 마땅한 옷이 없었다. 마음이 좀 답답해졌다. 화가 치밀기도 했다. 연홍에게 엄마가 다른 행사에 가야 한다고 말해서 안 된다고 전화할까 하는 생각도 났다. 『아니다. 나가기는 꼭 나가야겠는데.』 연홍은 뭘 입고 나오나 물어볼까 하는 생각이 났다. 핸드폰을 찾았다 핸드폰이 보이질 않았다. 아무리 찾아도 없었다. 『조금 전까지 보았는데.』 하며 찾았으나 보이지 않았다. 약속 시간이 거의 다 되었다. 옷을 하도 많이 이것저것 입었다 벗어놓아 옷이 방바닥에 수북이 쌓였다. 옷을 잡히는 대로 구석에 마구 던지고 나니 그 밑에서 나왔다. 『이게 아침부터 속을 썩여.』 발길로 걷어찼다. 책상 밑으로 들어가 탁! 부딪치는 소리가 났다. 얼른 꺼내 문자를 눌러보았다. 괜찮았다.

"여보세요. 다 왔니?"
"나 아직 집에 있어."
"야, 약속 시간 다 됐잖아?"
"연홍아, 너 뭘 입었니?"
"야, 학생이 청바지 입으면 되지 뭘 입어."
"나는 청바지가 꺼벙해서."
"너, 너의 엄마 결혼식 드레스 입고 올래?"
"하하하. 호호호."
둘은 동시에 폭소가 터졌다.

"금방 갈게."
"택시 타고 와. 벌칙으로 빵 사서 와."
"알았어."

혜리는 택시를 타려고 길가에 섰는데 근처에 붕어빵을 굽는 아줌마가 있어 정말로 붕어빵을 한 봉지 사서는 택시를 타고 약속 장소로 향했다. 세 사람이 다 와 있었다. 혜리는 연홍과 천석에게 먼저 인사를 건네고 정식을 쳐다보았다. 정식의 눈치를 살피기 위한 것이었다. 정식이 먼저 "안녕." 하고 인사를 건넸다. 혜리는 두근거리는 가슴을 참고 "안녕." 하고 답례를 했다.

"너, 손에 가진 게 뭐야?" 연홍이 물었다.
"잉어빵."
"하하하. 호호호."
"정말, 붕어빵이야."
"그래. 금방 택시 타는 데서 샀어."

그리고 혜리는 연홍부터 정식과 천석에게 붕어빵을 나눠줬다. 붕어빵이 그때까지 식지를 않아 후후 불면서 네 사람이 먹었다. 붕어빵을 한입에 다 먹은 천석이 말했다.

"어디로 갈까?"

정식은 여자처럼 빵을 조금씩 베어 먹어 아직도 손에 들고 있고 입안에도 씹고 있었다. 그래서 대답할 수가 없었다. 혜리가 정식이 빵이 입안에 있어 말 못 하는 것을 보고 정식이 대신 말을 받았다.

"소요산 어때?"
"좋아, 좋아."

연홍은 흥분된 어조로 껑충껑충 뛰면서 말했다. 정식이 그제야 빵을 다 먹고 천석의 얼굴을 쳐다보았다. 천석이 못마땅한 듯 정식을 보고 말했다.

"야, 여자처럼 빵을 조금씩 베어 먹어? 나처럼 한입에 먹지."

"그렇게 한입에 먹으면 빵 맛을 아냐?"

"배부르면 고만이지 빵 맛 보려고 빵 사 먹냐?"

"빵 맛도 모르고 배만 채우면 돼지 같지."

"하하하. 호호호."

여자 둘은 허리를 잡고 웃었다.

"야, 그런 식으로 살면 복잡한 세상에 일은 언제 다 하냐?"

"어차피 세상일을 혼자 다 할 수는 없고 맡은 일은 차근차근해야 성공하기 쉽지!"

"바쁜 세상 대강대강 해치우고 사는 거다. 야."

"그렇게 하면 맨날 새로 하거나 꾸중만 듣고 살지."

"콩이냐? 팥이냐? 말씨름하다 해 다 지겠다."

연홍이가 앞으로 걸어가며 말을 다른 방향으로 이끌었다. 혜리도 연홍을 따라가며 거들었다. 놀이도 이젠 여자가 앞장서 이끄는 시대가 되었다.

"빨리 차를 타고 보자. 전철을 타면 빨리 간다."

연홍이 먼저 돈 만 원을 꺼내 오른손으로 높이 들고

"회비 내놔."

"그래 돈이 있어야 놀지."

혜리가 맞장구를 쳤다. 천석과 정식이 호주머니에서 만 원씩을 꺼내 연홍에게 주었다. 연홍은 돈을 받아 들었다.

"혜리, 네가 전대를 차라."

"네가 그대로 해. 그게 좋다."

"알았다."

네 사람은 동암역에서 소요산 가는 전차를 탔다. 차내에는 아주 사람이 많았다. 그래도 네 사람은 한 장소에서 얼굴을 마주 대고 손잡이를 잡고 서서 다른 사람들이 보거나 말거나 정신없이 지껄이며 가니 안내 방송 소리도 들리지 않았다. 사람들이 우르르 내려 쳐다보니 어느새 소요산역에 도착했다. 모든 사람들이 다 내렸다. 모두 다 소요산에 놀러 온 사람들 같았다. 소요산 정거장이 종점이기 때문이다. 역 밖으로 나왔다. 강냉이 장수 떡장수 과일 장수 별별 물건을 다 파는 사람들이 많았다. 점심때가 다 되었다.

"야, 점심 먹고 가자."

"그래. 뭘 먹을래?"

"쫄면하고 떡볶이 먹자."

천석이 말했다.

"두 가지를 어떻게 다 먹어?"

정식이 하품을 치듯 말했다.

"먹다가 못 먹으면 남기지 뭐."

"남기면 아깝잖니? 쫄면만 먼저 먹고 나중에 배고프면 떡볶이 또 먹자."

정식은 남자지만 여자 같은 성격이었고 찬찬했다.

"정식이 말대로 쫄면만 먼저 먹고 돌아다니다 배고프면 먹자."

혜리가 동의했다. 연홍이도 즉시 말을 받았다.

"한자리에서 먹어야 많이 주고 먹고 노는 시간이 많지, 먹기만 하다가 놀지도 못하고 가겠다."

천석이가 얼른 연홍의 말을 받았다.

"맞아. 많이 먹고 천천히 산에도 올라가고 배가 불러야 구경도 재미가 있는 거지. 옛날 사람들이 『금강산도 식후경』이라고 했단다."

피지도 못한 꽃 165

정식은 더는 대꾸하지 않았다. 그래서 근처 분식집으로 들어갔다. 쫄면을 시켰다. 한참 자라나는 고등학생들의 양으론 좀 적게 보였다. 천석은 젓가락으로 휘휘 저어 두어 번에 다 먹어버렸다. 그러고는 다른 사람들 먹는 것을 보고 있었다. 천석은 체격이 커 곱빼기도 모자랄 것 같았다. 정식은 다섯 살쯤 된 어린이가 먹듯 면발 몇 개씩을 젓가락으로 감아서 먹었다. 천석이 그것을 보고 넌지시 웃으며 말했다.

"야, 살찌게 좀 먹어라."

"나는 살이 뼛속에 찐다."

"하하하. 호호호."

연홍이가 킥킥거리다가 입안에 있는 음식물을 품을 뻔했다. 천석은 더는 참지 못하고 떡볶이 4인분을 시켰다. 연홍과 혜리가 다 먹고 난 다음에도 정식은 먹고 있었다. 떡볶이가 나오자 천석은 허겁지겁 집어 후후 불며 먹기 시작했다. 연홍과 혜리도 따라서 젓가락이 접시로 들어갔다. 정식이 젓가락을 잡고 떡볶이를 집으러 갔을 때는 접시가 거의 비어 있을 때였다. 그들은 매운 떡볶이를 먹어 얼굴이 불그레했고 정식만 빼곤 세 사람은 찬물을 먹고 밖으로 나온 후 입을 벌리고 하-, 하- 소리를 냈다. 소요산역 앞에서 등산코스가 시작되어 사람들이 걸려서 다닐 수조차 없었다. 네 사람은 기분이 너무 좋았다. 사람들이 물밀듯 밀리는 속에 끼어 따라가다 보니 어느새 연홍과 천석은 손을 잡고 앞으로 마구 나가 한참 앞서가고 있었다. 혜리는 정식과 손을 잡고 가고 싶었다. 그런데 정식은 엄마와 같이 소풍 나온 어린이 같이 걸어가는데도 조심조심 다른 사람들에게 조금만 걸려도 길을 양보하고 여기저기 두리번거리며 걸어서 도무지 앞으로 나가질 못했다. 혜리는 좀 갑갑했지만 처음 만나는 날이고 다그쳐 빨리 가자고 말하기 싫어 천천히 정식의 옆을 따라갔다. 정식은 말도 없었다. 마치 따로따로 온 사람같이 관심도 없이 걸어가는 것 같앉다. 혜리는 속으로 마음이 상했다. 나에게 관심도 없으며 좋다고 했는가? 그렇지 않으면 나를 한번 골탕 먹이려고 그랬는가? 별별 생각이 다 났다. 중턱을 다 못 가 좀 쉴만한 곳이 있었다. 연홍과 천석이 쉬면서 기다리고 있었다.

"야, 너희들 왜 그렇게 못 올라와?"

"정식이가 느려서 그래."

혜리가 답답했던 마음을 풀려고 얼른 대답했다.

"나는 혜리가 못 따라와서 일부러 천천히 올라온 거야."

"호호호. 내 핑계 대지 마. 여기저기 구경하며 걸으니까 더디지."

"우리가 구경 왔지. 빨리 올라가기 시합하냐?"

"하하하. 호호호."

모두 유쾌한 웃음보가 터졌다.

"정식이 너 이다음 판사 되면 괜찮겠다."

"판사가 뭘 좋아? 죄지은 사람들과 싸움만 하고."

"판사가 왜 죄지은 사람하고 싸우냐? 혼내주고 벌주는 거지."

"그런 거 알고 보면 화나고 속상한 일만 많은 거야."

"넌 뭐가 좋냐?"

"지금 말해 뭘 해. 맘먹은 대로 사는 세상도 아닌데."

"그래도 희망은 있을 거 아냐?"

"나는 외국에 나가 살고 싶다."

"왜?"

"좁은 한국에서 어렵게 사는 것보다 넓은 외국에 나가 일하며 살고 싶다."

"그것도 좋지. 직업은?"

"우주공학을 하고 싶다."

"야, 너 꿈 한번 좋다. 그렇게 살고 그때 나도 잘 봐주라."
"야, 봐주긴 뭘 봐줘, 너도 잘 살면 되지."
"친구 좋다는 게 뭐냐? 저 잘됐을 때 봐주는 거지."
"친구 위해 사냐? 제 앞길을 개척해 나가기도 어려운데."

혜리는 정식의 얘기 소리를 듣고 아주 이기적이란 생각이 들었다. 제 앞길을 개척해 나가기도 어려운 게 사실일지 몰라도 친구는 매우 중요하다. 세상은 혼자 사는 곳이 아니다. 친구도 있고 아는 사람도 있어 다른 사람을 잘 도와주진 못해도 해를 끼치지 않고 작은 협조라도 서로 하며 사는 일이 매우 중요할 것 같다는 생각이 들었다. 동물도 사회생활을 하는 것들이 많다. 사자는 사납고 힘도 세 혼자서 잘 살 수 있을 것 같아두 소규모 집단생활을 하며 새끼도 같이 기르고 다른 어미가 낳은 것도 제 젖을 먹이며 사냥은 공동으로 해 먹고 산다. 벌과 개미는 너무나 잘 알려져 언급할 필요도 없다. 개미는 세력이 강력해지면 다른 개미집을 습격해 상대방 개미들을 모조리 죽이고 알을 가져와 키워서 종으로 삼아 부려먹기까지 한단다. 심지어 자기보다 몇백 배 큰 개구리도 죽여 먹이로 삼는다. 개미산이란 독물을 개구리에게 쏴서 눈동자가 흐려 달아나지 못할 때 집단으로 달려들어 물고 늘어져 결국은 개미들의 잔칫상에 오르고 마는 것이다. 공부만 잘한 사람이 나중에 사회에 나와 생활하는 데는 오히려 서툴고 자기 교만에 빠져 오히려 남을 우습게 보고 생활하다 따돌림을 받는다. 결국 실생활에서는 낙제생이 된다는 말도 들은 적이 있다.

정식은 초등학교 때도 두드러진 특징은 없었지만 까불지 않고 조용한 학생이었다. 정식의 성격을 다 알 수는 없지만 천석과 매우 다른 것 같았다. 천석은 공부는 좀 못해도 성격도 좋고 체격도 좋아 호감이 가는 학생이었다. 정식은 조금 답답하다는 느낌이 들었다. 정식은 연구실에서 연구하고 조용히 글을 쓰는 학자 같은 성격이 있는 것 같았다. 혜리는 정식과 결혼까지 한다는 생각은 해 본 일이 없었지만 자기만을 위하는 좋은 친구가 되길 바랐다. 얘기 속에서 외국에 가서 살고 싶다는 말이 가장 먼저 귀에 닿았다. 혜리 자신도 외국에 나가 살고 싶다는 생각에 사로잡혀 있었다. 정말로 외국에 나가 살고 정식과 잘되어 두 사람이 같이 성공해 한국으로 돌아올 때 공항 입구에서 많은 사진기자들이 기다리고 인파가 몰려와 환호하는 그런 환상이 영화처럼 지나갔다. 그때 연홍이가 툭 건드렸다.

"지금 너 뭘 생각하고 있어?"

"뭘 생각해. 다리 아파서 건넛산을 보고 있었지." 하고 얼른 둘러댔다.

"상봉까지 올라가 보자."

천석이 일어나며 말했다.

"그래. 상봉에서 넓은 곳을 바라보자. 북한도 보이나 보자."

연홍이가 말을 거들었다. 천석이 말하면 금방 연홍이 말을 이어받는다. 혜리는 마음이 좀 섭섭했다. 혜리가 말하면 정식이 무조건 좋다고 말해야 하는데 별 호응이 없었다. 다시 네 사람은 오르기 시작했다. 그런데 연홍과 천석은 마치 시합이라도 하듯 빨리빨리 올라갔다. 정식은 숲속에서 별로 볼 것도 없는데도 두리번거리며 걸었다. 혜리도 말을 걸기가 싫어서 그냥 따라만 갔다. 좀 더 가다 쳐다보니 연홍과 천석은 보이질 않았다.

"연홍과 천석이 안 보인다."

혜리가 정식에게 말을 걸었다.

"저희끼리 놀게 놔둬라."

정식이 힘없이 대답했다. 혜리와 정식은 상봉까지 서로 말도 없이 올라갔다. 연홍과 천석은 상봉에 없었다.

"이것들이 무슨 짓을 하는가 본데."

정식이 혜리에게 웃음 짓고 말했다. 그 틈에 정식과 좀 더 가까워지려고 혜리도 미소 짓고 대답했다.

"그래, 연홍과 천석은 사귄 지가 오래됐다."

"그래도 그렇지. 넷이 와서 저희끼리만 놀려면 뭐 하러 같이 가자고 해."

"호호호. 저희끼리 놀게 내버려둬."

"이것들 학교에 가서 털어놓을까?"

"그럴 필요 없어, 서로 맘이 맞으니까 그러지."

"따로따로 노는 게 괘씸하지 않니?"

"우리가 방해가 되면 곤란하지."

"산에 와서까지 티를 내면 곤란하지 않니?"

"만나면 놀려주자."

"놀려줄 것도 없어. 우리끼리 놀다 가는 거야. 이 많은 사람 속에서 다시 찾고 만날 수도 없겠다."

혜리는 정식과 말문이 터져 기뻤다. 그래서 기다렸다는 듯 말을 많이 했다. 자기도 외국에 나가 공부하고 싶다는 말부터 강조해서 말했다. 정식이 아까 말한 꿈대로 열심히 나가라고 격려 겸 정식을 좋아하고 있다는 감정을 어느 정도 표현했다. 정식도 말문이 터지자 혜리에게 말도 잘하고 꿈도 더 크게 과장해서 말했다. 어느덧 서먹서먹하던 감정은 하나도 없었다. 다시 등산로를 따라 내려가며 정신없이 얘기하는 데 숲속에서 "야, 너희들 따로 떨어져 뭐 하고 오는 거야?" 천석이 외치듯 말했다.

"야, 너희들이 따로 떨어져 놀다 나타나서 누구보고 말해."

정식이 응대했다.

"하하하. 호호호."

네 사람은 동시에 웃음이 터졌다.

"너희끼리만 놀지 말고 같이 놀자."

"정말 너희 둘 달아나 따로 놀지나 말아라."

그런데 연홍은 얼굴이 빨갛게 돼 땀까지 흘리고 있었다.

"너희들 숲속에 들어가 운동했지?"

정식의 말이 떨어지자마자 "뭐라고? 학생이 그게 말이 뭐냐?" 연홍이 다소 거칠게 항의하듯 말했다.

"저희끼리 잘 놀았으니까 남도 그렇게 놀이를 한 줄 알고…."

천석이 웃음을 짓고 말했다.

"야, 우리는 너희들 찾느라고 놀 사이도 없었어."

정식이 약 올리듯 말했다.

"정말이야. 너희들 찾아 헤매다가 그냥 가려고 했어."

혜리도 끼어들어 말했다.

"그러니까, 우리를 떨어트리고 가려고 했지."

천석이 웃음을 띠고 능글맞은 소리로 아주 기정사실처럼 말했다.

"야, 이 많은 사람들 속에서 다시 만난 건 행운이다."

연홍이 말했다.

"뭐 좀 먹고 가자."

"더워 죽겠다. 아이스크림이 생각난다."

"저쪽에 있다. 가자."

네 사람은 아이스크림 장수가 있는 곳으로 달려가듯 가 아이스크림 하나씩 받아 맛있게 먹었다. 그러곤 정신없이 서로 얘기를 주고받으며 입구를 빠져나왔다. 어느덧 긴긴 해가 산 너머로 넘어가고 산그림자가 길게 드리워져 있었다. 소요산역에서 전철을 탔다. 인천에 도착하도록 네 사람은 같이 한 줄로 앉아 참새가 싸우듯 잔소리를 하며 왔다.

다음 날 아침에 정식에게서 문자메시지가 왔다. 혜리는 너무 반가워서 금방 답신을 보냈다. 그런 후 혜리가 더 많이 메시지를 보냈다. 정식에게 꼭꼭 회답이 왔다. 거리에서 약속도 하고 가끔 만나기도 했다. 김밥집에도 같이 가고 공원에도 갔다. 어느 때는 넷이 만나 피자집에도 가서 맛있는 피자도 같이 먹기도 했다. 어느덧 새 학기가 되고 2학년이 되었다. 혜리는 아침에 학교에 가려다 말고 화장실이 급해 들어갔는데 현관 앞에 놓인 가방 속에서 메시지가 도착한 신호가 났다. 혜리 엄마는 궁금한 마음이 들어 핸드폰을 꺼내 열어봤다. 남학생에게서 온 걸 알았다. 그리고 메시지 보관함을 열어 보니 수도 없이 한 학생에게 온 것이 나타났다. 얼른 닫아 가방 속에 넣어주었다. 혜리는 학교가 급해 얼른 가방을 메고 인사를 하고 달려 나가듯 갔다. 전화가 왔다. 정식의 얼굴이 떴다. 반가웠다.

"안녕?"

"왜 메시지 답장 없냐?"

"언제?"

"금방 보냈는데."

"아. 나 그때 화장실에 있었어."

"너 딴생각한 거 아니지?"

"호호호. 농담하지 마라. 너무 심하다."

혜리는 그런 정식이 더 좋았고 종일 마음속에서 지워지지 않아 수업시간에도 혼자 웃음이 나기도 했다. 옆자리에 있던 계숙이가 혜리의 얼굴을 보다가 놀래며 말했다.

"너 뭐 생각하고 있어?"

"생각하긴 뭘 생각해, 선생님 보고 있었지."

"너 혼자 웃고 이상해."

"뭐가 이상해?"

"너 혹시 이렇게 된 거 아니니?"

계숙은 왼손으로 제 머리 위에 대고 빙글빙글 돌리며 말했다.

"야, 너 날 그렇게 보면 네가 그렇게 된 거다."

서로 잔소리를 하다가 선생님께 들켜 주의를 받기까지 했다. 혜리 엄마는 혜리가 아직까지 남학생들에게 관심도 없고 공부만 하는 줄 알았다. 그래서 남편에게도 심심하면 혜리가 남자애들한테 관심이 없고 공부만 한다고 말했다. 그런데 남자아이에게 무수히 메시지가 왔다는 것을 처음 보고 너무 실망했다. 속으로 불이 나기도 했다.『계집애, 공부 열심히 해 좋은 대학 들어가야 하는데…. 그때 남자를 사귀고 전도가 걱정 없는 사람과 사귀어도 늦지 않은데 벌써부터 남자 친구를 알면 큰일이네.』라고 종일 속을 태우다 남편에게 전화를 수도 없이 걸었다. 그래서 남편에게 너무 바쁘니 집에 가거든 말하라는 볼멘소리도 들었다. 믿었던 도끼에 발등을 찍힌 꼴이란 생각이 들어 더욱 화가 났다.『진작 핸드폰을 조사해 보는 건데….』하고 후회도 했다.

혜리가 보충수업을 마치고 집에 돌아오니 엄마는 다소 화가 난 얼굴을 하고 인사를 해도 받지도 않았고 밤 11시가 넘어야 집에 오시던 아빠가 집에 먼저 와 있었다. 평시나 다름없이 얼굴에 환한 미소를 띠고 "우리 공주님 이제 옵니까?" 하고 농담을 했다. 혜리가 자기 방으로 들어가 책가방을 내려놓기도 전에 엄마가 불렀다.

"너, 빨리 이리 와."

"세수 먼저 하고."

"야, 빨리 안 와."

소리를 빽 질렀다. 혜리 엄마는 화가 머리끝까지 난 것 같았다. 혜리는 분위기가 이상해 평소처럼 아양도 못 부리고 시무룩한 얼굴로 엄마와 아빠가 앉은 맞은편 의자에 앉았다.

"너, 핸드폰에 메시지 넣은 애가 누구야?"
"왜? 남의 핸드폰 조사하고 그래."
"뭐, 남의 핸드폰? 이 계집애야, 내가 가정부로 보이니?"
"나도 고 2야. 프라이버시도 생각해 줘야지."
"어, 이게 별소리를 다 하네."
"남녀공학인데 메시지 좀 받으면 뭐가 어때?"
"뭐라고? 이게 공부는 안 하고 점점⋯."
"내가 왜 공부 안 해. 메시지 받으면 공부 안 하나? 뭐."
"그 짓 하면 언제 공부해?"
"서로 공부에 관해 질문도 하고 가르쳐 주는 것도 있지."
"여자아이하고 하지."
"여자끼리는 경쟁하고 질투하고 모른다고 말한다고."
"그래그래. 우리 공주님 말이 맞는 말이라고."

 혜리 아버지가 딸의 말을 감싸고 나섰다. 그러니까 혜리 엄마는 더 화가 나서 혜리에게 더 야단을 쳤다.

"여보 고만고만. 공부하고 늦게 온 아이를 잘해 주어야지 혼만 내면 어쩌나?"

 혜리 아버지는 『어쩌나?』를 리드미컬한 음성으로 농담같이 말했다. 아버지가 역성들어 주니까 혜리는 그만 눈물이 나왔다.

"흐흐흐. 나, 학교 안 다닐 테야."
"에이, 우리 공주님 화나셨네. 좋아, 좋아. 공부도 하고 남학생과 문자 메시지도 주고받고 다 괜찮아요. 자 어서어서 닦고 뭐 먹고 자요."
"대학을 좋은 데 들어가면 잘생기고 장래가 총망한 애들이 줄줄이 따라다닌다고."
"여보 고만. 우리 공주님이 남학생들에게 인기가 있으면 좋지, 남학생들이 하나도 쳐다보지 않으면 여학생 축에 드나 뭐? 공주님, 그치?"

혜리는 그 틈을 타 화난 엄마 앞에서 벗어나 보려고 얼른 일어나 화장실로 들어가 세수하고 발도 닦고 방으로 들어갔다. 혜리 아버지는 체격도 크고 술도 잘 마시고 농담도 잘하고 넉넉한 마음씨로 직장에서도 주름 잡는 사람이었다. 혜리가 외동딸이라 초등학교 때는 업어준 적도 많았다. 중학교에 들어가서야 무겁다고 업어주지 않았다.

혜리 아빠는 엄마에게도 매우 다정해 혜리가 보는 앞에서 엄마가 주방에서 일하면 허리를 안고 한 바퀴 돌리고 놓아주었다. 까끌까끌 수염 난 얼굴을 비비려고 하면 커다란 계집애 보는데 하고 얼굴을 살래살래 저어 혜리가 보고 깔깔깔 웃으면 "저거 봐. 공주님도 좋아하지." 하면서 기어코 엄마의 뺨에 마구 비벼 엄마가 아야, 아야 비명을 질러야 놓아주었다. 혜리는 아빠가 엄마에게 다정하게 하면 속으로 부러운 생각이 들었다. 초등학교 때는 몰랐지만 고등학생이 되니 아빠와 같이 잘생긴 남자와 나도 저렇게 해 보았으면 하고 은근슬쩍 마음속에 환상이 일어나기도 했다. 혜리 엄마는 그것으로 끝난 것이 아니고 정식의 핸드폰 번호를 외워두었다가 정식에게 엄마의 친구인 척하고 집 전화번호를 물어봤다. 정식은 엄마의 고등학교 동창이란 말에 집 전화번호를 가르쳐 주었다. 혜리 엄마는 정식 어머니에게 전화를 걸었다.

"안녕하세요? 정식이가 공부를 잘하니 얼마나 기쁘세요?"

"누구신가요?"

"김혜리 엄마예요."

"그러시군요. 혜리도 공부를 잘한다던데요."

"그렇지 못해요. 우리 아이 핸드폰을 어쩌다 보니까 정식이와 연락한 것이 많더라구요."

"그래요? 나는 처음 듣는 말이네요."

피지도 못한 꽃 175

"정식이도 공부 잘하고 좋은데, 지금은 서로 공부 열심히 해 괜찮은 대학을 들어가야지요."

"그럼요. 그렇구말구요."

"정식이한테 나중에 좋은 대학에 들어간 후 서로 연락하고 지내도 좋다고 하세요."

"우리 정식이도 큰 걱정이에요. 잘 알았습니다."

정식이 어머니는 가슴이 터지게 화가 났다. 마치 자기 아들이 부족해서 거절 전화를 받은 것같이 생각되었다. 정말 일류대학에 들어가기만 하면 환경 좋고 미모의 여학생들이 줄줄이 따라오리란 생각이 들어 하루 종일 화가 가라앉질 않아 먹은 음식이 소화도 되지 않는 것 같았다.

정식이가 학교에서 놀아오면 화풀이를 단단히 하려고 별렀다. 정식이 밤늦게 학원에서 돌아와 현관문을 들어서자마자 "야, 이리 와 앉아봐." 하고 소리를 질렀다. 금방 퇴근해 TV 앞에 앉아 뉴스를 보던 정식이 아버지까지 놀래 엄마를 쳐다보았다.

"엄마, 왜? 죽어라고 공부하고 온 아들한테."

"빨랑 와 앉아."

정식이 책가방을 벗어 던지고 지친 듯 철석 소파에 걸터앉았다.

"너, 김혜리가 누구야?"

"초등학교 때 같은 반 아이였고 지금 옆 반이야."

"너 때문에 공부를 못 하겠다는 거야."

"걔가?"

"걔 엄마한테 전화 왔어."

"웃기고 있네. 나는 걔가 별로야. 문제를 물어보고 해서 대답해 준 거지."

정식도 엄마 아버지 앞에서 제가 한 짓을 모두 감추고 적당히 말해 부모를 안심시키려고 했다.

"걔 엄마, 무식하더라고. 일류대학을 가야 하고 어쩌고. 너 걔하고 당장 끊어."

"내가 먼저 전화한 적 없어."

"네가 전화하고 메시지 보내고 공부할 틈이 없다는 거야."

"나는 그런 일 없어. 질문하면 가르쳐 준 거지. 걔 엉망인 애야."

"딱 끊어버려. 그런 애하고 사귀면 망신만 당한다."

정식은 그 말을 듣고 혜리가 정말 괘씸했다. 싫으면 메시지 넣으면 그만인데 엄마를 통해서 우리 엄마에게까지 알리고 정말 못 믿을 아이 같았다. 아마 다른 애하고 새로 사귀려고 자기를 골탕 먹이는 것 같았다.

정말 금방 전화를 걸어 욕을 해 주고 싶었다. 그러나 걔 엄마까지 나서서 그랬다니까 조용히 마음을 접어두기로 하고, 반대로 더 크게 골탕 먹일 일이 없을까 생각했다. 정식은 너무나 화가 나 잠도 잘 오지 않았다. 아! 그런 땐 천석이를 통해서 일을 해봐야겠다는 생각이 났다. 천석은 공부는 못해도 그런 데는 머리가 천재같이 돌아가니까. 회심의 미소를 짓고 잠을 잤다. 그리고 다음 날 학교에 가 천석과 쉬는 시간에 통화를 했다.

"천석아. 혜리가 나 때문에 공부도 못 하고 골치 아프다고 말하고 다닌대."

"뭐? 너를 좋아한다고 할 때는 언제고. 그거 싸가지가 없는데."

"기가 막힌다. 야."

"네가 먼저 선수 치는 거야."

"뭐라고?"

"네가 혜리 보이콧시켰다고 말해."

"좋아. 그런데 누구한테 말하지."

"내가 아이들한테 말할게."

"더러워서 정말. 네가 날 도와주라."

"야, 넌 조용히 하고 있어. 혜리가 뭐라고 해도 아무 말 하지 마."

"알았다. 언제 피자나 먹자."

천석은 그길로 까부는 아이들을 모아 정식이가 혜리하고 놀다가 보이콧시켰다고 떠들어 댔다. 아이들은 큰일이나 만난 양 반에 들어가 들은 대로 마구 떠들었다. 혜리도 금방 들었다. 그리고 혜리를 보고 『정식이 보이콧』하고 놀려댔다. 혜리는 얼굴을 들 수가 없었다. 눈물이 나왔다. 정식이가 아이들을 통해서 자기를 그렇게 곤란하게 할 줄을 꿈에도 몰랐다. 혜리는 어제까지 정식이와 잘 지냈고 서로 메시지를 열 번도 더 교환했는데 갑자기 이렇게 돌아가니 정식이가 벼락이라도 맞았으면 좋겠다는 생각이 들었다. 집에 가다 넘어져 다리가 부러졌으면 좋겠다는 생각도 들었고 마음속이 화가 부글부글 끓어 어떻게 할 수가 없었다. 하도 아이들이 못살게 놀리고 여자아이들까지 이상하게 보았다. 혜리는 담임선생님에게 말했다.

"복통이 심해서 집에 가고 싶어요."

"양호 선생님한테 처방을 받아 약을 먹어봐라."

"병원에 가보고 싶어요."

아무 눈치를 모르는 선생님은 혜리가 눈이 충혈되고 운 표시가 나니 집에 가라고 허락해 줬다. 집에 도착한 혜리는 소리 내 울면서 엄마를 보고도 본척만척하고 방으로 들어가 문을 걸고 침대에 쓰러져 마구 울었다. 혜리 엄마는 어제 일이 생각났지만 혹시 그 일과 관계가 있나, 다른 일이 생겼나 싶어 혜리 방문을 열어보니 잠겨있었다. 아무리 불러도 대답도 하지 않고 우는 소리만 났다. 혜리 엄마는 마음을 졸이다가 겨우 저녁 먹을 때쯤 방문이 열리는 것을 보았다. 혜리가 화장실에 가려고 문을 열고 나왔다. 화장실에서 나온 혜리를 잡고 다정하게 물어보았다. 학생들 사이에 정식이가 혜리를 보이콧시켰다는 소문이 돌아 놀려서 학교에 가기 싫다고 했다. 혜리 엄마는 기분은 좀 상했지만 그런 일은 옛날 자기가 학교 다닐 때도 많이 있었던 일이라 대수롭지 않게 생각했다. 그때는 여학생이 남학생을 보이콧시켜 남학생이 죽는다고 해 가끔 시끄러운 사건이 일어나기도 했었다. 혜리 엄마도 못생긴 남학생이 죽으라고 쫓아다녀서 떼느라고 애를 먹은 기억이 있어 웃음이 나기도 했다.

다음 날 문제가 생겼다. 정말 혜리가 학교를 안 가겠다고 문을 잠그고 나오지 않아 할 수 없이 결석하고 말았다. 내일이면 가겠지 하고 놔두면 다음 날도 학교 갈 생각을 하지 않았다. 학교에서 전화가 왔다. 갑자기 곤란한 처지가 된 혜리 엄마는 솔직히 말할 수가 없어서 뱃속이 괜찮게 되면 갈 거라고 대답했다.

아빠와 상의를 해도 별 소용이 없었다.

"다른 방법을 생각해 봐요."

"어떤 방법?"

"당신 같으면 애들이 놀리는데 다닐 수 있어?"

"어떻게 해. 내가 말라 죽겠네."

"이사 간다고 하고 주민등록을 옮기면 돼요."

"그리고 어떻게?"

"당신 서울 사람 아닌 것 같아. 전학서를 떼는 거지."

"어디다 올리지?"

"왜 이래. 치매가 오는가 봐. 영숙이네 집에 올려."

"영등포 고모네는 너무 멀어. 어떻게 다녀?"

"그건 당신 생각이고. 혜리한테 물어봐. 당장 그렇게 한다고 하지."

"그럼 왔다 갔다 시간 다 허비하고 언제 공부해."

피지도 못한 꽃　179

"그래도 학교 안 다니는 것보다 훨씬 낫지."
"아이고 나, 죽고 말 테야. 다른 애들은 별별 짓을 다 하며 공부하는데."
"제 운명대로 사는 거야."
정말 남편 생각이 나은 것 같아 혜리에게 물어보니까 얼른 그렇게 하라고 하며 웃기까지 했다. 고모에게 전화를 걸어 주소를 물어보니 "올케, 왜 갑자기 호구조사를 해요?" 하고 웃으며 물었다.
"학교에서 짓궂은 학생이 혜리를 괴롭혀서 전학을 가려고 해요." 하고 애써 변명했다.
"학교에 연락해 혼내줘요."
"남의 애 상처 줄 거 없어요. 고모네 집에 동거인으로 올리면 다 되는데."
동사무소에 가서 이사를 간다 하고 주소를 옮겼다. 옮긴 주민등록표를 떼서 학교 담임선생님을 만나 갑자기 이사를 가게 되었다고 하고 재학증명서를 받았다. 고모네 근방의 학교로 전학을 시켰다. 혜리는 시키지 않아도 학교가 머니까 일찍 일어나 전철을 타고 또 버스를 갈아타면서도 학교에 찍소리 없이 잘 다녔다. 여름 방학이 되었다. 혜리는 제 반 친구들하고 며칠간 캠핑을 간다고 엄마에게 말했다. 그래서 엄마는 혜리가 새 학교에도 잘 적응해 다녀 안심이 되었고 친구들끼리 어울리는 것도 괜찮게 생각되어 뱀과 모기를 조심하라고 주의만 주고 허락을 해줬다.
실은 남학생 3명과 여학생 3명이 같이 가기로 했다. 혜리가 새로 전학 간 학교는 여학교였다. 혜리가 전학을 가자 좀 까부는 아이들이 혜리에게 접근해 왔다. 혜리도 키가 170cm가 넘어 큰 편에 속했다. 그 아이들에게 꿀릴 게 없었고 공부도 상위권이니까 아주 당당하게 대해줬다. 상대 아이들은 학업성적은 혜리만 못했지만 서글서글한 혜리의 성격에 호감을 가져 금방 서로 친구가 되었다. 처음에는 여자아이들끼리만 캠핑을 가기로 했으나 남자아이들이 끼는 것이 좋을 거라는 제의를 하는 애가 있었다. 밤에 잘 때 여자들끼리만 있으면 남자아이들이 괴롭히고 귀찮게 굴면 곤란하다고 말했다. 그래서 남학생들하고 같이 가기로 했다. 그 아이들은 모두 남자 친구가 있었고 혜리만 남자 친구가 없었다.

"혜리야, 넌 공부도 잘하는 데 왜 남자 친구가 없냐?"

"우리 엄마는 너무 심하게 굴어 남자 친구를 사귈 수가 없어." 하고 천연덕스럽게 거짓말을 했다.

"야, 너희 엄마 주워 온 엄마 아냐?"

"야야, 우리 엄마 진짜 엄마다."

"야, 너희 엄마 중종 때 사람 같다."

"야, 왜 우리 엄마가 조선조 때 사람 같냐?"

"그때는 남자와 여자가 서로 얼굴도 못 볼 때래."

"그래도 그렇지. 우리 엄마는 내가 하고 싶다는 것 다 해줘."

"우리 할머니는 우리 할아버지에게 시집오는데 얼굴도 못 보고 시집와서 1년 동안 얼굴을 잘 알지도 못했대."

"하하하. 호호호."

"어떻게 그런 일이 있을 수 있니?"

"지금은 상상도 못 하지만 그때는 그렇게 했대. 소위 양반집이고 우리 할머니가 할아버지보다 3세나 더 먹었고 결혼식을 하고 할아버지는 신방만 차리고 집으로 돌아가고 할머니는 친정에서 1년을 더 살다가 시부모와 남편이 있는 곳으로 왔다는 거야."

"야, 우리가 좋은 때 태어났다. 지금도 그랬으면 얼마나 답답하겠냐?"

"얼굴도 못 본 사람에게 어떻게 시집을 가냐? 교제도 안 해보고!"

"곰보면 어떻게 하냐?"

"곰보가 어디 있어?"

"100년 전에는 곰보가 많았대."
"지금은 나면 바로 예방주사를 맞아서 곰보가 없어졌지."
"나영아, 네가 남자 친구한테 잘생긴 남자 하나 데리고 오라고 해."
"그래, 혜리도 짝이 있어야지."
"혜리가 키가 크니까 남학생도 커야겠다."
"뭐 괜찮아. 캠핑만 같이 하는 건데."
"그래도 같은 값이면 다홍치마라고."
"호호호."

다른 애들도 거들며 말했다.

혜리는 속으로 정식이 같은 애를 또 만날까 걱정했다. 공부는 잘한다고 하지만 마음은 졸장부 같고 체격도 작고 잘 따지고 생각하기도 싫은 아이였다. 그런데 무엇 때문에 문자를 서로 주고받았는지 알 수가 없다. 새로운 남자 친구가 머릿속에 그려지자 마음이 설렜다.

가지고 갈 장비 등을 상의하려고 잘 아는 피자집을 지정해 모였다. 서로 자기 남자 친구를 소개했다. 혜리의 짝이 된 남학생은 키가 180cm 정도 되어 보이고 여드름이 얼굴에 가득하며 어깨가 떡 벌어진 게 꼭 운동선수 같았다. 소개하는 대로 서로 자기 이름을 말하고 "안녕, 안녕." 인사를 나누고 피자도 시켜 먹으며 장소를 상의했다. 제각기 자기주장을 했다. 바다로 가 수영도 하고 멋지게 놀자는 아이와 산으로 가 호연지기浩然之氣를 맛보며 조용하게 지내다 오자는 아이 등등 의견의 일치를 볼 수가 없었다. 남자아이들은 모두 바다를 좋아했고 여자들은 모두 산이 좋다고 했다. 몸이 좀 뚱뚱하고 다리통이 유난히 굵은 나영이는 바다로 가면 자기는 포기하겠다고까지 말했다. 그래서 혜리가 나서서 조정을 했다. 우선 산으로 가 등산도 하고 놀다가 여유가 생기면 바다도 한번 구경하자고 말했다. 수영이 싫다는 나영은 물에는 절대 들어가지 않겠다고 약속을 하면 가겠다고 했다. 그래서 혜리가 대신 그렇게 하라고 대답했다. 혜리는 세 여학생 중에 제일 키도 크고 몸매도 좋아 속으로 바다에 가도 자신이 있어서 웃음이 나왔다. 그래서 장소는 캠핑 안내 잡지를 보고 평소에 많이 들었던 강원도 평창의 진부 지방 산골짝으로 정하고 날짜까지 잡았다. 그곳은 강릉이 가까워 산에서 내려와 버스를 타면 곧장 강릉 경포대 해수욕장에 쉽게 가볼 수도 있기 때문이었다. 그날 비가 오지 않기만 빌었다. 모두가 들뜬 마음으로 장비를 준비했다. 남자아이들은 텐트를 책임지기로 했고 밥해 먹는 코펠, 손전등과 각종 캠핑 도구를 체크하며 모두 준비했다.

떠나던 날 남학생들은 무겁게 느껴지도록 한 짐씩을 지고 혜리 짝 만선은 기타까지 가지고 왔다. 여자아이들도 속옷과 준비물을 배낭에 넣고, 울긋불긋 등산복을 입고 끈 달린 모자를 깊이 눌러쓰고 인천 시외버스터미널에서 평창까지 가는 버스를 탔다. 혜리는 멋진 수영복까지 준비해 배낭 깊은 곳에 넣어 갔다. 평창은 겨울이면 스키를 타는 사람으로 초만원을 이루고 여름에도 산야가 조금 평평한 곳은 등산객 텐트가 넘쳐나는 곳이다. 진부는 사람들이 넘치기 때문에 다니기도 불편할 정도였다. 만선은 공부는 안 하고 기타만 쳤는지 보통을 넘는 솜씨를 보였고 걸터앉을 장소만 있으면 기타를 치고 흥겨워했다. 모두 기타 반주에 맞추어 노래를 부르니 지나가던 사람들이 쳐다보고 헤죽헤죽 웃기까지 했다. 혜리 일행은 많은 사람들의 시선을 받으니 날아가는 기분이 되었다. 캠핑 장소도 물어볼 것도 없었다. 산을 향해 가는 사람들의 뒤를 따라가기만 해도 됐다. 가다가 냇물 좋고 평평한 장소가 나오면 짐을 풀고 텐트만 치면 고만이었다.

혜리 일행은 더 깊은 속으로 들어가 깨끗한 장소를 찾으려고 전진했다. 근사한 장소라고 생각되는 곳에 자리를 잡고 노래를 부르며 텐트를 가설하고 있었는데, 옆에 빈 장소가 많아 그곳에 다른 사람들도 짐을 풀고 텐트를 설치했다. 버너를 꺼내 시험해 보고 쌀을 퍼내 맑은 시냇물에 닦아 밥을 짓고 여섯 사람이 힘을 합쳐 일을 하니 척척 잘 돌아갔다. 장차 이렇게 합동으로 살아도 될 것 같았다. 잠시 후 코펠에서 김이 퍼지자 구수한 밥 냄새가 나고 이웃 텐트 사람들도 분주하게 움직였다. 한편에 자리를 펴놓고 가지고 온 반찬을 놓고 둘러앉아 저녁밥을 먹었다. 정말 밥맛이 꿀맛 같았다. 설거지는 두 사람씩 맡아 하기로 했다. 그러고는 냇가에 발도 닦고 세수도 하고 푸른 숲속에서 기타를 치며 노래를 부르니 옛날 무릉도원에 살았던 신선들이 하나도 부러울 것이 없었다.

다른 텐트 사람들도 저녁을 먹은 후 혜리 일행과 같이 노래를 따라 부르니 정말로 하모니가 잘되고 산골짝에 큰 잔치가 난 것처럼 시끌벅적했다. 밤이 깊어 텐트 속으로 들어가니 풀벌레들이 『너희들만 노래할 줄 아냐? 우리들도 너희들처럼 합창대를 만들었다.』라는 듯 밤이 새도록 노래를 했다.

남자는 남자끼리 여자는 여자끼리 잠자리에 들었다. 낮부터 하도 말을 많이 하고 노래를 불러 더는 할 말이 없었는지 모두 풀벌레들의 합창을 들으며 어느새 잠이 들었다. 아침이 되었다. 옆 텐트에서 사람 소리가 나 일어났다. 옆 텐트 사람들과 서로 목례를 나누고 흐르는 물에 세수하고 밥을 지어 어제저녁 때처럼 먹었다. 그러곤 산에 더 올라가 보기로 했다. 텐트를 정리해 다시 배낭을 메고 둘씩 짝이 되어 손을 잡고 올라갔다. 혜리는 만선과 일행의 뒤에서 따라갔고 손을 잡지 않고 올라갔다. 만난 지가 얼마 안 돼 손을 잡기가 서먹서먹했다. 만선은 혜리가 몸을 비틀기만 해도 잡아주려고 했고 혜리 뒤만 따라왔다. 정말 기분이 상쾌했다. 지긋지긋한 공부는 왜 해야 되는지 알 수가 없었다. 마치 아이들을 고생시키려고 어른들이 억지로 공부하라고 하는 것 같았다. 이렇게 맘에 맞는 친구들끼리 모여 재미있게 놀이만 하며 사는 곳은 없을까? 하는 생각이 나기도 했다. 좋은 옷을 입고 먹고 놀고 노래하고 살았던 선녀들은 어디에서 살았을까? 처음 느껴보는 심정을 어떻게 말로는 표현할 수가 없었다. 그런 생각을 하니 저절로 노래가 나오고 몇 날 며칠이고 무진장 지내고 싶었다. 이런 곳에서 살면 정말로 걱정이 하나도 없을 것 같았다.

온 산이 푸르고 매미들이 나무마다 모여 합창하고, 하얀 솜털 같은 구름이 드문드문 한가롭게 떠가고 백로들이 심심하다는 듯 여기저기를 둘러보며 날아다니니, 마치 천사들이 사는 곳 같았다. 도시 속에서 종일토록 자동차 소리로 귀청이 멍멍했고 넓은 도로에서는 자동차들이 서로 경주나 하듯 쏜살같이 달렸다. 공연히 바빠 허둥대고 건널목을 만나면 옆을 볼 사이도 없이 신호등이 걸음을 재촉하는 소리에 뛰다시피 건너가도 시간이 모자라 밀려있는 자동차들의 경적을 들었다. 그런 곳을 벗어나 숲속에 있으니 정말 좋았다. 『사람들아! 제발 배가 터지도록 마셔라.』라는 듯 내뿜던 자동차 가스를 안 마시니 정신이 맑아지는 것도 같았다. 허공을 보며 긴 호흡을 들이마시니 뱃속까지 시원한 느낌이 들었다. 돈을 많이 벌어 이런 곳에 아담한 집을 지어놓고 어려울 때 와서 쉬었으면 좋겠다는 생각이 들기도 했다. 혜리가 이런 생각을 하며 올라가다 돌부리에 넘어지고 말았다. 만선이 놀랐다는 듯 『아이코!』하며 혜리의 손을 잡아 일으켰다.

"안 다쳤냐?"

"괜찮아."

혜리는 웃음을 띠고 만선의 얼굴을 올려다보며 일어났다. 만선은 혜리의 손을 잡은 채 놓으려 하지 않았다. 만선의 손은 솥뚜껑만 했고 거칠거칠했다. 그런데 그것을 뿌리치기보다는 뭔가 좋은 물건을 잡은 것 같은 마음이 혜리의 가슴을 쳤다. 그래서 잡힌 채 그냥 올라갔다. 만선은 말없이 따라만 오다가 무엇에 신이 났는지 자기 학교를 소개도 하고 기타동아리가 있어 거기서 지도를 받아 기타를 배웠다고 얘기를 꺼냈다. 혜리가 참 잘 친다고 칭찬을 해주니 만선은 기가 나서 정신없이 얘기했다. 그렇게 가다 보니 일행과 조금 거리가 생겼다. 혜리가 말했다.

"빨리빨리 따라가자."

"저희끼리 가게 내버려둬."

"같이 와서 떨어지면 우리에게 욕하고 서로 마음이 상하지."

혜리는 단둘이 있는 것이 싫지는 않았으나 일행을 따라가고 싶은 생각이 많았다. 만선의 학교생활 내용을 잘 알지도 못하고 궁금한 것이 많았다.

징식이보다 외모는 월등했지만 속마음은 알 수가 없었다. 정식에게 너무나 큰 상처를 받아 이제는 잘 생각해서 남자 친구를 골라야겠다는 마음이 앞섰다. 고개를 들고 쳐다보니 앞에 가던 아이들이 서서 땀을 닦으며 빨리 오라는 듯 손을 흔들고 있었다. 그래서 마주 손을 흔들며 빠른 걸음으로 올라갔다. 혜리는 수건으로 얼굴을 닦으며 갔으나 만선은 땀이 얼굴에서 흘러 턱에서 뚝뚝 떨어졌고 눈으로도 들어갔는지 가끔 손등으로 눈을 비볐다. 그래서 혜리는 자기 수건을 주며 땀을 닦으라고 했다. 만선은 수건을 받자마자 얼굴을 훔치고 목덜미까지 모조리 닦았다. 그러곤 수건을 줄 생각도 않고 자기가 계속 사용했다. 이번에는 혜리의 얼굴이 땀범벅이 되었고 얼굴이 홍당무같이 빨갛게 익었다. 혜리의 얼굴을 본 만선은 그제야 웃음을 띠고 수건을 돌려주었다. 혜리는 그 수건을 받아 들고 얼굴을 닦고 싶은 맘은 없었지만 눈에 땀이 들어가 아리고 입으로도 들어가 짠맛이 나 할 수 없이 얼굴을 닦았다. 만선의 땀 냄새가 물씬 났다. 그런데 역겹지도 않고 그 냄새가 더럽다는 생각이 나질 않았다. 다른 여자아이들의 땀에 젖은 수건이라 해도 맘속으로 께름칙했을 텐데 더구나 하루 동안 본 남자아이의 땀을 닦은 수건을 같이 사용해도 별로 더럽다는 생각이 안 드니 별일이었다. 혜리는 맘이 왜 이러는지 도무지 알 수가 없었다. 만선이가 공부만 잘한다면 좋겠다는 생각으로 머릿속이 가득 찼다.

만선이 다니는 고등학교는 영등포에서 전통이 오래된 학교였다. 그래서 남녀공학이 아니었다. 만선이 새로 생긴 학교는 남녀공학이 많은데 그런 학교는 딱딱하고 거친 남자아이들만 있는 학교보다 분위기가 좋을 것 같다는 얘기를 꺼냈다. 혜리는 자기 학교도 여학교로 그런 것은 잘 모르겠다고 대답했다. 왜냐하면 혜리는 남녀공학을 다니다 전학을 했으므로 좋을 것도 없다는 것을 알았지만, 만선에게 사실을 말할 수가 없어 얼버무리고 말았다. 사춘기를 지나면 남녀 간에는 서로 이성을 그리는 감정이 마음속에 늘 잠재되어 있어 자기 맘에 넘치는 이상형을 그려보고 만나기를 은근히 기대하고 있는 것이다. 만선은 남녀 학생들 사이에서 성적이 나쁘면 창피하니까 시키지 않아도 공부를 열심히 하고 서로 경쟁도 하고 따라서 실력도 향상되고 괜찮을 거라며 그런 방향으로 말을 많이 했다. 혜리는 그런 점도 다소 있기는 할 것 같다고 동의하는 척했다. 그러나 공부 잘하는 아이들 몇몇은 그런 장점으로 발전할 수도 있지만 실지로 공부를 잘하는 아이들보다는 못하는 아이들이 많았다. 뒤처지는 아이들이 공부를 잘 못하는 것이 여학생들에게 알려질까 봐 마음이 불편한 생활을 한다면 잘된 제도라고도 할 수 없다는 생각이 들기도 했다. 공부를 잘해야만 사회생활을 잘하는 것은 아니다. 사람은 제각기 타고난 재능이 있다. 그것을 일찍 발견하고 알아차린 사람은 자기만의 길을 잘 개척해 그 방향에서 성공하여 남부럽지 않게 생활한다. 최고의 지성인이 되기도 하고 예술가가 되기도 하고 남이 따라갈 수 없는 기술자가 되기도 한다. 남 보기에 하찮게 보이는 직업도 남다른 애착을 가지고 성실하게 일해, 중년이 지나서 아주 풍족하게 지내고 땀 흘려 얻은 것을 아깝다는 생각 없이, 순수한 마음으로 나누어 어려운 처지의 사람들을 돕기까지 해 다른 사람들의 시선을 받는 사람도 많다.

혜리는 정신적으로 매우 조숙해 마음속에서 일어나는 사고가 어른을 능가할 정도였다. 공부하는 틈틈이 책을 많이 읽어 보통 아이들보다 판단력이 훨씬 앞서 있었다. 그런데 이성을 생각하는 마음은 그 나이 또래의 생각을 벗어나질 못하고 그저 천진스럽기만 했다. 마음에 맞는 남자아이와 서로 교제하며 공부한다면 더 공부도 잘될 것 같았다. 앞서가던 아이들을 따라가 6명이 다 모였다. 그중에 남자아이 하나가 말했다.

"야, 만선아. 너희끼리만 놀 거야?"

"아, 아니야. 혜리가 넘어지고 걸음을 못 걸어서 그래."

"이 엉아가 관상을 보면 다 안다."

"하하하. 호호호."

모두 유쾌한 웃음보가 터졌다.

"그럼 혜리가 빼려고 그랬구나!"

"나는 더우면 걸음을 잘 못 걸어서 그래."

"그래, 어떤 변명도 다 좋다. 두 번 변명하면 안 통한다."

"하하하. 호호호."

어색했던 분위기를 바꿔보려고 만선이 기타 줄을 딩-딩-딩딩- 치며 노래를 선창하니 모두 다 따라 불렀다. 혜리도 목청을 다해 노래를 불렀다. 갑자기 산골짜기 노랫소리로 가득 차 메아리가 되어 돌아왔다.

노래를 부르다 보니 어느덧 점심때가 되었다. 길옆 골짝에서 맑은 시냇물이 콸콸 흐르는 곳이 있었다. 그곳에 버너를 꺼내놓고 밥을 해 점심을 먹었다. 세수도 하고 열이 나 불덩이 같은 발도 닦고 물싸움도 하고 해가 지도록 놀다가 텐트 칠 장소를 만들고 텐트를 가설했다. 물싸움에 옷이 흠뻑 젖은 진원이는 젖은 옷을 그대로 입고 있어도 오히려 그게 시원해 보이고 좋았다. 성격이 털털한 진원은 무슨 큰 아이디어라도 생각해 낸 듯 큰 소리로 외쳤다.

"야, 우리들이 한국의 유목민이다."

"맞아. 이렇게 옮겨 다니며 살면 유목민이지."

"아니야, 소, 말, 양 같은 짐승이 있어야 유목민이지, 이건 떠돌이야."

"하하하. 호호호."

"떠돌이! 떠돌이! 이건 좀 심하다. 우린 캠핑을 즐기는 거지."

"유목민도 좋고, 떠돌이도 좋다. 재미가 있으면 그만이지."

"맞아. 우리같이 재미있게 노는 사람들 있나 봐."

"우리가 최고다. 공부하다 머리 아프면 캠핑이나 다녔으면 좋겠다."

"맞아. 신라 화랑도들은 전국을 누비며 놀기만 했대."

"그럼, 우리들도 현대 화랑도가 되는 거야."

"화랑도 되려면 귀찮은 게 더 많다."

"뭐가 많아. 잘 먹고 전국을 떠돌아다니며 노는 건데."

"그건 잘못 안 거야. 진짜 화랑도는 원광법사의 세속오계世俗五戒를 교육이념으로 삼고 지켜야 했는데 『사군이충事君以忠, 사친이효事親以孝, 교우이신交友以信, 임전무퇴臨戰無退, 살생유택殺生有擇』이 다섯 가지 내용을 보면, 충성으로 임금을 섬기고, 효도로 부모를 공경하고, 친구를 사귈 때에는 신의가 있어야 하며, 전장에 나가서는 물러가지 말고, 짐승을 죽일 때는 때와 장소를 가려라.』라는 엄격한 율법을 거울삼고 강력한 심신 단련도 시켜서 실지로 친구를 위해 목숨을 바친 낭도郎徒도 있었고, 어린 나이로 전장에 나가 목숨을 바쳐 나라를 구한 관창 같은 사람도 화랑도 속에서 나왔다는 거야."

"야, 선주는 국사 선생님이다. 박수."

짝짝짝. 모두 호들갑을 떨며 박수도 치고 떠들었다. 그렇게 재미있게 날을 보내니 금방 일주일이 지나갔다. 지척에 있는 동해안 경포대를 안 가볼 수가 없어서 버스를 타고 해변에 도착해 보니 정말 좋았다. 산에 있는 것보다 좋은 게 또 있었다. 쪽빛보다 더 파란 바다가 정말 아름다웠고 끝없는 수평선이 가슴을 확 열어주는 것 같았다. 이렇게 맑고 푸른 바다를 보며 사는 강릉 사람들이 진짜 부러웠다. 이런 곳에서 사시사철 살면 얼마나 좋을까 하는 생각이 머리를 지배했다. 마음 같아선 방학 한 달 동안 다 여기서 놀며 보냈으면 좋겠다는 생각이 들기도 했다. 쾌속 보트도 타보고 고속으로 달리는 기구도 타보고 바다 멀리까지 수영도 해보고 싶었다. 그러나 준비해 간 것들이 떨어져 더는 있을 수가 없었다.

떠나기가 너무나 아쉬워서 벌거벗은 청춘 남녀들 속을 헤치고 다니며 마음을 달래보려 했지만 발길이 영 떨어지질 않았다. 밤이 되면 명가수들이 출연하는 큰 쇼가 있다고 가설극장 스피커에서 선전을 했고 빠른 템포의 노래가 고성으로 흘러나와 귀가 멍멍했고 혼이 나갈 정도였다. 만선은 쇼에 나가 기타를 치고 노래도 하고 싶었다. 그러나 차비만 남고 점심값도 없어 일행이 점심도 굶고 수도꼭지에서 물만 받아먹었다. 그래도 발길이 안 떨어져 파라솔 틈을 지나 해변만 왔다 갔다 하다가 다음 방학 땐 더 멋지게 놀자고 다짐하며 돌아왔다.

집에 돌아와 며칠이 지났는데도 책상에 앉아 공부하려면, 만선은 하루 종일 혜리가 머릿속에서 맴돌았다. 꿈속에서까지 나타나 다정하게 부르기도 하고 쫓아가고 따라가다가 넘어져 일으키려 하는데 소변이 마려워 꿈이 깨 아쉬움에 몸을 가눌 수조차 없었다. 침이 말라 목소리도 나오지 않았다. 혜리도 만선이 그림자처럼 영상이 어른거려 공부하는 데 방해가 되었다. 이심전심이라고 서로 무엇이 통하는지 그럴 땐 만선이 먼저 메시지를 보냈다. 혜리도 꼭꼭 답장을 보냈다. 혜리는 먼저 엄마에게 들켜

야단맞은 경험이 있어 핸드폰에서 만선의 메시지가 오는 대로 보고 지워 버렸다. 혜리는 만선의 학교생활이 제일 궁금했다. 관심 없는 척하며 얘기를 꺼내보기도 했다. 다른 애들을 통해서 공부는 중간쯤 하고, 친구가 아주 많다는 소식을 듣기도 했다. 혜리는 마음속에서 만선을 지울 수가 없었다. 잊어버리고 공부를 시작하려면 떠올라 공부가 되지 않아 책만 펴놓고 있는 때가 많았다. 머리를 마구 흔들고 긁어보기도 했다. 그래도 메시지는 먼저 보내지 않았다. 혜리는 엄마가 문밖에서 메시지 도착 신호를 듣고 있지나 않나 하고 엄마의 발짝 소리에 신경을 쓰는 때도 많았다. 아쉬운 방학이 끝나고 개학이 되었다. 어느 날 밤 학원에서 나와 전철을 타려고 가는데 남자아이들 서너 명이 뒤에서 이야기를 하며 따라와 신경이 좀 쓰였다. 컴컴한 곳에서 갑자기 한 아이가 길을 막았다.

"야. 왜 그래?"

"이야기 좀 하자."

"안 돼. 난 빨리 가야 해."

"뭐, 그럴 거 없어, 알고 지내면 서로 좋은 친구가 되는 거야."

"오늘은 안 돼. 볼일이 많아."

"우리는 너를 잘 안다고, 학원에서 많이 봤다고."

다른 애들도 혜리를 둘러싸고 비켜주지를 않았다.

"너희들 이렇게 방해하면 소리 지를 거야."

"야, 우리가 도둑인 줄 알아? 똑같은 학생이야."

"다음에 밝은 데서 말해."

"너 우리를 우습게 보나 본데 나도 공부 잘해."

"비켜, 빨리 가야 하니까."

그런데 비켜줄 생각도 안 했다. 그때 갑자기 어둠 속에서 사람이 나타났다.

"너희들 뭐 하는 짜식들이야. 안 비켜."

아이들이 주춤주춤하더니 모두 달아나 버렸다. 목소릴 듣고 단번에 만선이라는 것을 알았다.

"어, 만선아. 네 덕에 살았다."

"혜리야, 놀랬지. 나쁜 자식들."

"어떻게 여기 왔어?"

"나도 저쪽 건물 학원에서 공부한다고."

"어린 것들한테 고생할 뻔했네."

"다음에 또 까부는 아이들 있으면 불러. 달려올 거니까."

"알았어. 오늘은 늦었으니까 갈게, 안녕."

"응, 토요일 오후 여기서 얘기하자."

"안녕."

혜리는 정말 만선이 멋진 아이라고 생각했다. 체격도 크고 힘도 셌다. 아이들이 말만 듣고 달아나는 걸 보니 더 믿음직했다. 만선은 혜리의 마음을 확실히 사기 위해 늘 고심했다. 그러나 혜리가 문자메시지의 응답은 잘하지만 표현은 그저 그랬고 먼저 보낸 적은 한 번도 없었다. 만선은 친구들에게 혜리라는 애를 잡고 싶다고 얘기하니까 어느 아이가 지금처럼 연극을 하면 된다고 말했다. 그래서 만선이 친구들과 같이 멀찍이 혜리의 뒤를 따라다니다가 혜리가 학원에 들어가는 것을 보고 기다렸다 나올 때 시비를 하려는 것처럼 했고 만선이 나타나 혼내주는 척했다. 혜리가 그 작전을 알 턱이 없었고 만선을 정말 좋아하게 되었다. 약속한 토요일 날이 왔다. 혜리는 담임선생님에게 어머니와 함께 볼일이 있다고 하고 방과 후 보충수업을 빼먹고 약속 장소에 가니 만선이 기다리고 있었다. 두 사람은 전철을 타고 의정부 방향으로 무작정 갔다. 만선은 서울 시내를 벗어나면 산이 가까워 숲속에서 조용히 시내를 내려다보고 싶어 혜리에게 제안했다. 혜리도 즉시 좋다고 했다. 성북역을 지나 북한산이 나타나자 경치가 아주 아름다웠다. 북한산의 제일 가까운 역에서 내렸다. 슈퍼에서 과자와 콜라 한 병을 사 가방에 넣고 어깨를 나란히 하고 산을 향해 갔다. 등산객들이 아주 많았다. 두 사람은 산 중턱쯤 올라가 일부러 사람들을 피하고 숲이 많은 곳을 택해 깊숙이 들어갔다. 소나무가 그늘을 만들어 시원해 보이는 장소를 만나자 자리 잡고 앉았다. 주위에 인적도 없고 사람이 잘 다니지 않는 것 같았다. 자동차가 멀리 떨어진 도로에서 개미들처럼 줄을 지어 지나갔지만 보이기만 하고 시끄러운 소리가 들리지 않으니 재미있는 광경이었다. 건물 밑을 지나갈 땐 그렇게 높은 아파트들이 각목을 잘라 무더기무더기 세워놓은 것처럼 자그맣게 보였다. 혜리와 만선은 서로 얼굴을 보며 미소를 짓고 얘기를 시작했다. 대학은 어느 대학을 택할 것인가, 무슨 과를 지망할 것인가, 장차 무슨 직업을 갖고 살 것인가. 손수건을 깔고 나란히 앉아서 땀을 닦고 콜라를 마시며 과자도 먹고 많은 얘기가 오고 갔다. 얼마의 시간이 흐르자 만선이 혜리의 손을 잡고 손바닥을 보며 재미있다는 듯 웃음을 띠고 혜리의 얼굴을 보았다. 혜리도 미소를 지으며 만선을 바라보았다. 둘은 누가 먼저라고 할 것도 없이 어느새 서로 포옹을 하고 있었다. 혜리의 볼이 만선의 거칠거칠한 얼굴에 닿았다. 만선은 혜리의 얼굴에서 화장품 향기가 은은히 나고 매끄러운 피부가 얼굴에 닿으니 참을 수 없이 남성이 발동했다. 만선은 혜리의 상체를 가만히 밀었다. 혜리가 뒤로 넘어지듯 살며시 누웠다. 혜리는 눈을 감고 가만히 있었다. 만선을 숨소리가 거칠어졌다. 넘어서는 안 될 선을 넘었다. 두 사람은 일어나 서로 옷을 털어주고 아무 일 없었다는 듯 산을 내려왔다. 전철을 타고 영등포역까지 와서 만선이 먼저 내려서 헤어졌고, 혜리는 집에 오려고 동암역에 도착하니 해가 서쪽 언덕 너머 아파트 끝에서 숨어버렸다.

피지도 못한 꽃 193

그런 후 아무렇지도 않게 두 사람은 학교에 잘 다녔다. 자주 메시지도 교환했다. 한 달이 지나 혜리는 옆자리 성림이가 얼굴빛이 안 좋고 고통스러운 표정을 짓는 것을 보고 생리일이 왔다는 것을 직감하고 자기도 한참 지난 것을 깨달았다. 꺼림칙했지만 다음 달을 기다려 보기로 했다. 생리일이 두 번이나 넘어갔다. 겁이 덜컥 났다. 어떻게 해야 하나? 병원에 가 진찰을 받아봐야 했다. 가슴만 떨리고 용기가 나질 않았다. 만약 임신이라면 어떻게 해야 할까?

먼저 만선에게 얘기해야겠다는 생각이 들었다. 그러나 같이 병원에 가 보자고 말할 수가 없었다. 엄마의 무서운 얼굴이 떠올라 몸이 떨렸다. 만약에 얘기했다간 집에서 쫓겨나고 말 것만 같았다. 혼자서 용돈을 가지고 산부인과 의원을 찾아갔다. 근처에서 들어가기가 겁이 났다. 그리고 지나가는 사람들이 학생이 산부인과 의원에 들어가는 것을 이상하게 여길 것도 같았다. 그건 아니다. 시집간 언니가 아기를 낳았다고 하면 별 걱정거리도 되지 않았다. 그런 생각이 떠오르자 마음이 좀 편한 것 같았다. 산부인과 의원이 많았는데 간판을 보니 여자 의사도 있었다. 그래서 그곳을 정했다. 근처에서 다른 볼일이 있는 것처럼 하고 있다가 사람들이 없는 틈을 타 얼른 들어갔다. 간호사 언니가 미소를 띠고 물었다.

"어떻게 왔어요?"

"아파서요!"

"어디가 아픈데요?"

"의사 선생님께 물어보겠어요."

"내가 먼저 알아야 기록을 하지."

"그래도 직접 말하겠어요."

더는 물어보지 않았고 잠깐 기다리라고 하더니 진찰실에서 간호사가 나와 이름을 불렀다. 진찰실로 들어가니 아주 젊은 여자 의사였다. 의사는 30살도 안 된 것 같았고 하얀 가운을 입었는데 그 흰 가운과 같이 얼굴에 티 하나 없었고 반들반들한 검은 머리칼에 동글납작한 미인형이라 보는 순간 언니같이 친근감이 들었다. 어떤 말을 해도 다 이해해 줄 것 같았다.

"앉아요. 어디가 불편해서 왔어요?"

의사가 상냥하게 물었다. 목소리가 고와 얼른 대답하고 싶었다.

"생리가 없어요."

작은 소리로 말했다.

"건강한 학생도 그럴 수가 있어요."

그 말을 들으니 좀 안심이 되었다.

"네에…."

혜리는 밝은 표정으로 대답했다. 공연히 맘 졸였다는 생각이 들자 얼른 나가고 싶었다.

"남자 친구 있어요?"

"없어요."

얼떨결에 없다고 말해버렸다.

"그럼 남자와 접촉한 일이 있어요?"

"네."

모기 소리만 하게 대답했다.

"어떻게 하다가?"

"…."

혜리는 더는 대답하지 않았다.

"소변검사를 해."

옆에서 보고 있던 간호사에게 말했다.

"이리 와요. 이 컵에 화장실에 가 조금 받아 와요."

혜리는 떨리는 손으로 컵을 받아 들고 화장실에 갔다. 컵만 놓고 그냥 돌아갈까 하는 생각도 들었다. 겁이 나서 그런 생각이 나왔다. 이왕 왔으니까 확실히 알고 일찍 대처하는 것이 낫다는 생각이 들어 작은 컵에 소변을 간신히 받아서 갔다. 소변 컵을 받은 간호사 언니가 깔깔 웃었다.

"조금만 받아 와도 되는데."

혜리는 한 컵 가득 받아야 하는 줄 알고, 컵 입구까지 차도록 받아다 주었다. 간호사 언니가 세면기에 소변을 반을 쏟아버리고 물을 흘리고 난 다음 소변 컵을 의사 앞으로 가져갔고 다른 약병도 같이 가져갔다.

의사가 주사기로 시약을 흡입해 소변 컵에 몇 방울 떨어트리고 요리조리 천천히 기울여 보더니 책상 위에 놓고 미소를 띠고 혜리의 얼굴을 보았다. 혜리는 순간 무슨 말이 나올까 걱정이 되었다. 웃는 모양으로 봐 괜찮다는 말이 나올 것만 같았다.

"임신이 틀림없어요. 언제부터 생리가 없었어요?"

"…."

혜리는 가슴이 철렁해, 고개를 숙이고 대답을 하지 않았다.

"괜찮아요. 엄마를 모시고 와요. 좋은 방향으로 생각해 볼 테니까."

"엄마에게 절대로 알리고 싶지 않아요."

"보호자 동의 없이 의사 맘대로 하면 안 돼요."

"선생님 제발 잘 처리해 주세요. 엄마가 알면 큰일 나요."

"나도 학생 맘을 잘 알지만 보호자 동의가 꼭 필요해요."

혜리는 눈물을 흘리고 있었다.

"일단 진찰 결과를 알았으니까 돌아가서 잘 생각해 봐요. 너무 늦으면 수술도 어렵고 못 하니까."

혜리는 일어서려고 하는데 어지러워 쓰러질 뻔했다. 머리가 갑자기 핑 돌아 물건들이 물속에 있는 것처럼 보였다. 간호사가 팔을 잡아 넘어지지는 않았다.

"이 학생, 빈방 침대에 조금 누웠다 가라고 해요."

"네, 알았습니다."

혜리는 간호사의 부축을 받고 빈방 침대로 갔다. 그대로 넘어지듯 엎드려 흐느껴 울었다. 순간 엄마의 무서운 얼굴이 떠오르자 두려움에 눈물도 나지 않았다. 눈물을 잘 닦고 세면기에서 물을 찍어 눈물 자국을 잘 지웠다. 문틈으로 가만히 보고 있다가 아무도 없는 틈을 타 밖으로 얼른 나왔다. 조금 걸어가다 만선에게 전화를 걸었다.

"만선아, 잠깐 만나야 해."

"혜리야, 어쩐 일이야? 전화를 걸게."

"지금 바빠?"

"아니, 학교에서 농구하고 놀아."

"즉시 영등포역 앞으로 나와."

"또 일이 생겼니?"

"와 보면 알게 될 거야."

"알았어."

혜리는 뛰다시피 걸어오는 만선을 보자마자 갑자기 눈물이 났다. 얼른 손수건으로 얼굴을 가렸다.

"왜, 혜리야. 어느 놈이 또 그랬냐?"

"…."

혜리는 대답도 하지 않고 울기만 했다.

"답답하다. 빨리 말해."

"진찰을 해 보니까 임신이래."

혜리가 작은 목소리로 말했다. 멀리 있는 사람이 들었을까 걱정이 돼 주위를 둘러보기까지 했다.

피지도 못한 꽃 197

"뭐라구?"

"보호자를 데리고 오면 잘 처리할 수 있대."

"엄마에게 얘기해야지."

"우리 엄마가 알면 큰일 나니까, 너희 엄마에게 말해 봐."

"나도 엄마가 그런 걸 알면 다리 부러져."

"꼭, 보호자와 같이 오면 좋은 방향으로 한댔어."

"아이고, 큰일 났다."

"내가 가서 너희 엄마를 만나면 안 될까?"

"그러면 너하고 나하고 끝장이야. 우리 아버지가 얼마나 무서운 사람인지 몰라. 해병대 출신인데 앞에서 숨도 크게 못 쉬고, 몸이 튼튼한 거 아비 덕이고 공부만 잘하면 된다고 목에 힘주어 말하는 소리밖에 못 들었는데 말했다간 둘 다 맞아 죽는 거야."

"네가 책임이 많으니까, 꼭 너희 엄마에게 말해야겠어."

"안 돼. 만약 네가 그렇게 하면 나는 가출할 거야."

"그러면 나 혼자 어떻게 해?"

만선은 혜리를 똑바로 쳐다보지도 않고 고개를 숙이고 땅을 발로 긁기만 하고 혜리가 어떠한 안을 내놓아도 『안 돼.』 소리만 했다. 혜리는 만선 엄마에게 얘기해 수술을 받고 수술비도 부담하게 하려고 생각했다. 그렇게 해서 만선이도 같이 책임을 지게 하고, 무엇보다도 무서운 엄마의 화난 얼굴을 피해야 한다고 생각했기 때문이다. 만선의 얼굴 표정으로 봐 같이 걱정은 하지 않고 피하려고만 하는 것 같이 보였다.

"혜리야, 오늘은 헤어지고 나도 집에 가서 생각해 볼게."

"이대론 안 돼, 너와 같이 너희 엄마를 만나야 해."

"혜리야. 나도 생각할 틈을 줘야지."

"네가 남자라면 함께 책임이 있다는 걸 알고, 앞길을 같이 생각해야지."

"나도 그건 알지, 그런데 혼나고 매 맞을까 봐 그러지."

"야, 너. 남자로서 책임지고 앞장서서 해결하고, 학교 졸업하고, 결혼하고, 그런 계획도 없이 나만 곤란하게 하면 장차 어떻게 살 수 있냐?"

"네가 너무 갑자기 말하니까, 나도 얼떨떨해서 그래."

"나는 너희 엄마를 꼭 만나고 너와 결혼까지 한다고 약속도 할 거야."

"나는 혜리, 네가 좋아. 그런데 갑자기 이러니까 겁이 나서 그래, 아버지의 사자 같은 얼굴만 생각해도 뒤로 넘어질 것 같아. 내 동생은 반에서 일 등만 하는데 형 놈은 키만 크고 몸값도 못 한다고 밥상머리에서 혼만 나는데, 이런 것을 엄마가 얘기하면 그 자리에서 맞아 죽고 말 거야."

"야, 남자가 맞아 죽을 각오를 하고 여자를 보호해야지. 장차 내가 너를 어떻게 믿고 사냐?"

"혜리야, 오늘이나 내일 수술해야 되는 건 아니잖니?"

"그래도 그렇지, 네가 먼저 걱정하고 정 안 되면 둘이 달아나서 살자고 말해야지. 더듬거리면 어떻게 그런 남자를 믿고 사귀냐?"

"난, 생각할 틈도 없지 않았냐? 나도 그런 생각 다 있어. 학교 고만두고 중국집에 가서 자장면 배달만 해도 사는 거 나도 알아."

"그런 것도 아는 사람이 힘없이 말하니까 내가 답답해서 그렇지. 수술도 늦으면 못 한다고 의사가 말했어."

혜리는 자기 몸에 불이 난 것처럼 상황이 급했지만 똑같이 불장난한 만선은 급박한 사정이 없어 곤란한 현장을 어떻게든지 피하려고 했다. 그럴수록 혜리는 더 적극적으로 만선을 몰아갔다.

"지금 집에 같이 가자니까."

"안 된다고 했잖냐?"

"너, 그러면 장차 나와 결혼할 생각 없어?"

"네가 좋다고 아까도 말했잖냐."
"말만 하면 뭘 해. 일을 해결해야지. 학생이 어떻게 아기를 낳니!"
"나는 머리만 멍하고 아무 생각도 안 나."
"너 그게 책임 있는 말이야? 너 기분 나는 대로 내 몸만 망치고 말 거야?"
"그런 생각은 처음부터 안 했지. 나는 네가 정말 좋아서 그렇게 된 거지."
"우리가 결혼하면 엄마 아버지가 되는데 아버지 책임이 그게 다야?"
"네가 자꾸 말하니까 나는 정말 죽고만 싶다."
"너 정말 믿을만한 남자가 아니다."

혜리와 만선은 한 시간은 서로 싸우듯 말했다. 혜리는 옆을 지나가는 사람들의 시선은 염두에 두지도 않고 마구 말했다. 만선은 기어코 자기 집으로 혜리를 데리고 가지 않으려고 몸을 조금도 움직이지 않았다. 혜리는 더는 말해도 소용없다는 것을 알고 흐느껴 울면서 말했다.

"더러운 자식아. 왜 남의 몸을 망치고 해결하려고 안 해!"
"욕하지 마. 나도 창피한 건 알아."
"나 집에서 쫓겨나면 너희 집으로 갈 거니까 받아줄 거야?"
"말하면 맞아 죽고. 참 죽겠다."
"네가 그렇게 하면 나 한강 물에 빠져 죽고 말 거야. 네가 산으로 데리고 가 임신시켜 놓고 모른다고 해. 편지 써 놓고 죽으면 너도 좋지 못할 거야."

그 말을 듣고 만선은 호랑이에게 쫓기는 노루처럼 전 힘을 다해 뛰어서 골목으로 달아났다. 혜리는 멍하니 만선이 달아나는 것을 보고 있었다. "더러운 새끼." 하고 욕을 하고는 영등포역 안으로 들어가 화장실로 갔다. 화장실 안에서 흐르는 눈물을 손으로 닦으며 생각하니 죽고만 싶었다. 얼마간 혼자 울다가 세면기에서 얼굴을 닦고 전철을 타고 집에 왔다.

엄마가 웃음을 띠고 맞이했다. 다소 안심이 되었으나 가슴이 마구 뛰었다. 100m를 달린 것 같았다. 혜리 엄마는 한눈에 혜리가 뭔가 있다는 느낌을 받았다. 반갑게 맞았는데도 시무룩한 표정이었고 눈이 붉은 것을 보니 운 것도 같았다. 책가방을 방에 두고 나와 화장실에 들어가 닦고 나오자마자 불러 앉히고 과일을 가져다주면서 다정한 목소리로 물었다.

"친구들하고 잘 지내니?"

"…."

대답은 하지 않고 엄마의 가슴에 와락 달려들어 얼굴을 파묻고 마구 소리 내 울음을 터뜨렸다. 혜리 엄마는 가슴 털컥 내려앉는 것 같았다.

"혜리야, 혜리야, 왜? 친구들하고 싸웠냐?"

"…."

혜리는 대답 대신 더 흐느껴 울기만 했다.

"혜리야, 혜리야. 말해 봐. 엄마가 다 해결해 줄게."

그러자 혜리는 어깨를 들먹이며 울던 울음을 그쳤다. 그러나 말은 하지 않았다.

"혜리야, 학교에서 무슨 일이 있었냐?"

"…."

혜리는 엄마의 얼굴을 똑바로 보려고 하지 않았다. 혜리 엄마는 무슨 큰일을 저질렀으면 저럴까. 아무리 생각해도 떠오르는 것이 없었다. 공부하다 저희들끼리 자존심 상하는 말을 듣고 그러겠지. 그런 정도밖에는 더 생각이 나질 않았다.

"혜리야 말해 봐. 엄마는 너 하나 믿고 살지 않니? 다 해결해 줄게."

"…."

피지도 못한 꽃 201

엄마의 가슴에 얼굴을 묻고 또 울기 시작했다. 혜리 엄마는 심상찮은 일이 분명히 있을 거라고 짐작하고 지난번 여름 방학 때 캠핑을 가더니 아마 남자아이와 사귀다가 잘못되어 고민을 하는 걸로 짐작이 갔다.

"혜리야. 네가 공부 잘해서 일류대학에 가면 우수하고 잘생긴 남자가 수두룩하다. 그런 것 걱정할 거 없어. 공부나 잘해."

"엄마, 아까 한 약속 들어줄 거지?"

"뭔데 말해 봐."

"금방 약속을 잊었잖아?"

"알았어. 너, 엄마보다 키도 크고 예쁘잖니?"

"나, 나쁜 새끼가 임신시켰어."

"…."

이번엔 혜리 엄마가 말문이 막히고 기절할 뻔했다. 잘못 들은 것만 같았다.

"뭐라구?"

"나쁜 새끼가 그랬어."

"깡패냐? 강제로 끌고 가서 그랬어?"

"깡패는 아니야."

혜리 엄마는 벌떡 일어나 주방으로 걸어가 찬물 한 컵을 벌컥벌컥 마시고 나와 다시 물었다.

"어떤 아이야. 지난번 캠핑 같이 간 아이야?"

"응."

"강제로 그랬어?"

"…."

"아이고, 내가 먼저 죽고 말 테야. 엄마도 그런 짓은 안 해봤다. 창피해서 이거 어떻게 살아."

혜리는 일어나 방으로 들어갔다. 혜리 엄마는 정말 화가 났다. 먼저도 동네 아이와 문제를 일으키더니 이제는 말도 못 할 문제를 일으키고 다니고. 임신이라니 보통 일이 아니었다. 진찰부터 시키고 봐야 했다.

"혜리야, 나와."

"왜."

"빨랑 나와 병원에 가게."

"가봤어. 틀림없구. 2개월이래."

"아이고, 아이고. 이거 못 살아. 저 혼자 다니며 다 하고. 남자아이하고 같이 갔어?"

"더러운 자식. 말해도 들은 척도 안 해."

"아주 나쁜 놈이구나. 어디 학교야?"

"영등포 ○○고등학교 2학년 이만선."

"아이고 등신아. 그런 불량한 아이와 함부로 놀고 장래성도 보고 놀아야지. 모자란 것과 불장난하고. 아이고, 아이고. 나 죽어."

혜리 엄마는 가슴이 터지는 것 같았다. 눈에서 불이 나 사내아이 다리를 꺾어놓고 학교에 얘기해 퇴학시키고 싶었다. 그런데 혜리가 더 모자란 것 같았다. 여름 방학 때 캠핑을 가 사귀었다면 그리 오랜 기간도 아닌데 불장난을 했다니 너무나도 이해가 가지 않았다. 자신도 대학까지 다니는 동안 남학생과 친한 아이도 있었고 장래성이 괜찮아 보이는 사람도 있었다. 남자아이들은 능동적이어서 될 수 있는 대로 접촉을 해보려고 애쓰는 것을 많이 보았다. 사귀고 놀이도 하고 별별 짓을 다 해도 몸은 절대로 호락호락 내주지를 않았다. 그래서 대학을 졸업하도록 몸을 잘 지켰다.

우선 아이가 괜찮으면 적당히 사귀게 하고 큰 상처가 남지 않도록 하려는 생각이 들었다. 그래서 그 아이의 학교에 전화를 걸어 생활 태도와

성적을 물어봤다. 담임선생이라고 하면서 이유를 자세히 되물었다. 그래서 딸아이를 따라다니고 거리에서 괴롭혀 학교 다니는 데 곤란하다고 말했다. 전에도 다른 학교에서 말썽을 피워 전학을 왔으며 부모가 괜찮은 사업을 하는 것 같고 부모의 힘으로 무마가 된 것으로 추측하며 공부는 반에서 중간도 못 된다고 말했다. 혜리 엄마는 그 소리를 듣자마자 화가 머리끝까지 났다. 펄펄 뛰어도 시원찮고 어떻게 할 방법이 생각나질 않았다. 빨래걸이가 눈에 보여 그놈을 들고 혜리 방으로 들어가 사정없이 팼다. 비명을 지르던 혜리가 그걸 꽉 잡으니 혜리의 힘을 당할 수가 없었다. 양복걸이가 보여 또 집어 들고 마구 두들겨 팼다. 이번에는 현관문을 열고 달아났다. 이웃이 알까 봐 문밖까지는 쫓아가지 않았다. 혜리 엄마는 집에 있기가 싫었다. 거울을 보고 화장을 조금 고치고 근처 아파트에 사는 친구네를 갔다. 혜리는 바로 계단으로 올라가 바로 위층 계단에서 자기 집 동정을 보고 있었다. 너무 급해서 신발을 못 신고 나왔기 때문에 엄마가 더 쫓아왔으면 더 달아날 수도 없었다. 다행이라고 생각했다.

  엄마가 밖으로 나오는 문소리가 났다. 1층 현관을 내려다보니 엄마가 나가는 것이 보였다. 얼른 내려가 문을 열고 들어가 책가방에 속옷을 몇 개 집어넣고 엄마 핸드백을 열어보니 카드가 있었다. 자주 쓰던 것을 꺼내서 집을 나왔다. 얼른 은행으로 달려가 현금 지급기에서 돈을 찾았다. 비밀번호는 엄마가 돈을 찾을 때 옆에서 봐서 잘 알았다. 여기저기 돌아다니며 4백만 원을 찾았다. 우선 수술부터 받으려고 했기 때문이었다. 고모네로 갈까 하다가 고모가 연락하면 금방 잡힐 것 같고 혼만 날 것 같았다. 그래서 신촌으로 가 학생들이 많은 곳에 『원룸』을 하나 계약하기로 맘먹었다. 우선 며칠간 잠잘 곳이 필요했다. 원룸도 대학생이라고 거짓말을 했더니 계약해 주었다. 남은 돈은 은행에 저금하고 쓰기로 했다. 그래서 근방에 있는 은행으로 가 3백만 원을 넣고 현금카드도 발행받았다. 그대로 가방에 넣고 다니다가는 잃어버릴까 염려가 되었기 때문이었다. 동대문 시장에서 입을 만한 옷을 사야 했다. 이 가게 저 가게에 들어가 구경하는데 너무나 화려한 옷들이 많았다. 돈이 많다면 다 사고 싶을 정도였다. 어느 가게에서 아가씨가 키도 크고 예쁘다며 팔을 잡고 끌었다. 그곳에서 옷을 보던 중 사람을 구한다는 광고를 보았다.

"언니, 사람을 구하면 제가 어때요?"

"학생 같은데, 왜 일자리를 구하지?"

엄마가 새로 들어온 엄만데 구박이 심하고 학비를 잘 주지 않아 학비를 벌려고 한다고 거짓말을 했다. 그러면서 학생증을 보여주었다. 금방 딱하다는 듯 쳐다보며 말했다.

"아버지한테 이르지."

그러면 새엄마한테 더 혼만 나고 내가 돈이 없어 못 주지 일부러 안 주냐고 아버지와 싸움하고, 죽을힘을 다 해도 내가 안 낳은 자식은 표가 난다고 들볶고 구박이 심해서 살 수가 없다고 소설처럼 꾸며대 말했다. 고개를 끄덕끄덕하며 내가 임신 5개월인데 아기를 낳을 때 정말 사람이 필요하다고까지 말했다.

"언니, 그러면 공짜로 일해 줄 테니까 밥만 먹여주세요."

"그럴 수는 없고."

말을 흐리고 말았다. 그 찰나 아가씨들이 서너 명이 들어왔다. 혜리는 아가씨들이 옷을 고르는 것을 보고 눈이 매우 높다고 칭찬을 해주고 마치 점원처럼 행세했다. 그 아가씨들은 혜리가 잘 골랐다고 칭찬해 주고 몸이 너무나 늘씬해 입어보는 옷마다 맞춘 옷 같다고 마구 입심을 발휘하자, 세 아가씨가 모두 한 벌씩 사가지고 갔다. 주인이 기분이 좋아서 입을 함박만 하게 벌이고 웃으며 어찌 그리 말솜씨가 좋으냐며 장사를 몇 년 한 나보다 낫다고 칭찬했다. 그리고 즉석에서 콘을 사다주기까지

피지도 못한 꽃 205

했다. 혜리는 사람이 근방만 지나가도 말을 붙였다. "어서 오세요. 정말 늘씬하시네요. 골라보세요." 하고 사람을 잘 잡았다. 가게 문을 닫을 때까지 혜리의 솜씨로 열 벌도 더 팔았다. 주인이 비빔밥을 사주며 며칠 두고 보겠다고 하고 내일 나오라고 했다.

다음 날 가게 문을 열기도 전에 가서 기다리고 있다가 주인을 만났다. 일찍 나왔다고 아침부터 칭찬을 들으니 기분이 좋았다. 외동딸을 이해 못 하고 매를 때리는 엄마가 너무나 미워 속을 썩여주려고 핸드폰을 아예 꺼 놓았다. 만선이가 너무나 괘씸했지만 무슨 생각이라도 하고 있나? 핸드폰 번호를 터치해 보니 꺼져있었다. 『나쁜 자식.』 혜리는 앞으로 만선을 잊기로 하고 빨리 수술을 받아야 하는데 어떻게 하면 보증인을 세울까 그것이 제일 걱정이었다.

혜리 엄마가 집에 돌아왔을 땐 혜리가 보이지 않았다. 마음이 꺼림칙 했지만 『제까짓 게 가면 어디를 가.』 고모네 아니면 친구네가 고작이겠지 했다. 그런데 그날 밤 들어오지 않았다. 고모네 집에 전화를 걸어보니 오지 않았다고 했다. 혜리 때문에 부부싸움까지 했다.

"아니, 아이가 그러면 잘 달래고 얼른 처리해 주어야지 무식하게 때리고 애가 달아나게 하면 어떻게 해."

"당신은 화도 안 나?"

"화난다고 화나는 대로 하는 게 바보짓이지. 지금 어디서 떨고 있을 거야. 계속 전화해 봐."

"핸드폰을 꺼놓고 있다니까. 이게 돈도 없을 텐데."

혜리 엄마는 생각하다가 얼른 장롱 안에 넣어둔 핸드백을 열어보고 깜짝 놀랬다.

"왜?"

"이것이 내 카드를 가져갔네."

"잘했어. 우리 딸."
"아빠가 이러니까 딸도 그 모양이지."
"내가 어때서. 혜리가 당신을 닮아서 그렇지."
"나는 대학 졸업할 때까지 남자를 모르고 지냈어."
"얼굴이 그러니까 남자들이 쳐다보지도 안 했지."
"놀고 있네."
"왜."
"나 아니면 죽는다고 했잖아."
"시집도 못 갈 것 같아 내가 책임져 주어야겠다. 그 생각뿐이었지."
"구세주 어른, 정말 내가 허락해 주지 않았다면 장가도 못 가고 치마 두른 여인만 보면 침만 흘리고 다녔을 거야."
"내일 남자아이네 집에 전화해 봐. 아마 저희끼리 있을 거야."
"그렇게만 해도 다행이게."

혜리는 며칠이 지나 그 옷 가게에 취직이 되었다. 정말 기분이 좋았다. 그런데 밤에 잠을 자도 걱정이 앞섰다. 빨리 수술을 받는 것이 첫째였다. 엄마 생각은 꿈에도 나지 않았다. 가게 언니가 산부인과 진찰을 정기적으로 받는다는 사실을 알았다. 어느 기회를 잘 봐서 언니에게 이종 언니라 하고 보증을 서 달라고 말해야겠다는 생각이 들었다. 가게 언니는 임신을 여러 차례 했지만 어쩐 일인지 7개월도 못 채우고 유산을 하거나 8개월을 넘긴 때가 한 번도 없었다는 사실을 언니의 입을 통해서 다 들었다. 이번에는 6개월만 되면 일은 안 하고 병원에 입원을 하고 친정어머니와 점원을 시켜 가게를 운영하게 할 계획을 했는데, 많은 여자를 소개 받았는데 다 돌려보내고 손님으로 왔던 혜리가 첫날부터 수완이 월등한 것을 보고 채용한 것이라고 했다.

학교는 일 년 쉬고 다녀도 된다고 생각했다. 재수한 셈 치면 그만이었다. 세상에 취직하기 어려워 절절매고 몇십만 원을 못 벌어 허덕이고 사는 사람들이 얼마나 많은데, 생각하니 학교고 뭐고 다 때려치우고 여기서 잘 배워 장사나 하고 살고 싶었다. 대학을 나와야 장사를 잘하는 것도 아니고 돈을 특별히 더 잘 버는 것도 아닐 것이다. 돈을 잘 벌면 걱정 없이 살고 부자가 되면 자유롭게 세계여행도 다니고 내 맘대로 살고, 돈이 사람을 귀하게도 하고 형편없게도 한다는 생각이 들었다. 재벌들을 보면 금방 알 수가 있었다. 똑같은 사람인데 큰 재벌은 귀하게 대접해 주고, 돈이 없는 사람들은 무슨 말을 해도 통하지도 않고, 고개를 숙이고 눈치를 보며 살고, 마음고생하며 사는 것은 중학생 정도도 다 아는 사실이다. 『돈이 없고 학력만 좋으면 뭘 해?』 결국 좋은 대학 나왔다는 것은 실력과 학력을 갖추었다는 것을 내세워 시험 보고 취직을 해야 하는데, 언제나 초보는 윗사람이 많아 눈치 보고 간섭받고 혼나고, 괴팍한 사람 만나면 못 견디게 굴고 그렇게 사는 것보다는 가게를 하나 가지고 내 멋대로 하면서 살면 맘도 편하고 훨씬 좋을 것 같았다.

　장사를 해보니 정말 재미가 있었다. 사람들은 자기 분수와 위치를 잘 모르는 것 같았다. 얼굴이 예쁘다고 칭찬을 해주어 싫어하는 사람은 하나도 없었고, 체격이 늘씬하다고 말하면 실지로 아니라 해도 좋아한다는 사실을 학교 친구들을 통해서도 다 아는 건데, 장사를 하면서 약간 아닌 사람도 그렇게 대해주고 추켜세워 주니까 옷도 잘 산다는 것을 알 수가 있었다.

　며칠 사이에 언니 친정어머니도 근처에 살고 있어 가게에 나와 인사도 했다. 혜리를 보고 얼굴도 예쁘고 키도 크고 모델을 했으면 좋겠다고 말해 혜리도 기분이 아주 좋았다. 새엄마라고 한 말을 친정 엄마에게 말했는지 좀 딱하게 생각하는 것도 같았고 언니를 도와 일을 잘하면 작은 딸같이 생각할 거니까 내 집 가게처럼 생각하라고 조용하고도 깊이 있게 얘기했다. 혜리는 고개를 숙이고 다 들은 후 집에서 아버지와 새엄마가 싸워서 집을 나와 갈 데가 없었는데 언니가 받아주어 은혜를 갚는 심정으로 일을 하겠다고 말하니까 두 사람이 아주 좋아했다. 그 찰나 혜리는 고개를 숙이고 엄마라고 부르며 한 가지 어려운 부탁이 있다고 조용히 말했다.

"뭔가 말해 봐."

"제가 집을 나와 잠잘 데가 없어 시내에서 배회하다가 깡패에게 걸려 칼로 위협당하고 억지로 차에 태워 모텔로 데리고 가 나쁜 짓을 해 임신 2개월이 되었어요."

"경찰에 신고하지."

"모텔 주인도 다 보았지만 깡패가 무서워 못 본 척했어요."

"돈은 안 빼앗겼어?"

"뒤져도 돈이 몇 푼 없으니까 그냥 갔어요."

"나쁜 놈, 천벌을 받을 놈."

"부모나 보증인이 있으면 수술을 받을 수가 있대요."

"이 엄마가 보증을 서 줄게. 조카딸이라고 하고 부모가 없다고 하면 되겠지."

혜리는 눈물을 흘리고 더는 말하지 않았다. 혜리가 순간적으로 아주 연극을 잘해 감동한 엄마가 등을 두드리며 걱정하지 말라고 했다. 혜리는 속으로 너무나 좋았다.

또 며칠이 지나 언니의 엄마가 언니가 정기적으로 다니는 병원에 가자고 했다.

"수술비는 제가 돈이 조금 있어요."

"그런 것도 다 걱정할 것 없어. 언니가 쉴 때 장사 잘하면 되는 거니까. 나는 가게에 나와 있기만 하고 혜리가 잘해. 나는 물건 파는 건 소질이 없어. 잘 정돈된 옷을 골라 입어본 것까지는 좋은데 벗어서 아무렇게나 하고, 바닥에 떨어뜨리고 이것저것 수도 없이 골라놓고 변덕만 부리다가 사지도 않으면서, 그러면 나는 화가 나더라고 그래서 장사를 못해."

"호호호."

셋이서 한바탕 웃었다. 혜리는 동대문 시장 안을 많이 알고 있었다. 핸드폰도 공짜 폰으로 새로 바꾸었다. 번호를 바꾸어 엄마가 찾지 못하게 했다. 새 전화번호로 만선에게 연락해 보니까 결번이라고 했다. 만선도 핸드폰을 바꾼 것 같았다. 혜리 집에서는 난리가 났다.

『다음 날은 들어오겠지.』 하고 종일토록 현관에 귀를 대고 들어도 통 소식이 없었다. 결국 학교를 통해 만선의 집 전화번호를 알아내 전화를 해보니까 만선이도 가출했다는 것이다. 그래서 이것들이 똑같이 달아났다고 짐작하고 경찰에 신고했다. 주위에 알려질까 걱정이 되었다.

10여 일이 지났는데 경찰서에서 아무 소식이 없었다. 혜리 아버지가 경찰서를 방문해 약간의 수사비도 주고 부탁했지만 전국에 지명 수배를 해 놓았으니까 기다려 보라는 말뿐이었다. 그러나 혜리 부모들은 만선이하고 같이 있어도 다행이라고 생각했고 엄마는 매일 울면서 날을 보냈다.

그렇게 속으로 아끼고 온 정성을 다해 키운 것이 엄마 품을 훌쩍 떠나 남자아이를 따라간 것을 생각하니 괘씸하고 분했다. 가슴을 치고 혼자 집에서 마구 울어도 마음이 풀리지 않았다. 잠시 마음을 진정하고 생각을 해봤다. 새도 날개가 부러지도록 벌레를 잡아다가 먹이고 다 자라면 나는 연습을 시키고, 벌레 잡는 연습을 시키고는 훌쩍 달아난다. 어미를 기다리던 새끼 새가 배가 고파 벌레를 찾아 잡아먹고 사는 것을 볼 때, 사람도 마찬가지라고 생각하니 다소 가슴이 조금 가라앉았다. 그래도 이것은 다 자라지도 않은 것이 미리 떠났다는 생각이 들어 아무리 생각해도 괘씸했고 이해할 수가 없었다. 장차 학교를 중단하면 어떻게 살 것인가? 그것이 제일 걱정이 되었고 남보다 잘 살아야 할 텐데 세상 한구석에서 초라하게 살 것이 눈에 선하게 떠올라 마음이 찢어지게 아파 견딜 수가 없었다.

훔쳐 간 카드 사용 내역을 알려고 통장을 찍어보니 4백만 원이나 한 번에 찾아가 버렸다. 4백만 원이 아까운 것은 하나도 없었고 저 혼자만 쓰면 더 찾아 써도 관심 둘 것도 없는데, 남자아이하고 같이 쓸 것을 생각하니 그것도 가슴에서 불이 났다. 『내가 왜 남의 싸가지 없는 자식까지 먹여 살리나?』 하는 생각이 드니 화가 나 가슴이 불근불근했다. 그래서 얼른 카드 분실신고를 하고 지급 정지를 시켰다. 그리고 자기들이 돈이 떨어지면 부스스하고 때가 잔뜩 껴서 축 늘어트리고 들어오리라 짐작했다. 그렇게라도 들어오면 안아주고 먹고 싶은 것 사다 배가 터지게 해 먹이고 비비고 빨아주고 별별 짓을 다 할 것 같았다. 큰 보석보다 열 배, 아니 백배는 더 좋고 생전 가지고만 놀아도 닳지도 않고 귀한 것 같은 것이 갑자기 속을 썩이고, 내 속에서 나온 것이 내 맘을 모르고 가슴을 태우니 기가 찰 노릇이었다. 화가 났다가도 금방 바뀌어 초라한 모습으로 거리를 헤매는 그림이 머리에 떠올라 마구 흔들기도 하고 울음이 복받쳐 마구 울어도 마음은 풀어지지 않았다. 바람 소리가 나고 창문이 덜컹 소리만 나도 현관에 눈이 갔고 혹시나 못 들어오고 서 있나 해서 문을 열어본 것이 수도 없이 많았다.

혜리는 언니의 엄마와 같이 산부인과에 가 초음파 진찰을 받았고 임신 3개월도 안 돼 간단히 수술을 받고 하룻밤 병원에서 자고 나왔다. 일이 주 동안은 어려운 일을 하지 말고 잘 조리하라고 의사가 말했다. 다음 날 바로 가게로 나갔다. 언니가 깜짝 놀라며 말했다.

"너 며칠 쉬라고 했을 텐데 왜 벌써 나왔어. 빨리 들어가 맘 놓고 쉬어."

"괜찮은 것도 같고 언니 보고 싶어서." 하고 아양을 떨었다.

"너, 내가 그 사정을 얼마나 잘 아는지 아냐? 완전히 분만하는 것보다 더 어려운 거야. 아무 걱정 말고 빨리 들어가."

"언니, 고마워요."

언니가 진실한 어조로 말해 머뭇거리는 것이 오히려 폐가 되는 것 같아 허리를 굽혀 인사를 하고 나왔다. 좁은 『원룸』 방에 갇혀 지내는 것보다 나와서 활동하는 것이 나았고 밥도 언니가 사주면 돈도 안 들고 여러 가지 이익이 된다는 약삭빠른 생각이 들었기 때문에 나갔는데 오히려 쫓겨 들어오고 말았다. 실지로 몸이 고단하거나 나른한 것은 하나도 없었나. 생리대에 조금 혈액이 묻은 정도였다.

혜리는 좁은 방으로 가기가 싫어 어디 넓은 곳에 가 쉬고 싶었다. 가까운 극장이 없을까? 생각하다가 멀지 않은 창경궁에 가보기로 했다. 초등학교 4학년 때 방학 숙제로 고궁을 조사하고 무엇을 하던 곳인가? 살펴보고 감상문까지 써 오라고 해 가보았던 곳이다. 고궁에 들어가 여기저기를 들러보니 어렸을 때 생각이 났다. 임금 한 사람을 위하여 많은 여인들이 살면서 왕을 모시는 왕비를 비롯해 많은 후궁들과 또 나인들이 각각 맡은 일 때문에 바삐 움직였을 것을 생각하니 재미있기도 하고 또 한편 쓸쓸하기도 했다. 사극에서 본 것처럼 땅에 끌리는 비단옷을 입고 정말 화장만 하고 살았을까? 아마 왕비와 왕의 어머니 대비나 공주들과 후궁까지는 놀고먹고 나머지는 정신없이 그 넓은 곳을 쓸고 닦느라 허리가 아프고 팔목이 저렸을 것이다. 또 솜씨가 뛰어난 사람은 왕의 곤룡포를 만들고 사시사철 입는 옷을 만드느라 다리를 뻗고 쉴 새가 없었을 것이다. 주방에서는 왕의 수라상을 차리느라 땀을 흘렸을 것이고 정성을 다하여 맛있게 차리려고 고생이 이만저만이 아니었을 것이다. 왕은 하루에 다섯 번 음식을 먹었다니 수발하는 사람들의 손에 물기가 마를 날이 없었을 것이다. 우리나라 각 지방에서 나오는 특산물은 다 왕에게 바쳤으니 얼마나 좋은 것이 많았을까? 그런 것을 다 창고에 넣어두고 먹고 마시고 한없이 오래 살 것 같지만 임금 대부분이 50세도 못 살고 죽었다고 한다. 조선조 시대 60세를 넘겨 산 왕이 겨우 27명 중 4명에 불과했다고 하니 잘 먹고 잘 사는 것과 수명은 관계가 없는 것도 같았다. 궁녀들이 모인 후원에서는 왁자지껄했을 것도 같았고 왕과 왕비가 있는 근처에서는 얼굴도 못 들고 다니며 나비같이 사뿐사뿐 걸어 다니느라 종아리에 알도 배었을 것 같았다. 다른 사람들은 무엇을 생각하며 구경할까 하는 생각도 들었다. 임금이 달밤에 시녀들을 데리고 왔다 갔다 했을 연못 근처도 보고 건물마다 안내판을 보고 잠은 어떻게 자고 밥은 어디서 먹고 대신들과 회의와 결재는 어디에서 했는지도 알게 되었다. 이런저런 생각을 하며 걸어 다니니까 다리도 아프고 앉고 싶었다.

혜리는 전각에 조금 걸터앉았다가 나와 버스를 타고 원룸으로 왔다. 많이 걸어서 다리가 아파 누우니 정말 피로했던 몸이 풀리는 것 같은 기분이 들었다. 억지로 3일을 더 쉬고 나갔다. 놀래는 언니를 달래듯 아무렇지도 않다고 안심시키고 일을 했다. 실지로도 그랬다. 출혈을 많이 하거나 하는 다른 이상이 없었다. 마음속에 큰 혹을 떼버리니까 정말 날아가는 것 같았다. 언니를 잘 만난 덕이라고 생각했다. 언니의 엄마까지 나서서 자기의 딸처럼 생각하고 보살펴 준 것은 정말로 말로는 감사의 표현을 다 할 수가 없었다. 앞으로 행동으로 다 갚기로 결심했다. 이런 기회에 정말 스스로 알지 못했던 숨은 능력을 개발해 발전시키고도 싶었다. 부모가 자식을 교육시키는 목적도 남보다 잘 살게 하기 위해 먹지도 못하고 입지도 못하면서 자식에게는 갖은 정성을 다 쏟는다는 것을 며칠 동안에 깨달은 것 같았다. 용돈은 이유만 그럴듯하게 대면 말없이 주었고 먹을 것은 늘 다 먹을 수가 없어 남아도는데도 자꾸 먹으라고 해 오히려 귀찮을 때가 많았는데 이것이 다 부모의 사랑이란 것도 깨닫게 되었다. 이제까지 어린애같이 생활했는데 집을 나와 세상에 아무렇게나 버려진 사람같이 되고, 아무에게도 의지할 곳이 없어 막막했는데 보지도 못했고 알지도 못했던 사람과 자연스럽게 연결도 되고 일할 수 있는 장소까지 제공된 것을 생각하니, 길거리에서 소매 깃을 스친 사람도 인연이 된다는 불교의 교리를 다시 한번 일깨워 주는 것도 같았다.

혜리는 매를 맞고 집을 나올 때는 『내가 없으면 걱정할 것도 없고 귀찮은 것도 없겠지! 그러니까 안 들어갈 거야.』 했지만 혜리의 마음은 점점 뭉친 것이 풀어지는 것도 사실이었다. 새로운 기회를 만난 것은 인생길을 더 멀리 더 넓게 바라보는 계기가 되었고 이것을 잘 살려 돈을 많이 벌고 오히려 엄마 아빠를 놀라게 해 주고 싶은 여유까지 생겼다. 엄마 아빠가 늙으면 의지할 곳이 없다. 외동딸인 자신이 잘 보살펴 드려야 한다. 사람이 젊었을 때는 자기에게는 아무 걱정이 없을 거라고 생각하지만 늙어서 거동하기가 어려우면 그때 진짜 자식이 필요하리라 생각되었다. 외할머니, 할아버지를 보면 안다. 두 분만 사시니 엄마도 무남독녀니까 두 분을 모셔야 하는데 엄마, 아빠가 오시라고 하면 "더 늙어서 움직이기 곤란할 때 너희 집으로 가마." 하고 엄마, 아빠의 말을 들은 체도 않는 것을 혜리도 잘 알고 있었다. 『정규학교만 꼭 학교인가!』 검정고시를 봐서 『고등학교 졸업 자격증』을 받으면 대학도 마음대로 갈 수 있다는 생각을 하니 지겹게 날마다 몸이 쭈그러들고 갈비뼈가 부러질 것 같은 교통지옥에서 헤어 나온 것만도 다행이라는 생각이 들어 웃음이 나오기도 했다. 여학생이 옆에 있으면 남학생이나 젊은 사람들은 일부러 몸을 접촉해 보려고 더 밀고 비벼댄다. 나이 먹은 사람까지도 그래서 쳐다보면 아주 당당한 척하는 사람을 보고 『아저씨는 딸도 없어? 아저씨의 딸도 나같이 지금 차 속에서 고난을 받으며 학교 갈 거야.』하고 속으로 중얼거린 때도 많았다.

혜리는 장사가 잘되니까 근방에 자기도 옷 가게를 하나 차리고 싶었다. 그러나 그런 생각은 먼 후일로 미루기로 했다. 꿈속에서라도 헛소리가 나올까 걱정이 되었다. 언니가 가장 큰 적이 되고 엄마, 아빠가 가게를 차려줄 리도 없고 스스로 돈을 모아 가게를 내려면 자동차로 한 차는 벌어야 할 것 같았다. 그렇게 많은 돈을 모으려면 아마 수십 년의 세월이 걸리겠지 하다가 꿈에서 깬 듯 몸을 꿈틀해 보기도 했다.

언니는 입원하고 언니 엄마와 같이 가게를 보는데 손님이 많아 이웃 가게들의 질투가 심했다. 그것도 걱정이 되어서 엄마와 같이 상의를 했다. 엄마가 더 큰 걱정을 했다. 그래서 파전이나 빈대떡을 많이 부쳐 오라고 말했더니 "네가 그런 것도 잘 먹냐?"라고 물었다. 그래서 광에서 인심 난다고 먹을 것을 주면 이웃 가게들과 더 친해지고 서로 화목하게 지낼 수 있다고 설명했더니 너 스물도 안 된 애가 50이 넘은 나보다 생각이 깊고 너그러우니 너는 장차 큰 인물이 되겠다고 웃으며 칭찬했다. 다음 날 빈대떡을 수북하게 부쳐 와서 이웃 가게들과 잔치를 했다. 근처 가게 주인들에게 빈대떡을 먹으러 오라 하니 우르르 몰려와 빈대떡을 먹으며 수다를 떨다가 『너 얼굴도 예쁘고 재치도 있는 애』라고 모두 한마디씩 해 기분이 날아가는 것 같았다. 어느 날 저녁 건장하고 잘생긴 사람이 가게에 찾아와 어머니 어디 가셨냐고 물었다. 화장실에 가신 것 같다고 말했다. 아무 말도 없이 기다리고 있었다. 어머니가 오자 인사를 굽실했다.

"지 서방 가게가 못 미더워서 왔어?"

순간 혜리는 입을 두 손으로 막고 돌아서 있다가 기어코 폭소를 터트리고 말았다.

"아이고, 아닙니다. 장모님이 고생하셔셔 인사차 왔습니다."
"혜리야 왜 갑자기 웃냐? 내가 화장실에서 뭐 묻히고 왔나?"
"아니에요. 엄마."
그러면서 더 정신없이 웃었다.
"그럼 내 등에 뭐 묻었나요?"
사위가 말했다.
"아니에요."
두 사람은 혜리가 웃는 뜻을 알지 못하다가 드디어 알아차렸다.
"아! 내가 사위보고 『지 서방』이라고 했더니 쟤가 그렇게 웃는구나."
"하하하. 호호호."
다 같이 한참을 더 웃다가 웃음을 참았다.
"사위 성이 왜 하필 『지』야?"
"조상 할아버지가 쥐같이 약으셨나 봐요."
"하하하. 호호호."
웃음소리가 연속 크게 나자 이웃 가게에서 와 보고 "무슨 좋은 일이 있냐?"라고 물었다. 그러니까 엄마가 우리 사위 성씨가 『지』씨라서 『지 서방』이라 그렇게 불렀더니 혜리가 웃어서 같이 웃었다고 말하자 이웃 사람들도 박장대소를 했다. 정말 『지 서방』 사위는 기분이 좋았는지 "제가 온 김에 저녁을 살 테니까 뭘 잡수시고 싶어요?" 하고 물었다.
"혜리야, 네가 먹고 싶은 거로 주문해. 지 서방 정말 돈 많은 사람이란다."
"저는 아무거나 잘 먹으니까 엄마가 시키세요."
그래서 돌솥비빔밥을 시켜서 세 사람이 먹었다. 엄마는 종일 서 있었더니 다리가 아프다고 들어가고 지 서방 사위와 같이 가게 문을 닫을 때까지 있었다. 계산을 마치고 가게 문을 닫았다.

"차를 가지고 왔으니 태워다 줄게요."

"감사합니다. 전철을 타고 가도 되는데요."

"크게 걱정할 것 없어요. 다른 곳으론 가지 않을 거니까요."

"호호호."

혜리는 재미있다는 듯 웃었다. 그리고 두 사람은 자가용을 타고 왔다. 주소를 물어 알려주자 『내비게이션』에 기록하고 길을 따라 운전하고 돌아왔다. 서로 아무 말 없이 집 근처까지 왔다. 『원룸』까지는 알려줄 수 없고 근처에서 내리려고 했다.

"감사합니다. 여기서 내릴게요."

"문 앞까지 태워다 줄게요. 여기는 거리잖아요?"

"잠깐 들를 곳이 또 있어요." 핑계를 대고 내렸다.

"안녕히 가세요."

"잘 쉬세요."

혜리는 차가 완전히 사라지도록 손을 흔들다 골목을 지나 원룸으로 들어왔다. 그 후 지 서방은 매주 한 번씩 들러 장모와 혜리에게 저녁밥을 사주고 언제나처럼 혜리를 태워다 주었다. 그래서 혜리와도 자연 이야기가 오고 갔다. 그러나 혜리는 특별히 할 얘기가 없어 듣기만 했다. 지 서방은 자기 회사에서 일어난 에피소드 같은 것을 자주 말했다. 그럴 때 혜리는 정말 우스워서 허리를 잡고 깔깔깔- 웃었다. 그러면 지 서방은 재미있다는 듯 운전을 하면서 이야기보따리를 풀어놓았다. 이야기에 빠져 어느 사이 집 근처에 도착했는지 깜짝 놀라 내린 때도 많았다. 절대로 『원룸』에서 떨어져 내리는 것을 잊지 않았다. 그리고 지 서방은 혜리의 방을 보려고 하지 않는 것이 다행이었다. 아주 멋지다는 생각이 들기도 했다. 언니가 저렇게 멋있는 남자와 재미있게 살고 있는 것을 생각하니 참 행복해 보였다.

피지도 못한 꽃 217

혜리는 자기 아버지도 유머 감각이 뛰어나 어느 때는 엄마가 웃느라 쟁반에 물컵을 가지고 오다 떨어트리는 것도 보았고 엄마의 말이라면 껌벅하는 것을 보아 결혼하면 다 그렇게 사는 것으로 생각했다. 나도 내 맘을 한없이 기쁘게 해줄 멋진 남자가 어디에서 기다리고 있겠지! 하며 걸어 들어갔다. 좀 피곤한 몸으로 잠을 자고 아침에 가게에 나가면 편안히 앉아 있을 새가 없었다. 『세상에는 돈 많은 사람들이 참 많다.』라는 생각이 들었다.

날마다 가게 앞이 사람으로 장사진을 치고 밀면서 다니고 가끔 짐을 진 아저씨들이 지나가려면 "짐이요. 짐이요."를 연방 외치고 무거운 짐에 끙끙대며 지나가도 못 본 척해 화를 내며 가는 때도 있었다. 학교에는 학생들이 참 많다. 그런데 학생들이 많다는 생각을 한 번도 해본 일 일이 없었다. 똑같은 교복을 입고 똑같이 행동하니 하나가 움직이는 것과 별로 차이가 없어 걸리적거리는 것이 없었다. 그런데 시장 골목은 가지각색의 사람들이 모여드니 참말로 복잡하게 보였다. 그런 속에서 지내니 어디에서 해가 뜨고 지는지 알 수가 없었고 낮에나 밤에나 전등불이 계속 켜있어 해가 졌는지 알 수가 없고 시계를 봐야 밤인지 낮인지를 분간할 수가 있었다.

집 생각이 나지 않는 것이 혜리 자신도 이상했다. 내가 아마 독립해 살 때가 되었나? 엄마가 미웠던 것도 없어졌다. 그런데 집에 가고 싶은 생각이 나지 않았다. 학교를 안 다니고 공부도 안 하고 지긋지긋한 숙제도 없으니 그런 속에서 벗어난 해방감이 무엇보다 제일 좋았다. 언니가 장사가 잘되는지 안 되는지는 날마다 엄마와 마감 시간 계산을 마치고 서로 통화를 했고 옷을 몇 벌을 팔았는지 일일이 기억할 수도 없고 그날 수금이 많으면 웃음소리가 들렸고 혜리에게도 꼭꼭 전화를 바꿔 칭찬을 아끼지 않았다. 월급은 첫 달엔 80만 원을 주어 다소 실망스러웠지만 지금은

180만 원을 받는다. 실적이 좋으면 더 주겠다는 것이 언니가 입에 달고 하는 말이었다.

어느 날 저녁 계산을 마치고 가게 문을 닫고 엄마와 인사를 나누고 퇴근할 때 『지 서방』이 골목에서 갑자기 나타났다. 회사에서 볼일이 많아 늦었다며 승용차가 있는 곳으로 안내했다. 몸이 너무 피곤해 어떻게 복잡한 전철을 타고 가야 하나 걱정했는데 뜻밖에 너무나 감사했다. 혜리는 자기도 모르게 반가움에 흥분된 어조로 소리를 지르며 인사를 했다. 지 서방은 이야기를 하며 큰길을 빠져 잘 가더니 어느 뒤 골목으로 차를 몰고 들어갔다. 어떤 곳에 차를 세우더니 내리라고 했다. 네온사인이 유난히 번쩍거리고 잘 차려입은 남녀들이 짝을 지어 어느 문으로 쉴 새 없이 들어가는 것이 보였다.

"여기가 어디인데요?"

"걱정 말라니까. 좋은 곳 구경시켜 줄 거니까. 쇼도 보고."

"난 그런 거 싫어요."

"늦었으니까 들어가 조금 있다 나오자고."

혜리는 완강히 거절도 못 하고 강아지 주인 따라가듯 뒤를 따라 들어갔다. 금방 눈에 띄는 게 그 사람들에 비해 옷이 초라하다는 것이 표가 났다.

밤이긴 해도 나도 저렇게 멋진 옷을 입고 있었으면, 하고 멋 부리고 싶어 하는 소녀의 감정이 금방 나타났다. 입구에 들어서자 멋진 청년들이 서서 "어서 오십시오." 하고 허리를 굽혀 인사를 했다. 지 서방은 혜리의 손을 잡더니 지하 계단을 내려갔다. 입구에서부터 요란하고 빠른 음악 소리가 들렸다. 문을 밀고 들어가자 금방 가슴이 두근거리고 어둠침침한 곳에서 이상야릇한 불빛이 천정에서 돌아가고 사방에서 파란 불 빨간 불이 엉켜 왔다 갔다 하고 서로 얼굴을 알아볼 수도 없고 남녀들이 뒤엉켜 흐느적거리고 춤을 추었다.
 혜리는 오히려 지 서방의 손을 놓칠까 봐 걱정이 되었다. 지 서방이 이끄는 대로 가쪽으로 간신히 걸어가다 보니 빈 테이블이 있었다. 얼른 앞고 보니 앞 무대도 잘 보이고 좋았다. 검은 정장을 차림에 나비넥타이를 매고 키가 큰 웨이터가 금방 다가와 물수건과 물병을 놓고 서 있었다. 지 서방은 물수건으로 풀어 손은 닦고는 말했다.
 "맥주 두 병, 땅콩 안주 하나."
 "예, 사장님 즐겁게 노세요."
 말이 다 끝나지도 않아 달려가더니 술과 안주를 받쳐 들고 왔다. 지 서방은 맥주병을 들고 혜리 앞에 있는 컵에 맥주를 따르더니 자기 컵에도 가늑 따랐다. 혜리에게 턱으로 먹으라는 시늉을 하고는 컵을 들고 한숨에 거의 반을 마시고 내려놓았다.
 "아, 참 시원하다."
 땅콩을 집어다 먹으며 가만히 있는 혜리를 보고 말했다.
 "조금만 먹어봐요."
 "저는 술은 통 안 먹어봤어요."
 "맥주는 음료수 수준이니까."
 지 서방의 강권에 혜리는 맥주 컵을 들고 한 모금 마셔보았다. 사이다처럼 입안이 시원하고 톡 쏘았는데 뒷맛은 조금 썼다. 뱃속까지 찌르르했다. 쓴 술을 왜 마실까? 하는 생각이 금방 스쳐 갔다. 취해서 쓰러지면 어떻게 하나? 하는 생각도 들었다.
 "어, 제법 잘 마시는데."
 "쓰네요. 못 먹겠어요."
 "이게 요술을 부린다고."
 "어떻게요?"

"안 되는 일도 이걸 마시면 다 되는 거야."

"정말이세요?"

"한 컵을 다 마셔봐."

그 말 뒤에 혜리는 잔을 들고 벌떡벌떡 다 마셨다.

"잘 마시는데."

혜리는 조금 있으니 홀 안이 정말 빙빙 돌아가는 것 같았다. 혜리는 눈을 어디에 두어야 할지 몰랐다. 궁둥이가 하마처럼 큰 여자와 꼬챙이같이 가느다란 남자와 뒤엉켜 춤을 추는데 손을 잡았다 놓았다 돌리기도 하고 어린이처럼 팔 밑으로 빠져나가기도 하며 혜리가 있는 테이블 가까이까지 돌면서 왔다 가고, 서로 얼굴을 마주 대고 코가 닿을 것 같은 모양으로 흔들며 추는 사람도 있고, 빈 곳이 없을 정도로 사람이 많은데도 서로 부딪치지도 않고 다리를 꼬며 춤을 추고, 얼굴에는 모두가 미소를 띠고 귀청이 찢어질 것 같은 음악이 흐르는데도 무언가 말하며 춤을 추는 사람도 있었다.

어지러워 쳐다볼 수가 없었다. 그런데 혜리의 다리가 들먹들먹하게 즐거운 음악이 바뀌어 나오자 지 서방이 혜리의 손을 잡고 끌었다. 혜리는 저도 모르게 일어났다. 지 서방이 음악에 따라 몸을 흔들며 뒷걸음으로 나가니까 혜리도 저절로 몸을 흔들며 따라갔다. 춤을 배운 일도 없는데 저절로 춤이 추어졌다. 초등학교 3학년 때 학교에서 노인 잔치에 가기 위해 무용을 2주 정도 배운 것이 전부였다. 음악의 리듬에 따라 지 서방과 같이 춤을 추니까 저절로 흥겨워졌다. 하나도 어색한 것이 없었다. 지 서방이 웃음이 가득한 얼굴로 사람들 틈으로 혜리를 리드해 가운데로 들어갔다. 모두가 제멋대로 춤을 추었지만 박자 하나 틀리지 않는 것 같았다. 남을 볼 필요도 없고 의식할 필요도 없었다. 맥주 기운이 혜리의 얼굴에서 가슴에서 뿜어 나오니 혜리는 부드러운 허리를 꼬면서 정신없이 흔들었다. 음악이 사람의 마음을 마구 흔들어 저절로 팔다리와 온몸이 음악에 따라 자동적으로 움직이는 것 같았다. 몇 곡이 흐르고 나더니 이름난 가수가 나와 노래를 불렀다. 지친 듯한 사람들이 테이블로 돌아가 맥주를 마시며 가수의 노래를 따라 부르고 계속 춤을 추는 사람 가지각색이었다. 지 서방과 혜리도 먼저 앉았던 테이블로 돌아와 맥주를 더 시켜서 찬물처럼 마셨다. 전신을 흔들어대니까 목이 타는 듯 말랐다. 혜리는 자기 컵에 지 서방이 따라주는 맥주를 아무 소리 않고 마셨다. 그리고 병을 받아서 지 서방의 컵에 가득 따라주는 여유도 생겼다. 시간이 얼마나 지나갔는지 알 수가 없었다. 오히려 시간이 흐르는 것이 아까운 생각이 들었다. 밤새 놀고 싶었다. 이렇게 사는 게 참말로 인생을 즐기며 사는 것이구나! 하는 생각이 나기도 했다. 맥주를 주는 대로 마셔도 별거 아닌 것 같았다. 정신도 똑똑하고 얘기도 잘 되었다. 지 서방이 새벽 3시가 넘었다며 다음에 또 와서 놀자 하고 그만 돌아가자고 했다. 그래서 따라 일어서려니까 다리가 휘청거렸다. 쓰러질 뻔했다. 지 서방이 얼른 팔을 잡아 괜찮았다. 밖으로 나와 찬 바람을 맞으니 시원한 기분이 들었지만 다리가 잘 말을 듣지 않았다. 지 서방이 팔을 부축해 주어 간신히 걸을 수 있었다.

"혜리 씨, 이대론 집에 갈 수 없어요."

"왜요? 나는 꼭 집에 가야 해요."

"내가 술을 많이 마셔 운전할 수 없어요."

"그래도 나는 가야 해요."

"뭘 타고 가나요."

"택시요."

"이 시간 택시를 잡을 수가 없어요. 보세요. 택시가 있기나 하나."

"그래도 택시를 탈래요."

"택시를 타면 위험해요."

"위험하면 소리 지를래요."

"근처 모텔에서 자고 가요."

"절대로 싫어요."

"염려할 거 없어요. 방 둘을 얻어 각 방에서 자면 되지요. 뭐."

그 말을 듣자 마음이 좀 가라앉는 것도 같았다. 혜리는 점점 걸음을 제대로 놓을 수도 없었다. 말은 똑똑하게 했지만 다리가 후들거려 걸을 수가 없었다. 지 서방이 이끄는 대로 반항도 못 하고 끌려가고 있었다. 모텔 앞에 왔다. 혼자 걸을 수가 없으니 끌려 들어갔다. 지 서방이 카운터 아주머니에게 말했다.

"방 둘 주세요."

"방이 겨우 하나 비어 있어요. 그것도 예약한 방인데 손님이 오면 큰일이에요."

"큰일 났는데."

지 서방이 걱정을 하고 있었다.

"그러면 한 사람은 침대에서 자고 한 사람은 바닥에서 자면 되겠네."

"내 처젠데 일이 있어 가지고 너무 늦는 바람에."

"다른 곳으로 가든지, 아니면 처제하고 한방에서 자도 괜찮지. 언니가 있으니까."

혜리는 주인아주머니가 수입을 올리려고 잡으려는 것도 알았지만 늦은 시간에 몸도 가눌 수도 없고 가슴만 답답했다. 약삭빠른 아주머니가 따라오라고 하며 안으로 안내했다. 혜리는 지 서방의 손에 이끌려 또 따라갔다. 방을 열어 보이며 "열 명도 잘 수 있어." 했다.

정말 방이 환하고 깨끗해 보였다. 더블 침대도 있었다. 그리고 남은 공간이 아주 넓었다.

"자, 처제는 침대에서 자고 나는 바닥에서 잘 테니까."

"형부가 침대에서 주무세요. 내가 바닥에서 잘 테니까."

주인아주머니가 보고 있어 형부라고 불렀다. 그러자 주인아주머니는 문을 닫아주고 가버렸다.

만선은 혜리가 문제를 일으키면 학교에서 퇴학당할 것이 뻔했고 먼저 사건을 저질렀을 때도 아버지에게 죽도록 매를 맞을 뻔한 걸 어머니와 작은아버지까지 나서서 말려주어 겨우 넘겼었다. 학교 다닐 동안 또 일을 저지르면 때려죽이기로 아버지와 서약서까지 썼다. 그런데 혜리가 임신했다고 떼를 쓰고 어머니를 만나 책임을 지게 한다면 하늘을 안 보겠다는 일이나 마찬가지였다. 자연 아버지가 알게 되고 무서운 아버지에게 맞아 죽을 게 뻔했다. 그래서 혜리 앞에서 달아나 집에 들어가지 않았다. PC방에 가 게임을 하고 시간을 보냈다. 그런데 호주머니에 몇천 원밖에 없었다. 그래서 PC방 화장실 청소도 하고 마포로 계단을 닦는데 주인이 화장실에 와서 보고는 물었다.

"야, 너 뭐 하는 거야?"

"청소하는 겁니다."

"왜?"

"아저씨, 집에서 쫓겨났습니다."

"어떻게 하다?"

"공부 못한다고 쫓겨났습니다."

거짓말을 했다.

"너 아버지 계셔?"

"예, 동생은 반에서 늘 일 등만 하는데 나는 중간도 못 해 매를 때리려고 해 도망쳤습니다."

"너희 아버지 뭐 하는 사람이야?"

"사장님입니다."

"무슨 회사 하는데?"

"수출도 하고 수입도 하는 분입니다."

"공부 못 할 수도 있지. 열심히 해보지."

"해도 안 됩니다. 우리 아버지 무서운 해병대 출신이라 막 밀고 나가기만 하고 기회를 주지도 않습니다."

"그럼 너 여기서 청소할래?"

"네, 먹여주고 재워만 주십시오."

"조금 하다 튀지 마라."

"절대 그런 일 없습니다."

그래서 만선은 PC방에서 청소하고 게임도 지도하며 지냈다.

그런데 몇 달을 일해도 주인이 용돈을 주지 않았다. 어느 날 밤 잠바를 벗어놓고 화장실에 간 손님의 잠바에서 지갑을 빼내 화장실에 가 열어보니 20만 원이 들어있었다. 그래서 얼른 돈을 꺼내 호주머니에 넣고 지갑은 창밖으로 내버렸다. 마침 밖에서 들어오던 손님과 마주쳤다. 들어오자 안에서는 지갑이 없어졌다고 소란이 났다. 밖에서 들어오던 손님이 그 사람을 데리고 귀퉁이로 가 귓속말을 했다. 순간 만선은 당황했다.

주인은 저녁을 먹으러 밖에 나가고 없었다. 지갑을 잃어버린 사람이 눈짓으로 밖으로 불러내었다. 만선은 그 사람을 따라 문을 열고 나가다 그 사람의 등을 밀치고 온 힘을 다해 뛰었다. 두 사람이 쫓아왔다.

이리저리 몇 골목을 전속력으로 뛰어 도망쳤다.

"도둑이야, 도둑이야."

계속 따라오며 소리를 지르자. 다리가 후들후들 떨렸다. 그러나 잡히면 안 되겠다는 생각에 죽을힘을 다해 뛰었다. 어둠 속에서 어떤 사람이 다리를 걸었다. 만선은 보기 좋게 길바닥에 나가떨어졌다. 쫓아온 사람에게 발길로 마구 걷어차였다.

"아이구, 아이구."

너무나 아파서 비명을 질렀다. 두 사람이 만선을 잡아 일으켜 세우고 호주머니를 뒤졌다. 만선의 주머니에서 돈이 나왔다. 그 사람은 돈을 세어보더니 자기가 잃어버린 액수와 같다고 했다. 두 사람은 만선을 끌고 가까운 파출소로 데리고 가 신고했다. 만선을 절도 피의자로 조사하다가 가출 신고가 접수된 것이 나타나자 조사 경찰관이 만선의 집에 전화를 걸었다. 보호자는 파출소로 출두해 확인하라고 했다. 어머니가 왔다. 만선은 얼굴을 들지 못했다. 아버지가 오지 않은 것만으로도 다행으로 여겼다. 어머니는 만선을 보자마자 "어이그, 이 죽일 놈아. 하라는 공부는 안 하고 달아나 도둑질까지 하고, 집안 망신시키고 어떻게 하늘을 보고 사니?" 하면서 울음을 터트렸다. 파출소 안이 시끄러워지자 조사 경찰관이 말했다.

"어머니, 참으시고 저기 의자에 앉아계세요."

"용서해 주세요. 고등학교 학생인데 아무것도 모르고 자랐습니다. 나쁜 여학생을 만나 일 저지르고 겁이 나니까 저희끼리 달아났습니다."

"우리가 인지한 사건이 아니고, 신고를 받은 사건이니까 마음대로 처리할 수가 없고요. 일단 조사를 하고 본서에 넘겨야 하니까 후에 잘하시기 바랍니다."

"우리가 다 배상할 테니까 어떻게 안 됩니까?"

"PC방에서 남의 호주머니에서 20만 원을 절취한 사건으로 피해자들이 잡아서 데리고 왔습니다. 방금 말씀드린 대로 꼭 본서로 이첩해야 합니다."

"아이고, 때려죽여도 시원찮은 놈아. 집에다 돈을 부쳐달라고 하지. 왜 남의 돈을 훔쳐. 그까짓 20만 원을 훔치고 망신당하고 징역 가고 아이고 내가 한강에 빠져 죽고 말 테야."

만선 어머니가 계속 넋두리하며 울음 터트리니 옆에서 보고 있던 나이 먹은 다른 경찰관이 나서서 위로했다.

"요새 아이들이 많이 그렇습니다. 노는 것을 잘 봐야 합니다."

"학교 잘 다니는 줄 알았지요. 공부는 못해도 학교에 잘 가 안심했어요. 아버지가 해병대 출신이라 불같아요. 아마 집에 있다 소식 들었으면 당장 쫓아와 파출소 안에서 때려죽였을 거예요."

"하하하."

경찰관들이 모두 웃음보를 터트렸다.

"아이들을 엄하게만 한다고 사고를 안 치는 것이 아닙니다. 용돈도 좀 주고 부자가 친하게 얘기도 하고 서로 통하는 데가 있어야 하는 겁니다."

"그럼요. 공부 잘하는 아이가 많은가요? 못하는 애들이 훨씬 많지요. 부자 사이에는 정말 대화가 필요하고 같이 운동도 하고 목욕을 가 서로 등도 닦아주고…. 공부를 잘해야 잘 사는 것이 아니고 인성이 훌륭해야 잘 살아 나갈 수가 있습니다."

또 다른 경찰관이 대꾸했다. 만선 어머니는 정복 입은 경찰관을 보면 괜히 마음에서 싫은 생각이 났는데 인간적인 위로의 말을 하는 것을 들으니 정말 고개가 숙여지고 더 창피해서 고개를 들 수가 없었다. 만선 어머니는 더는 사정을 할 수도 없어 가만히 있다가 만선에게 물었다.

"혜리라는 애는 어디 있냐?"

"몰라요. 나는 걔가 지랄해서 혼자 달아났어요."

경찰관이 물었다.

"김혜리도 가출 신고가 돼 있는데 너와 같이 안 있었나?"

"아닙니다. 저는 혼자 PC방에서 살았습니다."

"어떻게 지냈어?"

"청소하고 전화받고 밥 사주어서 살았습니다."

"등신 같은 놈."

만선 어머니는 듣는 순간 분한 마음에 입에서 욕이 나왔다. 가슴에서 끓어오르는 생각 같아선 만선의 머리칼을 다 잡아 뜯어 놓고 싶었다. 경찰관들 때문에 차마 달려들 수가 없었다. 만선은 조사를 마치고 본서로 이첩되었다. 만선 엄마는 혜리 엄마에게 만선이가 PC방에 있다가 경찰에 신고되어 찾았다는 말을 하고 혜리와 같이 안 있어 모른다고 말했다. 혜리 엄마는 만선의 이름만 들어도 몸이 떨리고 치가 떨리고 싫었는데 그래도 혜리가 만선과 같이 있는 줄 알고, 서로 전화 연락을 하며 찾기에 골몰했었다. 만선 어머니의 전화를 받고 그마저 희망이 없어져 까무러치게 통곡했다. 방바닥을 마구 치고 어린아이같이 양발을 벌리고 앉아 몸부림을 치고 울다가 일어나 응접세트에 있던 것들을 마구 집어던지면서 통곡하니 재떨이가 대형 유리창에 맞아 유리창이 와르르 깨져 내렸다. 그래도 마음이 안 풀려 몸을 마구 출입문을 밀치며 우니 문짝이 덜렁덜렁했다.

한참을 정신없이 울어대니까 더는 눈물도 나지 않았다. 혜리가 나타나면 집어 뜯어 살점을 하나도 안 남기고, 머리칼을 잡아 뜯어 스님처럼 만들 것 같았다. 화나는 대로 하면 금방 죽일 것 같은 생각을 하다가도 얼굴에 피투성이가 되고 다리를 절며 나타날 것만 같아 몸을 부르르 떨기도 하고 머리를 마구 흔들기도 했다. 대낮인데도 꿈을 꾸듯 혜리의 흉악한 몰골이 눈앞에 어른거렸다. 자기 몸의 살과 피와 뼈를 나눈 것이 어디서 어떻게 고생하는지 생각하면 팔다리가 저려오고 가슴이 터져서 심장이 튀어나올 것만 같았다. 그래도 나타났다는 소식만 들으면 한걸음에 달려가 부둥켜안고 한없이 울어도 시원찮을 것만 같았다. 생각하기도 싫은 만선이 돌아왔다는 것이 마음속에서 더 화가 치밀게 했다. 저녁에 혜리 아빠가 퇴근을 하자 빙 돌려서 만선이 PC방에서 잡혔다는 얘기를 했고 혜리는 처음부터 같이 안 있었다는 말을 들었다고 했다. 엉뚱한 의심이 떠오르기까지 했다. 그래서 남편에게 말했다.

"경찰서로 만선을 찾아가 만나보고 혹시 이것이 죽이고 발뺌할 수도 있으니까 수사를 해 달라고 하라."라고 상상력으로 말했다.

"그래. 우선 걔와 연관이 많이 있을 것 같으니까 가 봐야 해."

혜리 아빠는 집에 왔다가 아내의 말을 듣고 앉지도 않고 다시 밖으로 나갔다. 혜리는 지 서방과 자리를 서로 양보하다가 침대에서 자기로 하고 발만 겨우 닦고 청바지를 입은 채로 누우니 금방 곯아떨어졌다. 자다가 가슴이 답답하고 무슨 바윗덩이 같은 것을 몸에 올려놓고 자는 것 같은 무거움을 느꼈다. 눈을 떠 보니 캄캄하기는 해도 지 서방이 식식거리며 자기를 엎어누르고 있다는 것을 알았다. 청바지가 벗겨지고 하체가 알몸인 것을 금방 느꼈다. 지 서방을 마구 두 손으로 밀었다. 그런데 꿈적도 하지 않았다. 그러면서 중얼거렸다.

"혜리, 혜리. 나는 혜리를 사랑해."

혜리는 지 서방이 차마 이렇게 할 줄을 몰랐다. 언니를 생각하면 자기에게 이런 몹쓸 짓을 하지 않으리란 생각이 들었으며 술에 취했어도 정신이 똑똑했고 혼자 집에 갈 수도 있었는데 억지로 끌어서 따라왔던 것이다. 혜리는 흑흑 흐느껴 울었다.

"처제, 울지 마. 내가 잘못했어!"

"난 몰라. 임신하면 언니한테 들키고."

"내가 피임 기구를 사용했어. 임신은 염려하지 마."

그런 중에도 피임 기구를 사용했다는 말에 혜리는 다소 마음이 조금 가라앉았다. 날이 밝아 일어나 확인해 보고 싶었다. 지 서방이 화장실에

간 틈을 타 휴지통을 보니 남성 피임 기구가 있었다. 보기에 징그러워 얼른 고개를 돌렸다. 세수를 하고 간단하게 화장을 하고 지 서방이 태워다 주어 가게 근처 큰길에서 내려 걸어 들어갔다. 혜리는 승용차 뒷자리에 앉아 가게 근처까지 오도록 고개를 숙이고 아무 말을 하지 않았다. 지 서방도 말이 없었다. 혜리는 차에서 내려 잘 가라는 인사도 하지 않고 휙 돌아서서 왔다. 지 서방은 혜리가 인사도 없이 가자 혜리의 등 뒤에 대고 "수고해요." 했다. 다소 늦은 시간이라고 생각했는데 다행히 엄마가 아직 출근하지 않았다. 거울에 얼굴을 비추어보니 부스스하고 잠을 조금밖에 못 자 영 얼굴이 엉망이었다. 혜리는 얼굴을 더 다듬고 졸린 것 같은 눈을 화장해 더 크게 했다. 엄마가 출근해 다른 날보다 더 반갑게 인사를 했다. 엄마도 매우 밝은 표정으로 인사를 받았다. 종일토록 몸이 피곤했지만 손님이 많아 정신없이 하루가 지나갔다. 계산을 마치고 집으로 왔다. 눕자마자 잠이 들었다. 일주일이 지나 지 서방이 또 왔다. 엄마는 다리가 아프다고 들어갔다. 혜리는 말을 하지 않았다. 지 서방은 지은 죄가 있어 갖은 수단을 다 동원해 혜리의 마음을 풀어보려고 했다. 햄버거도 사 오고 콜라도 사 오고 초콜릿도 사 오고 별별 짓을 다 했다. 혜리는 남자들이 여자의 비위를 맞추려고 애쓰는 짓에 불쌍하다는 생각이 들기도 했다. 그래서 어느덧 웃음이 나왔다. 그랬더니 지 서방은 입을 함박만 하게 벌리고 웃고 떠들며 장사는 되거나 말거나 관심도 두지 않고 오직 혜리 맘을 돌리는 데 온 신경을 다 썼다. 그리고 저녁에 계산을 마쳤는데 언니와의 통화에서 수입 대금 중 백만 원을 속이는 것을 보았다. 부부간에 왜 저럴까? 저러면 결국 함께 있었던 나까지 신용을 잃지 않을까? 하고 걱정이 되었다. 그런데 집 근처에 와 차에서 내릴 때 그 돈을 혜리에게 주었다. 혜리는 단호히 거절했다.

"괜찮다니까? 받아."

"싫어요. 언니를 속여서 나를 주면, 그런 돈은 필요 없어요."

"처제는 너무 순진하다니까."

"나는 바보예요. 거짓말하고 속인 돈은 싫어요."

혜리는 골목을 지나 집으로 막 뛰어 들어왔다. 지 서방이 쫓아오지는 않았다. 지 서방은 아내가 병원에 장기 입원을 하자 한참 끓어오는 성적인 충동을 억제할 수가 없어 자기네 가게에서 일하는 어린 혜리를 유인해 성적 만족을 채우는 데 성공했다. 그러곤 일주일이 지나면 역시 혜리를 데리고 디스코텍에도 가고 갖은 수단을 다 해 혜리의 정신을 빼놓고 자기의 만족을 채웠다. 드디어 아기를 무사히 낳은 아내가 집에 와 있는데도 혜리에게 맛 들린 지 서방은 혜리를 놓아주지 않으려고 안간힘을 다했다. 꼬리가 길면 밟힌다는 속담이 있다. 이상히 여긴 아내가 심부름센터를 찾아가 남편을 조사해 달라고 부탁했다. 한 달도 못 가 다 밝혀지고 말았다. 화가 머리끝까지 난 아내는 이혼 소송을 하고 혜리를 내쫓으려고 했다. 혜리는 할 말이 없었다.

"언니, 형부가 집에 데려다준다고 차에 태워 나를 유인해 술을 먹이고 그 짓을 했어요."

자기도 피해자라며 하소연했다.

"네가 먼저 꼬리 친 거 아니야?"

"절대 아니에요. 갈 데도 없는 나를 받아준 게 언닌데 내가 언니를 배반하면 벼락 맞지."

"그래 네 말을 믿기로 하고. 그런데 왜 안 그런 척하고 시치미를 떼고 있었어?"

"언니 나도 잘못했어. 말하면 싸울 것 같아 숨기고 있었어."

혜리의 뺨이라도 수없이 후려치고 싶었지만 어린것한테 화풀이하는 것보다 남편을 재기 불능하게 만드는 게 상책이라 생각했다. "기성 애비

재산을 모두 뺏고 거지를 만들고 내쫓아 버릴 거야." 하고 이를 갈았다. 혜리는 울면서 변명했다. 몸이 다 완전하지 않은 언니는 혜리를 그냥 놓아둘까 생각하다가 다시 마음이 변했다.

"나 없는 동안 가게를 잘 봐줬으니까 봉급 외로 조금 돈을 더 줄 테니까 쉬고 있다가 내가 연락하면 다시 나와."

"언니."

언니를 부르며 언니 다리를 양팔로 안고 마구 울었다. 혜리는 얼마 안 되는 동안 세상을 많이 공부했다. 집에서 학교만 왔다 갔다 하고 공부만 해 아무것도 모르고 살다 거친 파도가 몰아치는 세상에 나와 몸도 망가지고 마음이 갈래갈래 찢기고 말았다. 매일 아침부터 밤까지 가게에서 일하고 잠만 겨우 자고 해가 뜨면 똑같은 일만 계속하고, 그렇게 낳은 돈을 벌어주는데 자기는 겨우 정한 봉급만 받으니 따분하기도 했다. 춤도 추고 스트레스도 풀고 지 서방이 꼭 싫지만은 않았다. 혜리는 더는 매달려도 소용없을 것 같아 서운한 듯 인사를 하고 나왔다. 엄마 통장에서 찾은 돈과 그동안 월급을 받은 것을 합하니까 1,200만 원도 넘었다.

금방 돈이 떨어져 고생할 걱정은 없었다. 그런데 집으로 가고 싶은 생각이 나지 않았다. 하루를 원룸에서 잠을 실컷 자고 나니 다음 날 아침에 그냥 몸이 날아갈 것 같았고 좁은 방 안에서 더는 있을 수가 없어 시내를 돌아다니다 점심을 먹으려고 뒷골목으로 들어가니 식당이 아주 많았다. 어느 으리으리하게 큰 한식 식당을 지나치는데 문에 종업원 구함이란 광고를 보았다. 들어가 보았다. 화려한 장식에 넓고 아주 컸다. 외국인들이 아주 많았다. 카운터에 앉아 있는 점잖게 생긴 부인에게 일하고 싶다고 말했다.

"영어 할 줄 알아?"

"쉬운 몇 마디 할 수 있어요."

"너 키도 크고 얼굴도 괜찮다. 고등학교 졸업했어?"
"네."
"왜 대학을 안 갔어?"
"새엄마가 취직하라며 동생들을 너도 책임을 맡아야 한다고 해 못 갔어요."
"새엄마야?"
"네."
전에도 새엄마를 써먹었던 기억이 나 또 그렇게 했다.
"며칠 해보고 잘하면 일 시키지."
"감사합니다."
"내일 8시까지 나와 봐."

혜리는 정말 키가 크고 얼굴만 예쁘면 어디 가나 취직도 잘되고 쉽게 살 수 있다는 것을 생각했다. 엄마, 아빠가 잘 낳아주어 고맙다는 생각을 생전 처음 해보았다. 다음 날 나가니까 작업복을 입히고 뒤뜰에서 설거지를 시켰다. 허리도 아프고 어려웠지만 어른 아주머니들과 같이 닦고 씻고 큰 바구니에 담아 들고 다니며 정리했다. 일주일을 설거지만 했다. 아주머니들이 주인 모르게 떠들었다.

"쟤는 설거지시킬 애가 아닌디."
"설거지하는 사람 따로 있어? 다 시키면 하는 거지."
"아마도 쟤는 시험해 보는 것 같아."
"너 학교 다녔어?"
"네."
"그럼 사무를 봐야지."
"대학 나온 놈도 판판 노는데 고등학교 나와서 어떻게 사무를 봐?"
"대학 다녔냐?"

피지도 못한 꽃 233

"아니에요."

"얼굴을 봐. 고등학생 같지."

아주머니들이 혜리를 놓고 얘기를 하며 설거지를 했다. 일주일 후 출근을 하니까 사장님이 오라고 했다.

"너 수고했다. 영어로 손님 접대하는 예절을 잘 배워 봐."

"네, 열심히 하겠습니다."

"우리 식당은 외국인이 많이 오니까 특별히 잘해야 해."

"네."

영어로 주문받는 법, 손님에게 공손하게 인사하는 법, 걸어 다니는 법, 큰 소리로 말하지 않는 법, 항상 미소를 띠고 말하는 법, 그릇을 소리 나지 않게 놓는 법, 손님이 음식에 대해 물어보면 설명도 할 줄 알아야 하고, 별의별 거를 다 교육시켰다. 그것도 3주일 동안 별실 사무실에서 실습을 시켰다. 유니폼으로 한복을 입게 했는데 처음에는 거추장스러웠지만 며칠 입고 활동해 보니까 괜찮아졌다. 사장과 다른 직원들이 김혜리가 일만 잘하면 일 등이라고 말해 기분이 아주 좋았다. 첫 번 손님을 접대했다. 테이블대로 지정 구역이 있었다. 온종일 일을 잘해 나갔다. 저녁이 되었다. 코가 크고 키도 크고 머리는 노랗고 얼굴이 백지장같이 흰 외국인 남녀들이 식사를 하려고 네댓 명이 우르르 들어왔다. 그런데 하필 혜리 구역이 공석이 많아 혜리가 안내할 차례였다. 혜리는 처음 영어로 접대해야 했다.

"Welcome, may I help you? (어서 오세요. 무엇을 도와드릴까요?)"

외국인을 처음 대하니 얼떨떨하고 입이 다소 굳어서 발음이 잘 안되는 것 같았다.

"어- 이 아가씨, 영어 발음 좋네."

"하하하. 호호호."

그들은 자기들끼리 마구 웃으며 한국어로 똑 부러지게 말했다.

"아가씨, 메뉴판 가져와요."

"오늘 특별 메뉴가 뭐예요?"

다른 사람이 이어서 한국어로 말하는데 우리나라에서 한 십 년은 산 것같이 발음이 부드러웠다. 그러니까 혜리는 더 당황스러웠다. 그래서 얼른 미소를 지으며 응대했다.

"임금님이 좋아하신 떡갈비, 궁중 식혜, 오미자차를 드셔보세요."

"그럼 『궁중 식혜』는 임금만 먹는 음식인가요?"

"꼭 그렇진 않고요. 지금은 아무나 먹는 음식이지만 옛날에 가난한 사람은 잘 먹을 수가 없었대요."

혜리는 제법 설명을 잘했다. 이렇게 해서 하루를 잘 넘겼다. 저녁에 집에 와 세수하고 누우니 다소 피로가 쌓이긴 했지만 재미가 있었다. 영어 회화 책을 한 권 사서 첫 장부터 외우기로 했다. 비교적 공부를 잘해 영어단어를 많이 암기했고, 고등학교 2학년 영어 교과서를 거의 이해할 수 있는 실력을 갖추고 있어 외국인과 접촉을 많이 하면 실력이 월등하게 발전할 것도 같았다. 메뉴가 주로 『궁중 한식』이라 단체로 우리나라에 온 외국인들이 많이 찾아왔다. 주로 일본 사람들이 많았는데 젊은 사람들은 영어도 잘했다. 사장이 외국인 단체 손님 접대는 혜리가 맡아서 하라고 했다. 그래서 혜리는 음식을 전문적으로 설명할 수 있는 영어를 구사하려고 아주 열심히 영어 공부를 했다. 영어로 설명된 요리책을 사다가 퇴근 후에도 열심히 보고 마치 사람들을 앞에 놓고 설명하듯 연습했다. 들어온 지 얼마 안 되는 혜리가 명랑하고도 재치 있게 외국 손님들을 접대하자 사장의 신임이 매우 두터웠다. 그런데 혜리보다 먼저 온 종업원들의 시샘이 이만저만이 아니었다. 그래서 혜리는 왕언니, 큰언니 등등 듣기 좋게 선배들을 부르고 퇴근할 때 간식도 사주고 친화에도 매우 신경을 쓰니까 한 언니가 말했다.

"너 앞으로 큰 사장이 되겠다."

혜리는 전문적인 영어를 구사할 실력이 못 되었다. 그런데 첫날 맞았던 외국인들이 자주 왔다. 그들은 한국어를 뽐내듯 영어를 한마디도 하지를 않았다. 자기들끼리 대화를 할 때도 한국어로 말했다. 그리고 틀리면 서로 교정해 주고 혜리보고 물어보는 때도 있었다.

혜리는 이때다 하고 생각했다.

"나에게 영어를 가르쳐주면 한국어도 배울 수 있어요."

"아가씨, 정말?"

"그럼요. 영어는 미국 사람에게, 한국어는 한국 사람에게 배워야지요."

"맞아, 맞아."

그중에 아주 잘 생기고 좀 장난기가 있어 보이는 사람이 혜리에게 더 관심을 가지고 말했다.

"그러면 어떻게 만나서 서로 배우지?"

"간단해요. 24시간 편의점에서 만나 커피 한 잔 놓고 앉아서 서로 대화하고 가르쳐주면 되는 거지요."

"Good idea, a best way! (좋은 아이디어야, 가장 좋은 방법이지!)"

그 사람에게 처음 짧은 한마디를 들었다. 혜리는 23시는 되어야 퇴근을 할 수 있었다. 그래서 서로 거리가 중간쯤 되는 편의점을 정했다. 그후 그 청년은 자기소개를 통해서 국적은 미국이고 한국 주재 상사 직원으로 와 있으며 이름은 존 알프레드라고 했다. 혜리는 고등학교를 졸업하고 아르바이트를 해 학비를 벌어 대학에 가려고 한다고 사실처럼 꾸며서 말하니까 진실로 알아듣고 미국에서는 부모의 도움보다 자기의 노력으로 학비를 벌어 대학을 다니는 사람이 더 많다고 설명했다. 혜리는 날마다 고달픔보다 재미있는 시간으로 채워졌다. 잠자는 시간도 아까웠다.

알프레드와 영어를 공부하니까 정말 좋았다.

한국말을 잘해 질문을 던지면 대답하지 못하는 것이 하나도 없었다. 편의점 주인까지 가끔 거들고 끼어들려고 했다. 그 청년과 어느덧 가까운 사이가 되었다. 혜리는 공부한 지 몇 개월이 흐르니까 영어로 거의 다 대화가 이루어졌다. 알프레드는 오히려 그렇게 하면 자기는 한국어를 배우지 못한다며 한국어로 말도 해야 한다고 억지를 부려 혜리는 웃음이 나기까지 했다. 가볍게 맥주를 한 컵씩 마시고 헤어지는 때도 있었다. 어느 날 거리에서 작별하는 순간 혜리의 손을 끌며 가자는 곳이 있었다. 혜리도 궁금해 따라갔다. 디스코텍이었다. 혜리는 전에 가본 경험이 있지만 처음인 척하고 들어가 알프레드가 권하는 대로 맥주도 마시고 춤도 추었다. 첫날은 별일 없이 헤어져 돌아왔다. 그 사람과 같이 있는 것이 영어 공부를 하는 시간이기 때문에 거절할 필요가 없다는 생각까지 들었다. 두 사람은 포장마차도 가고 카페도 가고 여기저기 다니며 대화를 나누었다. 영어 실력이 일취월장 발전했다. 혜리는 영어 실력이 발전하자 외국인을 보면 서먹서먹하던 감이 없어져 거리낌 없이 외국인들을 접대하게 되었고 이것을 보고 사장이 감탄할 정도였다. 사장이 따로 수당을 넣은 봉투를 남몰래 주기까지 했다. 돈은 쓸데가 없어 봉급을 그대로 저축했다. 쇼핑할 사이도 없었고 고운 한복을 하루 종일 입고 있으니 자기 옷은 출퇴근할 때만 입어 몇 날 며칠이 지나도 세탁할 필요도 없었다. 큰 아파트도 금방 사고 큰 차도 금방 살 것 같았다.『엄마, 아빠를 놀라게 해주어야지!』우리 집보다 더 큰 새 아파트를 사놓고 멋진 외제 차를 사 아빠에게 주면 얼마나 좋아할까? 혜리 자신이 하늘을 나는 기분으로 나날을 보내고 있었다.

어느 비가 내리는 밤 알프레드는 더 다정스럽게 말하며 손을 잡기까지 했다. 그러더니 혜리를 사랑한다는 고백을 했다. 혜리는 알프레드의 외모가 너무나 잘생기고 이제까지 대화를 해본 결과 단점은 하나도 발견할 수 없었지만, 사랑을 고백하고 결혼을 하자고 하니 좀 주춤주춤하는 마음이 생겼다. 가정이 어떤 사람인지 모르는 부분이 많았다. 자기는 형만 하나 있고, 양부모가 다 살아계시며 공직에 있다가 은퇴해 연금을 받으며 미국보다 생활경비가 덜 드는 조용한 멕시코 해변으로 이주해 사시며 형도 결혼해 잘 살고 있다고 말했다. 한국 사회에서는 아직까지도 외국인과 결혼하면 이상하게 보는 게 사실이다. 그러나 옛날보다는 인식이 매우 달라졌다. 농촌 청년들의 40%가 외국 여성과 결혼해 매우 보수적이던 농촌부터 달라졌고 한 동네에 하나둘 동남아 여성이 없는 동네가 별로 없다. 필리핀에서 시집온 여성들은 영어를 잘해 근처 학교에 영어 강사로 나가 오히려 그 수입이 그 집안의 전 수입을 능가하는 가정도 생겨나기도 해 웃음이 나기도 한다. 혜리는 그 사람과 결혼해 한국에서 계속 살 수만 있다면 괜찮다는 생각이 들기도 했다. 왜냐하면 외동딸이기 때문에 부모가 늙어 의지할 곳이 없으면 어떻게 할지 그것이 마음에 걸렸다. 그 후 두 사람 사이에는 더 부드러운 대화가 오갔고 혜리가 사랑한다는 고백은 없었지만 행동은 알프레드를 안심시켰다. 한국 여성이 특별히 수줍어하는 것도 잘 알고 있는 그는 강렬하게 혜리를 대했다. 그래서 그들은 자연스럽게 손도 잡고 다니고 공원 벤치에 앉았다 일어나기만 해도 서로 옷을 털어주었다.

어느 날 밤 알프레드는 공원에서 갑자기 혜리를 끌어안고 키스해 좀 당황스러웠지만 혜리도 싫지는 않았다. 혜리는 알프레드와 결혼해 아기를 낳으면 서로 반반씩 닮아 딸을 낳으면 자기를 더 많이 닮았으면 했고 사내아이를 낳으면 알프레드를 많이 닮으면 좋을 것 같았다. 알프레드와 교제 후 한국 남성을 자세히 살펴보니까 코가 작고 납작해 서구인에 비해 못생겨 보였다. 그다음 그들은 함께 모텔도 가고 정말 떼려야 뗄 수가 없었다. 날마다 퇴근 시간이 기다려지고 하루 종일 못 보면 마음속에서 큰 보물을 잃어버린 것보다 더 마음이 심란했다.

그렇게 몇 개월이 흘러가 그 회사 직원들은 알프레드와 혜리의 사이를 잘 알고 있었다. 어느 날 혜리와 만난 알프레드는 눈물을 흘리며 미국 본사로 발령이 났다고 하며 혜리를 꼭 데려가겠다고 했다. 혜리는 가슴이 철렁했다. 그래서 알프레드의 가슴에 얼굴을 묻고 흐느껴 울었다. 알프레드는 혜리를 달래기에 전심을 다했다. 빨리 여권 수속을 하라고까지 했다. 회사 친구에게 비자가 빨리 나오도록 부탁하겠다고 말했다. 그리고 너무나 급박한 사정으로 한국에서 오키나와 미군기지로 가는 군용비행기 자리를 얻어 내일 아침 급히 떠나야 한다고 말했다. 혜리는 어지러워서 뭐가 뭔지 알 수가 없었고 마치 머리를 큰 망치로 맞아 멍한 느낌이 들었다. 다만 자리가 정리되는 대로 빨리 전화를 하라고만 말했다. 혜리는 알프레드가 떠난 후 하루 종일 웃음을 잃은 사람처럼 시무룩했고 말을 안 해 사장이 "어디 아프냐?"라고까지 물어봤다. 혜리는 괜찮다고만 겨우 대답했다.

며칠이 지나 알프레드의 친구라는 사람에게 전화가 왔다. 같이 식사하러 자주 왔던 사람이었다. 혜리 씨에게 알프레드에 관해 정보를 전하고 싶다고 했다. 혜리는 여권 수속에 관한 얘기로 생각하고 다그쳐 물었다. 그랬더니 하늘이 무너지는 것 같은 말을 했다. 알프레드는 전에 태국에서 근무하다 한국에 왔는데 검진 결과 『에이즈』가 양성으로 판정 나 급히 본국으로 송환되었다는 것이다. 혜리는 전화를 받고 그 자리에서 쓰러질 뻔했다. 다른 사람이 몸을 잡아주지 않았으면 손님들 앞에서 넘어져 큰일 날 뻔했다. 혜리는 그날 어떻게 하루해를 보냈는지 알 수가 없었다. 집에 돌아와 밤새 울었다. 생각하면 생각할수록 눈물만 나왔다. 다른 사람들은 다 잘되는데 왜 나만 이렇게 일이 꼬이고 비틀려 돌아갈까? 특

피지도 못한 꽃

별히 남에게 잘못한 일도 없고 그렇게 할 틈도 없었다. 다음 날 일어나자마자 큰 병원으로 달려가 검진을 받아보는 것이 제일 큰일이었다. 그저 무사하기만 빌었다. 『에이즈』란 말이 떠오르면 가슴이 떨리고 손발이 오그라드는 것만 같았다. 아침에 세수만 겨우 하고 대학병원으로 갔다. 의사의 앞에 앉으니 눈물부터 나오고 말이 나오지 않았다.

"어디가 아파서 왔나요?"

대답을 하기 전 옆에 서있는 간호사를 보았다.

"나를 보고 말해 봐요."

"저… 외국인 남성에게 영어를 배우느라 접촉을 했는데, 그 사람이 『에이즈』 진단을 받았다는 소식을 들었어요."

얘기를 들은 의사가 눈을 가느스름하게 뜨고 빙긋이 웃으며 말했다.

"접촉한다고 다 에이즈가 걸리는 게 아니지."

그러곤 간호사에게 채혈과 다른 시험 방법을 지시했다. 결과가 나오는 날을 지정해 주고 다시 오라고 했다. 며칠 동안이 몇 년 같은 느낌이 들었다. 혜리는 날마다 눈물로 지샜다. 식당에서 전화가 왔다. 왜 아무 말도 없이 결근을 하냐고 다그쳤다. 몸살이 심해서 못 나간다고 대답했다. 사장이 사정을 하다시피 말했다. 네가 없으니까 영업에 지장이 많다고 하며 월급을 더 주겠다고까지 했다. 혜리는 월급이 적어서가 아니고 진짜 몸살이 났으니까 며칠 쉬었다 나가겠다고 약속했다. 의사 선생님 말대로 다 에이즈에 감염되는 것이 아니라고 했으니까 그것이 유일한 희망이었다. 괜히 겁을 먹고 우물쭈물하다가 좋은 일터만 잃을까 걱정도 되었다. 진단 결과를 받는 날 밤을 뜬눈으로 새고 병원에 갔다. 담당 의사 앞에 앉았다. 영어로 기재된 여러 서류를 보며 천천히 입을 열었다. 혜리는 가슴이 마구 뛰고 팔다리가 굳는 것만 같았다.

"에- 여러 번 접촉을 했나요?"

"네."

모기 소리만 하게 대답했다.

"어느 나라 사람인가요?"

"미국인입니다."

"그 사람 우리나라에 있나요?"

"미국으로 갔습니다."

"직업은?"

"상사 주재원인데 전에 태국에서 근무하다 한국에 왔다고 했습니다."

"본인이 말했나요?"

"아닙니다. 그 사람은 저에게 본사로 발령받아 간다고만 말했는데 같은 회사 직원이 그가 『에이즈』 양성으로 진단받아 송환됐다고 알려주었습니다."

"아가씨도 양성으로 나왔는데 앞으로 잘 치료하면 괜찮을 수도 있어요. 너무 상심할 필요는 없어요."

순간 혜리는 큰 바윗덩이가 머리에 떨어지는 것 같았다. 입이 굳어서 말이 나오질 않았다. 얼굴만 화끈거렸다.

"…."

"등록이 되고 관리를 받게 될 테니까 규칙에 잘 따르고 처방약을 잘 먹어요."

조용하게 말했다. 그 말이 혜리의 귀에는 하나도 들어오지 않았다. 병원 문을 나와 집으로 오다가 지나가는 자동차를 자꾸 쳐다보았다. 차 밑으로 사정없이 뛰어 들어가고 싶었다. 방에 발을 들이밀자마자 몸부림을 치며 울었다. TV에서 본 뼈다귀 귀신같이 바싹 마른 에이즈 환자의 모습이 떠올라 얼굴을 두 손으로 가리고 마구 울었다. 일주일을 먹지도 않고 울었다. 정말 어지러워서 울 수도 없었다. 눈물이 말라 나오지도 않았다.

잠깐 눈을 붙이기만 해도 악몽을 꾸어 어떻게 할 수가 없었다. 새삼 엄마가 원망스러웠다. 『조금만 잡아주지!』 매를 맞아 아파서 달아난 것이 아니고 엄마의 무서운 얼굴 때문에 달아났다. 이제는 털어놓고 엄마에게 호소하기에는 너무 늦었다. 엄마와 아빠가 이런 사실을 들으면 너무나 슬퍼할 테니까! 얼마나 나를 찾고 있을까? 얼마나 울고불고하고 있을까? 이때까지 왜 그런 생각이 안 떠오르다 이 지경이 되니까 엄마 아빠 생각이 나지!

"이름도 모르는 하찮은 꽃으로 나와서 잡풀 속에 섞여 아무도 다니지 않는 언덕에서 가냘프게 서 있다가 마른 낙엽을 날릴 힘도 없는 바람에 허리가 부러져 꽃은 피어보지도 못하고 그대로 시들어 마른 가지만 붙어 있는데 거미가 줄을 걸려다 말고 되돌아간다면 이것도 아주 슬픈 사연이 되리라."

어느 수필집에서 읽었던 대목이 떠올라 혜리의 머리를 무겁게 짓눌렀다. 마치 그 환경에 서 있던 꽃이 자기를 표현하는 것 같다는 생각이 들어 뜨거운 눈물이 뺨으로 흘러내렸다. 이 세상에 태어났다 19년도 다 못 살고 떠난다면 얼마나 가련한 신세인가? 이런 때는 차라리 부모가 없는 사람이 오히려 괜찮겠다는 생각이 들었다. 자기만 혼자 감당할 수 있는 고통이라면 얼마든지 참을 수 있겠는데, 엄마 아빠에게 말로 표현할 수 없는 고통을 주고 억장이 무너지게 하고 뼈마디가 저릴 생각을 하니 창자가 끊어지는 것 같았다. 엄마, 아빠에게 더 큰 슬픔을 주지 말자. 혜리는 엄마 아빠가 눈물을 흘리고 슬퍼하는 모양은 상상하기도 싫었다. 『이제까지 흘린 눈물도 많을 텐데 더는 눈물을 흘리지 않게 하자.』

세수를 하고 옷을 갈아입고 집 근처에서 보았던 PC방으로 갔다. 컴퓨터에 앉아 여기저기 들어가 보았다. 별별 사연을 가진 사람들이 많았다. 어느 청년인 것 같은 사람에게 사연을 넣어보았다. 금방 답신이 왔다. 팬찮은 직장에 다니며 도시 생활을 하다가 어려서 고단하게 지낸 농촌에 대해 새로운 꿈을 펼쳐보려고 내려가 큰 희망을 품고 비닐하우스에 농작물을 심었는데 심는 대로 실패만 거듭해 몇 년 동안 수천만 원의 빚을 지고 어떻게 할 수가 없다는 사연이었다. 그 사람과 며칠 동안 사연을 주고받았다. 그는 이길 수 없는 이 고통 속에서 헤어나는 방법이 무엇이냐고 묻기까지 했다. 또 다른 여자하고 이메일을 주고받아 고귀한 답변을 기다리는 중이라고 했다. 혜리는 세 사람이 만나 좋은 해결책을 생각해 보자고 사연을 넣었다. 약속이 이루어졌다. 복잡하지 않은 대방역에서 만나기로 하고 시간을 정했다. 서로 입은 옷 색깔을 말했다. 약속 시간에 세 사람이 모두 모였다. 역을 나와 근처 슈퍼에서 남자가 커피 캔 세 개를 샀다. 그리고 벤치가 있는 곳으로 가 정식 인사를 나누었다. 남자는 37세라고 했고 여자는 30세라고 했다. 혜리는 19세라고 하기는 입이 안 떨어져 27세라고 했다. 두 사람이 금방 웃음을 터뜨리고 22세쯤 된 것 같다고 말했다. 혜리는 마음속으로 서운했다.『며칠 울고 굶고 걱정했다고 세 살이나 올려 보다니.』남자는 배낭을 메고 왔는데 이 장소를 떠나 조용한 곳으로 가서 이야기를 하지고 했다.

  그래서 역으로 다시 돌아가 무조건 들어오는 전차를 탔다. 안내 방송을 들어보니 인천행이었다. 그들은 별 나눌 얘기도 없었다. 소사역에서 함께 내렸다. 그러곤 그들은 산이 보여 무조건 산 쪽으로 걸었다. 산에 오르니 사람들이 아주 많았다. 세 사람은 사람들과 좀 거리를 두고 앉았다. 남자가 먼저 말했다. 나는 두 분의 말을 들을 것도 없이 혼자라도 결정지으려고 이것을 가지고 왔다며 농약병을 꺼내놓았다. 농약병이 사이다병보다도 컸다. 혜리는 보는 순간 가슴에서 쿵 하는 소리가 나는 것 같았고 겁이 났다. 얼마나 아플까? 눈앞이 갑자기 캄캄해지는 것 같았다. 침묵이 흘렀다. 혜리가 입을 열었다.

"오빠는 다시 가서 열심히 일하세요. 일하기 싫어하면 하나님한테 벌받을 거예요."

"죽으라고 일해도 안 되는걸요. 하나님이 있다면 왜 나만 안 도와주겠어요."

"그래도 팔다리가 멀쩡한데 일이 싫어 세상을 떠나겠다면 말이 안 되지요. 그리고 빚쟁이들한테 남은 가족들이 얼마나 시달리겠어요."

그 여자가 앙칼지게 말했다. 정신 차리세요. 갑자기 두 여자에게 공격을 받은 남자는 어이가 없다는 듯 하늘을 한 번 보고 나서 말했다.

"나는 혼자 결정짓는다니까요."

"딴생각 말아요. 돌아가세요. 팔이 빠지도록 일하세요."

혜리가 날카롭게 다시 쏘았다. 그 남자는 농약병을 배낭에 다시 집어넣고 산을 내려갔다.

"파출소에 가서 신고할 거요."

두 여자를 돌아다보며 내뱉었다.

혜리와 그 여자는 한참 동안 말이 없었다.

"약국에 가서 수면제를 각각 사 오는 게 어떻겠어?"

그 여자의 제안이었다.

"언니, 그게 좋은 방법이에요."

두 사람은 하루 종일 약국을 돌며 수면제를 찾으니까 어느 약국은 "처방을 받아 오라."라고 했고 어떤 약국은 세 알만 주고 다음에 또 오라고 했다.

혜리는 여러 약국을 더듬어 32개를 샀다. 핸드폰으로 통화를 해보니까 그 여인은 46개를 샀다고 했다. 두 사람은 다시 만났다. 그리고 언니에게 동암역 앞에는 모텔이 많으니까 그리로 가자고 말했다. 목이 말라 물 한 병과 소주 두 병과 새우깡 한 봉지를 샀다. 두 사람은 모텔로 들어갔다.

카운터 아주머니가 웃음을 띠고 반갑게 맞았다.

청주에 사는데 인천 바다 구경을 왔다 하고 하룻밤 자겠다고 말했다. 이유를 말할 필요도 없고 사유를 물어 투숙시키는 것도 아닌데 사정을 말했다. 혜리는 방으로 들어가 화장실에서 발을 닦고 앉아서 종이를 꺼내 엄마와 아버지에게 편지를 쓰려고 했다. 언니가 뭘 하느냐고 물었다. 편지를 쓴다고 했다. 그랬더니 갑자기 언성을 높이며 말했다.

"야, 너 빨리 집에 들어가."

"언니, 왜 그래."

"나는 고아야. 너같이 부모가 있으면 이런 끔찍한 짓 안 해."

그 말에 두 사람은 서로 껴안고 한참 동안 흐느껴 울었다. 얼마의 시간이 흘렀다. 언니는 멍하니 천장을 쳐다보고 생각에 잠긴 듯했다. 혜리는 언니의 얼굴에서 시선을 떼지 않았다. 무엇을 말하려는 듯 입을 움직였다.

"나는 어떤 큰 집에서 살았는데 초등학교 5학년 때 엄마가 이웃 아주머니와 대판 싸움을 한 후 어느 날 학교에서 돌아오는데 거리에서 이웃 아주머니가 『너는 그 집 진짜 딸이 아니란다. 어떤 여자가 젖먹이를 잠깐 맡기고 가서 돌아오지 않아 딸이 없는 집이니까 그냥 키웠단다.』 하고 알려주어 너무나 놀라 눈앞이 캄캄해 쓰러질 뻔했다."

울면서 돌아와 엄마에게 얘기하니까 이웃 아주머니를 찾아가 또 싸움이 벌어졌고 그 일이 있은 후 친딸같이 대하지 않는 때가 많았다고 했다.

중학교 2학년 때 그 집 대학생 오빠가 집 안에 아무도 없는 틈을 타 강제로 몸을 망쳐서 오빠가 무서워 그 집을 뛰쳐나와 돌아다니다 아파트 옥상에서도 자고 벤치에서도 잤다고 했다. 순찰 중이었던 경찰이 고아원에 인계를 해 그곳에서 살았는데 거기서 나와 식당에서 그릇도 닦고 다방에서 차도 배달했고 사랑을 고백하는 남자와 동거를 했는데 밤이면 나가 있다가 돌아오고는 해 무엇을 하는지 알 수가 없었다고 했다. 나중에 형사들이 들이닥쳐 잡아갔는데 도둑질을 해 징역을 가서 떨어졌고 이때까지 이것저것 다 해보았고 얼굴까지 못생겨 더 천덕꾸러기 신세로 사람같이 살아보지를 못했다고 과거를 털어놓았다. 혜리는 그 얘기를 듣고 깔깔깔 웃음이 나왔다.

"너 왜 웃니?"

"언니가 못생겼다고? 너무 예뻐."

"나는 너같이 생겼으면 별별 짓을 다 해 살겠다."

"언니 지금이라도 자신을 갖고 마음을 고쳐먹어."

"그런데 너는 무슨 사연이 있니?"

"나는 공부하기 싫어 집을 나왔는데 머리가 빠개지는 것같이 아파 진찰을 받아보니까 뇌 속에 야구공보다 더 큰 암 종이 자라고 있어 수술도 못 한대."

어차피 얼마 살지 못할 것이라고 그럴듯하게 거짓말을 하고 에이즈 감염자란 말은 숨겼다. 두 사람은 어느덧 소주병을 따 술을 마셨고 얼굴이 화끈화끈했다. 그런 중에도 혜리는 엄마에게 꼭 편지를 쓰고 싶었다.

편지를 쓰려니 눈물이 나 쓸 수가 없었다. 눈물을 손등으로 문지르며 떨리는 손으로 초등학교 1학년 글씨보다도 못하게 써 내려갔다.

엄마 아빠에게

엄마, 아빠 사랑해요. 엄마, 아빠 보고 싶어요. 너무나 보고 싶어서 눈알이 튀어나올 것만 같아요. 그런데 엄마 아빠 앞에 나타날 수가 없어요.

그건 하나님과 나만 아는 비밀이에요. 이다음 하늘나라에서 엄마,

아빠와 만나면 얘기해 줄게요. 낳아주셔서 너무나 고마웠어요. 엄마 카드로 돈을 뺀 것과 그동안 내가 일해 받은 돈을 통장에 모두 넣어놓았어요. 옷 가게에서 일도 하고 아주 큰 궁중전문음식점에서 일하기도 했어요. 엄마, 아빠와 하늘나라에서 만나면 셋이서 재미있게 살아요. 엄마 아빠 속 썩인 것 정말 죄송해요. 두 분이 함께 오래오래 살다 오세요.

불쌍한 딸 혜리 올림

두 사람은 술기운이 돌아 어지럽고 몽롱한 가운데 수면제를 대충 절반씩 나누어 입에 넣고 물을 마시고 서로 손을 잡고 잠을 잤다. 다음 날 오전 11시가 넘어도 기척이 없자 모텔 주인은 화가 났다. 『러브족들이 줄을 서서 기다리고 있을 텐데 늦잠을 자 방해를 놓다니.』 낮에 방 하나에 다섯 번도 더 손님을 받아야 되는데 이렇게 늦잠 자는 사람들 때문에 수입이 줄어들까 조바심이 일어났다. 참지 못한 주인이 방문을 노크했다. 아무 응답이 없었다. 예비 열쇠로 방문을 열어보았다. 두 사람이 반듯이 누워 자는 듯했다. 놀란 주인이 파출소에 신고하니 즉시 경찰이 달려왔다. 방 안의 물품 등을 수거하는 동시에 혜리의 유서와 통장을 보고 가출신고를 한 여고생인 것을 파악했지만, 다른 여자는 신분을 알 수 없어 지문을 채취하는 등 부산했고 시신을 일단 병원으로 옮기기로 했다. 혜리네 집과 동암역 앞에 있는 모텔은 그리 멀지 않았다.

생활전선

"유리 엄마. 어디 가세요?"
"슈퍼에 가네요. 영진 엄만 미리 많이 사 오셨지요?"
"요새 하루가 다르게 값이 올라서 정신을 차릴 수가 없어요. 오전에 슈퍼에 둘러보러 갔다 너무 비싸 저녁때 떨이 사면 싸지겠지, 하고 다시 가보면 싹쓸이해 물건도 없고 그새 물건값이 올랐어요. 해도 해도 너무해요."
"정말 혼자 벌어선 택도 없어요. 같이 버는 수밖에 없어요. 나도 어디 파트타임 자리라도 찾아봐야 되겠어요."
"태산을 떠 오지 않는 한 먹는 것도 실컷 못 먹는다니까요."
"어떤 수를 찾아야겠어요."
"좋은 수가 있어요?"
"좋은 수가 있으면 여태껏 가만히 있었겠어요?"
"호호호."
두 여인은 똑같이 웃음보가 터졌다.
"재래시장으로 가봅시다."
"문 앞에 슈퍼 두고 재래시장으로 가면 차비 들고 그게 그거지요."
"재래시장에 가면 차비는 빠진다니까요."
"재래시장에 가면 영 속는 것 같아요. 가격표가 있어야지! 가짜라도 붙여놓으면 그걸 보고 계산하며 사기나 하지."

"소비자는 언제나 속고 사는 거예요."

"정말 억울해 죽겠어요. 이때까지 넉넉지도 못한 터에 물건까지 속으며 사 먹고."

"안 속으려면 농사를 지어야지요. 뭐!"

"농사지으면 쌀, 채소는 안 속지만 또 속고 사는 게 많을 거예요."

"속고 속이며 사는 거예요."

"나는 사기만 했으니까 속여보진 못했어요."

"아이, 거짓말."

"아! 그러면 내가 속이는 거 보았어요?"

"보진 못했지만 알기는 해요."

"뭐요?"

"호호호."

"웃지만 말고 말해보세요."

"초등학교 때 과자 먹고 싶으면 학교에서 뭘 사라고 했다고 거짓말하고 돈 타다 껌 사 먹고 안 그랬어요?"

"호호호."

어릴 적 생각이 떠올라 똑같이 허리를 잡고 웃었다.

"그땐 왜 그렇게 풍선껌이 좋았는지 모르겠어요."

"우리 어릴 땐 풍선껌도 흔하지 않았잖아요?"

"흔하지 않으니까 더 그랬지요."

"푸- 불면, 탁- 소리가 나고, 신기했죠."

"얘기만 할 게 아니라 장 가방 들고나오세요."

"한 사람은 집이나 지켜야지요."

"도둑이 그새 오겠어요?"

"도둑이 오는 때가 따로 있나요? 두 집이 똑같이 외출하는 걸 보면 문

생활전선 249

뜯고 양쪽 집 맘 놓고 털지."

"우리 집은 뭐, 가져갈 거나 있나요. 헌 옷이나 뒤지고 어질러 놓고 가는 거지."

"부평 사는 우리 친구네는 며칠 전 집 비웠다가 금붙이 뭐 패물 홀딱 잃어버렸대요."

"아이고 아까워라. 요새 금값이 하늘 높은 줄 모르고 뛰어올라 정말 금값이래요. 옛날엔 금값이 똥값보다 조금 나았는데."

"금목걸이, 금반지, 심지어 돌 반지까지 만들어 쌓아둬야 그게 뭐 하는 거예요."

"그래도 급하면 팔아 쓸 수도 있고 괜찮은 거 아니에요?"

"상통 속에 싶이 누웠다가 홀딱 잃어버리면 속만 상하잖아요!"

"얼마나 속이 상할까?"

"없는 게 마음 편한 때도 있어요."

"호호호."

두 여인은 현관 앞에 마주 서서 서로 수다를 떨다 친구 따라 강남 간다고 영진 엄마도 슈퍼에서 나눠준 장 가방을 들고 나섰다. 영진 엄마는 가고 싶은 마음이 통 나질 않았지만, 혹시나 운 좋게 싼 물건 만나 횡재 좀 해볼까 하는 심정이 솟아올랐다. 산에 가는 대신 다리 운동을 해보자는 마음으로 유리 엄마를 따라 버스 정거장으로 갔다. 재래시장에 도착해 보니 사람들이 걸려 잘 다닐 수도 없고 장사꾼들이 손님을 유인하느라 왁자지껄 떠드는 소리로 정신을 차릴 수도 없었다.

『고양이 뿔, 개 뿔, 쇠뿔 말고는 다 있어요. 쇠뿔은 아니지, 자! 싸다, 싸- 밑지고 파는 겁니다. 막 거저 준다. 못 살면 말지.』 짝짝짝, 짝짝짝. 손뼉을 치며 몸을 리드미컬하게 흔들며 외친다. 그런 곳에는 사람들이 둘러서서 구경하며 입을 헤 벌리고 웃기도 하고 입심 좋은 여인들은 물건을 하나 골라 들고 수작을 걸어보기도 했다. 마구 떠드는 장사꾼의 머릿속에는 미리 받을 금액을 다 계산해 두고 더 높이 불렀다가 손님이 깎으려 대들면 정색하고 밑진다고 엄살을 부리지만 정작 손님이 어느 정도 깎아야 산다는 것도 잘 알고 있다. 그래서 적정선을 만들어 흥정이 이루어진다.

  이 골목 저 골목 헤집고 다니며 들러보았는데 가는 곳마다 물건을 산더미같이 쌓아놓았고 생선전 골목, 채소전 골목, 과일전 골목, 그릇전 골목, 육류전 골목, 잡화전 골목, 곡물류 골목 등등 몇 골목인지도 다 알 수가 없었고 하루에 모두 둘러볼 수가 없을 것같이 넓었다. 채소와 과일이 슈퍼 물건보다는 포장 면에서는 뒤지지만 조금 싼 것 같았다. 팔이 아플 정도로 가방 가득 사 들고 유리 엄마와 같이 집으로 돌아왔다. 기분이 괜찮아 콧노래를 부르며 저녁밥을 지어 아이들에게 주었고, 새로 사 온 과일을 깎아 놓으니 금방 밥 한 그릇씩을 뚝딱 비운 아이들이 또 입이 터지게 와삭와삭 먹어 치웠다. 아이들은 뭘 하려는지 각각 제 방으로 들어갔다. 무언가 이루어지려는 듯 마음이 확 열리는 것도 같았다.

  TV를 보고 앉아 있는데 지루할 즈음 초인종을 눌러 문을 열고 보니 남편이 술을 한잔했는지 불그레한 얼굴로 너스레를 떨며 들어왔다. 옷을 받아 걸자 화장실로 가 발을 닦고 세면을 하고 수건질하며 나와서 의자에 털썩 걸터앉자마자 유리 엄마와 같이 재래시장에 갔다 온 이야기를 시작했다. 물건 가격이 다락같이 올라 오만 원을 들고 갔단 반 가방도 못 채우고 돌아서야 하고 십만 원쯤은 넣고 가야 옛날 만 원 한 장으로 사던 물건만큼 될까 말까 하다고 넋두리를 하고 있는데 피로한지 금방 눈을 스르르 감는 남편에게 경을 읽듯 계속 떠들어댔다. 그런데 신기하게도 남편은 다 듣고 있었다. 한국말을 처음 배운 동남아 사람처럼 어눌한 어조로 말했다.

"아! 내가 당신 어려운 거 다 알고 있어."

"여보, 애들 둘 학원비가 60만 원이야. 또 그것만 들어가? 학교에서 하라는 준비물 다 사야 돼."

"당신이 살림을 잘해서 내가 맘을 놓지."

"맘만 놓으면 뭘 해. 미칠 지경이라니까. 이번 달이 아버님 생신이니까 또 돈 얼마 보내드리고 가봐야지. 다음 달은 우리 친정어머니 생신이니 또 용돈 드리고 가봐야지. 정신을 차릴 수가 없다니께."

"이때까지 하던 대로 당신이 잘해요. 졸려 잠이나 잤으면 좋겠는데."

"내 얘기 좀 더 듣고 자. 난 그런 생각이 떠오르면 잠이 백 리 밖으로 달아나고 가슴만 답답해서 그래."

"어떻게 할까? 부입으로 도둑질을 할 수도 읎고."

"도둑질하라는 소리는 아닌데. 아파트 관리비, 또 자동차세는 왜 1년에 두 번이야? 재산세, 가옥세, 자동차 보험료 등등 모두 부과되는 달은 잔액이 60만 원도 안 남아. 이걸 가지고 한 달을 밥 먹고 살아야 돼."

"우리만 그런 게 아닐 거야! 우리만 못한 사람도 많아."

"남 사정 보며 살 수는 없어."

"그야 그렇지. 참고 살면 나아지는 때도 있겠지."

"봉급이 올라도 쥐꼬리만큼밖에 안 올라서 물가를 반도 못 따라가고 해마다 더 살림살이가 힘들어."

"…."

남편은 졸린 눈에 잠이 싹 달아났지만 눈을 지그시 감고 대꾸할 말이 없어 가만히 있었다.

"내가 나서봐야겠어."

"어떻게 한다구?"

"내 말 잘 들리지? 내가 식당에라도 나가면 150만 원은 받을 수가 있어."

"그거 받고 밤늦게까지 뼈 빠지게 일하고, 지청구 먹구. 애들은 고삐 풀린 당나귀인 양 놀러만 다니구. 당신이 어려워도 참고 그대로 있는 게 좋아."

"그러면 당신이 한 달만 살림을 해 봐."

"해보나 마나 내가 당신 어려운 거 다 안다고 했잖아."

"글쎄. 알면 뭘 해. 대책을 세우든가 해야지."

"…."

"내가 일해서 그 액수만 살림에 보태도 괜찮을 것 같아."

"…."

"나는 당신이 동의한 걸로 생각하고 내일부터 알아볼 거야."

"일자리가 있기나 하나? 뭐!"

"전봇대나 음식집 창문만 잘 보고 다녀도 『아줌마 구함』이란 광고 쪽지를 많이 볼 수 있어."

"나는 퇴근하면 당신이 기다리고 있다가 웃는 낯으로 옷도 받고 그런 게 기분 좋아. 피로도 풀리고 다음 날 일할 맛도 나고. 퇴근해서 당신도 없고, 찬밥이나 뒤져서 아이들하고 먹고, 너무 초라해서, 당신이 태산을 떠 온다 해도 나는 싫어."

"당신 입장 내가 더 잘 알지. 당신 그동안 착실히 일했기 때문에 일찍 소형 아파트 한 칸 차지하고 이렇게라도 살고. 외모로 보긴 괜찮은 것 같지."

"시대가 어려우니까 참고 지내보자고."

"요즈음은 여자도 능력대로 일하는 시대고, 능력이 부족한 사람은 손으로 하는 노동이라도 해야 해. 나 같은 사람은 머리로는 할 일도 없고, 해도 안 될 것이고 손으로 하는 설거지라도 하고, 찬도 날라다 주고, 물병도 날라다 주고 해야 해. 내가 신혼 때도 아니고 사십 줄에 접어들었으니까 모든 일을 이지적으로 생각해서, 세상을 지혜롭게 헤쳐 나가는 거야."

"당신 나 몰래 인생 공부 많이 연구했군그래!"

"호호호."

"지금 내 봉급이 적으니까 백여만 원만 보태면 그런대로 괜찮을 것 같지만 얼마 못 가 또 부족하고 허덕이고 그럴 거야."

"그럴지라도 없는 거보다는 낫고, 후에 적자가 되더라도 최선을 다하며 사는 건데."

"나는 내가 못나 당신을 밖으로 내돌려 고생시키고, 장인, 장모님한테 면목도 없고, 우리 어머니, 아버지는 당신 돈 번다고 잘했다고 하실 줄 알아?"

"어른들이야. 사실 뭘 하든 용돈만 잘 드리면 아무 소리 안 하신다고."

"하하하."

"사실이 그렇지 뭐! 내가 한 달에 백만 원씩만 아버님에게 용돈 드려 봐, 우리 며느리는 세상에 둘도 없는 사람이라고 동네방네 아는 사람들에게 다 말씀하고 다니시지. 우리 친정아버지 어머니도 보나 마나 똑같으신 분이시고."

"오늘 밤은 잠이나 자고 차차 생각해 봅시다. 여보."

"쇠뿔도 단김에 빼야 한다고, 나는 더는 못 참아. 식당 일보다 못한 쓰레기 분류 작업하는 곳이라도 있으면 갈 거야. 냄새 좀 난다고 못 해? 너무 배부른 소리지."

"아유, 잠이나 잡시다. 제발."

영진 엄마는 이만하면 남편도 알아들었으리라 짐작했다. 피곤한 남편을 더 붙들고 말씨름하는 것이 오히려 역효과를 부를 수 있다는 것을 생각하고 얼른 일어나 방으로 들어가 이부자리를 폈다. 그리고 남편의 손을 잡고 끌었다. 남편은 고단한 몸에 술까지 마셨으니 눕자마자 일 분도 안 되어 코를 드르렁드르렁 골았다. 마음속에 이것저것 떠오르는 것이 많으니 잠이 오지 않았다. 생각 같아서는 콧구멍을 막거나 잠꼬대하는 척하고 몸으로 좀 밀치고 싶었으나 참고 멀리 방구석으로 데굴데굴 굴러가 돌아 누워버렸다. 방이 북통만 하니 거기가 거기고 코 고는 소리 듣기는 매일반이었다. 오히려 방구석이 울림통이 되어 코 고는 소리가 더 크게 나는 것 같았다.『얼마나 고단하랴! 아내와 자식 둘을 먹여 살리려고 힘들다는 소리 한 번 안 하고.』금방 서글픈 생각이 슬며시 마음속을 파고들었다. 눈물이 나려고 했다. 한숨이 저절로 나왔다. 한숨 소리가 너무 커서 남편이 잠을 깨 무슨 고민이 있냐고 캐물어 볼 것 같았다.

　옆집 유리 엄마 말을 들어보면 언제나 내 앞에서는 넉넉한 척, 허풍을 떨지만 한 시간도 못 가 금방 자기가 한 말을 잊었는지 뭘 사고 싶은데 돈이 없고, 뭘 하고 싶은데 돈이 없고, 할 것도 많고 사고 싶은 것도 많다고 한다. 사실 여자들의 심리가 그렇다. 백화점에 아예 가질 말아야지, 친구 따라가 보면 몸에 걸치고 싶은 것이 수도 없이 많고, 사고 싶은 것이 셀 수도 없고, 신발, 가방, 화장품, 주방용품 등등 거기 있는 거 다 가져왔으면 좋겠다. 공연히 여기저기 구경하고 다니며 눈요기라도 많이 하면 마음에 위안이 될까 싶지만, 오히려 마음만 더 지치고 다리가 아파 돌아올 때는 허전하기 그지없는 때가 한두 번이 아니었다.

　현실적으로 맘에 드는 거 다 살 수는 없지만 눈에 욕심나는 물건이 너무나 많다. 어느 때는 멋진 투피스를 보고 한 달이 넘도록 잊을 수가 없어 마음속으로 그리다가『다시 한번 보기라도 하자.』하고 가보니까 팔려나가 없어진 때도 있었다. 아쉽기가 말로 다 표현할 수 없었다. 주인을 붙들고『왜- 팔았냐?』하고 마구 떼를 쓰고 주저앉아 어린아이처럼 발

버둥을 칠 것 같은 심정이 일어나는 때도 있었다. 어떤 사람은 돈이 많아 사 입고 뽐내며 다니고, 어떤 사람은 보고도 못 사고 마음 아파하다 신세 한탄이나 하고, 차라리 백화점 같은 것이 아예 없어져 버렸으면 좋을 것도 같았다. 눈으로 보지 못하면 살 것도 없다. 세상 사람들이 모두 앞자락이나 겨우 가리고 다니고 서로 별 차이 나지 않게 살고, 그런 세상이 오히려 나을 것 같았다. 원시시대가 차라리 나을 것도 같았다. 내가 못하는 것을 남도 안 했으면 마음이 편하겠다. 나도 취직해 돈을 벌면 죽어도 한 이십만 원씩은 꼭꼭 적금을 들었다가 옷도 사고, 하고 싶은 것도 해야지! 하고 마음을 먹으니까 기분이 좋아지고 빤빤하던 눈꺼풀이 무거워지고 잠이 오려고 했다.

아침에 일찍 일어나니 정신이 맑았다. 밥하고 국 끓이고 하는 동안 아이들이 뭘 하다 잠을 잤는지 아직도 일어나지 않았다.

"영진아, 빨리 일어나 세수해라. 보람아, 너도 빨리 일어나라."

목이 아프게 몇 차례나 소리소리 질렀지만 아이들은 기척도 없다. 영진 아빠가 밤에 얼마나 이불을 쓰고 비벼대며 잠을 잤는지 도깨비처럼 산발을 하고 잔뜩 졸린 눈에 하품을 하며 응접실로 나왔다.

"아이고, 당신 정말 멋쟁이네. 벌써 일어났어?"

"아이들 부르는 소리에 잠을 잘 수가 있어야지."

"호호호."

"영진아, 보람아. 빨리 나오너라. 엄마가 얼마나 힘드냐?"

남편이 숫부엉이같이 목청을 가다듬어 아이들까지 깨운다.

"아이, 당신 왜 갑자기 이렇게 얌전하게 나오실까?"

"당신이 집에서 살림살이하는 것이 아무것도 아닌 것 같지만 집안에서 제일 힘 드는 일만 하고 우리 집을 총체적으로 이끄는 선장이지."

"정말! 오늘 아침 나 하늘로 훨훨 날아가는 기분이네."

"천사처럼 진짜 날아가진 말라고. 나 홀아비 된다고."

"호호호. 하하하."

부부가 큰소리로 웃자 불러도 죽은 척 자던 아이들이 눈을 비비며 졸린 눈으로 방에서 각각 동시에 나왔다.

"너희들 빨리 세수하고 엄마를 도와 수저를 놓아라."

남편이 갑자기 전에 없었던 태도를 보이니 어딘가 머리를 부딪쳐 크게 깨달은 사람같이 보였다. 전에는 전혀 들어볼 수 없었던 말이었다.

"오! 빨리 세수하고 밥 먹고 학교 지각하지 마라."

뜻밖에 아버지가 연속적으로 다정하게 나오자 아이들이 어리둥절하며 하나는 화장실로 가고 딸은 주방으로 와 행주를 들고 식탁을 닦았다. 영진 엄마는 돈 생각을 언제 했는지, 내가 마음을 달달 볶으며 살았던가? 하는 생각이 들었다. 온 집안 식구들이 이렇게만 한다면 지청구 먹고 고생하고 더 벌어 뭘 할까 하는 생각까지 들었다. 아침밥은 다른 날보다 반찬도 없는데 모두 잘 먹었다. 남편이 양복을 입으며 말했다.

"당신 정말 수고 많이 했는데 내가 몸으로 표현을 못 해 정말 미안했어."

"알았어요. 즐겁게 일하고 일찍 들어오세요."

먼지도 없는 남편의 어깨를 털어주고 아이들도 모두 웃음으로 학교를 보냈다. 남편이 아마 회사에 도착해 그런 말을 까맣게 잊고 일에 몰두할 때까지 영진 엄마는 남편의 말소리가 계속 귓전을 맴돌았다.

『당신 정말 수고 많이 했는데 내가 몸으로 표현을 못 해 정말 미안했어.』 몇 번이고 마음속에서 반복했다. 되뇌면 되뇔수록 눈물이 나왔다. 아니다. 이런 감정에 젖어 살 것이 아니라 나도 떳떳하게 돈을 벌어 기좀 펴고 남편에게 작은 선물이라도 사 주어 그의 맘을 기쁘게 하고 아이들 용돈도 좀 주어 친구들 사이에서 기죽고 살지 않게 하자. 부랴부랴 설거지하고 샤워를 하고 옷을 이것저것 몸에 대보았다. 거울에 비춰보고 나서 입어보고 또 입어봐도 맘에 드는 옷이 한 가지도 없었다. 이런 게 다 돈 못 벌어 일어난 탓 같았다. 화장을 가볍게 하고 현관문 앞에 서서 밖에서 무슨 소리가 나나 잘 들어봤다. 혹시 유리 엄마와 마주쳐서 괜히 쓸데없는 잔소리나 늘어놓게 될까 걱정이 되어서다. 외출복 차림으로 나오면 애인을 만나러 가냐? 어디 좋은 곳 있냐? 좋은 곳 있으면 혼자 가지 말고 나도 데리고 가라. 짓궂게 물어보면 대답할 말도 궁했기 때문이었다. 유리 엄마 모르게 일이 잘 진행되어야 할 텐데,『나중에 깜짝 놀라 부러워하는 걸 봐야지.』여자들의 심리는 모두가 경쟁적 심리에서 나오고 혼자만이 모든 행복을 누리려는 욕심과 이기심에서 생겨나는 작용이다. 살짝 소리가 나지 않게 열고 나가 문을 가만히 밀고 열쇠 소리도 안 나게 하려고 애썼다. 그런데『철컥』소리가 의외로 크게 나 얼른 유리네 현관문을 쳐다보기까지 했다. 유리 엄마가 등산 가자고 부를 시간이기도 했기 때문이었다.

 평상시 두 여인은 남편과 아이들이 모두 학교를 가면 설거지를 놓아둔 채 세수만 하고 얼굴 가리개를 쓰고 모자를 눌러쓰고 앞산에 올라 중허리에 난 둘레길을 한 바퀴 돌고 오는 습관이 있었다. 두어 시간 걸려 돌고 집에 와 샤워하고 설거지하고 소파에 누워 잠을 조금 자고 나면 몸이 가볍고 날아가는 기분이 되었다. 또 할 일이 없으면 양쪽 집 현관문을 열어놓고 무진장 수다를 떨다가 전화가 와 벨이 한참 동안 울려야 서로 헤어졌다. 아무튼 오늘은 유리 엄마가 게으름을 피우는 것이 큰 덕이었다. 영진 엄마는 얼른 발걸음을 재촉해 승강기 버튼을 누르고 열리기가 무섭게 출입문에 부닥치면서 들어가 1층 버튼을 눌렀다. 승강기 안에 있는 거울을 보니 얼굴 가득 웃음기가 서려 있었다. 얼굴을 이쪽저쪽으로 돌려가며 보았다.『이만하면 어디 가서 심부름을 해도 타박은 안 받겠지….』 하는 생각이 들었다. 이십 대 아이들과 비교해 피부가 좀 거칠기는 하지만 별 차이는 안 난다고 혼자 자부하기도 했다. 승강기가 1층에 정지해 문이 열리자마자 아이들처럼 뛰어나왔다. 아는 사람이 보고 부를 것도 같아 뒤도 안 돌아보고 버스정류장으로 곧장 갔다. 유리 엄마가 자기네 집에서 나와 현관문을 요란하게 노크하다가 응답이 없으면 화장실에 있는 줄 알고 참았다가 또 노크해 보고 한참 헛수고를 하다가 전화비가 아까운데 전화를 걸어보고 할 것을 생각하니 퍽 하니 웃음이 나왔다. 이런 때 모르는 사람이라도 쳐다보면 『저 여자 혼자 웃고 정신이 좀 이상한 여자 아니야?』 할 것도 같았다.

　버스가 와서 올라탔다. 시내 큰 거리에서 내렸다. 건물 벽 쪽을 보며 걸었다. 한참을 걸었다. 관심이 없을 때는 광고도 많고 사람 구하는 쪽지가 여기저기 붙어있어 『취직하기 어렵다고들 말하는데 저렇게 사람 구하는 광고가 많다니….』 하고 혼자 중얼거린 때도 있었다. 그런데 자기가 정작 일자리를 구하려고 하니까 도대체 그런 쪽지를 눈 씻고 찾아보아도 보이지 않았다. 뒷골목으로 들어갔다. 식당이 즐비했다. 정말로 어느 식당 유리창에 『아줌마 구함』이란 쪽지가 붙어있었다. 식당이 그리 커 보이진 않지만 반가웠다. 그래서 얼른 현관문을 열고 들어갔다. 카운터에 아저씨가 서 있었다. 아저씨는 식사를 하려고 온 사람인 줄 알았나 보다.

　"어서 오세요." 하고 정중히 인사를 했다.

　"안녕하세요. 혹시 사람 구하시나요?"

　"아이고, 어저께 사람을 구했는데 광고를 아직 두었군요. 떼어버려야지."

　"더는 사람을 안 쓰시나요?"

　"네."

　그래서 할 말이 없어서 돌아서서 나왔다. 몇 걸음을 걸어 딴 곳을 쳐다보며 걸었다. 마주 오는 여인이 말했다.

"아줌마, 저 아저씨가 부르는 것 같은데."

"네에."

그 여자가 가리키는 쪽을 보니 아까 그 아저씨가 문밖까지 나와 이쪽으로 걸어오며 손짓으로 오라는 시늉을 했다. 그래서 얼른 돌아서서 갔다. 그 아저씨는 아무 소리 하지 않고 자기 식당 안으로 들어갔다. 그래서 따라 들어갔다. 계산대에 선 아저씨가 말했다.

"아줌마 인상을 보니 괜찮은 것 같아서 내 친구네 식당에 전화를 했더니 보내보라고 했어요."

"아유, 감사합니다. 어딘가요?"

"아수 급하신가 본데 천천히 가르쳐 드릴게요."

"호호호. 하하하."

주인아저씨가 너털웃음을 멈추고 농담처럼 말했다.

"술 한 상 걸게 사셔야 합니다."

"잘되면, 제가 월급을 타고 나서 술 한잔 사고말고요."

"하하하. 썩 기분 좋은 소리네요. 우리 친구는 식당도 크고 괜찮은 사람이에요."

"사장님께 잘 부탁드리겠습니다."

메모지에 전화번호와 간단한 약도까지 그려주었고 버스 노선도 가르쳐주었다. 감사하다는 인사를 수도 없이 하고 허리를 굽혀 인사를 했다.

그 아저씨는 식당 문을 나서는 내 등 뒤에 대고 말했다.

"술 산다는 약속은 잊지 마세요. 하하하."

"호호호. 네, 꼭 지킬게요."

길게 대답하고 웃는 얼굴로 한 번 돌아다보고 나왔다. 버스를 타고 식당 주소를 보며 갔다. 집에서 상당한 거리에 있었다. 아이고, 잘됐다. 얼굴 아는 동네 사람이 자주 식당에 오면 곤란한 점도 있는데 오히려 괜찮은 생각이 들었다. 버스에서 내려 여기저기 간판을 보다가 큰 간판이 보이고 출입문을 옛날 기와집식으로 꾸민 식당이 아저씨가 가르쳐 준 곳이었다. 『암소갈비집』이라고 붉은 판에 크게 쓰여 있었다. 들어가기 전 모습을 가게 유리창에 비춰보려고 했으나 얼비치고 똑똑히 볼 수가 없었다. 앞에 있는 큰 건물 안으로 들어갔다. 여자 화장실을 찾아 그곳에서 손도 닦고 거울에 앞뒤 모습을 자세히 비춰봤다.

그리고 인사도 연습하고 상냥하게 해보려는데 더 안 되는 것 같았다. 웃음을 머금고 허리를 굽혀 인사를 해보았다. 거울 속에 있는 여자가 자기가 아니고 다른 여자같이 보이고 영 어색해 보였다. 공연히 얼굴이 붉어지고 가슴이 두근두근했다. 내가 왜 이럴까? 조금 전까지도 태연한 마음이었는데…. 찬물에 또 손을 닦고 거울에서 돌아서 있으니 좀 진정되는 것 같았다. 다른 사람들은 모두 자연스럽게 행동하고 말하는 것 같은데 자기는 중요한 때일수록 가슴이 떨리고 말도 크게 나오지도 않고 알 수가 없었다. 밖으로 나왔다. 식당 현관문을 밀고 들어갔다.

"어서 오십쇼."

"저- ○○ 사장님이 소개해서 왔습니다."

그동안 침이 바싹 말라 혀가 잘 돌아가지 않아 발음이 똑바르지 않은 것 같았다.

"아! 오래 걸려서 안 오는 줄 알았어요."

"제가 이쪽은 초행이라 찾는 데 오래 걸렸어요."

"아이고, 여기가 제일 큰길인데 여기를 찾느라고 오래 걸렸어요?"

"죄송합니다."

"죄송할 것까지는 없지만, 이런 일 해보셨나요?"

사장이 웃음을 띠고 말해 다소 안심이 되었다.

"처음이지만 잘할 수 있어요."

"처음인데 어떻게 잘하실 수가 있지요?"

그렇게 질문을 하니까 대답할 말이 궁해졌다. 그래서 웃음이 나왔다.

"손님들에게 항상 친절하게 하고요. 화가 나도 참고 웃고요. 사장님 말씀 잘 듣고 할게요."

"하하하…. 지금 말씀하신 대로만 하세요. 그렇게 못해서 손님들이 화내고 불쾌해서 다시 발길을 돌리고 하는 겁니다."

"네, 정말 잘하겠습니다."

"그럼 오늘 오신 김에 견습 좀 하시겠어요."

"네, 하고말고요."

"야, 왕언니야. 새로 오신 분 공부 좀 시켜라."

"예이- 예이- 마마. 똑똑히 들었습니다."

"똑 떨어지게 잘 시켜. 잘못하면 왕언니까지 혼바가지 나니까."

체격이 부잣집 맏며느리같이 풍풍하게 생긴 여자가 농담같이 대답을 하고 왔다.

"안녕하세요?"

"안녕하세요. 여기 참 잘 오셨어요. 마음만 서로 통하면 참 재미있는 곳입니다."

"잘 부탁드립니다."

"잘 부탁할 거 없어요. 자가가 알아서 빨리빨리 움직이면 되는 거예요. 남에게 미루면 안 되고요. 사장님은 봤으니까 사모님이 설거지도 막 하는 분이니까 설거지하는 곳으로 갑시다."

바싹 마른 오십 대 부인이 앉아서 파를 다듬고 있었다.

"안녕하세요."

"내가 얘기 소리 다 들었어요. 잘해주세요."

냉랭한 투로 말했다. 한눈에 봐서 신경질도 많고 허점을 보이면 그대로 쏟아내는 성깔 같았다.

"열심히 하겠습니다."

"한참 바쁠 땐 손이 네 개, 다섯 개라도 모자라니까, 눈치 봐서 빨리빨리 움직이는 거예요. 저기는 내 구역이 아니니까 미루면 안 되고 서로서로 바쁜 것을 도와주고, 손님 말을 못 듣고 더듬거리면 별것도 아닌데 화를 내고 성질 급한 사람이 식당 흠집 내고 흉보는 거예요."

"잘하겠습니다."

갈빗집 사모님이 갈비 좀 먹지, 냄새를 너무 맡아 질려서 못 먹었는지 몸에 살은 하나도 없고 뼈에 가죽만 씌워 놓은 것 같았다. 안주인의 인상을 보았고 또 왕언니라는 사람을 보니 덩치가 비교할 수도 없이 커 잘못했다간 본전도 못 찾을 것 같았다. 왕언니 말고도 다섯 명이 더 있었다. 대부분 나이가 자기보다 적어 보였지만 선배 대우를 하며 일일이 인사를 나누었다. 『오늘부터 강한 시집살이가 시작되는구나!』 본래 시집살이는 시어머니보다 시누이가 시키는 법인데 둘째 며느리니까 큰집에 일이 있으면 잠깐 갔다 오고, 명절 때도 저녁때 도착해 다른 동서들이 다 해놓은 후 거드는 척 잔소리나 좀 하고 지내다 와서 정말 시집살이는 안 해본 처지였다.

점심때가 되니 사람들이 제법 많이 왔다. 눈치도 알고 몸이 느리지는 않으니까 재치껏 종업원들 사이에서 같이 움직였다. 저녁이 되었다. 사장이 첫날이니까 들어가고 내일부터 오전 10시까지 나오라고 했다. 아이들 생각에 얼른 들어가고 싶었지만 오늘부터 잘해야 되겠다는 생각이 들어 대답만 하고 그대로 일을 했다. 들어갈 수도 없었다. 손님이 얼마나 많은지 좌석이 없어 기다리는 사람들에게 사장이 연신 허리를 굽실거리며 번호표를 주고 커피나 녹차도 주고 지루하지 않게 같이 얘기를 나누며 돌아가지 못하게 잡았다. 아이들에게 전화를 걸어 엄마가 바쁜 일이 있으니 먼저 저녁밥을 먹으라고 했다. 남편에게도 사정이 있어 늦겠다고 얘기를 했다. 10시가 넘어 배에서 꼬르륵 소리가 날 때, 들어오는 손님이 적어졌다. 왕언니가 눈짓해 다가가니 귀에 대고 얼른 저녁 식사를 하라고 했다. 식당 뒤편에서 밥 한 덩이를 김치 한 가지하고 마파람에 게 눈 감추듯 먹고 칫솔도 안 가지고 가 찬물을 물었다 뱉는 식으로 양치질을 대신하고 혹시 음식 냄새가 날까 봐 박하사탕 한 알을 입에 넣었다 얼른 손에 받아서 버렸다. 손님이 부를 때 대답을 할 수가 없었기 때문이었다. 갈비 굽는 냄새가 처음에는 코를 자극하고 군침이 돌게 하더니 창자 속을 동하게 했는지 배가 쓰린 듯도 했으나 냄새가 금방 코에 배 잘 느낄 수도 없었다. 정말 담당 테이블은 없었지만 바쁘기는 매한가지였다. 운동장 같은 식당 여기저기서 손짓하거나 벨 누르는 소리가 나면 쫓아가 손님의 얘기를 듣고 심부름을 했다. 쉴 새도 없이 빈 그릇을 날라다 주고 식탁을 닦고 자로 잰 듯 맞추고 누가 말하지 않아도 일사불란하게 했다. 그러다 일을 마쳤다.

밤 11시가 넘으니 손님이 다 나갔다. 시간이 어떻게 흘러갔는지 모를 지경이었다.

"새로 나온 아주머니 오늘 첫날 대단히 수고가 많았고 제법 몸이 빠르신데 늘 그렇게 해주시기 바랍니다."

"몸이 가벼우니까 빠르네요. 애썼어요."

왕언니가 말했다.

"잘 봐주시니 감사합니다."

"언니, 참 수고했어요."

사람은 각각 얼굴에 인생의 숫자가 그려져 있어 알아보는 것이 있었다. 삼십 대 종업원들이 전부 언니라고 부르고 칭찬 일색이었다. 속으로 기뻤다. 이 사람들이 먼저 왔다고 괄시나 하고 동생 취급하듯 하면 어쩌나 하는 생각이 종일토록 머리를 지배했었다. 모두 손을 한 번씩 잡고 각각 헤어지고 버스 정거장으로 갔다. 집에 도착하니 0시 10분이나 되었다. 남편도 회식이 있어 금방 왔다고 하며 수건질을 하고 있었다. 아이들이 나오며 물었다.

"엄마 어디 갔다가 이렇게 늦게 와?"

"저녁은 먹었니?"

"엄마가 없으니까 밥맛이 있어야지."

왈칵 눈물이 나려고 했다. 이제부터 시작인데 어떻게 해야 할까?

"미안하다. 엄마가 너희들 용돈도 잘 주고 학원비도 잘 주려고 취직을 했다."

용돈을 잘 준다는 바람에 아이들이 웃으며 말했다.

"어디 취직을 했는데 이렇게 늦게 와?"

"아주 바쁜 곳이야."

"어딘데?"

딸애가 다그치듯 물었다.

"차차 엄마가 가르쳐줄게."

남편은 지난번 얘기를 듣고 짐작했는지 걱정하는 소리로 말했다.

"당신 정말 몸이 지탱하겠어?"

"마음이 중요해. 앉아서 하는 쉬운 일도 하기 싫으면 못 하고 남이 보고 어렵겠다고 하는 일도 쉽게 해낼 수도 있어."

"엄마! 난 엄마가 집에 있는 게 좋은데."

6학년 딸아이가 응석하듯 말했고 중학교 2학년 아들 녀석은 조금 의젓한 소리로 말했다.

"엄마도 위치를 찾아야 돼."

"엄마의 위치가 뭐냐?"

아빠가 입가에 미소를 지으며 물었다.

"엄마의 위치는, 집에서 밥이나 하는 엄마는 시대에 뒤떨어진 엄마지. 엄마도 취미 생활도 하고 교양도 쌓고 에-, 사회에 봉사활동도 해가며 지내는 거지요."

"야, 영진이가 제법인데, 난 아직도 엄마 젖이나 먹으려 하는 줄 알았지."

"아버지, 저도 중 2입니다. 곧 군대 갈 나이가 되었는데."

"하하하. 호호호."

온 집안 식구들이 응접실이 떠나가게 웃었다. 과일 한쪽씩을 먹고 나서 아이들은 각각 방으로 들어가고 영진 엄마는 샤워를 하고 방으로 들어갔다. 남편이 누워서 신문을 보다가 치워버렸다. 가볍게 크림만 바르고 남편 옆에 누웠다.

"당신 정말 할만해? 장소는 어디야?"

"마음으로 다 준비가 되어 있고 큰 갈빗집이에요."

"어떻게 그런 곳에 갔어?"

"사람이 움직이면 살 수 있는 방법이 다가오더라고."

"누구 바람에 거기까지 갔어? 옆집 유리 엄마야?"

"유리 엄만 상관도 없어, 내가 무작정 계획하고 틈만 보고 있다가 구하려 나서니까 헛다리도 밟고 엉뚱한 곳에 자리를 소개받기도 하더라고."

"도깨비가 자리를 잡아주었나?"

"호호호. 시내에 나가 광고지를 보고 어느 식당에 들어갔는데 어저께 종업원을 구하고 광고 쪽지를 떼지 않았다는 거야. 그래서 그냥 나오는데 어떤 지나가는 아줌마가 누가 부르고 있다는 거야. 돌려다 보니 그 식당 아저씨가 손짓해. 다시 갔더니 웃으면서 『아줌마 인상이 괜찮다는 거야.』 자기네 식당은 필요 없고 친구 식당이 아주 큰 곳인데 전화를 했더니 보내보라고 했다는 거야. 그래서 그 아저씨가 주소와 버스노선을 적어 주어 찾아갔더니 아주 큰 갈빗집이에요."

"계속할 수 있겠어?"

"이미 발을 들여놓았으니 해야지요. 얼마나 손님이 많은지 정신을 차릴 수도 없고 저녁 먹을 시간도 없어서 서서 밥 한 덩이 먹었다고."

"그렇게 바쁜 곳에서 어떻게 견뎌내?"

"그런 곳일수록 좋지. 파리 날리는 곳에 들어가면 금방 잘리지. 바쁜 곳에서 일해야 월급도 많이 받고 오래 버틸 수 있지요."

"몸이 말을 들어야지?"

"걱정하지 말아요. 내가 다 감당해 낼 테니까."

남편은 더는 물어보지 않았고 잠을 자려는 눈치였다. 월급이 얼마냐? 또는 종업원은 몇 명이냐? 등등 좁쌀 같은 잔말은 하지 않았다. 꼬치꼬치 물어보고 성질을 낼까? 걱정했지만 평소에도 심한 말은 한 일이 없어 어느 정도 믿고 있었다. 남편이 코를 고는 것을 듣고 자기도 종일 서서 종종걸음을 쳐 몸이 나른해지는가 싶더니 눈꺼풀이 무거워지고 아스라이 꿈속으로 빠져들어 갔다.

아침에 눈을 뜨니 창이 환해졌다. 평시와 같이 밥을 하고 남편과 아이들이 나가고 난 후 설거지하고 방 청소를 하고 샤워하고 화장하고 바삐 움직였다. 9시에 출발을 했다. 식당에 도착하니 조금 일찍 왔다. 사장이 문 앞에 있었다.

"사장님 안녕하세요?"

"어서 오세요. 부지런하시네요." 하고 인사를 받았다. 둘러보니 먼저 나온 사람이 하나도 없었다. 주방 쪽으로 가니 주방장과 사모님이 무엇을 열심히 하고 있었다.

"안녕하세요? 사모님."
"네. 이것 좀 처리하세요."
상추쌈을 닦고 있었다. 종업원들이 할 일을 자기가 맡아서 하고 있다고 생각했다. 그래서 얼른 말했다.
"종업원들이 나오면 할 건데요."
"종업원들이 할 걸 내가 하면 종업원들이 좋고 또 다른 일 하면 되지요."
대꾸할 말이 떠오르지 않았다. 『성공하고 사는 사람들은 마음이 다르구나!』 하는 생각이 들었다. 얼굴이 화끈거렸다. 그저 시키는 대로만 하고 아무 말 하지 말걸, 이다음에는 그렇게 해야겠구나, 속으로 생각했다. 하나둘 종업원들이 출근을 했다.
"아이고, 언니 일찍도 오셨네."
"안녕, 잠도 안 자고 새벽밥 먹고 왔지."
"호호호. 이거 큰일 났네, 사장님 사모님이 시집살이시키는 것이 아니라 새로 들어온 언니가 시집살이를 시키네."
"내가 왜 동생들을 시집살이를 시켜?"
"나는 빨리 온다고 왔고, 일 등이지 하며 들어왔는데."
"나는 처음이라 늦을까 봐 집안일도 대강대강 하고 왔지."
"앞으론 천천히 설거지, 청소 다 하고 나오세요. 제발."
"하하하. 호호호."
"새로 나온 언니, 잘도 교육시킨다. 더 빨리 나와서 뒤처리 다 하라고 하지."
사모님이 말하는 틈에 끼어들었다. 다들 사모님 말씀이니 재미있다고 깔깔깔 억지로라도 웃어댔다. 그런대로 웃으며 아침을 시작하니 할 일 없어 유리 엄마와 같이 등산 가던 것보다 훨씬 나은 것도 같았다. 하루 등산 가는 것보다 열 배는 걸음을 많이 걸었다. 손님들이 앉는 자리는 한 계단을 올라가야 하므로 오르락내리락하며 심부름을 하고 무거운 빈 그릇을 쟁반에 담아서 내가고 하여 종아리에 알이 배 뻐근하고 잠을 잤어도 허리가 굳어 잘 구부러지지도 않는 것 같았다.

그럭저럭 점심때가 되니 또 사람들이 밀려들어 왔다. 바삐 또 움직였다. 가만히 서 있을 수가 없는 곳이었다. 화장실에 갈 시간도 없다. 어쩌다 생각해 보니 오전 내내 화장실을 한 번도 안 갔다. 몸이 저절로 볶아져서 수분이 모두 땀으로 증발해 소변도 잘 나오지 않는 것 같았다. 저녁이 되니 어저께처럼 또 손님이 밀려들어 왔다. 눈을 씻고 봐도 어저께 온 손님은 하나도 없는 것 같은데 새 손님이 그렇게 많이 오다니, 전에 남편과 아이들을 데리고 갈빗집을 가본 일도 있었다. 일 년에 두 차례쯤 간 일이 생각나는데 자기 집 같으면 갈빗집이 이렇게 장사가 잘 될 것 같지 않았다. 또 어제저녁처럼 정신없이 시간이 흘러갔고 정리를 하고 퇴근했다. 집에 가니 남편은 TV를 보다가 졸고 있고 아이들은 각각 자기 방에 있다가 엄마 목소리를 듣고 문을 열고 나왔다. 얼른 화장실에 들어가 손을 닦고 나와서 과일을 가져다 깎아 놓았다. 딸아이가 과일 먹을 생각은 않고 엄마를 쳐다보며 말했다.

"엄마 몸에서 고기 구운 냄새가 나!"
"고기 구운 냄새가 나면 좋지. 뭘 그래?"
아들이 어른스럽게 말했다.
"호호호. 그러냐? 저녁은 어떻게 먹었니?"
"아빠가 해줘서 먹었어."
"아빠가 밥해도 맛있지?"
"엄마가 해 주는 게 더 좋아."
"이번 일요일 날 엄마가 쇠고기 사다 불고기 해줄게."

"야- 신난다. 엄마, 힘들지도 않고 외식하는 게 어때?"

"아이고, 우리 딸 엄마를 생각하고 너무나 예쁘다. 엄마가 새로 배운 것도 있고 고기를 사다 집에서 먹는 것이 더 좋단다."

아이들이 커갈수록 떼쓰는 일이 적어지고 어른스러운 말을 할 때 정말 키우는 보람을 느끼고 어려운 걸 잊어버린다. 손발이 다 닳아도 좋을 것 같았다. 공연히 가슴이 벅차오른다. 듣고만 있던 남편은 가타부타 말을 하지 않았다.

"너희들 빨리 과일 먹고 들어가 자거라."

"네."

"여보 피곤한데 들어가 잡시다."

"당신이 피곤하지."

아무 표정 없이 앉아 있다가 위로하는 말을 하니 짧은 이 말 한마디를 듣는 순간 맘속에 새삼 뭉클한 것이 일어난다. 남편을 위해서, 자식들을 위해서, 더 뛰어야겠다는 생각이 머리를 스치고 지나가 양팔이 날개로 변해 금방 문을 열고 밖으로 나가 캄캄한 밤하늘에 반짝이는 밝은 별을 향해 한없이 날아갈 것만 같았다. 남편의 손을 잡고 방으로 들어갔다. 다음 날 아침에 일어나 전과 같이 반복되는 일을 시작하였다.

일요일 날 아침이 되었다. 남편이 쉬고 아이들이 학교를 안 가는 날이다. 그런데 영진 엄마는 출근해야 했다. 식당이 한 달에 하루만 쉬기 때문이었다. 그것도 그달의 마지막 날 월급을 주고 다음 날 쉬라고 한단다. 남편과 아이들에게 미안하기 그지없었다. 모처럼 얻은 직업이니 어찌할 수가 없었다. 매일매일 일 등으로 출근했다. 사모님도 웃으며 인사를 받았다. 오늘 아침은 종업원들이 출근하더니 자기들끼리만 자주 눈짓을 하는 걸 여러 차례 보았다. 이것들이 나를 뭐로 보고 벌써부터 돌려놓으려는구나, 하고 생각하니 기분이 안 좋았다. 참고 있다가 저녁때 제일 나이가 적은 사람에게 슬쩍 말을 걸었다.

"뭐야? 비밀이 있어?"

"아니에요."

"아니긴 뭐가 아니야."

얼른 입에 손가락을 가져다 대며 아무 소리 말라는 시늉을 했다.

『야, 이것들이 정말 날 왕따 시키고 있네.』 속으로 생각하니 화가 났다. 정말 첫 번부터 이렇게 나오면 머리끄덩이를 잡고 고만두더라도 따져봐야겠다고 생각했다. 거울을 보나 마나 얼굴빛이 변하고 다소 상기된 표정이 된 것 같았다. 화장실로 들어갔다. 얼굴이 불탄 것 같아 세수라도 해야 할 것 같았다. 아까 말을 걸었던 종업원이 얼른 따라 들어왔다.

"언니, 속상한 거 있어요?"

"벌써부터 왜들 그래?"

"호호호. 언니만 빼놓는 줄 알았지? 오늘이 월급날인데 지난번에 사장님이 다음 달부터 올려준다고 해서 오늘 서로 확인하느라 눈짓으로 주고받은 거예요."

"호호호. 나는 그런 것도 모르고 나를 왕따 시키는 줄만 알았지."

"호호호. 언니를 무슨 재주로 왕따 시켜요? 늦게 들어온 언니가 우리들을 모두 왕따 시키겠던데."

"뭘 봐서?"

"매일 일 등으로 출근하고, 깐깐한 사모님이 벌써부터 점수를 많이 주던데요."

"그래? 그러면 진짜 난 왕따 당하는데."

"언니, 고만 나가요."

"알았어. 잘들 봐줘."

"호호호."

화장실에서 나오니 다른 종업원이 보고 말했다.

"둘이서 깨를 볶았나? 고소한 냄새가 나네."

"호호호. 여자끼리 무슨 깨를 볶아?"

"남자하고만 깨를 볶는 건가?"

"호호호."

퇴근 시간에 사장님이 모두 모이라고 했다. 주방장을 비롯해 종업원들의 표정을 보니 웃는 낯으로 모두 사장님 앞에 모여 섰다. 영진 엄마는 맨 뒤에 섰다.

"에- 여러분들이 모두 열심히 뛰고 잘해준 덕택에 손님들이 많이 늘어나고 있습니다. 우리 식당에 오시는 손님들은 모두 왕입니다. 왕보다 더한 황제로 모셔야 합니다. 금상첨화錦上添花라는 말이 있습니다. 여러분들도 잘 아는 말이겠지만 『비단옷을 입고 머리에 예쁜 꽃까지 꽂으면 더욱더 보기 좋다.』라는 말입니다. 현재 좀 괜찮게 돌아간다고 자만하면 안 됩니다.

더욱더 손님들에게 친절하게 하고 정성을 다해 서비스를 해야 합니다. 여러분들은 모두가 미인들입니다. 미인이 더 아름답게 보이려면 손님들의 마음에 쏙 들게 해야 정말 아름다운 미인입니다."

"사장님, 그 말씀 꼭 맞는 말입니다. 나는 원래 미인이니까."

"하하하. 호호호."

깍지동만 한 몸집에 너글너글한 왕언니가 목청을 높여 큰 소리로 말했다. 순간 까르르 웃음보가 터지니 사장님도 웃느라고 다음 말을 잇지 못했다. 상의 안주머니에서 여러 개의 흰 봉투를 꺼내더니 일일이 봉투에 적힌 이름을 부르며 월급을 주었다.

"내일은 여러분이 기다리는 휴일입니다. 가족과 함께 재미있게 쉬십시오."

"사장님, 사모님. 감사합니다."

왕언니가 선창해 모두 따라 큰 소리로 외쳤다. 모두 현관문을 열고 나왔다. 사람들이 지나가는 것도 잊은 채 자기 월급봉투 금액을 보느라고 가로등이 잘 비치는 곳에 모였다.

"나는 10만 원 올랐네."

"모두 같아."

"에이- 한 50만 원씩 더 주지."

"그러게 말이야."

"우리가 자기네 돈을 얼마나 많이 벌어주는데."

모두 한마디씩 했다.

"그것도 큰맘 쓴 거다. 내가 이 집에 몇 년 있어봤지만 요새 정말 장사가 잘되니까 올려준 거지, 한 번도 올려준 적이 없어."

왕언니가 힘주어 말했다. 영진 엄마는 겨우 일주일을 일했으니까 월급은 생각도 안 했으나 제일 나중에 이름을 불렀다. 봉투를 받았다. 다들 자기 월급은 얼른 가방 속에 넣고 영진 엄마의 봉투를 보자고 말했다. 영진 엄마는 일한 날수가 적으니 안 보여주려고 했으나 모두 궁금하다며 가방을 잡아끌어 보여주었다. 50만 원이라고 쓰여 있었다.

"억, 아니."

금액을 보고 모두 놀래는 시늉을 했다.

"사장이 인심 썼네. 정말 큰맘이야."

"그러게. 일주일 일하고 50만 원이면 4주면 2백만 원 받는 꼴이야."

"그러면 왕언니보다 많다."

"우리들은 한 달 내 죽을 고생하고 겨우 130이야."

"그것도 올려준다고 해서 목이 빠지게 한 달을 기다린 것이 고거야."

여자들은 오나가나 참새들이다. 그런 걸 가지고 따지고 난리가 났다.

버스정류장이 시끌벅적할 즈음 영진 엄마네 방향으로 가는 차가 왔다. 영진 엄마는 손을 흔들고 얼른 차에 올라갔다. 차 안에는 손님도 적었다. 얼른 자리를 잡고 앉았다. 다음 달은 나도 그 정도는 되겠지. 생전 처음 자기 손으로 일해 번 돈이라 생각하니 어떻게 써야 할지 마음이 설렜고, 잠시 생각에 잠겨있는데 차가 집 근처에 도착했다. 버스 문이 열리자마자 아이들처럼 뛰어내렸다.

"아주머니, 조심하세요."

캄캄한 밤에 너무 급하게 내리는 것을 본 버스 기사가 걱정이 되었던 모양이었다.

"네- 고맙습니다."

조금 떨어진 곳에 있는 24시 편의점으로 향했다. 집에 과일도 있고 다른 간식거리도 있지만 그래도 뭘 좀 사려는 생각이 났다. 『남편에게 먼저 선물을 사자.』 그런데 무엇이 좋을까? 생각해 봐도 좋은 생각이 얼른 나지 않았다.

"우리 애 아버지께 선물을 사려는데 무엇이 괜찮을까요?"

"술 좋아하시면 술이 좋지요!"

"무슨 술?"

"많아요. 여기 칠레산 와인. 이거 옛날엔 갑부도 못 먹은 술이에요."

"얼마지요?"

"4만 8천 원."

"비싸다."

"이건 프랑스산, 9만 8천 원. 이것보다 훨씬 비싸지요."

"왜, 프랑스산은 더 비싸지요?"

"그거야 프랑스 사람들이 큰 코를 내밀고 더 부르는 거지요."

"호호호. 하하하."

"사실 칠레산은 우리나라와 FTA라는 협정을 맺어 관세가 없어져서 그런 것 같아요. 내가 뭘 아나요?"

"그럼, 프랑스산이 맛도 나은가요?"

"나도 술을 먹는 사람인데 똑같아요. 그런데 비싸면 좋은 것으로 아는 우리나라 사람들의 습성이 문제예요."

주인의 말이 점잖게 들렸다. 그래서 칠레산 포도주 한 병을 사고 마른 안주도 조금 사서 얼른 발바닥에 불이 나게 집을 향해 걸었다. 아이들에겐 내일 아침에 불고기를 해줄 맘을 먹고 다시 시장에 나와 불고기거리를 사야겠다는 생각을 했다. 액수가 적더라도 첫 월급은 월급이다. 겨우 일주일을 보냈는데 비율로 친다면 같이 일하는 이들이 놀랄 정도로 받았다.

돈은 사람의 마음을 실망시키기도 하고 기분 좋게도 한다. 남편이 빙긋이 웃으며 마실 생각을 하니 기분이 더더욱 좋았다. 집에 들어가니 남편이 소파에서 자고 있었다.

"여보, 나 왔어요."

"아이고 나 잠들었네. 조금 전까지 앉아있었는데."

"방에 들어가 주무시지."

"그럴 수야 있나? 당신 오는 발짝 소리를 들으면 맘이 놓이던데."

"호호호. 아이, 행복해라."

아이들은 잠이 들었는지 모두 나오지 않았다.

"여보 내가 오늘 술 사 왔어. 손 씻고 준비할게."

"야, 이거 괜찮은데, 술도 얻어먹고."

그동안 남편의 맘이 편치 않았던 모양이었다. 별말도 없이 며칠이 지나갔다. 이것이 속으로 불만이 있다는 표시였다. 그런데 술을 사가지고 오니 남편의 마음이 열린 것 같았다.

"이거 물 건너온 술 아니야?"

"슈퍼는 문을 닫고 24시 편의점에 들어갔더니 칠레산 와인을 권하더라고."

"막걸리나 한 병 사 오지. 이거 너무 비싼 건데, 목구멍 막힐까 걱정이다."

"이제 내가 자주 양주도 사 올 거니까."

"아이고, 제발 그러지 말지 말아주세요."

"호호호. 하하하."

두 사람이 웃음보를 터트리니 양쪽 방에서 아이들이 눈을 비비며 나왔다.

"그래 잘 일어났다. 과일 먹고 자거라."

"우리 먹을 것은 뭘 사 왔어?"

보람이가 말했다.

"집에 과일 많은데."

"아빠만 좋은 거 사다 주고 우린 뭐야."

"야, 엄마가 이렇게 늦게 고생하고 왔는데 먹을 게 뭐냐?"

영진이는 제법 동생을 훈계했다. 주방에서 과일과 술안주를 접시에 담고 포도주잔을 준비해 쟁반에 받쳐 들고 왔다.

"당신도 잔을 준비해요."

"난 싫어, 취하면 어떻게 해?"

"한잔 같이 하자고, 당신이 첫 서비스인데."

"내가 왜 첫 서비스야?"

"전에는 전업주부 신세고 지금은 아니잖아?"

"지금도 마찬가지야."

"전연 아니지, 내가 저녁 식사를 담당하니까."

"호호호. 당신 그것만 따지고 있어?"

"사실이 그러니까."

"나는 그 자리를 양보할 순 없어!"

"하하하. 자릴 빼앗길까 봐 떨고 있네."

"그 자릴 빼앗기면 난 아무것도 아니지."

"하하하. 칠레산 포도주로 목 좀 적시고 기분 좀 내보자."

"당신, 기분 내라고 내가 마음을 썼지."

영진 아빠는 포도주를 음미하듯 조금씩 마시더니 빙긋이 미소를 띠고 아내에게 잔을 건네주었다.

"어- 당신 나 술 취해서 주정하면 어쩌려고?"

"내가 다 책임질게."

"호호호. 자, 맘 놓고 취해보자."

"엄마, 여자가 술 마시고 취하면 남자들이 『까시』한대."

보람이가 얼굴을 찡그리며 말했다.

"까시가 뭐냐?"

"나도 잘 몰라. 우리 반 여자 아이들이 어떤 멋쟁이 언니가 술 취해서 쓰러졌는데 청년들이 나타나서 여관으로 데리고 가 까시했다고 말했어."

"호호호. 엄마는 까시 안 당하도록 마실게."

"그렇게 자꾸 하다 술 취하면 까시당하지."

"호호호. 걱정 마, 아빠와 같이 있으니까 아빠가 까시하는 건 괜찮지?"

"그러다가 다른 아줌마들하고 술 마시고 취하면 큰일 나지. 나도 소풍 갔을 때 아줌마들이 술 마시고 정신없이 뛰면서 춤추는 거 다 봤다구."

"다른 곳에선 절대로 안 마셔. 약속할게."

"보람이가 다 컸는데 이제 보니."

아빠가 사랑스러운 눈빛으로 바라봤다.

"아빠, 나도 6학년이라고! 남자처럼 군대는 안 가지만 다 안다고."

"하하하. 호호호. 아이들이 크면 더 조심하고 살아야 해. 아이들 눈이 더 무섭다고."

"어른들이 잘못하니까 아이들이 따라서 잘못을 저지르는 거 당연하지."

"너희들은 빨리 먹고 자거라. 그래야 내일 일찍 학교에 가지."

"엄마는?"

"엄만 내일이 정기 휴일이란다. 너희들이 학교 갔다 오면 맛있는 거 해놓을게."

"일요일 날 안 쉬고 아무 때나 쉬어?"

"그런 게 아니고 매월 1일 하루만 휴식한단다."

"토요일까지 쉬는 곳이 많은데."

"공무원들이나 큰 회사는 토요일도 쉬지만 엄만 서비스하는 곳이니까 사람들이 쉴 때가 더 바쁘단다."

아이들이 자기 방으로 들어가고 부부는 기분이 좋아 미소를 띠고 잔을 하나만 가지고도 서로 권하고 마시고 했다. 보람이 엄마는 원래 술을 안 마셨으나 기분이 좋아 남편과 똑같이 마시니 금방 술기운으로 얼굴이 달아올랐다. 와인은 입에 단맛이 나고 순하지만 11도가 넘어 많이 마시면 술에 약한 여자들은 취하기도 한다. 보람 엄마는 남편이 권하는 대로 하다간 정말 취할 것 같아 일어나 화장실로 들어갔다. 얼른 샤워를 하고 나와 남편의 손을 잡고 방으로 들어갔다. 남편 곁에 누우니 술기운인지 하늘로 둥둥둥 선녀처럼 떠가는 기분이었다. 남편의 넓은 가슴을 파고들었다. 남편이 내뿜는 입김이 얼굴 위로 지나가니 와인의 향이 어떤 향수보다 좋았다. 부부는 뜨거운 밤을 보냈다. 아침에 아무 일도 없었던 것같이 일어나 밥을 짓고 국을 끓여 남편과 아이들이 급히 먹고 학교에 갔다. 설거지하고 좀 쉬려는데 누가 초인종을 눌러 문을 열고 보니 옆집 유리 엄마였다.

"아니, 보람 엄마. 계속 요새 얼굴을 볼 수가 있어야지."

"이렇게 보지 않아요?"

"호호호. 좋은 일 있으면 같이 좀 즐깁시다."

"좋은 일은 무슨 좋은 일?"

"어디 나가는 것 같던데."

"놀러 다니지."

"내가 창문으로 내다보고 있으니까 버스 정거장 쪽으로 가더라고."

"일자릴 구하러 다니지."

"나도 갑갑해서 집에 못 있겠어."

"등산도 맘대로 하고 누웠다 일어나도 누가 시비를 하나, 집에서 노는 것이 좋지."

"그래도 보람 엄마와 같이 산에 갈 땐 괜찮았는데 벨을 눌러봐도 응답이 없어 나도 그냥 시그르르 하는 때가 많았어요. 그러니까 몸이 찌뿌드드하고 영 몸이 무겁고 그래요."

"운동을 안 하면 몸이 무거워요. 억지로라도 움직여야 해요."

"나가는 데가 어디예요? 보험사?"

"아니에요. 보험사 같은 거 다리품만 팔고 일가친척 형제들만 괴롭게 하는 직업이에요."

"사람이 급한 일 당했을 때 준비가 없으면 고생하잖아요. 보험이 그런 때 필요한 거지요."

"원래 뜻은 좋은 건데 설계사 사탕발림 같은 말만 믿고 들었다간 크게 실망만 하고, 만기까지 가면 금전 가치의 변동으로 실제로는 큰 혜택도 없고 잘못하면 오히려 처리를 잘 안 해주고."

"튼튼한 회사에 잘 가입하면 되지요. 뭐!"

"유리 엄만 보험사 쪽으로 자리를 잡아 봐요."

"나도 생각은 좀 있는데."

"잘됐네요. 유리 엄만 말도 잘하고 얼굴도 예쁘고."

"호호호. 나보고 얼굴이 예쁘다구요? 생전 처음 듣는 말씀인데, 보람 엄마 뭐가 먹고 싶어요?"

"호호호. 한턱내셔도 돼요. 보험설계사는 얼굴이 한몫한대요."

"난 실지로 예쁘지도 않지만 왜 그렇지요?"

"호호호. 낸들 아나요? 떠돌아다니는 말을 들은 거지요."

"내가 아는 사람은 나이도 많은 설계사인데 몇천을 올린대요. 글쎄."

"세상은 저마다 필요한 곳이 있는 것 같아요. 제자리를 꼭 맞게 찾은 사람은 일이 다 잘되는 건가 봐요."

"그런 곳이 어딘지 알아야 찾아가지."

"나 같은 사람은 머리 쪽은 안 되고 손으로 하는 일이 맞고요. 유리 엄만 그런 곳에 가면 대환영받을 거예요."

"뭘 봐서요."

"내 예감이 그래요."

서로 끝도 없는 얘기를 늘어놓다가 유리네 집에 전화벨이 울려 유리 엄마가 들어가는 바람에 이야기는 끝이 났다. 영진 엄마는 이것저것 둘러보다가 밀린 빨래를 하고 집 안 구석구석 청소를 했다. 그러고 나니 점심때가 훌쩍 넘었다. 식당 일을 생각하면 정신없을 때인데 이렇게 한가하게 시간을 보내니 오히려 갑갑하기까지 했다. 이것이 내가 늦게 일복을 타고난 것인가? 하는 생각이 머리를 스치니 웃음이 나기도 했다. 소파에 펄떡 주저앉아 TV를 켜고 그동안 못 보았던 연속극을 보았다. 며칠 걸렀다 보니 이야기가 어떻게 돌아갔는지도 모르고 흥미도 잃어버렸다.

하품이 나오고 눈꺼풀이 무거워짐을 느꼈다. 소파에 길게 쓰러졌다. 좀처럼 자지 않던 낮잠을 푹 자고 일어났다.

마음이 식당 주위를 맴돌아 다른 것은 잘 떠오르지도 않았다. 내일부터 다시 출근해 한 달이 지나면 백만 원 넘는 돈이 손에 들어온다는 것만 생각났다. 남편의 적은 봉급을 이리 쪼개고 저리 쪼개느라고 머리 쓰던 일이 싹 날아갈 것만 같았다. 사실 돈을 쓰려면 한도 끝도 없는데 네 식구가 사는 기본 액수도 부족하니 타는 게 마음뿐이었다. 살 것도 많고 하고 싶은 것도 많았다. 그런데 어떻게 계획을 좀 세워보는 게 현명할 것 같다는 생각이 들었다. 방 안이 너무나 단조로우니 장식품도 사고, 입고 나서면 사람들의 시선을 끌고 부러움을 살만한 옷도 좀 사고 별별 생각이 다 머리를 어지럽게 했다.

한참 헝클어진 마음속을 파고들어 오는 것이 있었다. 노후를 대비해 지금부터 준비해야 한다는 생각이 크게 움직였다. 그렇다. 남편이 60에 정년퇴직한다고 길게 잡아도 20년도 안 남았다. 그런데 실제로는 오십대 중반이면 끝이 나고 만다. 퇴직 연금으로 받는 보험이 절실하다. 국민연금이란 게 거창하게 시작해 모든 국민의 노후가 편안할 것같이 선전하고 자영업자들도 강요하다시피 권했지만 실지로 받는 액수를 보면 용돈에 불과해 노후를 보장할 수가 없다. 부모의 유산도 없고 이렇게 나가다 어느 날 남편이 퇴직하고 나면 금방 답답한 꼴을 당할 게 뻔했다. 그런 것을 전에는 생각을 안 해 본 것이 아니었다. 그 해답을 얻을 수가 없으니 자연 골치가 아프고 그냥 생각을 접어두었을 뿐이었다. 퇴직금이란 것이 조금 있는데 이 금액이 나머지 노후를 보장할 수 있는 액수가 아니고 둘 중에 누가 아프기만 해도 생활비도 안 남을 것 같았다. 퇴직한 사람들을 보면 공직에 있다 나온 사람들은 연금을 받아 생활하고 있어 그런대로 표시가 안 나는 것 같았고, 회사에 다니던 사람들은 퇴직 후 퇴직금을 받아 곶감대에서 곶감을 빼 먹듯 줄어들어 가는 돈을 보고 겁이 났는지, 지인들이 『사업을 같이 하자. 돈은 묶어놓고 쓰기만 하면 얼마 못 간다.』하고 부추기는 바람에 좀 늘리려다가 오히려 홀딱 날리고 탄식만 하는 친척도 보았다. 늙으면 자연 아픈 곳도 많아 병원비가 없으면 앉아서 눈물만 흘리다 죽을 것이 훤히 보이는 것도 같았다.

 현대인들은 자식에게 기대고 살 생각은 아예 처음부터 버려야 한다. 큰아들이 잘되면 동생들까지 덕을 보던 일은 이제는 생각할 수 없는 시절이 되고 말았다. 아들 다섯이 모두 박사학위를 가진 노부부가 의지할 곳이 없어 목을 매고 죽어 TV에서 뉴스거리가 되고 이를 본 사람들은 내 일같이 분개해 욕을 해보지만, 그런 일이 그저 남의 일이고 내 아이는 절대로 그렇지 않다고 장담할 수는 없다. 부모 자신이 자력으로 노후를 지낼 수 있도록 설계하는 것이 현명한 일이다. 이전 시대 어른들은 자기의 한을 풀려고 모든 것을 다 바쳐 무조건 자식을 가르치고 남은 게 있으면 자식에게 물려주는 게 당연한 것으로 생각하고 살았다. 재산이 없어도 몸을 불덩이같이 달구며 일해 목구멍에 넣는 것을 줄이고 몸에 걸치는 것을 주려 오직 자식 하나만을 가르쳤다. 자식이 잘되면 대대로 답습하던 가난을 면하고 신분이 올라가 떵떵거리고 사는 것만 보일 뿐이었다. 그 자식들이 성공하면 부모를 생각하는 사람도 간간 있긴 하지만 부모는 시골에서 짐승 집 같은 곳에 살고 그 자식은 도시에서 좋은 아파트를 사 그 안에서 호화롭게 꾸며놓고 살면서 부모는 그렇게 사는 것이 당연한 것처럼 여기는 사람들이 아주 많다. 고작 명절 때 찾아가는 것으로 생색을 내는데도 그 부모는 이웃에게 아들딸, 며느리 자랑이 하늘에 쌓아도 부족할 것처럼 말한다. 얻는 건 적어도 마음의 위안거리는 되기 때문인 것이다. 며칠이 흘러갔다. 영진 엄마는 남편이 출근하자마자 대충 치고 출근 준비를 하고 있는데 초인종이 울렸다. 현관문을 열고 보니 유리 엄마였다.
"아이고, 나 출근 준비를 하고 있는데."
"나도 알고 있어요. 한마디만 할게요."
"무슨 급한 일이 있는데?"
"나도 보람 엄마 하는 걸 보고 보험회사에 들어갔어요."
"아이고 잘했네요."
"경험 삼아 아는 사람을 따라 며칠 돌아다녀 보니까 다리만 아프고 전화비만 나가고 죽겠어요."
"아니, 처음부터 그렇게 잘되면 보험설계사 안 할 사람이 누가 있겠어요?"
"호호호. 정말 그래요. 그런데 점점 오기가 생기더라고요."
"그래요. 그냥 물러서면 아무것도 못 하지."
"보람 엄마 나 한 건 들어줘요. 턱걸이를 해야 수당도 받고 소장이 신임해야 장차 잘 풀리고 그런 것도 있대요."
"나도 생각해 볼 거니까 좋은 상품을 추천해 보세요."
"아이고, 감사합니다."
"호호호. 당장 들은 것도 아닌데."
"말씀만 들어도 가슴 뻥 뚫리는 것 같아요. 내가 밥도 살게요."
"호호호. 그래요. 누님 좋고 매부도 좋다는 속담 있지요?"
"보험 종류는 너무 많아요."
"나는 남편 퇴직 후 연금을 받게 할 거니까."
"내가 조사해서 불입금이 적으면서 혜택이 큰 걸 알아다 줄게요."
"호호호. 유리 엄마 벌써 수단 난 설계사 같네요."
"호호호. 정말 보람 엄마가 내 첫 손님이 돼 주시면 평생 그 은혜 안 잊을 거예요."

"호호호. 이쯤 하고 나 빨리 나가야 해요."

"호호호. 나도 움직여 봐야겠네요."

유리 엄마는 잘 가지도 않던 친정을 찾아갔다. 농사짓고 사는 아버지를 졸라 보험을 들라고 했다.

"보험이 뭐냐?"

"아버지, 조금씩 저축하는 것처럼 보험을 들면 일이 생기면 돈을 받게 되는 거예요."

"아무 일이나 생기면 돈을 준다고?"

"아버지가 필요한 때 쓴다고 정해야지요."

"그럼, 봄 판에 농 비가 없어 쩔쩔맬 때 쓰는 거라면 좋겠다."

"그런 거는 안 되고요. 아버지가 사망보험에 드신다면 아버지가 돌아가시면 타는 거예요."

"그런 건 난 싫다. 내가 죽으면 너희들이 묻어줄걸, 왜 내가 보험을 들어. 가제 살림에 쓸 돈도 없는데 보험까지 들고, 돈 치르느라 죽을 고생하다가 생병 나 죽고 말겠다."

"아이 아버지, 암보험도 있어요. 하나 들어주시면 제가 수당도 받고 아버지께 잘 해드릴게요."

"일없다. 암 소리만 들어도 기가 질린다. 다 산 늙은이가 암 걸리면 그대로 죽는 거지, 뭘 더 살겠다고 보험 들고 난리를 내냐? 먹고 남는 것이 있으면 들어두면 너희 어머니나 내가 죽는다면 너희들이 타 먹고 좋은 일이지만 옛말에도 『농사지으면 장값이 부족하다.』라고 했는데 언제나 쩔쩔매고 사는 신세다."

"아이 아버지, 마수걸이도 못 해 떨어지게 생겼어요."

"너는 네 신랑이 괜찮은 직장에 다니지 않냐? 뭘! 너까지 벌겠다고 나서고 생고생하고 그러냐?"

"아버지 젊어서 벌어야 늙으면 편케 살지요."

"그래, 그런 거 다 좋다. 편케 잘 살아라. 나도 그렇게 생각했으면 너희들 모두 학교 안 가르치고 밭매기시켰으면 나도 편케 살 수가 있었단다. 너도 고등학교라도 졸업했으니까 네 남편 같은 공부한 사람 만나 아파트에서 편케 살고 있지! 못 배웠으면 농사꾼에게 시집가서 새카맣게 그슬러 가지고 살 거다. 애비가 무식해도 그런 꼴 안 보려고 했단다. 그만하면 복인 줄 알고 아는 사람 찾아다니지 마라."

"아이고, 아버지 말씀이 옳지만 지금은 그렇게 사는 세상이 아니에요. 힘껏 돈 벌어 잘 사는 세상이에요."

친정어머니가 딱해 보였는지 딸의 말을 거들고 나섰다.

"얼마씩 치르면 얼마를 탄다고 확실히 말해야지."

"아이고, 어머니 이름으로 들어도 돼요. 돈을 많이 넣으면 많이 타는 거예요."

유리 엄마는 친정아버지 사정은 생각지도 않고 보험금을 많이 붓고 많이 타는 것을 권했다. 그래야 수당을 많이 받을 것만 생각했다.

"야, 네 오래비가 혹 용돈을 좀 주면 그런 정도로 치러야지. 큰돈을 어떻게 넣어?"

"그럼 어머니 앞으로 하나만 드세요. 내외분이 다 드시면 더 좋은데."

"너의 어머니 명의도 안 된다. 방금 말했잖냐?"

유리 엄마는 화가 머리끝까지 났다. 한 건 쉽게 이루어질 줄 알았는데, 의외로 강경한 아버지의 모습을 보고 가슴에서 마구 방망이질이 일어나 그 자리에 더는 앉아 있을 수가 없었다. 뾰로통해서 아버지, 어머니께 별다른 인사말도 없이 대문을 나섰다. 서울에 사는 오빠네 집도 찾아가고 여동생네 집도 찾아가고 동창들에게 귀동냥해 전화번호를 알아내 생전 만나지 않았던 초등학교 동창네 집에도 찾아갔다. 오빠의 퇴근 시간을 맞춰 찾아가니 얼굴을 보자마자 앉기도 전에 말했다.

"너, 시골 내려가서 어떻게 하고 왔길래 어머니한테 전화가 왔는데 아버지께서 대노하시고 『주워다 기른 년도 고마운 줄 아는데 공부시켜 한 집씩 싸주어 시집보내니까 와서 보험 안 들어준다고 인사도 하지 않고 달아났다.』라고 화가 나셔서 이틀이나 앓아누우셨다고 하시더라."

"아버지도 너무하셔. 딸이 보험 하나 들으시라면 웃으시며 『그래라.』 하시지, 내가 돈을 몽땅 떼먹나? 뭘 안 된다고 하시고."

"부모 친척 찾아다니며 괴롭게 하는 거, 뭘 애쓰고 그러냐? 너 못사는 처지도 아니고."

"겨우 아파트 한 채밖에 없는데."

"서울 한복판에 아파트 있고, 그만하면 됐지. 전셋집도 못 구해 절절매는 사람이 얼마나 많은데."

"고모, 보험설계사가 집안에 한 사람 있으면 시끄러워 못 산대요. 신 서방 뒷바라지나 잘하시지. 친척 간에 서로 틈 벌어지고 보험설계사 그거 쓸개, 간 다 빼놓고 하는 직업이지."

올케는 말도 못 꺼내게 미리 오빠보다 앞장서서 마구 깎아내렸다.

"보험은 자기들 위해서 들라고 하는 거지 남 위해서 드나? 권해봐서 싫으면 그만인데 뭘."

"말이 좋지, 강제로 들라고 조르고 미루기만 해도 화를 내고."

"나는 안 그럴 거니까 염려 마세요."

"고모가 한 짓 금방 탄로가 났잖아요?"

"그게 올케하고 무슨 상관이 있어요?"

"나도 말하고 싶지 않아요. 내가 돈이 생기나? 고맙다는 말을 듣나? 그런데 고모가 헛수고하고 수입도 별로일 거고. 그래서 말하는 거예요."

"감사하지만 가만히 계시고요."

"너, 보험에 대해 우리 집에선 입도 떼지 마."

"다른 사람들은 형제자매들이 먼저 들어주고 격려해 준다는데 우리 집은 어떻게 된 집안인지 부모부터 주워 온 자식 취급하고 오빠 올케 다 반대하고."

"신 서방, 이 사람 틀려먹은 사람이야. 아내 내세워 보험설계사 시키고."

"오빠, 억울한 소리 하지 마. 신 서방하고 아무 관계도 없어. 내가 좋아서 시작한 거야."

"나 같으면 천하를 얻어 온다고 해도 싫다고 하겠다."

"오빤 좋은 직장 다니고 봉급을 수천만 원씩 받으니까 그렇지."

"나도 수천을 받는 것은 아니지만 절약하고 사는 거지, 너 보험설계사 그거 다리품이나 팔고, 정말 필요해서 가입할 사람은 인터넷 이런 거 이용해 드니까 헛수고만 하는 거 딱해서 그런다."

"나는 기본적으로 살 수 있으니까 점잖게 권해서 안 들으면 그만둘 거야."

"너, 며칠 안 됐으니까 그렇지. 혓바닥이 다 닳도록 설명하고 매달리고 뻔해."

유리 엄마 생각에 큰오빠는 정말 크게 한 건 들어줄 줄 알았다. 돈이 없어서 못 드는 것이 아니고 일부러 안 들어주는 것이다. 『동생이 수입 좀 생기면 배가 아픈가?』 두고 보자는 심정으로 나왔다. 한 달이 다 되었다. 한 건도 올리지 못했다. 부모부터 오빠, 동생 모두 큰 건 하나씩 들어줄 수 있는 여건이 충분한데도 안 든다. 보험을 들면 급할 때 자기네들이 타 먹는 것이고 설계사와는 아무 관계도 없다. 설계사에게 오히려 감사하다고 해야 마땅하다. 조건 좋은 보험을 누구나 잘 알 수가 없는데 친절하게 찾아가 알려주어, 오히려 득을 보는 일이 생기는데도 마치 구렁이가 발

밑에 있는 것같이 싫어하고 피하려고 한다.『후회가 들 때도 있을 것이다.』속으로 중얼거리며 이를 갈고 집으로 돌아온 유리 엄마는 화를 풀 데가 없어서 반갑다고 달려드는 강아지를 걷어찼다. 깨깽-, 깨깽- 놀란 강아지가 식탁 밑으로 달아나 숨는다. 딸 유리가 제방에서 달려 나와 말했다.

"엄마, 화났어? 왜 강아지는 때려."

"때린 게 아니고 옷을 더럽혀 밀었다."

"엄마 얼굴에 화난 표시가 나."

"호호호. 그렇게 보이냐? 난 아무렇지도 않아."

"엄마, 요새 보험설계사 한다고 화만 나나 봐."

"호호호. 아니야."

"그런 거 하지 마. 엄마 맘속에 신경질만 생기고 입술도 타고."

"호호호. 너, 하나밖에 없는 딸, 용돈 잘 주려고 그러지."

"용돈도 싫어, 엄마! 집에서 운동하고 몸이나 예쁘게 가꾸고 해."

유리 엄마는 속으로 뜨끔했다. 아! 아이가 용돈을 많이 준다고 하면 무조건 좋아할 줄 알았는데, 배 아프게 낳은 게 잘했다. 인제 6학년인 것이 엄마를 위해 말할 줄도 알고 유리를 와락 끌어안고 마구 흔들었다.

"아야, 아야, 엄마 나 죽어."

유리 엄마는 아프다는 아이를 끌어안고 한참 있다가 팔을 풀었다. 그동안 한 건도 못 올려 속상했던 것이 마음속에서 사라졌다.『다 내가 욕심이 많아서지! 그렇지, 오래 하면 될 때도 있겠지. 당장 밥을 굶는 것도 아니고.』며칠이 지나갔다. 어느 날 보람 엄마와 마주쳤다.

"아유, 보람 엄마는 일이 재미나나 봐요."

"뭘 봐서요?"

"얼굴이 전보다 훨씬 환해졌어요."

"에이, 나 기분 좋게 말하려고 그러지요?"

"호호호. 아니에요. 나는 맘에 없는 소리는 않는 사람이에요."

"그래요, 집에 죽치고 있는 것보다 정신없이 움직이고, 돈도 벌고요."

보람 엄마가 돈을 번다는 말에 유리 엄마는 머리를 무엇으로 한 대 얻어맞은 것 같았다. 보람 엄마는 다달이 정해진 월급을 받지만 자기는 실적이 없으니 손가락만 빠는 신세였다. 그래서 얼른 마음을 돌리고 말했다.

"보람 엄마, 지난번에 한 건 하신다고 했지요?"

"그래요, 내가 한 건 들어줄게요."

"호호호. 당장 계약하시고, 내가 오늘 저녁을 살게요."

"저녁은 안 사도 좋고, 우리 보람 아버지 앞으로 연금보험을 들어두려고요."

"너무 잘 생각하셨어요. 노후가 든든하시겠어요."

유리 엄마는 친정 식구들보다 이웃에 사는 보람 엄마가 훨씬 낫다는 생각이 들었다. 옛말에 멀리 떨어져 사는 동기간보다 이웃에 사는 타인이 더 가까워 이웃사촌이란 말이 생겼다더니 정말 그렇구나! 생각하고 보람 엄마의 손을 잡고 오래간만에 만난 부모보다 더 정다운 눈으로 쳐다봤다. 유리 엄마는 수금을 하고 나니 세상을 다 얻은 기분이었다. 몸이 공중으로 붕 떠 날아가는 것 같았다. 소장의 얼굴을 똑바로 쳐다볼 면목이 생겼다. 그동안 회의를 하면 소장의 얼굴을 똑바로 쳐다볼 수가 없어 눈은 언제나 사무실 바닥을 내려다보고 있다가 "박 여사는 내 말을 듣고 있는 겁니까?" 하며 여러 사람 앞에서 자기를 지목해 얼굴이 화끈화끈한 때도 있었다. 자신을 보고 실적이 없다고 따로 불러서 말한 적은 없어도 소장은 입을 열면 실적이 적은 설계사님들은 설명이 부족해, 보험 가입자들을 설득을 못 한 탓이라고 말하고 이런저런 사례를 수없이 들어

설명하다가 나중에는 화난 말투로 말끝을 맺었다. 그럴 때면 그 말이 모두 자기를 보고 말하는 것같이 들려 내일부터 고만두어야지, 한 때가 한두 번이 아니었다. 어느 장소나 마찬가지로 서로 자주 만나다 보면 친불친이 있게 마련이었다. 유리 엄마는 아직까지 친한 짝이 없었다. 다른 설계사들은 모두 짝을 이루어 다녔고 또 실적을 올린 얘기를 풀어놓을 때는 서로가 가입자를 잘 구슬려 성사시켰다고 크게 떠들어 대기도 했다. 어느 날은 김 여사의 짝이 출근하지 않았다. 그래서 김 여사의 뒤를 따라 나갔다.

"박 여사, 오늘 나하고 같이 나가볼까?"

"호호호. 좋아요. 김 여사님한테 일도 배우고요."

"일은, 무슨 일을 배워요."

"세상에는 선배도 있고 선생님도 있으니까 그런 분들한테 배워야지요."

"그런 말이 다 틀리는 말이에요."

"어째서요?"

"나는 선배나 선생한테 배운 게 아니고 오래 하다 보니까 자연 터득되었어요. 보험 이야기만 내놓아도 머리를 절레절레 내두르는 사람은 안 되고, 보험을 들어 뭔가 득을 보려고 하는 사람을 만나면 일이 성사되는 거예요."

"아! 그렇군요! 나는 친정아버지부터 오빠, 동생 다 찾아다니면서 권해도 하나도 성사를 못 시켰어요."

"그게 처음 보험설계사를 시작한 사람들의 첫 번 실패작이에요."

"호호호. 다 그런 과정을 거치는군요."

"여자가 첫 번부터 보험을 가입하라고 권할 사람이 누가 있어요. 친정 식구들이 제일 만만한 사람들이지."

"김 여사님도 그런 과정을 거치셨겠네요?"
"말속에 말이 있다고 내가 말한 것이 다 그 속에 들어 있잖아요."
"그러면 어디 가서 보험을 권해보나요?"
"놀러 다니듯 정처 없이 다니는 거지요."
"호호호. 김 여사님은 참 느긋하시고 여유 있게 사시는 분같이 보이네요."
"한 건 해야 저녁에 국수라도 먹겠다는 맘으로 서두르면 못 하는 직업이고, 돈이 아무리 많아도 보험을 쳐다보지도 않는 사람도 있고 조금 벌어도 뭔가 앞을 내다보고 설계를 하는 사람도 있고, 그런 사람을 찾으러 다니면 만나기도 해요."

김 여사의 이야기 속에서 얻는 것이 많았고 생각을 많이 하게 하는 말이었다. 그런데 이야기하며 걸어가는 중 골목길로 접어들었는데 이발소가 있었다. 요즈음은 이발소 간판을 보기가 아주 드문 세상이다. 김 여사가 이발소 간판을 쳐다보는 듯하더니 이발소 안으로 들어갔다. 유리 엄마도 따라 들어갔다.

"안녕하세요?"
"네, 안녕하세요?"

이발사 한 사람만 인사를 했다. 나머지는 모두 쳐다만 보았고 말이 없었는데 사십 대 후반으로 보이는 네댓 명이 있었다. 이발하는 사람도 있고 이발하려고 기다리는 사람도 있고 놀러 온 사람도 있는 것 같았다. 그중 얼굴이 좀 마른 편이고 꽤 약삭빠른 사람같이 보이는 사람이 말을 걸었다.

"여기는 삭발을 하는 이발소인데 아주머니들은 번지수가 틀렸거나 아니면 삭발을 하려고 오셨나요?"
"호호호. 요새 여자들은 삭발은 안 해도 이발소를 자주 가는데요."

"하하하. 호호호."

남자와 여자들의 웃음소리가 합창을 하듯 터졌다.

"그려, 남자들은 거꾸로 미용실에 가서 이발을 한다니까. 미용실은 머리만 지지는 줄 알았는데 단발도 하더라니까."

"젊은 애들은 여자들이 만져주면 좋은가 봐."

"그거야말로 좋은 거지, 손길이 부드럽고 향기도 좋고."

"깎는 사람도 좋고 만지는 사람도 좋고 누이 좋고 매부 좋고."

"그러다가 일 나게!"

"일 나는 사람도 있겠지."

"하하하."

이발사 아저씨만 미소를 띠고 열심히 머리를 깎고 나머지는 모두 중년의 여인들이 앞에 있으니까 자꾸 짓궂은 농담을 하려고 기를 썼다.

"심심하던 차에 미인 아주머니들이 들어오시니까 이발소까지 환해지네."

"암, 꽃이 피어야 나비가 찾아가지."

더 큰 농담이 나오기 전 김 여사는 분위기를 파악하고 말했다.

"우리들은 보험설계산데 보험을 드시면 장차 급한 때 도움도 되고요. 또 조금씩 모았다가 큰돈이 되는 재산 형성도 되고요."

"아, 그러면 그렇지, 아주머니들이 이발소에 들어올 턱이 없지."

약삭빠르게 생긴 사람이 미리 다 알고 있었다는 식으로 어이없다는 표정을 지으며 말했다.

"여기는 저기 이발하고 계신 분이 사장님이시니까 그분 빼놓고는 보험 들 사람이 없지."

또 다른 사람이 냉랭한 어조로 말했다.

마침 그 사람이 이발을 마치고 향수까지 품고 의자에서 일어났다. 그 사람은 가벼운 미소를 띠고 말은 없었다. 얼굴이 좀 검고 넓고 체격이 육중하고 사장이라고 해서 그런지 사장님같이 보였다.
"김 사장님, 이분들이 보험설계사분들인데 헛걸음하지 않게 큰 것 하나 들어 주슈."
"박 선생이 들지 왜 나한테 권합니까?"
"하하하. 내가 좋은 거니까 권하지, 나쁜 거면 권하겠습니까?"
"요즈음 세상에 좋은 거 있으면 자기가 먼저 차지하는데 남한테 먼저 양보하고 박 선생은 참 괜찮은 사람이라니까."
"허허허. 보험을 들라고 권하니까 좋은 말도 듣고 기분이 좋구먼, 그런데 돈이 있어야 보험을 들지."
"하하하. 호호호."
기회를 놓칠세라 김 여사는 또 말했다.
"선생님, 꼭 하나 드세요. 학자금 보험도 있고, 생명보험도 있고, 퇴직 보험도 있고, 노후 생계보장 보험도 있고, 암 보험도 있고."
"그런데 들라고 할 때는 좋은데 한 20년 지나면 뭐 몇 푼 되지도 않고 지급하는데 까다롭게 해서 애먹는다는 소문이 많던데."
"네, 어쩌다 분쟁이 생기는 수도 있지만 전부 그런 건 아니고 금융감독원에서 감독을 철저히 하니까 아주 안심하고 드셔도 됩니다."
사장이 나가려고 옷장에서 옷을 꺼내 입었다.
"사장님 한 건 하시지요."
"갑자기 보험을 들라고 하니까 무엇이 좋은지 모르겠고, 팸플릿을 주시고 생각해 봐서 연락을 할 겁니다. 명함이나 주세요."
"야, 사장님은 역시 사장님이시네."
마른 사람은 입을 닫을 새 없이 지껄였다. 두 여인은 경쟁이라도 하듯 핸드백에서 명함을 꺼내 얼른 사장에게 내밀었다. 그 사장은 명함을 받고 한번 보고, 두 여인을 한번 훑어보고는 밖으로 나갔다. 이발사와 두 여인은 사장의 뒤꼭지에 대고 인사를 했다.

"안녕히 가세요."

"예. 좋은 날 되세요." 하고 돌려다 보지도 않고 나가더니 자동차 소리가 났다. 두 여인은 더 이상 다른 사람에게는 권해도 소용없다는 것을 알고 인사를 건네고 이발소를 나왔다. 며칠이 지났다. 유리 엄마에게 전화가 왔다. 목소리를 들어보니 그 사장이 분명했다. 유리 엄마에게 전화를 걸 사람은 남편밖에는 없었기 때문이었다.

"아이고, 사장님 안녕하세요. 무척 전화를 기다리고 있었습니다."

"안녕하시고요. 전화를 기다리셨다니 더 반갑습니다."

유리 엄마는 다소 능글맞다는 생각이 들었지만 그런 생각은 접어두고 만나서 한 건 올릴 생각만 했다.

"어디서 만나면 좋을까요?"

"그야 사장님이 편하신 장소로 정하시지요."

"참 배려가 크신 사모님이십니다. 다른 분들은 음식점을 지정해 점심도 빼앗아 먹고 보험 건수도 올리고 아주 머리를 쓰는 분들이 많던데."

"저는 그런 사람이 아닙니다."

"점심 사라고 안 할 테니까 ○○ 갈빗집으로 오세요."

"네, 너무 감사합니다."

유리 엄마는 날아가는 기분이 되어 거울을 보고 화장을 고치고 옷을 앞뒤로 수없이 보고 시간이 늦을까 걱정이 되어 택시를 타려고 나갔다. 공연히 얼굴이 달아오르고 가슴이 마구 뛰었다. 그 사장 앞에서 얼굴이 붉게 보이면 어떻게 하나? 걱정이 되기도 했다. 집 앞에 나가 택시를 기다렸다.

택시 탈 일이 없을 때는 택시가 개미처럼 많이 지나더니 막상 택시를 타려고 하니 택시가 파업을 했는지 한 대도 보이지 않았다. 급해서 한 자리에 서 있지 못하고 걸어갔다. 그러면 택시를 빨리 잡을 것 같은 심정이었다. 마침 멀리 택시가 지나가는 것이 보였다. 마구 손을 까불었다.

다른 방향으로 지나갔다. 『운전사가 눈이 밝아야 돈을 벌지.』 기사의 사정도 모르고 푸념을 했다. 정말 자기 쪽으로 택시가 왔다. 정지하라는 손짓을 했다. 그냥 지나간다. 가방까지 흔들며 아저씨, 아저씨 하고 마구 부르니까 택시가 정지하더니 후진을 해 유리 엄마 앞으로 왔다.

"기사님, 손 흔드는 거 안 보이세요?"
"보았지요. 아주머니가 차를 잘 보셔야지요. 손님이 탄 차 아니에요."
"내가 급한 일이 있어서 그래요."
"이 손님이 같이 태우라고 하셔서 온 겁니다."
"아이고, 감사합니다."
"○○ 갈빗집으로 데려다주세요."
"먼저 탄 손님이 우선권이 있으니까 손님이 내리신 후 그곳으로 갈 겁니다."
"알았어요. 빨리 데려다주세요."
"택시는 비행기가 아니에요. 나도 비행기처럼 떠다녔으면 좋겠어요. 신호등도 없고 걸리적거리는 것도 없고요."
"바쁠 땐 택시 타기도 힘들다니까요."
"갈빗집에 가시면서 뭘 급하게 서두르세요. 천천히 가야 배고플 때 맛도 있고 많이 먹고."
"다른 사람들이 다 먹을까 봐 그래요."
"하하하. 호호호."
유리 엄마의 위트 있는 농담에 모두가 유쾌하게 한바탕 웃음보가 터졌다. 같이 앉은 여인이 말했다.

"계모임이 있는 모양이네요."

"네에."

유리 엄마는 천연덕스럽게 거짓말을 했다. 사장이 보험을 상의하자고 불렀다는 말은 할 수가 없었다.

"계 들어 돈도 모으고 갈비도 뜯고, 참! 그거 좋은 일이네요."

입이 한 뼘은 넘게 찢어진 운전기사가 얘기를 이끌어내었다.

"돈이 많아 계를 들고 갈비도 먹으면 얼마나 좋겠어요. 쥐꼬리만 한 월급을 쪼개고 또 쪼개서 계 들어가지고 빚 갚고 나면 아무것도 남는 게 없어요."

"그렇게 빚이라도 갚으면 다행입니다. 우리는 수천만 원짜리 차를 사 적자를 보면서 차를 굴리다 빚만 늘고, 먹고 살아야지, 애들 학비 주어야지, 또 헌 차 되면 다시 새 차를 사야 하는데 벌어놓은 건 없고, 죽지 못해서 사는 거라니까요."

"애들은 크고 너나없이 대학 간다고 하고. 차라리 대학이 없어졌으면 좋겠어요. 우리 때는 대학을 안 다녀도 다 일했어요."

옆에 앉은 여인도 말을 참견했다.

"우리나라가 쓸데없이 대학생이 제일 많은 나라래요. 유럽 국가들도 대학 진학률이 50%도 안 된대요. 글쎄."

"우리나라가 학력 차별이 제일 심한 나라래요. 실력을 보는 게 아니고 덮어놓고 일류대학만 보는 게 영 틀려먹은 짓이에요."

"수십 년 전 일본이 집배원을 뽑는데 대학생이 30%나 응모했다더니 우리나라는 미화원 뽑는데도 대학생이 온다잖아요."

그 여인의 목적지에 도착해 내리고 얼마 안 가면 된다고 기사가 말했다.

갈빗집 앞에 도착해 차에서 내리니 사장이 기다리고 있었다.

"아이고, 죄송합니다. 먼저 오셔서 기다리고 계시네요."
"네, 저도 조금 전에 왔어요. 제 차를 타세요."
"어디로 가시게요?"
"사실 여긴 많이 와 봤지만 그저 그래요."
"아무 곳이나 저는 상관없습니다."
"제가 자주 가는 가든이 있는데 그리로 모실게요."
"저는 또 다른 바쁜 사정이 있는데요."
"좀 조용한 데서 점심도 먹고 이야기도 나누지요. 사람이 산다는 게 무엇입니까?"
"호호호. 저는 정신없이 살아서 산다는 것이 뭔지도 모르고 남편과 아이들 뒷바라지만 하느라 정신이 없고요. 저 자신을 돌볼 사이도 없었어요."

유리 엄마는 연속극에서 남자들이 추근대는 모습을 하도 많이 봐서 자기도 그런 함정으로 유인되지 않나? 하고 속으로 경계심을 가지고 그런대로 말대답을 하며 갔다.

"남자도 똑같은 신세입니다. 마누라 자식 먹여 살려야지요. 술 먹자고 하는 친구와 동창들 만나야지요. 그러다 보면 술 취해서 늦게 집에 들어가면 딴짓하고 들어온 줄 알고 탐탁지 않게 대하지요. 저도 저를 돌볼 사이 없이 지나가고 늘 피로해 쓰러질 것만 같습니다."
"호호호. 모든 아내들은 남편이 일찍 집에 들어와 아버지 역할도 하고 가정의 든든한 대들보 역할을 해주길 바라지요."
"옛날에는 아버지가 가정의 중심이고 아버지의 말씀이 곧 법이었고 그 시대는 농경사회라 지금같이 멀리 나가 활동하는 시대가 아니고 집 주위에서 활동했기 때문에 가능했지만, 이 시대는 아이들 자는 얼굴이나 보는 게 다행입니다. 옛날 방식대로 살 수도 없고 그렇게 살다가는 밥도 못 먹고 시대의 흐름에 뒤떨어져 일할 수가 없고요. 나도 모르게 정신없이 뛰면서 사는 시대니까요. 우습게 본 동창들이 수백억씩 벌고 배 내밀고 다니고, 또 어떤 친구는 잠깐 사이에 사업을 말아먹고 쩔쩔매는 사람이 있는가 하면 뭐가 뭔지 분간할 수가 없어요. 정신 똑바로 차리고 살아야 해요."

사장이 유들유들한 목소리로 얘기 보따리를 한없이 이어나가 대답할 여유도 없었다. 유리 엄마는 차가 시외를 향해 가는 것을 보고 생전 처음 남편이 아닌 남자와 동승해 차를 타고 가니 누가 볼까 걱정이 되었다. 반대 방향에서 오는 차를 정면으로 보지 않고 시선을 딴 곳을 보았다. 보험을 하다 보니 직업상 남자도 만나야 하겠지만 인심 좋게 그 자리에서 하나 결정하면 되는데 멀리까지 가자 하고 또 자기가 점심까지 내겠다고 하니 마음이 내키지 않는 부분이 많았으나 건수를 올리려는 욕심이 일어나 따라갈 수밖에 없었다. 얘기를 나누며 가니 산길로 접어들었고 나무 숲이 우거지고 시냇물이 흐르는 그런 곳이었다. 피서철에는 가족끼리 와 볼 만한 곳이었다.

숲속에 궁전같이 지은 큰 건물이 숨어있듯 반쪽만 보였다. 마당에는 각종 기묘한 돌로 장식했고 군데군데 보기 좋게 의자도 놓았고 정말로 살아보고 싶은 곳이었다. 안으로 들어가니 종업원들이 반갑게 인사를 했다.

"사장님 왜 안 오시나 궁금했어요."

"그랬어요. 미스 장 보고 싶어서 왔잖아요."

"호호호. 거짓말 마세요. 사모님하고 같이 오시고 집에 가서 요강 들고 벌받으시려고요."

"이분은 내가 잘 모셔야 할 분이라고. 우리 집사람이 아니라고."

"아이고, 죄송합니다. 조용한 곳으로 모실게요."

유리 엄마의 얼굴을 슬쩍슬쩍 쳐다보며 뒷방으로 인도해 들어가 보니 산 쪽으로 큰 창문이 있는데 참말로 싱싱한 숲속이 보이고 경치가 아주 좋았다. 시내 아파트는 드문드문 시들어가는 꽃 몇 송이가 피어있거나 보기에 딱한 나무 몇 그루가 전부인데 정말로 공기도 맑고 새들이 환영이라도 하듯 지저귀는 것이 마치 꿈속에서 보는 선경 같은 곳이었다.

"편히 앉으세요."

"감사합니다."

사장은 양복 상의를 벗어 옷걸이에 걸고 자리에 앉았다. 화려하게 인쇄된 메뉴판이 놓여있었다. 사장이 펴 들고 말했다.

"사모님, 어떤 걸로 시킬까요?"

"사장님이 좋은 거로 시키세요. 저는 뭐든지 잘 먹습니다."

"주문해 보세요."

"호호호. 주부들 식성은 다 같아요. 남편과 아이들 따라 그저 먹는 거예요."

"냉면하고 갈비 어떻겠어요?"

"저는 가리는 게 없다니까요."

사장의 말대로 갈비와 냉면을 주문했다. 이글이글 불꽃이 타오르는 참숯 화덕이 들어오고 먹음직스러운 갈비를 큰 접시에 놓아 가져왔고 부속 찬이 들어오고 아가씨가 갈비를 펴서 굽기 시작했다. 정말로 갈비 굽는 냄새가 금방 코를 찌르고 창자를 꿈틀거리게 했다. 가위질을 해 놓고 먹기를 권했다.

"사모님 드세요."

"감사합니다. 사장님 드세요."

"맥주 두어 병 가져와요."

소리가 끝나기가 무섭게 쟁반에 맥주 두 병을 담아 와 따놓았다.

"사모님 한잔하시지요."

"저는 술을 통 못 먹어요."

"요새 사모님들은 한 잔씩 잘하시는데요."

"저는 생리에 안 맞아 얼굴이 금방 홍당무같이 변하고 가슴이 뛰어서 견딜 수가 없어요."

"하하하. 그게 다 몸에 좋은 건데요. 술 드시고 아무렇지도 않으면 그게 큰일 나는 거지요."

"그래서 먹고 싶어도 못 먹어요."

"조금만 받으세요."

사장이 병을 들고 계속 있는 바람에 할 수 없이 잔을 내밀었다. 유리 엄마는 안 마시면 되지 뭐, 속으로 생각하고 반 잔쯤 따랐을 때 잔을 떼려고 했다. 하마터면 술을 식탁에 쏟을 뻔했다. 유리 엄마는 남편에게 술을 권하던 식으로 했다.

"제가 한 잔 따를게요."

"감사합니다."

사장은 맥주를 잔 가득 따르자마자 한 잔을 쭉 마시고, 빈 잔을 놓으며 말했다.

"아이고, 시원하다. 이런 맛에 맥주를 마신다니까요. 조금만 드세요."

"정말 못 마셔요."

"댁에서 선생님하고 한 잔도 안 하세요?"

"우리 남편은 조금 마시지만 저는 대작을 못해요."

사장은 더는 강권하지 않았다. 마음속으로 다음 일이 궁금했다. 맛있는 갈비의 맛을 못 느낄 정도였다. 자주 이런 일이 있었거나 또는 다른 동료가 있었으면 사장이 돈이 아까울 정도로 많이 먹었을 것이다. 갈비를 더 시키려는 것을 유리 엄마는 배가 불러 못 먹겠다고 만류했다. 서로 미루다 못 먹은 몇 점이 남아있었다. 냉면이 들어왔다. 냉면 맛이 아주 좋았다. 속마음이 은근히 타들어 가는데 시원한 냉면 국물이 들어가니 『아! 시원하다.』할 정도로 장을 시원하게 했다. 사장은 아마도 여인들을 많이 다루어 본 것 같았다. 유리 엄마도 아주 싫지는 않았지만 『많은 여인들이 저 사장의 부드럽고 유들유들한 말솜씨에 넘어갔겠지.』하는 생각이 머리를 복잡하게 했다. 냉면을 먹고 또 차를 권했다. 커피를 시켰다. 종업원들이 커피 두 잔을 공손히 놓고 갔다. 뒷방이니 앞쪽에서 나는 말소리가 잘 들리지도 않았다. 여기서 말하는 소리도 다른 곳에서 잘 들리지 않을 것이다. 라는 생각이 들기도 했다.

"커피 드세요."

"아- 네."

유리 엄마가 커피잔을 사장 앞으로 놓자 반갑게 대꾸했다. 다만 차를 빨리 마시고 자기의 임무인 보험을 큰 건을 권해서 접수를 하고 이 장소를 떠나 집으로 가기만 바라고 한 말이었다. 사장은 커피를 마시며 이야기를 시작했다. 자기 아내의 이야기로 화두를 시작했다.

신혼 초는 세상에서 제일 미인인 것 같았는데 세월이 흐르고 아이를 둘이나 낳았고 다 좋은데 자기를 꼼작도 못 하게 하고 사업상 좀 늦게 들어가면 들들 볶아서 잠도 잘 수가 없고, 그래서 사이가 멀어져 한집에 살아도 남남 같다느니… 더하여 각방을 사용하고 밥이나 해주는 가정부 같고 어디를 그렇게 바쁘게 다니는지 알 수도 없고, 한 이불을 덮고 잔 지가 일 년도 넘었으며 이제 사십 대 중반이라면 육체적으로도 더 가까워져야 하는데 살도 안 대려고 한다느니… 들을 필요도 없는 말을 끝없이 지껄였다. 그러곤 맥주가 다른 술보다 주기가 적다고는 하나 두 병을 다 마셨으니 눈이 게슴츠레해졌다. 운전하고 갈 수 있을까? 하는 걱정도 생겼다. 그런 것을 염려하는 눈치라도 챘는지 미리 안심시키는 말도 꺼냈다.

"사모님, 술이 좀 깨야 운전도 잘하지요. 멀리 사모님을 모시고 와서 사모님을 걱정시키면 큰일 나지요."

"저는 염려 마세요. 다른 차라도 타고 가면 되지요."

"저는 그런 사람이 아닙니다. 모시고 왔으면 끝까지 잘 모셔다드려야지요."

말끝을 강조하기도 했다. 연속극은 사실이 아니지만 세상에 일어날 수 있는 일을 작가가 실제 일어나고 있는 일같이 쓰고, 연출가가 배우들을 소설 속 인물과 잘 맞게 배역을 주어 아주 재미있게 흥미를 유발시키고, 때로는 동정을, 때로는 남의 일에 흥분하고 욕설을 하며 극 중에 빨려 들어가게 되는 것이다. 사장이 마치 작가처럼 자기의 가정사를 말해서 동정심을 발휘하게 하려는 것같이 보였다. 유리 엄마는 정말로 정신이 번쩍 났다. 자신도 남편이 맘에 안 드는 때도 많았다. 사장의 말대로 신혼 초는 남편이 세상에서 제일 미남인 것 같았고 지금까지 별 탈 없이 살지만 꼭 마음에 들어서 사는 것은 아니었다. 그냥 가정이 형성되어 아이를 낳아 탈 없이 크고 회사에서 성실하게 일해 봉급을 받아 오고 그저 무덤덤하게 살지만 장래를 위해 조금 더 수입이 많았으면 하는 바람뿐이었다. 유리 엄마가 별 대꾸도 없이 묵묵히 듣기만 하니까 이번에는 눈을 손수건으로 닦으며 이럴 바에는 살아가는 것이 무의미하고 가치가 없다며 다소 서글픈 듯 말하기도 했다.

"사장님, 그럴수록 사장님이 주관을 가지시고 사업도 더 발전시키고 가정도 튼튼하게 해 자녀들이 성공할 수 있도록 후원을 하셔야지요." 하고 말의 방향을 바꾸어보려고 했다.

"사모님 말씀이 꼭 맞는 말씀입니다. 우리 집사람이 사모님 같은 맘으로 그렇게 가정을 아끼고 산다면 날마다 업고 다니겠습니다."

"호호호. 그렇게 먼저 해보세요. 사모님께서 신혼 때 같이 잘해 드릴 겁니다."

"우리 집사람은 틀려먹은 사람입니다. 아이들 중심으로 살고 나는 돈이나 벌어오는 기계, 천덕꾸러기라니까요."

유리 엄마도 퍼뜩 가슴을 치는 게 있었다. 정말 자기도 아이 중심으로 이제까지 생활한 것이 아닌가 생각되었다. 남편에겐 정말 신경 쓸 여유도 없었다. 그래도 항상 웃는 얼굴로 온 가족을 대하고 한 번도 불평을 말한 일이 없었다. 세 시간도 더 지난 것 같았다. 유리 엄마가 지루하다는 듯 앉은 자리에서 들먹들먹하자 사장이 눈치를 채고 말했다.

"고만 가시지요."

"너무나 점심을 잘 먹었습니다. 감사합니다."

"다음에 또 모시겠습니다."

사장은 보험 같은 얘기는 하지도 않았다. 유리 엄마도 말을 꺼낼 수가 없었다. 자기가 점심을 산 처지도 아니고 배가 터지게 얻어먹고 보험까지 들어달라고 할 염치가 없었고 『다음 기회를 보자.』 하고 속으로 생각했다. 사장은 얼굴색이 술에 취해 보이지 않았고 걸음걸이도 괜찮았다. 차를 타고 산길을 빠져나오는데 길에서 가까운 곳에 모텔이 보였다. 사장은 모텔로 들어가더니 마당에 차를 세웠다.

"사모님 내리세요."

"안 됩니다."

"왜 안 됩니까? 사나이의 한도 생각해 주시는 아량도 있어야지요."

유리 엄마는 강도를 만나거나 도둑을 만나면 어떻게 해야 하나? 화를 내거나 소리를 지르거나 서투른 방식으로 대하면 오히려 피치 못할 큰 화를 당하기 쉽다는 생각이 머리를 스쳤다. 살길은 기지를 발휘해야 산다는 생각이 머리를 지배했다.

"제가 생리 중입니다."

"하하하."

사장은 어이가 없다는 듯 웃었다.

"이다음 제가 점심도 대접하고 한 건 해주시면 보답도 하겠습니다."

"날짜를 정하세요."

"제가 기회를 봐 꼭 연락을 드리겠습니다."

오히려 유리 엄마는 『이 강도의 비위를 거스르지 않고 잘 달래서 집 근방까지 잘 가는 게 상책이지.』 생각했다. 사장은 더는 억지를 쓰지 않고 다시 차를 타고 시내까지 들어왔다. 『얼른 이 늑대보다 더 흉악한 놈의 손아귀에서 벗어나자.』 생각했다.

"여기 시내버스 정거장이 있네요. 제가 또 한 곳을 가볼 데가 있어요. 내려주세요."

"집에서 가까운 곳까지 모셔다드릴게요."

"여기서 내리는 게 저는 더 편리해요."

가슴이 막 떨려왔다. 빨리 내리고 싶었다. 사장은 버스 정거장 근처로 접근하더니 정차했다. 휴 하고 한숨이 터졌다.

"사장님, 오늘 너무나 감사했습니다. 곧 연락을 드릴게요."

"꼭 연락 바랍니다. 또 저도 보험을 들어두면 제가 이익이 되는 거지 남 주는 거 아니니까요."

"감사합니다. 안녕히 가세요."

"잘 가세요. 기다리겠습니다."

유리 엄마는 인사를 받는 둥 마는 둥 하고 얼른 길을 따라 걸었다. 아는 사람도 별로 없지만 이런 때 공교롭게도 아는 사람이 보았을까 걱정이 되었다. 『유리 엄마가 대낮에 어떤 남자의 차에서 내리더라.』 그런 말이 흘러 남편의 귀에까지 전달될 것 같은 생각이 들어 금방 등에서 땀이 났다. 얼굴이 달아올랐다. 오늘 호랑이굴에 들어갔다가 무사히 나온 생각을 하니 다리가 후들후들했다. 시내버스를 타고 집까지 왔다. 아무도 없는 빈집이었다. 얼른 옷을 훌훌 벗고 화장실로 들어갔다. 오늘 더러운 장소에서 더러운 먼지 하나라도 묻어 왔을까 걱정이 돼 깨끗하게 머리부터 발끝까지 샤워했다. 그리고 침대에 벌렁 누웠다. 조금 있으니까 초인종 소리가 났다. 아이가 학원에서 돌아올 시간이었다. 문을 열고 보니 유리였다.

"엄마, 학교에 다녀왔습니다."

"아이고 배고프지."

아이를 힘껏 끌어안았다. 그리고 마구 흔들었다.

"엄마, 나 죽어. 엄마 갑자기 왜 그래."

유리가 전보다 더 소중하고 귀하고 어떤 보물보다도 값지게 느껴졌다. 퇴근한 남편의 얼굴을 쳐다보니 부처 같고 얼마나 잘생겼는지 모르겠다. 전에 느껴보지 못한 얼굴이었다. 말 못 할 큰 경험을 했고 이런 일도 일어날 수도 있겠구나 생각하니 입맛이 떨어졌다. 다음 날 출근을 하니 짝을 지어 다녔던 김 여사가 『그 사장한테 전화가 왔냐고 물었다. 시침을 떼고 안 왔다고 대답했다.』 공교롭게도 어떤 사원이 열을 내며 그 사장을 욕했다. 『그 새끼 사장은 무슨 얼어 죽을 사장이야, 그 새끼 보험 들고 2개월도 못 가 해약하고, 또 다른 사람에게 달려드는 놈이야, 아주 더러운 놈이야.』 얼굴에 핏발을 세우고 마구 욕설하는 걸 봐서 짐작할 만한 일이 있었으리라 생각하고 서로 얼굴을 보고 미소를 지었다.

유리 엄마는 당할 뻔했던 생각이 떠오르니 몸이 부르르 떨리는 것 같았다. 다른 사람들이 그 표정을 보지나 않았을까 하는 생각이 들어 건너편 사람 얼굴을 살펴보기도 했다. 세상 사람이 다 나쁜 건 아니다. 간혹 구렁이 같은 놈에게 걸려 점심 얻어먹고 깨끗한 옥에 티를 만들고, 이런 일 안 하고도 살 수 있는데 이참에 고만두자. 무슨 놈의 보험설계사, 친정아버지와 오빠도 안 들어주는데, 여기저기 돌아다니다 더러운 놈에게 생전 말 못 할 일을 당하고, 죽을 때까지 가슴앓이하고, 유리 엄마는 사표를 냈다. 소장이 눈이 휘둥그레져서 무슨 일이 있느냐고 물었다. 웃으면서 능력 부족이라고 간단하게 대답하고 소장 앞을 나왔다. 소장이 잡으려고도 하지 않았다. 보험설계사로 두 달도 채우지 못했다. 집에서 며칠을 보내니 심심한 생각이 또 일어났다. 집에서 하는 일은 없을까? 아! 어린아이나 보아주면 어떨까. 두 명만 봐주어도 다리품 팔고 입품 파는 보험설계사보다야 낫겠지! 아이를 키워봤으니 할 수 있지만 그것도 결코 쉬운 일은 아니다. 그런데 누워 팥떡 먹기 같은 일은 세상에는 없을 것이다. 땀을 흘려야 살게 돼 있다. 그런 일도 요즈음은 교육을 받아야 한다. 그래야 아이를 맡기는 엄마들이 안심할 것이고 또 선배 보기를 우습게 보는 시대이기 때문이다. 구청 복지과로 문의해 보기로 했다.

  보람 엄마는 몇 달이 눈 깜짝할 새 지나간 것 같았다. 자기 손으로 돈을 벌고 통장에 돈이 늘어나는 건 좋은데 몸이 아주 피곤했다. 종일 앉을 새가 없었고 다리가 퉁퉁해지는 걸 느꼈다. 그래도 자주 오는 손님들이 인사를 건네고 부드러운 농담을 걸어와 피로를 잊게 하는 때도 있었다. 키가 크다는 등 다리가 늘씬하다는 등 신체 부위도 얘깃거리가 되기도 했다. 요즈음 보람 엄마는 예전에는 전연 느껴보지 못했던 일이 생겼다. 다니다 보면 얼굴이 괜찮다 싶은 남자도 보았지만 기억할 필요도 없고 다시 만날 수도 없어 금방 기억 속에서 지워지고 말았다. 그런데 식당에 자주 나타나는 삼십 대 후반의 사나이가 있는데 꼭꼭 자기 테이블을 찾아 왔다. 콧날이 우뚝하고 눈썹이 아주 짙고 얼굴은 아주 희어 처녀도 따라갈 수 없는 피부와 체격 등 어디 하나 흠잡을 데가 없었다. 자기가 처녀 시절 그리던 남자가 이제야 나타난 것 같은 기분이 들었다. 보람 엄마는 그 남자가 정중하게 인사를 건네면 마치 처녀 시절 첫 데이트를 할 때처럼 대답도 잘 나오지 않았고 금방 가슴이 뛰고 얼굴이 화끈거리고 붉어지는 것 같았다. 그래서 빙긋이 웃음을 흘리고 마는 때가 많았다. 속생각으론 문에 들어서자마자 자기가 먼저 반갑게 인사를 하고 자기 테이블로 인도하고 싶었지만 그렇게 하는 때는 한 번도 없었고 몇 사람이 어울려 들어왔다가 어느새 보람 엄마 앞에 나타나 다 같이 인사를 건네도 유독 그 사람의 얼굴은 잘 쳐다볼 수가 없었다. 도무지 자기 맘을 알 수가 없었다. 어느 날은 퇴근 후 남편의 얼굴을 뚫어지게 살펴보았다. 남편이 눈치를 채고 말했다.

"당신 오늘 저녁 왜 내 얼굴을 그렇게 자세히 보는 거야?"
"당신이 하도 잘생겨서 못생긴 곳이 있나 찾아보려는 거지."
"하하하. 나도 당신보다 더 예쁜 여자는 아직 못 보았다니까."
"호호호. 정말, 그게 진실이었으면 좋겠다."
"남자가 왜 거짓말을 해."
"남자는 여자들 앞에서 잘하는 게 거짓말이야."
"하하하. 그런 남자도 있지. 그런데 나는 진심이야."

보람 엄마는 그 남자의 그림자가 나타나 자기 등 뒤에 서서 쳐다보고 있는 것도 같았고 자기 남편의 사진과 나란히 사진첩에 끼워놓은 것처럼 환상이 나타나 보이기도 했다. 그래서 잊으려고 맘속으로 애를 썼고 그럴수록 남편 앞으로 다가가 앉기도 하고 아양도 부려봤다. 남편도 전보다 아내가 적극적으로 나오자 싫지는 않은 모양이었다. 금방 남편의 손을 잡고 방으로 들어가 뜨거운 밤을 보내기도 했다. 그 남자의 영상을 지워보려는 행동이었다. 남편이 자기 맘을 알아차릴 것 같은 기분이 들어 괜히 조바심이 나기도 했다. 식당에서 일하는 중에도 어제 왔다 갔으니까 며칠은 지나야 오겠지, 하고 공연히 기다려지기까지 했다. 소설 속에서 늦바람난 여인이 정신없는 행동을 마구 해 비웃으며 읽은 적이 있는데 자기가 그 주인공으로 바뀌어 가고 있는 것이 아닌가? 하는 생각이 들기도 했다. 이제까지 사는 동안 이런 감정이 마음을 산란하게 하고 괴롭게 한 것은 처음이었다. 바람나 아이들 다 떼어놓고 남자와 달아난 여인의 심정을 이해할 것도 같았다. 그렇다고 자신이 그런 일을 하겠다는 마음은 꿈에도 생각해 본 일이 없으며 다만 의젓한 남편이 있는데 왜 내가 다른 남자에게 마음을 빼앗기고 있는가? 하는 생각이 들어 정신을 가다듬고 생각을 지워버려야지, 했다가도 그런 생각이 온통 마음속을 다시 휘젓고 있다는 것을 생각하면 웃음이 나기까지 했다. 그럴수록 남편에게 더 잘해야지 하며 값비싼 양주도 사고 백화점에서 아주 잘 포장해 놓은 고가의 고급육을 사가지고 집에 가기도 했다. 정말 값도 비싸지만 품질이 좋아 남편이 예전에 먹던 고기보다 연하고 맛이 좋다며 입을 헤 벌리고 웃으며 잘 먹었다. 돈 주고 사는 물건 중 내 맘대로 못사는 것이 쇠고기로 전날에는 슈퍼나 재래시장 푸줏간에서 주는 대로 샀다. 소를 통째로 놓고 파는 것도 아니고 모두 잘라서 포장했기 때문에 어느 부위인지 알 수가 없고 값도 가격표를 보고 그대로 줄 수밖에 없었다. 그런데 어느 날 저녁 남편이 술을 마시며 말했다.

"당신 돈 좀 받는다고 너무 헤픈 거 아냐?"

"아이, 다른 생각 말고 맛있게 먹어요."

"갑자기 다른 행동을 하니까 먹으면서도 마음이 안 좋아."

"부호들만 잘 먹고 잘 살라는 법이 어디 있어요."

"우리에게 맞게 사는 게 마음도 편하고 장래도 생각하고."

"요즈음 내가 양주 몇 병 사 오고 고기 좀 자주 사 왔다고 뭘 걱정해."

"아이들 보기가 그래. 애비가 용돈도 잘 주지 않으면서 비싼 양주나 마시고 목구멍이 좋은 게 아니고 아프다."

"내가 아이들 용돈 신경 쓰고 있으니까 당신은 걱정 말아요."
"요새 아이들은 너무 날카로워서 잘해야지 삐뚤어지기가 쉽다고."
"우리 애들은 괜찮아요. 다른 엄마들 얘기 들어보면 우리 애들은 너무 순진해요."
"그럴수록 잘 대해주고 속으로 고민하는 게 없나? 살펴봐야 해."
"내가 애들 얼굴을 보면 다 알아요. 걱정할 것 없고 당신 건강하게 회사 일만 잘하면 돼요."
"순진한 애들이 한번 잘못된 길로 가면 더 어렵다고."
"첫째 우리 애들은 거짓말을 하지 않는다는 것이 좋아. 속여서 돈 타내는 것이 제일 나쁜 건데 그런 일이 한 번도 없었어요."
"그래, 당신이 모두 집안일을 잘해나가는 덕택이지."
"당신이 가장으로 줏대 있게 생활하니까 다 잘되어가는 거지 뭐! 당신 덕이지."

부부는 서로 칭찬하며 저녁 시간을 보냈다. 흐뭇한 밤이었다. 그런데 그런 대화를 할 때는 그 사람을 잊고 있다가 잠자리에 들어 침대 안에서 남편의 가슴을 더듬다가 소스라치게 놀랐다. 남편이 『왜 갑자기 움찔하느냐?』라고 물으며 『내 가슴에 무엇이 묻어있냐?』라고 말했다. 보람 엄마는 그 사람의 가슴을 더듬고 있는 느낌이 들어 순간 정신을 가다듬으니까 실제로 손에 경련이 일어나기까지 했다. 보람 엄마는 깔깔 웃으며 "식당에서 어떤 손님이 자기 발등에 뜨거운 고기를 떨어트려 따끔하던 생각이 떠올라서 그랬다."라고 천연덕스럽게 꾸며댔다. 남편은 그 말을 듣고 아내의 비위를 맞추려고 "그런 때 성질 좀 부리지." 했다.

그러면 사장이 성질이 나쁘다고 점찍어 두고 좋을 게 하나도 없다고 또 둘러댔다. 이런저런 얘기를 하다 남편이 술기운이 돌았는지 코를 골기 시작했다. 보람 엄마는 남편과는 달리 눈이 반반하고 잠이 오지 않았다. 잠을 자는 남편만 어둠 속에서 바라보고 있으니 옆구리가 가려운 것도 같고 저리기도 해 돌아누웠다. 공연히 한숨이 나왔다. 구름 위에서 잠을 자는 것 같아 자는 건지 숨을 쉬는 건지 알 수가 없었고 자꾸 그 사람이 옆에서 몸을 건드리는 것도 같았다. 고단한 몸이라 어느덧 잠이 들었고 아침에 눈을 뜨니 마음이 개운치가 않았다. 화장실에 가 얼굴을 보니 머리가 부스스하고 부은 것도 같았다. 이런 날 그 사람이 나타나면 어쩌나? 하고 걱정이 앞섰다. 아침을 해 남편과 아이들을 보내고 부지런히 출근 준비를 하고 있었다. 핸드폰 전화가 울려 보니까 모르는 번호가 떴다. 안 받을까 하다가 받았다.

"누구세요?" 하고 반문하고는 모른 척했다.

"저 안구만입니다."

"선생님을 저는 모르는데요."

"아이고 사모님, 친구들하고 제가 얼마나 많이 식당에 갔습니까? 사모님."

"아이고, 안녕하세요. 선생님이 전화하실 줄은 꿈에도 몰랐죠."

"저는 전화를 못 하는 사람입니까?"

"호호호. 그렇진 않지만 이 시간에."

"오후 시간에는 사모님이 너무 바쁘시니까 전화를 받을 수 없고, 지금 출근 전이기 때문에 덜 바쁘실 것 같아 인사를 드리려고 했습니다."

"아이고 저를 너무 생각해 주시고 감사합니다. 그런데 제 전화번호를 어떻게 아셨나요?"

"다 아는 수가 있습니다."

"호호호."

보람 엄마는 웃었지만 가슴이 뛰고 얼굴이 달아올라 말을 이을 수가 없었다. 안구만이란 이름을 처음 알았고 무슨 말을 해야 할지 머리가 멍한 느낌이었다.
 "제가 갑자기 전화를 하니까 사모님이 너무 놀라서 말씀이 잘 안 나오시나 보죠."
 "아니에요. 저 말 잘하고 있잖아요."
 "하하하. 제가 얼마나 용기를 냈는지 모르겠습니다."
 "저 같은 사람에게 전화를 거는데 무슨 용기가 필요하시나요?"
 "제가 사모님을 처음 뵙는 순간 총각 때 마음속으로 그리던 이상형의 아가씨가 나타난 것 같고 조금 나이가 들어 제 앞에 나타난 것 같아 너무나 놀라서 눈이 안개 낀 것 같았고 식당에서 넘어질 뻔했습니다."
 "호호호. 저 같은 호박을 이상형으로 생각하고 계셨다니 너무나 우습네요."
 "사모님이 얼마나 미인이신데요."
 "감사합니다. 그런데 안 선생님은 집에 예쁜 사모님이 계실 텐데요. 뭘!"
 "사실 그렇지 않고요, 제가 사모님에게 어떤 나쁜 맘을 품고 있는 것이 아니고 생각하고 있던 그림자가 늘 마음속에서 지워지지 않더니 실제로 나타난 것 같아 너무 신기해 덮어둘 수가 없었습니다."
 "너무나 감사합니다."
 보람 엄마는 나도 안 선생을 처음 보는 순간 그랬다고 똑같이 맞장구를 칠 수가 없었다. 마음을 털어놓고 싶었지만 입 밖으로 나오질 않았고 그런 용기도 없었다. 세상에는 서로 인연이 있는 사람이 있어 이심전심으로 통하는 것이 있다고 하던데 사실 그런가? 하는 생각도 들었다. 그런 고백을 듣고 나니 기분이 나쁘기는커녕 자기의 속마음을 상대방이 알고 하는 소리 같기도 했다. 남편 이외의 남자 하나 더 알고 지내면 어때? 금방 어떤 일이 벌어질 것도 아닌데…. 남녀 간의 이성적인 것을 떠나 친구처럼 지내고 또 복잡한 세상을 살아가는데 나름대로 서로 살아가는 방법도 얘기할 수 있는 사람이 있다면 그것도 그리 나쁘지는 않을 것이란 생각이 들기도 했다. 화장을 마치고 집 안을 한번 살펴보고 백을 들고 현관을 빠져나왔다. 공연히 기분이 좋고 발이 땅에서 떠 걸어가는 느낌이었다. 전화를 받고 이러저러하다 조금 늦게 식당에 도착했다. 오늘은 일찍 나온 사람들이 많았다.

"아! 언니 오늘 화장이 아주 예쁜데요."

"아이고, 고마워라. 우리 신랑도 아무 소리 안 했는데."

"저렇게 예쁜 언니와 사는 분은 얼마나 좋을까?"

"동생은 나보다 더 싱싱한데 그 집 신랑은 정말 더 좋을 테지."

"우리 신랑은 나보고 할머니 같다고 하는데요."

"호호호."

여기저기서 합창하듯 웃음 터졌다.

오늘은 시작부터 괜찮은 날이다. 주방에서는 음식 준비가 바빠 칼질하는 소리가 딱딱딱 요란하게 났고 여기저기 귀퉁이에서는 쓸고 닦느라 모두가 분주했다. 언제나 점심때부터 손님들이 줄을 서 대기했고 정신없이 시간이 흘렀다. 조금 뜸한 시간이 지나 저녁 시간이 되자 손님들이 또 밀려들었다.

등 뒤에서 "안녕하세요?" 하는 소리가 났다. 안 선생의 목소리였다. 보람 엄마는 손님들에게 마침 고기를 썰어주고 있다가 얼른 고개만 돌려 "안녕하세요. 앉으세요." 하고 기계적으로 인사를 했지만 정말 안 선생 앞으로 달려가 손이라도 잡고 싶은 심정이었다.

"아줌마, 어디를 그렇게 오래 보고 있어요. 빨리 고기 썰어줘야 먹지."

"호호호. 죄송해요. 손님에게 인사도 잘해야지요."

"아줌마, 나 들어올 때 인사했어요?"

"아까 인사했잖아요."

"무슨 인사, 쳐다보지도 않던데."

"아이고 죄송해요. 손님 접대를 하다 보면 자주 오시는 분도 인사드릴 시간도 없어요."

"이다음부터는 나, 오시나 잘 보세요."

"호호호. 네네, 잘 모시겠습니다."

"이 사람 아주 못 쓸 사람입니다. 인사하면 큰일 납니다."

"앞에 앉은 사람하곤 말도 마세요. 이 사람 정말 나쁜 사람입니다."

"호호호. 두 분 다 참 좋은 분 같은데요. 잘 보았다가 인사드릴게요."

"나는 괜찮지만 이 사람은 인사 잘하면 돈 꾸어 달라 하고 골치 아픈 사람입니다."

"돈이야 안 꾸어주면 되지요. 뭐."

"안 꾸어주고 못 배긴다니까요."

남자들은 얼굴이 조금 익으면 말을 시켜보고 농담을 걸어온다. 보람 엄마는 식당 일에 어느 정도 익숙해져 웬만한 농담은 받아넘기고 같이 웃고 손님들 비위를 맞출 줄도 알게 되었다. 그 손님들이 말 시키고 늘어지는 바람에 안 선생은 어디에 앉았는지도 모르고 쳐다볼 사이도 없었다. 다른 종업원이 자리를 잡아주고 접대를 하는 것 같았다. 얼른 달려가고 싶었지만 다른 손님이 서 있어 안내를 했다. 그 손님들도 자주 오는 손님인 걸 보람 엄마도 잘 알고 있었다. 자리에 앉자마자 술부터 시켰다.

"아줌마, 술 한 잔 먹을래요."

"아이고, 감사합니다. 공술은 먹고 죽어도 먹는 거라는데 저는 정말 술을 못 먹어요."

"하하하. 아줌마, 술 사정을 아는 것 보니까 잘 먹을 것 같은데."

"정말 못합니다. 그리고 지금 근무 중이니까요."

생활전선 313

"그럼, 언제 밖에서 한잔합시다."

"그러다간 남편한테 다리가 뚝 할 거예요."

"하하하. 나는 우리 마누라하고 대작하면 나보다 더 센데."

"참 좋으시겠어요. 주점에서 드시면 돈도 더 들 텐데, 집에서 잡수시면 넘어질 걱정도 없으시고."

"하하하. 아줌마, 정말 재미있는 분이네. 자네 이불 펴 놓고 사모님하고 대작하지 그래. 넘어져 봐야 이불이니까. 자동적으로 일도 잘되고."

"예끼, 자네나 그렇게 해보게."

하하하. 다른 곳에서 식사하던 손님들까지 농담을 듣고 폭소를 터트렸다. 몸이 열 개라도 모자랄 때가 많다. 여기저기 정신 차릴 수가 없는데 붙들고 늘어지는 손님하고 얘기도 나누어야 한다. 응대를 매끄럽게 잘해야 다음에 또 오고 바쁘다고 건둥건둥했다간 오히려 손님의 비위를 거슬러 호통을 듣고 사장에게 점수를 깎이기도 한다. 보람 엄마는 새로운 인생 공부를 한다고 생각하고 열심히 일했다. 어느새 많은 시간이 흘러갔다. 안 선생 일행이 구석진 곳에서 저녁 식사를 마치고 일어나는 게 보였다. 그래도 다른 손님들 접대를 하며 눈길을 보내지 않았다. 안 선생이 보람 엄마 옆으로 지나며 말했다.

"아주 바쁘시네요."

"아이고, 가시게요? 맛있게 식사하셨어요?"

"네, 여기 갈비 맛이 좋잖아요?"

"감사합니다. 안녕히 가세요."

"수고하세요. 또 올게요."

"네, 자주 오세요."

인사말을 하는 동안 보람 엄마는 가슴이 마구 뛰었다. 내가 왜 이럴까? 하는 생각도 들었다. 마음 같아선 안 선생을 따라 나가 멀리까지 걸으며 속에 있는 얘기를 다 털어놓고 싶었다. 안 구만도 얘기를 더 나누고 싶었지만 잘되는 식당이라 사람이 많아 추적거리고 얘기를 늘어놓을 수가 없어 작별 인사만 겨우 건네고 나오는 것이 못내 섭섭했다. 그래서 식당을 나와 한참 가다가 뒤를 돌아보기까지 했다. 혹시 자기가 가는 뒤를 쳐다보고 있지나 않을까 하는 생각이 들었다. 그러나 쳐다보는 사람은 없었다. 공연히 마음이 허전했다. 동료들이 말하는 소리를 못 들어 거친 농담을 듣기까지 했다.

"미스터 안, 뭘 생각하는 거야."
"생각하긴 뭘 생각해."
"이 사람 바지만 걸어 다니나?"
"잘 못 듣는 때도 있지."
"차 소리도 안 나는데, 잘 안 들리면 병원에 가봐."
"하하하. 아직 그럴 정도는 아니야."

집에 돌아와서도 얼굴을 더 자세히 보지 못한 것이 서운했고 여인의 그림자가 자꾸 떠올라 컴퓨터 자판을 치는데 신경질이 날 정도로 오자를 찍고 있었다. 안구만은 컴퓨터 자판을 주먹으로 내리치고는 컴퓨터를 끄고 침대에 가 벌렁 누웠다.

"여보, 연속극 보세요. 재미있어."
"재미있으면 당신이나 실컷 봐."
"당신 요즘 이상해졌어. 공연히 혼자 신경질 부리고, 회사에서 뭐 잘 안 되는 거 있어요?"
"없어. 아무 걱정할 거 없어."
"화난 투로 말하고, 나한테 불만 있으면 얘기해요."
"말 시키지 마. 잘 거야."

안구만의 아내는 남편이 이제까지 하지 않던 짓을 해 걱정이 생겼다.

생활전선 315

술 한 잔씩 하는 것은 괜찮다고 생각했다. 그래야 친구나 직장 동료 간에도 원만할 거라고 이해하고 잔소리를 하지 않았다. 그런데 멍하니 있는 때도 있고 부부간 대화에서도 대꾸도 없는 때도 있어 말을 듣고 있는지 또 이때까지 무시하는 일은 한 번도 없었는데 이제 그런 증상이 나타나는 건지, 그야말로 결혼한 지 10년이 가까워지니까 권태기가 왔나? 별별 생각이 다 들었다. 안구만 자신도 이상했다. 아내에게 불만이 있는 것도 아니고 아내의 얼굴도 친구들의 아내에 비해 조금도 빠진다고 생각해 본 일도 없었고 뒷바라지하는 데 섭섭했던 것이 하나도 없다고 하면 다소 틀리는 말이지만 마음에 새겨둘 만한 일은 없었다. 우연히 식당에서 본 여인이 먼 옛날에 어디서 본 듯한 여인 같았고 그 여인이 실지로 나타난 것 같아 식당을 정해 놓고 다니는 성질도 아닌데 친구들이나 직장 동료들과 식사할 때면 꼭꼭 그 여인이 있는 집을 지목하고 앞장서서 갔다. 얼굴이라도 보면 위로가 됐다. 그 얼굴이 마음속에 그림자처럼 따라다녀 영 지워지지 않았다. 그래서 용기를 내서 전화를 걸어보았더니 그런대로 잘 응대를 해줘서 마음속으로 매우 다행으로 생각했고 별달리 늘어놓을 얘기는 없어도 그저 말없이 같이 걸어보기라도 했으면 하는 생각이 머리를 지배해 왔다.

 얼마를 지나 안구만은 출장을 가게 되었다. 그런데 출장을 가 처리할 일은 생각지도 않고 그 여인을 어떻게 하면 조용하게 만나 얘기를 나눌 수가 있을까 하는 생각이 머리를 어지럽게 했다. 지방 출장이라 4일간의 기간을 주었다. 실지로 2일이면 다 마칠 일을 출장비를 늘리려고 4일간으로 해주었는데, 남은 시간은 관광하든지 일찍 돌아와 쉬든지 하는 게 관례였다. 대부분 출장을 가면 남은 시간은 관광하고 돌아와 자기만 좋은 곳을 보았고 특별한 것을 맛보았다고 허풍을 떨어, 다른 사람들의 흥미를 돋우거나 부러움을 사는 게 보통 있는 일이었다. 그러나 안구만은 빨리 돌아와 아내 몰래 그 여인과 남은 시간을 보내고 싶은 마음이 앞섰다. 그런데 그 여인은 식당에서 일을 하고 있으니 불응하면 다 허사가 된다는 생각이 들어 초조하기까지 했다. 얼굴은 자주 본 처지지만 속마음을 알 수가 없고 그 여인이 부드럽게 인사는 받지만 실지로 데이트 신청을 했을 때 각각 남편과 아내가 있는 몸인데 곤란하다고 표시하면 어쩔 도리가 없었다. 도무지 묘수가 생각나질 않았다.

만약에 불응하면 그 식당에 발을 끊고 안 가면 될 것도 같았다. 그런데 그 여인이 지금까지 마음속을 차지하고 흔들어 놓은 것을 생각하면 쉽게 잊히지 않을 것 같아 더 큰 괴로움이 닥칠 것 같은 생각이 마음 한구석을 차지했다. 또 그 여인이 귀찮게 생각해 식당에 안 나오게 되면 그것도 남의 직장을 망치는 결과가 되니 그렇게 할 수도 없다는 생각이 들기도 했다. 『그러나 나는 남자다. 남자는 맘먹은 일을 한번 시도해 보는 거지, 해 보지도 않고 미리 실패할까 봐 행동하지 않는다거나, 시도해 보지도 못한다면 이 세상에서 제일 용렬한 남자지.』 하는 생각이 들자 마음이 느긋해지는가 싶더니 금방 입술이 탈 듯 초조해지고 친한 친구라도 붙들고 하소연이라도 해 보고 싶었다. 그러나 잘 이해해 주고 호응하면 좋겠지만 만약 비웃고 조롱하듯이 『야, 너 가정을 파탄 낼 거야?』 하면 대답할 말이 떠오르지 않았다.

그런데 잔뜩 흥미를 가지고 침을 삼키며 『나도 해보고 싶다. 너 어디서 골랐니?』 할 친구는 십중팔구 하나도 없고 『너 신세 망치고 쇠고랑 차고 잘못하면 매 맞아 몸까지 망가진다.』라고 말할 것이 분명했다. 그런 생각 때문에 출장을 가서도 업무를 마치고 전 사람처럼 관광을 제의했어도 거절해 그 지방 사람들이 오히려 이상하게 생각하는 것 같았다. 안구만은 일찍 돌아와 회사에 보고할 수가 없었다. 기간이 남았는데 일찍 보고하면 『전례』에 없었던 일을 하는 것이고 바보로 취급받는 것이다. 그렇다고 집으로 갔다간 아내가 딴 제의를 하면 여인과의 구상이 허사가 될 것을 생각해 시내 깨끗한 여관에 투숙했다. 아는 사람이 볼까 두려웠다. 가슴을 조이며 종일 누워있었다. 더는 참을 수가 없어 식당이 문을 닫을 때쯤 전화를 넣었다. 전화 신호가 가니 가슴이 떨리기까지 했다.
"여보세요."
반가운 여인의 목소리가 들렸다.
"안녕하세요? 사모님."
"아이고, 안 선생님 어쩐 일이세요?"
목소릴 알아차리고 반문하기까지 했다.
"제가 지방으로 출장을 갔다가 사모님께 전화를 드리는 겁니다."
"아이고, 사모님한테 전화를 해야지 어쩌자고 저한테 전화하세요."
"집사람하고 통화도 했구요. 사모님이 궁금해서 전화를 넣었습니다."
안구만은 아내하곤 통화한 일이 없는데 거짓말을 했다. 그런데 아내와 전화했다고 했으니 금방 후회가 되었다. 다른 여인과 얘기를 할 땐 아내를 먼 친척만도 못하게 취급하는 게 남자들의 심린데 여인을 다뤄본 솜씨가 없어 오히려 여인의 전화에 말려든 꼴이 된 것 같다는 생각이 들어 얼굴이 화끈거렸다. 그러곤 깔깔깔 웃기까지 하면서 선물을 많이 사다 사모님께 드리라는 말까지 했다. 마치 어리숙한 자기를 비웃는 것 같았다. 안구만은 잘못하면 말할 기회도 없이 전화를 끊을까 봐 『사모님』을 마구 불렀다.
"아이고, 안 선생님. 출장을 가셨으면 관광도 하시고 즐기고 돌아오셔야지 왜 이곳 사람을 먼 곳에서 찾고 그러세요."
안구만은 몽둥이로 마구 두들겨 맞는 심정이었다.
"사모님, 사실은 제가 출장을 마치고 돌아왔는데 사모님을 뵙고 싶어서 전화를 넣은 겁니다."

"죄송합니다. 제가 퇴근 중인데 너무 늦어서 집에 가봐야 합니다."
"저도 잘 알고요. 내일 중 배웠으면 좋겠습니다."
"저는 내일 쉬는 날이 아닙니다."

보람 엄마는 마구 생각나는 대로 대답을 했지만 자기도 틈을 내 만나고 싶었다. 그러나 금방 결근하고 만나러 가겠다고 당돌하게 말이 나오질 않았다. 안구만은 쩝쩝거리며 간절하다는 듯 말을 이어갔다. 보람 엄마는 전화의 내용으로 봐 안구만의 심정을 잘 알고 있었다. 그러나 쉽게 응대해 줄 수가 없다는 생각에 다소 냉랭하게 전화를 받았다. 집 근처에 다 오도록 안구만의 전화가 계속되자 보람 엄마는 집 앞에 왔다며 전화를 끊었다. 보람 엄마도 가슴이 허전했다. 아끼던 물건을 잃어버린 것도 같고 또 대답 중 안 선생의 마음을 상하게는 안 했을까? 대답한 말을 거꾸로 필름을 돌리듯 짚어보기도 하고 집 안으로 들어가기보다 마구 거리를 돌아다니고 싶은 심정이었다.

안구만은 뜬눈으로 여관방에서 하룻밤을 보냈다. 그 여인의 육체가 그리워서가 아니다. 총각 때도 잘 느끼지 못했던 자기 마음을 흔드는 게 있어 도무지 자신도 자기를 알 수가 없었다. 하소연할 말도 없는데 만나보고 싶은 심정이 가라앉질 않는다.『가끔 회식할 때 보면 그만인데….』생각하다가도『아니야. 둘이 조용한 데서 먼 산을 바라보고 서로 말이 없어도 좋아. 종일 그러다가 각각 집으로 가도 좋아. 그런데 마음이 끌리는 이유가 무엇이며 왜 다른 생각은 나지 않고 온통 그 여인에게만 마음이 가 있을까?』그런 생각이 꼬리를 물고 동화 속처럼 끌고 가 눈이 안 감기고 정신이 더 말똥거려 밤을 새우고 말았다. 그래도 세수를 하고 한 번 더 전화를 넣어보려고 결심했다. 출장 마지막 날이니 허사로 돌아가면 저녁때 회사에 돌아왔다는 전화를 하고 집으로 들어가면 고만이라고 생각했다. 초조한 마음이 의외로 가라앉았다. 지난번처럼 핸드폰 번호를 찾아 눌렀다. 신호가 가고 있었다.

"여보세요."

"사모님 안녕하세요? 저 안구만입니다."

"어저께 전화하셨잖아요?"

"출근하시는 식당 근처에서 잠깐 뵀으면 합니다."

"전화로 말씀하세요. 저는 출근 시간이 늦으면 주인이 외워뒀다가 나중에 실수하면 함께 터지고 그럴 텐데요."

"사모님 사정을 백번도 더 잘 이해하고요. 사모님에게 폐를 끼칠 맘은 조금도 없습니다."

"식당 근처 정거장에서 만나면 동료들이 볼까 걱정도 되고요. 제가 쉬는 날이 괜찮겠네요."

"사모님은 제 심정을 모르시니까 미루시지만 저는 댁으로라도 달려가고 싶습니다."

"호호호. 지금도 선생님 전화 받느라 출근이 늦어 혼나겠어요."

안구만은 여인이 잡아떼지 않고 웃으며 전화를 받아 더욱 마음을 졸였다.

"약속을 안 하시면 근처 버스 정거장으로 가 기다리겠습니다."

"호호호. 안 선생님, 학생 때처럼 행동하시면 웃음만 납니다."

"빨리 약속해 주세요. 바닷속도 좋고 불 속도 좋으니까요."

"정말 불 속으로라도 오시겠어요?"

"넷."

안구만은 외치듯 소리 질렀다.

"호호호. 그러면 선생님이 정하신 장소로 갈게요."

안구만은 저절로 휴- 하는 소리를 냈고 장소를 얼른 말했다. 그러나 자기의 전화를 끊게 하려고 거짓 약속을 하지 않았을까? 안 나타나면 어떻게 할까? 또 다른 걱정이 생겼다. 안구만은 알려준 다방 근처로 갔다. 안에 들어가 기다릴 수가 없었다. 밖에서 오는 것을 보고 싶었다. 그런데 근처 사람들이 이상한 사람으로 볼까 봐 다방 문이 보이는 근처에서 멀리 가지 않고 왔다 갔다 하며 지나가길 몇 번이나 반복했다. 그래도 안 나타났다. 시간상으로 봐 거짓말한 것이 확실하다는 생각을 하고 있을 때 다방 근처에 택시 한 대가 멈췄다. 여인이 택시에서 내려 거스름돈을 받고 있는 것 같았다.

그러더니 다방으로 들어가는 것이 보였다. 안구만은 아이들처럼 마구 달려갔다. 다른 행인과 부딪칠 뻔했다. 헐떡거리며 들어오는 안구만을 본 여인이 웃으며 말했다.

"안 선생님, 신사가 약속 시간이 늦기까지 하시네요."

"아이고, 아닙니다. 제가 먼저 왔습니다."

"지금 뛰어오셨잖아요?"

"하하하. 먼저 오고도 늦게 들어왔으니 할 말이 없네요."

"이담부터는 약속 잘 지키세요."

"네, 네."

안구만은 너무 기분이 좋아서 웃음을 띠고 마구 대답했다.

"뭘 드시겠어요?"

"안 선생님이 시키세요."

"저는 냉커피를 먹고 싶네요. 사모님은요?"

"저는 안 선생님처럼 급히 뛰어오지 않았으니까 더운 커피를 먹겠습니다."

"하하하. 호호호."

다방 아가씨까지 웃음이 터졌다. 여인이 아주 재치 있게 농담까지 하는 것을 보니 안구만은 너무나 기분이 좋아 날아갈 것 같았다. 그런데 만나면 할 말이 많을 것 같았지만 얼굴을 보니 할 말은 하나도 없고 마음만 벅차 그저 여인의 얼굴을 뚫어져라 보면서 가만히 있기만 해도 종일토록 지루하지가 않을 것 같았다. 두 사람은 커피를 마시며 서로 별 대화도 없었다. 여인과 안구만은 입가에 미소만 띠고 앉아 있었다. 그리고 차를 다 마신 후 안구만이 일어나며 말했다.

"나가시죠."

여인은 안구만의 뒤를 따라 나왔다. 혹시 식당에 왔던 사람이 자기 얼굴을 알아보는 사람이 보고 있지나 않을까? 하는 생각에 고개를 숙이고 안구만의 뒤를 따라갔다.

"조용한 교외로 나가 신선한 공기를 마시고 싶네요."

"저 출근은 어떻게 하구요."

"제가 책임지지요. 뭐"

"안 선생님이 어떻게 책임을 져요?"

"남자가 여자를 왜 책임 못 지나요."

"전 몰라요. 지금도 늦었으니까? 어떻게 좋은 방법을 생각하세요."

"아, 미안하지만 친정어머님이 입원하셔서 가서 뵈어야겠다고 전화를 넣으면 안 될까요?"

"호호호. 우리 어머니 멀쩡하시고 건강하신데 어떻게 거짓말을 해요."

"하하하. 나는 머리가 둔해서 그런 생각밖에 나지 않네요."

그러곤 아주 멀쑥한 표정을 지었다. 남자가 쩔쩔매는 것을 보면 도취감을 갖는 것이 아니고 금방 동정심을 발휘하는 것이 여자들의 심리다. 그러나 여자는 조금 빼는 데가 있어야 남자가 호락호락 넘겨다보지 못한다는 걸 알고, 안 선생을 너무 코너에 몰아넣어 약한 듯한 심정을 괴롭게 할 수는 없다고 생각했다. 지나가는 택시를 잡았다.

"어디로 가시게요."

"렌터카 회사로 갑니다. 차를 빌려야 하니까요."

택시 기사가 이상하게 생각할까 봐 둘은 별말 없이 갔다. 차를 빌렸다. 이제는 말해도 누가 들을 사람이 없었다. 보람 엄마는 앞좌석에 앉았다. 교외로 나가는 길로 접어들었다. 운전을 하면서 안구만은 자꾸 여인을 흘끔흘끔 보며 말했다.

"제 얼굴에 뭐가 묻었나요?"

"아닌데요."

"왜 자꾸 보세요? 운전을 잘하셔야지 황천으로 가면 안 되잖아요."

"하하하. 제가 조용하고 편안한 곳으로 모시고 가려는데 왜 끔찍한 곳을 말씀하세요."

"이쪽 세상에 사나 저쪽 세상에 사나 같은 거 아닌가요?"

"나는 사모님과 웃고 얘기하면서 이쪽 세상에 살고 싶은데요."

"호호호."

보람 엄마는 안구만이 어떤 얘기를 해도 유쾌하게 웃었다. 한 시간쯤 운전해 두 사람은 안구만이 아는 산장 같은 음식점으로 갔다. 점심때가 다 되었다. 안구만은 자리에 앉자마자 이 집에 한방오리구이가 명품이라며 무엇이든지 먹고 싶은 대로 주문하라고 했다. 보람 엄마는 한방 오리구이가 뭔가, 속으로 생각했다. 뭐 짐작이 가긴 했다. 오리 속에 한약재를 넣고 찜을 하든가, 탕을 하든가, 둘 중 하나겠지 했다. 실지로 먹어보진 않았다.

"사모님하고 자주 오셨나 보죠?"

"아닙니다. 직장에서 회식할 때 한 번 와 봤는데 특별히 기억에 남아 사모님을 모시고 왔습니다."

"이런 조용하고 좋은 곳을 알면 사모님을 모시고 와 재미있게 지내시지요."

"안식구하고 오면 먹고 나서 당신 때문에 잘 먹었다는 게 아니고, 돈 아깝게 뭘 이런 곳까지 찾아오냐? 집에서 재료를 사다 해 먹었으면 다섯 마리는 해 먹어도 오히려 값이 싸다는 등 머리만 더 아픕니다."

"호호호. 살림하는 여자들은 다 그렇지요. 그렇게 알뜰하게 살림을 하니 얼마나 좋으세요."

"물론 아껴서 생활하고 좋은 점도 있지만 어쩌다 머리를 식힐 겸 조용한 곳을 찾아도 늘 똑같아서 머리를 식히는 것이 아니고 머리를 병내서 간다니까요."

"호호호. 부자 되시면 좋지요. 뭘."

"없는 것보다는 낫지만 얼마나 산다고 늘 아웅다웅할 필요는 없는 것 같습니다."

보람 엄마 자신도 똑같은 심정이었다. 서로 비슷한 연령대이니 아이들 키우고 남편 뒷바라지하고 봉급이 적어 늘 절절매던 생각이 나 속으로 웃음이 나왔다. 그리고 자기는 과감하게 밖으로 나와 봉급을 받아 남편에게 작은 서비스도 하고 또 세운 계획이 장차 착착 진행돼 희망대로 다 이루어질 것 같아 구름 위로 떠다니는 것만 같았다. 그러니까 쇠솥에 콩 볶듯 하고 살던 마음이 저절로 펴지고 몸이 고단한 것도 스스로 결정한 것이니 문제가 안 되었고 안 선생 부인보다 자기가 훨씬 낫다는 생각이 들어 기분이 좋았다. 그리고 남편이 어디가 부족해서 안 선생과 데이트를 하는 것도 아니다. 다만 현대적인 감각에 따라 남편 이외의 남자도 도를 넘지 않는다면 생활 얘기도 나누고 좋은 정보도 주고받으며 지내는 것도 무방하며 남녀가 섞여 사는 시대의 조류에 동참해야 한다는 생각이 들었다. 또 여자들은 다른 남자의 아내를 대상으로 얘기를 시작하고 뭔가 모르게 경쟁에서 우위를 차지하려고 하며, 남자의 얘기 속에서 구박은 아니라도 관심 밖의 대상으로 두고 있다는 듯 말을 하면 겉으로는 동정하는 체하고 사랑을 해주라고 하면서도 속마음은 기분이 좋은 것이다.

두 사람은 점심을 배부르게 먹고 차도 마신 후 다른 사람들이 쳐다보고 부부가 아닌 것 같다는 생각을 하거나, 자연스럽지 못한 점을 발견하고 잠시 재미를 보러 온 사람들같이 생각할까 봐 공연히 걱정이 되었다. 그래서 보람 엄마는 자리에서 일어났다. 안 선생도 말없이 따라 일어났다. 보람 엄마는 현관을 나와 경치가 좋은 뒷산으로 발을 옮겼다. 안 선생도 정말 말수가 적은 사람으로 아무 말 없이 얼굴에 미소를 띠고 나란히 걸어 올라갔다. 여기저기서 산새들이 숨바꼭질을 하자는 듯 나무 뒤에 숨었다 나타나고 이 가지 저 가지로 날아다녀 아파트 속에 묻혀 살면서 가스 냄새만 맡던 코에 싱그러운 자연의 온갖 신선한 냄새가 들어가니 정신이 저절로 맑아지는 것 같았다. 한참을 말없이 올라가다 큰 바위가 기다리는 듯 서 있었는데 편편한 곳도 있어 두 사람은 그곳을 향해 다가갔다. 안 선생은 손수건을 꺼내 냄새를 맡아본 후 훌훌 터는 시늉을 하더니 바위에 펴놓고 앉으라고 말했다.

보람 엄마는 연애를 못 해보고 결혼했다. 그래서 늘 아름다운 사랑을 죽도록 해봤으면 하는 맘이 아이 둘을 낳고 살아도 그런 것이 속에 숨어 있었다. 얼굴이 못나서 남자들이 쳐다보지 않은 것이 아니었다. 너무 많이 따라다니고 때로는 협박도 받아보았다. 그러나 자기가 진정 바라는 남자는 하나도 없었으며 얼굴만 보고 기분 나는 대로 자기 몸을 맡겼다간 일생을 고통 속에 빠뜨리거나, 그렇지는 않다 하더라도 맘 한번 펴보지 못하고 살 것 같은 생각이 들어 냉정하게 거절했다. 보람 아버지와 결혼한 것도 먼 친척의 오빠가 동창생이라며 돈은 없지만 성격과 매너가 괜찮은 사람이라고 수차 말했고 부모에게 누차 조르듯 해 허락받은 것이었다. 결혼 후 특별히 기억할 만한 일은 없어도 무난하게 살아왔다. 안 선생이 손수건을 깔아주고 공주님을 모시듯 해 이제까지 받아보지 못한 행동을 보니 시간이 정지되고 해가 지지 않는 날이 되었으면 좋을 것 같았다. 자기가 마치 백설 공주가 된 기분이었고 안 선생은 얼굴도 얌전하고 말씨에 교양이 흐르고 덥석덥석 손을 잡으려고도 하지 않고 여자의 육체나 노리고 덤벼드는 불량스러운 사람과는 판이하게 다르다는 느낌이 들었다. 말대답만 잘해도 속에 음심을 품고 만나자느니 하며 가당치도 않게 덤벼드는 남자들을 많이 봤기 때문이었다.

각자의 가정은 남극보다 더 먼 곳에 있어 아주 머릿속에서 지워진 것 같았고 마치 학생 시대의 연인같이 서로 읽은 책들이 자연스럽게 화제가 되었다. 안 선생이 읽었다는 책은 보람 엄마도 읽어서 서로 대화가 책 속의 인물의 역할을 서로 주거니 받거니 했고 보람 엄마가 읽은 책은 안 선생도 읽어 또 이야기가 물 흐르듯 주거니 받거니 했다. 이야기를 하다 보면 서로 반목하는 부분도 있기 마련인데 보람 엄마가 주인공의 한 부분을 비판하면 안 선생도 열을 내서 비판했고 안 선생이 거친 비평을 하면 보람 엄마도 정말 그럴 수는 없다는 듯 똑같이 비평해 시간이 흐르고 있다는 감각이 없을 정도였다. 어느덧 해가 서산에 걸쳐있었다. 보람 엄마는 생전 처음 느껴보는 심정이었다. 정말 아쉬운 시간이 흐르고 있었다.

"안 선생님 오늘 정말 좋은 시간 함께했습니다."

"제가 가끔 모시겠습니다. 복잡한 머리를 이렇게 식히고 내일 다시 일할 수 있는 새로운 힘을 재충전할 수 있다면 정말 서로 유익한 시간입니다."

"출장 갔다 오시는 길이니까 선물도 많이 사가지고 들어가세요."

"오늘 저 때문에 결근까지 하셨는데 어떻게 갚아드려야 할지 모르겠습니다."

"친정어머니가 편찮으셔서 가봐야 된다고 일터에 전화를 하고 안 선생님께 갔는데 글쎄 안 선생님이 저와 똑같이 말씀해 정말 놀랐습니다."

"하하하. 호호호."

두 사람은 똑같이 웃음보가 터졌다. 안 선생과 하루 종일 같이 있었지만 옷도 서로 스치질 않았다. 집에서 좀 떨어진 버스 정거장에서 보람 엄마는 내리고 안 선생은 차를 반납하러 갔다. 보람 엄마는 남편이 퇴근하기 전 얼른 집에 가 남편이 퇴근해 일찍 왔다고 놀래면 대답할 말을 생각했다. 아파트에 도착해 벨을 눌렀다. 아이 둘 중 누가 열어주고 엄마가 일찍 왔다고 반가워할 것을 생각했다. 문을 열고 보니 남편이 성난 얼굴로 서 있었다.

"여보, 어떻게 일찍 퇴근했어요?"

"당신은 어찌 이렇게 일찍 왔어? 당신 어디 갔었어?"

보람 엄마는 『틀림없이 아는 사람이 보고 남편에게 전화를 했나?』 하고 가슴이 쿵 하고 내려앉는 것 같았다. 아까는 무슨 소리를 해도 둘러댈 말이 많았는데 막상 닥치니 아무 말이 나오질 않았다.

"어디 갔었어. 내 말 안 들려."

벽력같이 소리를 질렀다. 무엇보다 옆집 유리 엄마가 들을까 제일 겁이 났다.

"어딜 가긴 어딜 가?"

"내가 갑자기 물어볼 게 있어서 죽기보다 더 싫은데 생전 처음 그곳에 전화를 했어. 그러니까 안 나왔다는 거야. 그 사람들이 내 말 듣고 얼마나 웃겠어? 이 여자야. 그리고 핸드폰은 왜 껐어?"

"동창들이 갑자기 놀러 가자고 해서 빠지면 그렇고 해서 결근했어요."

"그럼 왜 나한텐 얘기 안 했어."

"전에 동창들하고 만날 때도 말하지 않았잖아."

"그게 아니야. 친정어머니가 병원에 입원했다는 거야. 나도 모르게 그렇게 말하면 내 꼴이 뭐가 돼. 나는 병신같이 정말인 줄 알고 처갓집에 전화를 거니까 장모님이 웬일이냐고 말씀해 갑자기 궁금해서 전화를 걸었다고 하니까 『자네, 꿈자리가 고약했구먼.』 하고 깔깔깔 웃으시더라고."

"호호호."

보람 엄마는 웃음으로 넘기려고 했다. 남편은 더 성질을 내며 말했다.

"식당에 오는 남자들이 친절하게 한다는데."

"그렇지 않으면 식당에 오는 남자들이 종업원을 때리나?"

"엉뚱한 소리 하지 말고 사실대로 말해. 동창 누구누구야?"

"내가 동창들 얘기하면 정말 전화할 거야? 그럼 당신 꼴이 뭐가 되는데."

보람 엄마는 당당하게 나왔지만 남편 전화를 받고 재치 있게 대답해 줄 만한 사람도 없었다. 미리 말을 맞추었다 해도 자기 남편의 전화를 받으면 동창들이 남편에게 꼭 잡혀서 산다고 불쌍하게 볼 것이고, 또 어떤 짓을 하고 다니길래 남편이 동창한테까지 자기 아내의 일을 확인한다며 친구들에게 말도 못 할 망신을 당하는 꼴이고, 참새 같은 동창 사회에 웃음거리가 될 것이 무서웠다.

"내가 병신같이 가만히 있다가 도망가는 것을 보는 것보다는 낫지."

"정말 당신 갑자기 정신이 이상해. 내가 도망간다고?"

"가슴에 병들면 도망을 왜 못 가? 우리 회사 직원 부인도 아이들 놔두고 달아났는데."

"그런 사람은 그래도 나는 갈 데가 없어."

"어디서 놀았나? 얘기해 봐. 남자하고 갔지?"

보람 엄마는 틀림없이 남편이 누구한테 전화를 받은 것 같다고 생각했다. 눈이 무섭구나! 『식당에 몇 개월 근무했으니 내 얼굴을 먼빛으로도 알아보는 사람도 있겠지.』 했다.

"비켜요. 나 옷 갈아입고 세수해야 하니까."

이때까지 현관에서 서로 말다툼하고 있었다.

"한 발짝도 움직일 수 없어. 말할 수 없다면 밖으로 나가."

"집에 왔는데 나가라면 내가 어딜 가. 갈 데가 있어야지."

"오늘 따라간 놈하고 살면 되지 뭘 그래."

보람 엄마는 『아차, 정말 알아버렸구나.』 생각했다. 그리고 물러서면 어떤 일이 벌어질지 몰라 쏘아붙였다.

"당신, 정 그렇게 의심스럽다면 같이 산부인과 병원에 가."

"왜, 내가 산부인과를 가. 의사 앞에 옹졸한 놈 되려고."

"내가 남자하고 놀았는지. 여자 동창하고 놀았는지 병원에 가면 알 잖아?"

"내가 다 아니까 하는 소리야."

"생사람 잡지 말고 비켜요. 옆집 유리 엄마가 싸우는 소릴 들으면 날 어떻게 생각하겠어."

"그분만 같이 살아라. 정신 놓고 살지 말고. 내가 예전부터 다 안다구."

"ㅎㅎㅎ."

보람 엄마는 눈물 작전을 폈다.

"내가 예전부터 틀려먹은 여자라고. 그러면 왜 이때까지 같이 살았어? 내가 밥해 주고 빨래해 줬는데, 여자가 없어서 그냥 살았어?"

"나는 그렇게 할 줄은 몰랐지."

보람 엄마는 남편이 본 대로 전화를 받은 것은 아니라는 생각이 들었다. 식당에 안 나왔다고 하니까 그리고 친정어머니가 병이 났다는 거짓말을 한 것을 보고 남편이 넘겨짚는 것 같았다. 두 손으로 남편을 팍 밀었다. 좀 밀려났다. 그 틈에 보람 엄마는 신발을 신은 채로 응접실 안으로 올라가 신발을 아무렇게나 벗어 던졌다. 그리고 안방으로 들어가 옷

생활전선 329

을 벗어 옷장에 걸고 나와 화장실로 들어갔다. 곁눈질로 보니 남편은 속이 안 풀렸는지 응접실을 왔다 갔다 했다. 샤워까지 하고 싶었지만 세수만 하고 나와 얼른 저녁밥을 했다. 그 사이 아이들이 왔다.

"엄마, 어떻게 이렇게 일찍 왔어?"

보람이가 매달리며 좋아했다.

아이를 한 번 끌어안아 보니 무게를 느끼게 했다. 정신없이 몇 개월을 보내 아이들하고 살도 대보지 못했다.『정신 차릴 사이도 없이 날을 보냈구나!』생각하고 전보다 더 여러 가지 찬을 만들고 저녁 밥상을 차렸다. 보람이가 손발을 닦고 나와 상에 반찬을 집어다 놓고 하는 걸 보니 그동안 저녁은 아빠가 해주니까 저희들이 습관적으로 아빠를 도와준 것을 생각하니 양심적으로 부끄러운 짓은 하지 않았어도 뭔지 모르게 죄책감이 들었다. 영진이도 돌아와서『엄마』를 부르며 놀래는 시늉을 해 방금 일이 없었으면 정말 즐거운 저녁이 아니었을까 생각했다. 아이들이 정말 서먹한 남편과의 다리를 놓을 것도 같았다. 그리고 싸우는 것을 아이들이 안 보길 천만다행이고 하나님이 다 피하게 해주신 것 같았다. 그런데 밥상을 다 차려놓고 아이들이 식탁에 앉아 아빠를 불렀다.

"아빠 저녁 잡수세요." 해도 남편이 꿈쩍도 하지 않았다. 보람이가 보다 못해 뛰어가서 소파에 누워있는 아빠의 손을 잡고 끌어도 일어나질 않았다. 영진이도 달려가 한 손씩을 잡고 끌어도 일어날 생각을 않고 화를 냈다.

"너희들이나 많이 먹고 잘 살아라."

"아빠, 왜 그래. 저녁이나 먹고 말하세요."

아이들도 눈치가 있다. 아빠와 엄마 사이에 뭐가 있구나? 엄마가 쉬는 날이 아니면 저녁밥을 안 했는데 오늘은 일찍 들어와서 저녁밥을 했다. 그리고 서로 말도 하지 않는 것을 보아 이상하다는 것을 느낀 것 같았다.

"엄마가 아빠를 불러보세요."
"너희들이 말해도 안 오는데 내가 하면 오겠냐?"
"그럼 엄마, 아빠하고 싸웠어요?"
"아니야."
"싸운 것 같아."
보람 엄마는 겁날 것이 없으니까 웃음이 나왔다.
"에이, 아빠가 남자답게 해야지. 엄마한테 지고 밥도 안 잡수시고 에이- 아빠."
영진이가 너글너글하게 아빠를 놀려댔다.
"너 이 녀석, 아빠가 화난 것을 알면 너는 더 화가 날 거다."
"아이들에게 엉뚱한 소리 말고 저녁 잡수세요."
보람 엄마는 억지로 한마디 했다.
"더러워서 안 먹어."
그러더니 일어나 안방으로 들어가 잠바를 걸치고 현관문을 열고 밖으로 나갔다. 보람이가 아빠를 몇 번 불렀지만 쳐다보지도 않고 나갔다. 저녁 식사 후 아이들은 각각 제 방으로 들어가고 보람 엄마는 초조한 마음으로 TV를 보며 소파에 앉아 있었다. 어느덧 자정 30분이 넘어가려고 했다. 속마음은 떳떳하지만 어떻게 된 일인지 『서투른 도둑이 첫날밤에 잡힌다더니.』 생전 하지 않던 일을 했는데 남편에게 의심을 받는 신세가 된 걸 생각하니 우습기도 하고 더 큰 오해가 없기를 바랄 뿐이었다.
남편이 2시도 넘어서 들어왔는데 얼마나 술을 퍼마셨는지 몸을 잘 가누지도 못했다. 그래서 얼른 팔을 잡아주려 했는데 무서운 얼굴을 하고 확 뿌리쳤다. 비틀비틀 간신히 화장실로 들어갔다. 얼른 깨끗한 수건을 가지고 문 앞에 서있었다. 간신히 손발을 닦고 나와 내미는 수건은 본 척도 안 하고 맨손으로 얼굴을 쓱쓱 비비고 나서 영진이 방으로 들어가려고 했다.

"여보, 안방이 여기야."

"내가 안방도 모를 줄 알고, 더러워서 같이 못 자."

남편은 영진이 방으로 들어갔다. 아이는 침대에서 곯아떨어져 누가 들어오는 것도 알지 못했다. 보람 엄마는 틀렸다 싶어 얼른 이불하고 베개를 갖다주었다. 그러곤 일이 심상찮게 돌아가는가 보다 생각하고 안방으로 들어갔다. 생각하니 자기도 여기서 자면 잠도 잘 오지 않을 것 같은 생각이 들었다. 그래서 베개를 가지고 보람이 방으로 들어갔다. 보람이도 정신없이 자고 있었다. 살그머니 보람이를 보듬고 좁은 침대로 들어갔다.

보람이의 체온이 따뜻했다. 4학년 때까지 부부의 가운데서 잤는데 5학년이 되더니 제가 먼저 자기 방에서 혼자 자겠다고 했다. 그래서 며칠이나 혼자 잘 수 있을까 했는데 아무 일 없다는 듯 혼자 잘 잤다. 밤이면 가슴도 더듬고 하던 것이 없어지니 공연히 쓸쓸한 생각도 나고 남편이 옆에 있어도 허전하기까지 했었다. 엄마가 제 침대 안으로 들어온 줄도 모르고 벽 쪽으로 돌아누웠다. 『엄마, 왜 내 방으로 왔어?』라고 말이라도 했으면 좋겠는데 정신없이 자는 모양을 보니 공연히 가여운 생각이 들어 눈물이 나려고 했다. 누워있으니 잠은 멀리 달아나고 이 생각 저 생각이 머릿속을 휘젓고 다녔다. 시집오기 전 친정어머니와 한방을 쓰고 살았다. 친정아버지는 사랑방에서 혼자 주무시었다. 아버지와 어머니가 부부인가? 하는 생각이 들 때도 있었다. 도무지 부부가 한방에서 자는 것을 보지 못했다. 언제 잠을 같이 자 동생들과 자기를 낳았는지 알 수가 없었다. 양부모님들이 공연히 불쌍하고 늙기까지 해 더 마음이 안타까웠다. 시골 동네에서 시집 잘 간다고 떠들썩한 게 엊그제 같은데 벌써 20년 가까이 돼간다. 눈을 감고 잠을 잤는지 구름 위에 떠다녔는지 비몽사몽간에 날이 밝았다. 보람이가 깰까 봐 살며시 일어났는데 보람이가 눈을 뜨고 보더니 말했다.

"엄마, 왜 내 방에 왔어?"

"너하고 자보려고." 하고 억지로 웃어 보였다.

"아빠하고 자야지."

영진이 방에서도 얘기 소리가 나더니 영진이가 나왔다. 평소에는 깨워도 잘 일어나지 않던 아이들이 먼저 일어나 나오면서 말했다.

"아유, 아빠 술 냄새. 왜 내 방에서 주무셔. 엄마하고 자야지. 엄마가 아빠 내쫓았어?"

"아니다. 너희 아빠가 너하고 잔다고 갔단다."

"엄마, 아빠를 사랑해 줘요."

"호호호. 내가 내쫓은 거 아니다."

"오빠, 엄마는 내 방에서 잤어."

"어- 이상하네. 아빠는 내 방에서 주무시고 엄마는 보람이 방에서 자고."

아이들이 다소 신기하다는 듯 표정을 짓더니 이내 화장실로 가고 각각 제 할 일을 했다. 보람 엄마는 얼른 아침밥을 지었다. 아이들은 더 이상 말없이 밥을 먹고 학교에 갔다. 그런데 아침도 안 먹은 보람 아빠는 시비를 걸기 시작했다.

"오늘부터 식당에도 가지 말고 집에서 밥도 하지 말고 당신 맘대로 결정해."

"내가 잘못한 게 있어야지. 빨리 식사하고 회사 가요."

"상관없으니까 회사를 가라 마라 할 거 없어."

"내가 법적으로 아낸데 왜 말 못 해."

"법적으론 아직 그렇다 치더라도 마음은 이미 떠났으니까 서로 말할 거 없고 내 눈에서 보기 싫으니까 없어져."

"나는 여기가 내 집이고, 아무 잘못도 없는 사람을 왜 나가라 마라 해. 나는 죄지은 일이 없는데."

"멀쩡한 날 결근하고 거짓말하고 돌아다니고, 나는 그런 사람하고는 못 살아."

"빨리 회사나 가요. 정 그렇게 의심한다면 고만 다닐 거야."

"꼴도 보기 싫어. 눈앞에서 없어져."

말이 끝나기가 무섭게 팔을 잡아끌고 현관 앞으로 갔다. 팔을 얼마나 세게 잡았는지 팔이 저릴 정도였다. 문을 열고 밖으로 밀었다.

"신이나 좀 신고 나갈게."

보람 엄마는 신을 신고 정말 앞산에나 한번 돌고 올 생각을 했다. 저러다 화가 풀리면 괜찮겠지 했다. 앞산을 돌고 집에 와 초인종을 누르니 기척이 없었다. 남편이 나갔나 보다. 생각할 즈음 문이 열리더니 늘 메고 다니던 핸드백을 문밖에 내놓고는 말도 없이 문을 닫았다. 옷차림이 허름하기는 하지만 떨어진 곳도 없고 세탁한 지 이틀도 안 지나 냄새도 나지 않았다.『에라, 이참에 친정에나 갈까?』백을 열어보니 잔돈이 조금 있고 카드가 있었다. 카드만 가지면 안 되는 게 없는 세상, 속으로 생각하며 무심코 걷는데 친정에 가면 어떻게 말해야 할까? 늙은 부모님 위로는 못 해 드릴망정 표정도 밝지 않고 옷 입은 꼴이 시원찮은 것으로 봐 틀림없이 싸움하고 왔나? 속으로라도 걱정거리가 될 것 같았다. 그때 눈앞에『보살』복장을 한 비슷한 또래의 여인이 지나가는 것을 보았다.

"저 아줌마, 어느 절에 다니시죠."

"네, 제가 다니는 절은 ○○사인데『비구니』스님들만 계시고 조용하고 참 좋아요. 머리가 아플 때 좀 가서 쉬고 내려오세요."

그 아줌마가 가르쳐준 주소와 버스노선을 자세히 적어 가지고 그곳을 향해 차를 탔다. 절에 도착했다. 깊은 산중은 아닌데 그곳만 해도 나무도 울창하고 바람 소리만 들리고 참 조용했다. 절에 좀 쉬러 왔다고 하니까 연세가 들어 보이는 스님이 아주 반갑게 맞아주었다. 오십 대 후반쯤 보이는 듯한 여인 세 명이 있었는데 모두가 보살 복장을 입었다. 금방 서로 인사를 나누었다. 한 사람은 절에서 공양을 담당하는 분이라는 것을 직감으로 알 수 있었고 두 사람은 쉬러 온 사람들 같았다. 그리고 두 사람은 산에 올라간다며 나갔다. 복장이 다르니 무언가 이상한 마음이 들 즈음 스님이 보살이 입는 회색 옷을 가지고 와 갈아입어도 좋다고 했다. 옷을 바꿔 입으니 마음이 착 가라앉는 듯했다. 어제오늘 겪은 일들이 모두 어디론가 멀리 사라진 느낌이 들고 불경은 한마디도 모르지만 어쩐지 도통한 사람같이 마음이 편안해 누가 물어보면 부처의 세계를 거리낌 없이 말해 줄 것 같았다. 교회도 꽤 오래 다니다 그만두었다. 그런데 하나님의 말씀과 그리스도의 사랑을 귀가 아프도록 말하면서 실지론 그런 행동이 아주 미미했고, 감정에 치우쳐 하는 일들이 아주 많았으며 사람은 다 그렇게 사는구나! 하는 심정이 들어 점점 흥미를 잃어가 고만두었다. 불경도 들어보나 마나 착하게 살고 남을 사랑하면 극락세계로 갈 것이고 아마도 표현 방식만 다르지 큰 목표는 기독교와 같지 않을까? 하는 생각이 들기도 했다.

  공양주가 나가더니 차와 백설기 떡을 예쁜 차상에 받쳐 들고 들어와 앞에 놓았다. 산에서 딴 꽃으로 만든 차라고 했다. 은은한 향이 올라와 코끝에 닿으니 마치 어떤 신기로운 기운이 자기를 폭 감싸는 것 같았다. 마른 꽃잎이 그대로 떠 있었다. 마시기 전인데도 벌써 몽롱한 꿈속으로 들어가 한도 끝도 없이 넓은 벌판을 영롱한 밝은 빛을 받으며 떠다니는 것 같았다. 주위 환경과 실내에 흐르는 정서가 그대로 가만히 앉아 있어도 몸에 묻어온 더러운 것들이 저절로 떨어져 사라지는 것 같았다. 내 영

혼이 방 안에 둥둥 떠다니는 것이 아닌가? 하는 생각이 들어 한 손가락으로 손등을 찔러보니 감각이 있는 것이 분명했다.

어느덧 시간이 흘러 해가 져 어둠이 깔리고 두 여인도 들어왔다. 모두가 가정사를 말하는 이는 하나도 없었다. 방 안에는 TV도 없고 낡은 불경 몇 권만 가지런히 놓여있었다. 그런데도 심심한 것이 하나도 없었다. 저녁 공양이라고 했다. 법당에 올라가 스님은 목탁을 치며 독경을 했고 사람들은 절을 했다. 옆 사람을 따라 같이 했다. 하룻밤이 가고 새벽에 일어났다. 법당에 올라가 어제 저녁때처럼 했다. 법당을 내려와 둥그런 상을 펴놓고 둘러앉아 아침을 먹었다. 절 반찬이니까 나물 등 단조롭지만 모두가 신선이 먹는 찬처럼 느껴졌다. 심심해서 나가서 마당을 쓸었다. 아무도 하지 말라는 사람도 없고 일을 해야 한다는 사람도 없었다. 낮에 몇 사람이 왔다 갔고 먼저 왔던 두 사람도 떠났다. 그날 저녁은 스님과 공양 보살과 세 사람만 있었다. 스님이 불경을 말했다. 보람 엄마는 불경이 모두 자기를 두고 말하는 것 같아 어느 때는 반성도 되었고, 어느 때는 이제까지 살아온 모든 것이 저절로 떨어져 나가 깨끗한 새로운 삶을 시작해야겠다는 마음이 머릿속을 차지했다.

그렇게 며칠이 지났다. 집에 가고 싶은 생각이 나지 않았다. 우선 제일 신경이 쓰였던 것은 보람 아빠가 미안하다고 말하며 전화가 오길 기다렸다. 그런데 아무 소식이 없었다. 밖으로 나가 산에 올라가 돌 위에 핸드폰을 놓고 큰 돌을 들어 한 번에 부셔버렸다. 화가 나서 한 짓이 아니고 걸리적거리는 큰 혹 하나를 없애버렸다는 생각에 오히려 마음이 홀가분해졌다. 공양주와 같이 일도 하고 빨래도 했다. 어느 날은 밥값을 계산하겠다고 말했다. 일한 걸로 치면 품값을 더 주어야 한다며 스님이 웃기만 했다. 그리고 스님에게 머리를 깎고 싶다고 했다. 자기 자신도 마음을 헤아릴 수가 없었다. 남편보다 아이들이 보고 싶었다. 그런데 그런 것이 점점 사라지더니 마음에서 스르르 지워져 자신이 이상하다는 느낌까지 들었다. 스님이 머리 깎는 일은 더 오래 생각해 봐야 한다고 하시고 다른 말은 하지 않았다. 방에 『천수경』이라는 책이 있었다. 천수경을 앞에 펴 놓고 보려 하자 스님이 웃으면서 설법을 시작했고 날마다 저녁이면 혼자 법당에 올라가 천수경을 외웠다.

어느덧 낙엽이 떨어지는 가을이 왔다. 쌀쌀한 날이 점점 추위로 바뀌더니 눈이 내렸다. 산사의 밤은 점점 깊어져 갔고 속세의 발길은 멀어져 갔다. 눈이 많이 내리니 산새들도 먹을 것이 없는지 법당 앞을 분주히 날아다녔다. 마음이 열리니 보시가 뭔가를 생각하게 되었고 생명이 있는 작은 새한테도 신경이 쓰였다. 쌀독을 열고 한 주먹을 쥐고 쟁반에 놓아 법당 앞에 놓았다. 사람이 떠나자 새들이 모여들어 정신없이 먹었다. 공연히 마음에서 기쁨이 솟았다. 날이 가고 달이 가니 추위가 지나고 햇빛이 밝아지는가 싶더니 봄이 되었다. 새들이 울고 숲속에 뭔가 생기를 느끼게 했다. 겨울철 산새들은 배가 고파도 울지 않는다는 것도 알게 되었다. 과정을 지켜보고 있던 스님이 머리 깎기를 간곡하게 말하자 속세로 돌아가거나 후회할 일은 없냐고 되묻는 말씀이 아주 조용하면서도 무게가 있었다. 단호하게 없다, 하고 부처님의 제자로 남은 생을 살겠다고 다짐했다. 주지스님이 하루를 더 지나서 얼굴을 유심히 보더니 머리 깎기를 허락하셨다. 주지스님이 머리 깎을 준비를 하시고 마당에 의자를 보살님이 가져다 놓았다. 뒷머리부터 쥐고 가위로 자르는데 싹- 소리가 나면 한 줌씩 쟁반에 정성껏 놓였다. 보람 엄마는 눈을 감았고 마음은 담담했다. 남편을 원망하지도 않았고 아이들의 영상이 멀리 구름 속으로 떠가다 사라지는 것 같았다. 머리 깎기를 마치고 법당으로 올라가 예불을 마치고 주지스님이 엄숙한 어조로 속세에서 부르던 이름은 허공에 던지고 『보선菩善』이란 법명을 받았다. 불경을 들으면 들을수록 세상에서 쉴 새 없이 벌어지는 일들이 얼마나 허망하며 그런 일에 정신을 빼앗기고 웃긴 짓을 하며 살았는가! 하는 생각이 들었고 나물 반찬만 먹고 무늬 없는 회색 옷을 입어도 마음이 편안한 것이 무슨 이유인지 알 수가 없었다. 밤마다 스님이 『금강경』을 설법하니 점점 더 세상과는 멀어지고 부처님의 깊은 경지로 들어가는 것을 깨닫게 되었다. 어느 날 경찰관이 절에 와 스님과 불공드리러 온 여인들이 많은 데서 사람을 찾는 듯 이름을 불렀다. 아무도 대답하는 이가 없었다.

"스님 잠깐 드릴 말씀이 있는데요."

"여기서 말씀하세요."

"잠깐만 법당으로 가시죠."

"호호호. 경찰이 불교 신잔가 봐."

여인들이 일제히 웃음보를 터트리고 그중 한 사람이 말했다. 『보선』은 경찰관의 뒤를 따라 법당 쪽으로 갔다. 경찰관이 뒤돌아서서 사람들이 안 보이자 말했다.

"집에서 가출 신고를 했는데요."

"나는 가출한 사람이 아닙니다."

"가족에게 연락해도 됩니까?"

"하실 필요 없습니다."

"경찰은 공무상 보고도 사실을 말하지 않으면 직무 유기가 됩니다."

『보선』은 아무 말을 하지 않았다.

"스님, 안녕히 계세요."

"안녕히 가세요."

며칠 후 보람이와 영진이, 친정 여동생과 남편이 찾아왔다. 보람이는 엄마를 보자마자 품에 안기며 울음을 터트렸다. 깔끔한 중학생 교복을 입고 있었다. 영진이는 엄마의 달라진 외모를 보고 시무룩한 얼굴로 바라보기만 했다. 머리를 깎고 승복을 입은 것이 너무나 서먹서먹했던 모양이다. 여동생은 『언니-』 날카롭게 부르고는 말이 없었다. 남편의 얼굴은 한눈에 봐도 초췌했고 홀아비 생활의 궁상스러운 모습이 겉으로 나타나 보였고 똑바로 아내를 쳐다보지도 못하고 입을 열었다.

"여보, 나를 용서할 수는 없어요?"

"빈도貧道는 이미 속세의 일은 모두 잊었고, 이제는 부처님 제자가 되었습니다."

나직이 말했다. 『보선』은 가슴에 안겨 『엄마, 엄마』를 부르며 흐느끼는 보람이를 살며시 떼어놓았다.

카멜레온 아저씨

오정식은 오늘도 아침에 출근 준비를 하느라 주방에서 밥을 짓는 부인을 재촉하고 또 괜히 이리 갔다 저리 갔다 수선을 떤다. 그는 공직 생활 30여 년 동안 결근은 물론 지각 한 번 하지 않은 사람이었다. 그는 작년 봄에 정년퇴직했다.

남들 같으면 오래간만에 좀 쉬어보자 하고 늦잠도 자고 구경도 다녀보려고 할 텐데 오정식은 퇴직한 지 1년이 가깝도록 현직 시절처럼 출근 시간을 정확히 지켰다.

그는 재직 시절 퇴직 후를 대비해 공인중개사 시험에 합격해 두었었다. 퇴직하여 일주일도 채 안 돼 공인중개사 사무실을 개소하여 평상시 빈틈없는 그의 생활 모습을 엿보게 했다. 그는 천성이 부지런하여 공직 생활을 할 때에도 그의 사무실에는 책상과 서류철 하나 삐뚤게 놓는 법이 없었다. 심지어 재떨이까지도 언제나 정해진 자리를 떠나 조금만 움직여 있어도 보는 순간 즉시 제자리에 가져다 놓았다. 부하 직원들에게는 언제나 고사를 인용하여 훈시 또는 이야기를 하여 별명이 "시어머니"였다. 오정식이 자리를 비우면 직원들이 모여 험담 아닌 험담을 했다.

"자네들 시어머니 책상 좀 봐! 얼마나 정리정돈이 잘 되었나."

"남자가 털털한 데도 있어야 하는 거야. 맑은 물에 고기가 살 수 있어?"

"그래도 잘 배워 둬. 감사받을 때 오 계장님 찾지 말고."

"직장에서도 저리 깔끔하게 하는데 집에서는 어떻겠어? 사모님이 꽤나

고생하겠다."

"어찌 되었든 사무 처리 하나는 거의 완벽이야."

그는 시어머니 별명을 들어도 직원들이 그를 싫다고 하는 사람은 하나도 없었다.

왜냐하면 그는 잘못된 것은 자기가 먼저 솔선하여 처리하고 잔소리는 추후에 하기 때문에 잘못된 것을 발견하고 처리하는 일이 그보다 앞선 직원은 드물었기 때문이다. 그래서 직원들이 그의 밑에서 근무하기를 오히려 좋아했다. 연륜^{年輪}이 있는 사람일수록 그를 좋아하였다. 그는 대부분 바쁜 틈에도 불구하고 독서를 많이 하여 지식과 경험이 풍부했다. 또 그의 근무 능력을 무시하거나 잔소리를 보통으로 생각했다간 상부 기관의 끊임없는 감사에 큰 곤욕을 당하기가 일쑤였기 때문이다. 그는 말과 같이 매사에 빈틈없는 사람이었다. 공인중개사 사무실을 개설한 지 1년도 못 되었어도 주변의 다른 공인중개사 사무실에 비해 늘 손님이 많았다. 그의 부지런하고 친절한 성격이 그대로 나타나서 아파트의 매매, 셋집의 이사 등 모든 것을 그에게 부탁했다.

"오 사장님, 우리 집을 내놓으려고 하는데요."

"사모님 어디로 이사하시게요?"

"멀리는 가기 싫고 이 근방에서 우리 집보다 새집이고 조금 넓은 평수면 좋겠네요."

"제가 잘 알아봐서 적당한 가격에 꼭 구입해 드리겠습니다."

"지금 사는 집도 많이 받아주세요."

"잘 아시다시피 아파트는 공정가격처럼 되어 있는 거 다 아시죠."

"그래도 우리 집은 너무 깨끗하게 사용했어요."

"그런 점은 저도 인정하지만 일이백만 원 정도가 고작입니다."

"오 사장님, 잘 부탁드립니다."

또 오랜 공직 경험을 살려 간단한 법률 상식까지도 손님들에게 자문 역할을 해 웬만한 사람은 그를 따라갈 수가 없었다. 그래서 인기가 아주 대단했다. 그는 언제나 현실에 충실하고 의욕이 넘쳐서 60을 넘은 사람 같지가 않았다. 그 같은 사람에게는 정년이란 것이 너무나 억울한 제도이고, 또한 국가도 아주 큰 손해를 보는 것 같은 느낌이 든다. 그가 공직에 있을 때 그보다 먼저 출근해 본 사람이 없을 정도였다. 요즈음도 주변의 상가 사람들보다 언제나 일찍 출근할 뿐만 아니라 출근 시간을 정해 놓고 그 시간을 시계와 같이 정확하게 지킨다. 그래서 그를 잘 아는 사람들은 그가 지나가는 것을 보고 지기의 시계를 맞출 정도였다.

그의 중개사 사무실은 집에서 1km쯤 떨어져 있다. 그는 복장도 항상 단정했다. 양복에 주름진 곳은 찾아볼 수도 없으며 머리카락 하나까지도 흐트러짐이 없었다. 그의 눈은 항상 반짝반짝 빛이 났다. 그리고 걸음걸이도 좀 빠른 편이며 정면을 똑바로 보고 반듯하게 걸어 다닌다. 처음 그와 마주치는 사람도 오정식의 태도가 며칠간은 머리에 기억될 정도다. 그런데 요즈음 그에게도 좀 이상한 변화가 찾아온 것이다. 언제부터인지 그의 출근 길에서 30대 중반쯤으로 보이는 여인을 매일같이 마주친다. 오정식은 성격상 대수롭지 않게 생각하였다. 오정식은 자기 부인 이외의 다른 여인들과는 전연 접촉해 본 일이 없었기 때문이었다. 공직 생활을 할 때에도 여직원들과 농담 한 번 건넨 일이 없었고 너무나 자상하게 업무를 가르치고 지도해 그를 따르는 여직원들도 많았으나 업무 외에는 항상 거리를 두었었다.

그런데 출근길에 그 젊은 여인과 매일 똑같은 노상에서 마주쳤다. 저 여자도 출근 시간이 매우 정확하구나 할 정도였고, 그 외의 별다른 생각은 없었다. 그러나 그 젊은 여인은 오정식과 마주칠 때면 가벼운 미소를 짓고 지나가고 하여 어느덧 오정식의 마음속 한편을 차지하게 되었다. 또 그 여인은 아주 미인이었다. 얼굴에는 잡티 하나 없고 좀 둥근 편에 살도 아주 알맞게 찌고 편안하면서도 눈이 맑고 커서 나무랄 데가 없었다. 또 체격도 보통을 넘어 키도 훤칠하였다. 다만, 그의 마음에 좀 이상한 것은 그 젊은 여인과 길에서 마주친 것이 1개월도 넘은 것 같은데 매일 아침 마주칠 때마다 보면 옷 색깔이 다른 것을 입고 있었다. 심지어 어제 입었던 상의를 오늘도 입고 있을 때는 바지나 치마는 다른 것을 입었으며 바지가 전날과 같았을 때는 상의를 다른 것으로 입고 있었다. 오정식은 마음속으로 얼마나 옷이 많으면 이제까지 같은 옷을 연거푸 입은 것을 볼 수가 없을까 하고 차츰 젊은 여인에 대해 궁금증을 갖게 되었다. 또 어디에서 무엇을 하는 여자일까? 괜히 마음에 관심이 일기 시작했다. 자기도 모르는 사이에 아내와 그 여인과 비교해 보기도 하였다. 아내도 젊었을 때는 꽤 예뻤으나 이제 50대 후반이 되어 얼굴에는 깊은 주름이 지고 센머리도 많이 늘어 그 젊은 여인과는 비교도 되지 않았다. 점점 자기 마음이 그 여인을 향하고 있음을 느끼게 되었다.

그래서 어느덧 정확한 출근 시간을 분초까지도 지키려고 애쓰게 되었다. 또 그 여인이 먼저 지나갔으면 어떻게 하나? 하고 늘 걱정이 되기도 했다.

오늘 아침은 출근을 서두르다가 아내에게 한마디 듣고 말았다.

"여보, 요즘 당신 이상해졌어요."

"무엇이 이상해?"

"약속도 없고 뭐 부동산 사무실에 그렇게 서둘러 출근할 일이 뭐 있어요."

"남보다 부지런하게 사는 것이 살아가는 데 제일 좋은 방법이야."

"그래도 그렇지요."

마치 자기 마음이 이마에 쓰여 있는 것을 아내가 읽기라도 한 느낌이 들었다. 마음속으로 움찔했다. 그래서 애써 태연한 척하며 말했다.

"이제까지 30여 년을 넘게 같이 살면서 내 성격도 몰라요?"

아내의 얼굴을 다시 한번 살펴봤다. 등에서는 땀이 흘러내리는 것 같앉고 얼굴이 화끈화끈거렸다. 남편이 바람피울 때 그 부인은 반은 귀신이 된다더니 자기 속을 들여다본 것 같아서 마음이 불안하였다.『오늘 아침은 출근길에 그 여인을 만나면 인사를 해 봐야지.』하고 마음을 굳게 먹었다. 미리부터 심장 소리가 쿵쿵쿵 뛰는 것이 아내의 귀까지 들릴 것만 같았다. 세수를 마치고 거울을 보니 새삼 흰머리가 전보다 많은 것을 느끼게 되었다.『아뿔싸! 염색이라도 좀 하는 건데.』웬일인지 요즈음 센 머리가 귀밑에 더 많아진 것 같았다. 아내의 아침 잡수시라는 소리에 자기도 모르게 소스라치게 놀랬다. 마음이 이미 길가에 있으니 마치 정신 없는 사람이 밥 먹듯이 밥만 퍼먹고 반찬은 먹지도 않는가 하면 반찬만 계속하여 이것저것 막 집어 먹기도 했다. 보다 못한 아내가 물었다.

"짜지 않아요?"

오정식은 대꾸도 하지 않고 밥그릇만 보고 있었다.

"반찬만 연신 잡수게. 호호호."

오정식의 이상한 행동에 아내는 깔깔대며 웃기까지 했다. 밥을 그만 먹겠다고 하였다. 출근 시간이 다 되었다. 그러자 아내가 평소에는 하지 않던 일을 시키는 것이었다.

"청소기로 방 마루를 깨끗하게 청소하고 출근하세요."

"나 오늘 아침 바쁜데."

"할 일이 뭐 있으세요?"

"나도 오늘은 아침에 외출해서 동창들을 만나고, 볼일이 너무 많아요."

전에는 한 번도 들어보지 못한 말이었다. 그래서 얼른 청소기를 집어 다가 안방 마루 등 가운데만 대충 하는 척하고 청소기 소리만 요란하게 내었다. 화장실에서 세수하던 아내가 한마디 더 한다.

"구석구석까지 잘하세요. 기합받기 전에."

"바쁘다니까 청소까지 시키고."

"청소 검사받고 가세요."

아내의 잔소리를 듣는 둥 마는 둥 하고 청소기를 구석에 집어 던지듯 갖다 놓고 황급히 양복을 입으니 한 바짓가랑이로 두 발이 다 들어가려고 해서 하마터면 방바닥에 넘어질 뻔했다. 그리고 허겁지겁 양복 단추와 바지 지퍼도 제대로 잠그지도 못하고 도망치듯이 현관으로 갔다. 오늘따라 침침한 현관에 어지럽게 널려있는 구두를 발끝에 걸리는 대로 신고 후닥닥 문을 밀치고 밖으로 나왔다. 그랬더니 아내가 "여보, 여보." 다급한 듯 연거푸 뒤에서 부른다. 못 들은 척하고 20여 미터쯤 뛰다시피 걸어갔다. 앞에 4~5명쯤 되는 여학생들과 마주쳤다. 여학생들이 모두 방실방실 웃고 지나간다. 조금 더 가다가 또 청년 한 사람과 마주쳤다. 그도 벙글벙글 웃고 지나간다. 몇 걸음을 더 걸어가니 그 카멜레온 같은 젊은 여인이 오늘도 변함없이 오정식을 향하여 앞에서 걸어오고 있었다. 아! 하고 자기도 모르게 탄성이 나왔다. 그런데 그 젊은 여인은 오정식을 보자마자 입을 손으로 가리고 웃으면서 걸어온다. 『오! 오늘 아침은 참 좋은 아침이다. 마주치는 사람마다 웃음으로 대해주다니….』 오정식은 날아갈 듯한 기분이다. 그리고 그 젊은 여인과도 첫인사가 잘될 것 같았다. 어느새 여인이 오정식의 발 앞에까지 걸어왔다.

"카멜레온 천사 안녕하세요." 하고 얼떨결에 인사를 하였다. 그랬더니 뜻밖에도 "카멜레온 아저씨 안녕하세요." 하고 인사를 한다. 오정식은 갑자기 귀가 멍멍한 느낌이다. 분명히 자기를 보고 카멜레온 아저씨라고 부르지 않았는가.

"아저씨 구두를 좀 보세요." 하고 옆을 지나쳐 걸어갔다.

『아! 아! 아이고, 이게 웬일인가.』

너무 급한 나머지 현관에서 제대로 살펴보지도 않고 빨간 구두 한 짝, 검정 구두 한 짝, 짝짝이로 신고 나왔으니….

할아버지 늑대

　노인복지회관에 가면 배울 것도 많고 할 것도 많다고 해 복지관에 갔다. 관리실에 들어가니 직원인 듯한 여인이 자리에서 일어나며 "할머니 안녕하세요?" 하고 친절하게 인사를 했다.
　"안녕하세요? 복지관에서 배울 것이 많다고 들어서 적성에 맞는 것이 있으면 배워보려고 왔습니다."
　"참 잘 오셨습니다. 노인들이 배우고 취미 생활 할 것이 아주 많아요. 운동을 좋아하시나요?"
　"학교 다닐 때 탁구도 좀 쳐봤구요."
　"차차 복지관에서 실시하는 교육 프로그램을 보시고 신청하시고요."
　"지금은 오후라 교육은 다 끝나고 각종 운동기구가 많으니 운동을 해보세요."
　"알겠습니다."
　늙은이들만 모이는 기관이라 이상한 냄새가 나는 것도 같았다. 혹시 내 몸에서는 냄새가 안 날까 걱정이 되었다. 옆방에서 똑딱, 똑딱 탁구 치는 소리가 나 발짝이 그리로 향했다. 조심스럽게 문을 열고 들어가니 넓은 실내에 탁구대가 2개나 있었다.
　"어서 오십시오."
　"안녕하세요."
　"탁구 한번 칠까요."

빈 탁구대 앞에 앉아있던 남자 노인이 즉시 탁구를 제의했다. 그래서 외투를 벗고 몇 번 팔을 내두르고 폼을 잡고 공 받는 연습을 하니 그 노인이 미소를 띠고 "폼을 보니 보통 솜씨가 아니겠는데요." 하며 추켜세웠다. 늙었어도 어느덧 말속에 빨려 들어가 기분이 날아갈 것 같았다. 한 판을 쳤다. 그런데 그 남자는 솜씨가 별것이 아녀서 몇 번을 내리 이겼다. 그 노인이 지쳐서 쉬고 싶다며 의자에 앉았다.

"대단하신데요."

"학생 때 해 보고 안 해봤는데요. 뭐."

"어릴 때 솜씨라면 선수급입니다."

거듭 칭찬을 하니 기분이 좋아서 연거푸 게임을 했다. 이기기만 했다. 다음 날은 화장을 더 짙게 하고 가서 어지럽도록 그 남자와 탁구를 쳤다. 집에서 짜증만 내는 남편보다 천 배나 만 배나 나아 보였다. 밖에 나가 점심을 먹자고 해 거리낄 것 없이 따라갔다. 괜찮은 점심을 먹고 공주같이 떠받들어 주니 자꾸만 남편과 비교가 되었다. 진작 이런 남자를 만났으면 일생을 즐겁게 지냈을 것이란 생각이 들었다. 평소 한쪽 무릎이 조금 저린 증상으로 고생했는데 기분이 좋아서 그런지 언제 그랬나 싶고 마라톤대회에도 나갈 것 같았다. 집에 돌아와 방 안에 들어서니 이발 한 지 오래되었고 옷도 오래 입어 꾀죄죄한 남편이 있었다. 그를 쳐다보니 구토가 날 것 같았다. 며칠 전에 갈아입으라고 준 옷을 그냥 두고 있는 것을 보고 화가 치밀었지만 꾹꾹 참았다. 그런데 남편이 늦게 돌아왔다고 시비를 걸었다.

"이 여자가 바람이 났나? 왜 이제 오는 거요."

"나는 좀 놀다 오면 안 되는 거 있수."

울컥 화가 치밀어 젊어서도 않던 말을 마구 내뱉으며 싸움을 했다. 그러고는 밖으로 나와 그 노인에게 전화를 걸어 만났다. 점잖은 목소리로 이때까지 참고 살았으면 남편을 공경하고 잘 살라고 말하는 걸 보고 더 고상하게 보이고 정말 훌륭한 사람같이 보였다. 조용한 곳으로 가서 좀 쉬고 싶어 여행을 제의했다.

"나는 이래 봬도 바쁜 사람입니다. 제가 시간이 나면 말씀드리지요."

거절하는 것을 억지로 날짜를 정했다. 그날이 왔다. 몇 가지 옷을 챙겨 가방에 넣었다. 생전 친정 근처를 가지 않았는데 남편에게는 친정 조카들을 찾아보고 오겠다고 거짓말을 하고 가방을 들고 다시는 안 돌아올 것처럼 집을 나섰다. 서울역에서 그 노신사를 만나니 정말 구름을 타고 끝없이 넓은 곳을 향해 날아가는 행복한 꿈이 머릿속에 그려졌다. 젊어서 가본 경주로 가는 것이 좋을 것 같았다. 즉석에서 제의를 하니 좋다고 했다. KTX 고속 열차를 타고 부부처럼 앉아서 과자도 먹고 음료수를 마시며 가니 열차가 너무나 빨라 차창으로 밖을 내다봐야 똑똑하게 보이지도 않았다. 마치 시외에서 서울 시내 중심지를 오가는 것보다 시간이 덜 걸렸다.

중류쯤 되는 숙소를 정하고 들어가 보니 침대가 각각 2개가 놓여있고 방도 꽤 넓었다. 안압지와 포석정을 둘러보고 저녁을 먹고 숙소로 돌아왔다. 그 신사는 샤워하고 고단했는지 인사를 하고 자기 침대로 들어갔다. 자신도 샤워를 하고 침대에 누워 생각하니 남편을 속인 것이 크게 죄가 될 것도 없다고 생각하고 짜증 내는 소리를 하루라도 안 듣는 것이 좋았다. 노신사의 숨소리가 잠에 든 것 같았다. 자신도 눈꺼풀이 무겁고 어느덧 잠이 들었다. 밤에 노신사가 수작을 할까 봐 이불로 온몸을 단단히 싸고 잤다. 아침에 눈을 떠보니 노신사는 아직도 깊은 잠에 빠져서 꿈을 꾸는지 알아들을 수 없이 중얼거리기도 하고 벽 쪽으로 누운 대로 움직이지도 않았다. 불국사 등 관광 지도를 사 택시를 타고 관광을 다녔다. 이틀이 지나니 가슴이 뛰고 남편에게 큰 죄를 짓는 것 같았다.

"좀 더 쉬고 싶었는데 집에 가서 꼭 해야 할 일이 생겼네요."

"저도 할 일이 많다고요."

다음번에 또 놀러 가자고 약속까지 받았다. 집에 와 시치미를 떼고 만난 조카들도 모두 무고하다고 천연덕스럽게 거짓말을 했다. 그리고 다음 날 복지관에 나가 보니 그 노인은 오지 않았다. 별 재미가 없어 그대로 돌아왔다. 그다음 날도 못 만났다. 그 노인이 어디 아픈가? 은근히 걱정되었다. 월말이 되니 아파트 관리비, 가스비 등등 봉투가 많이 날아왔다. 꼼꼼한 남편은 모두 검사를 하더니 까무러치는 소리로 버럭 화를 냈다. 손을 잡아끌고 눈앞에 종이를 들이대며 보라고 재차 소리를 질렀다. 5백만 원짜리 귀금속을 구입했다는 카드 지출 기록이 있었다. 잠깐 그 남자에게 슈퍼에 가서 먹을 것과 음료수를 사 오라고 카드를 준 일밖에 없었다. 다릿심이 빠져 저절로 주저앉았다. 머리를 몽둥이로 세게 맞은 것 같아 정신이 가물가물했다.

"물건을 내놔 봐. 당장 나가, 아주 나가!"

남편은 머리채를 잡아 뜯으려는 듯 달려들며 소리를 질러 아파트 이웃이 모두 귀머거리가 되었으면 했다.

『남자들은 모두가 늑대다.』라고 하는 말을 고희가 지나서야 알게 되다니….